이원수 동요 동시 연구

◆•• 김찬곤 金贊坤

　광주대학교 문예창작학과 대학원에서 아동문학을 공부했다. 어린이신문 『굴렁쇠』
발행·편집인, 『동시마중』 편집위원으로 일했다. 『우리 민족문화 상징100』(전 2권)
『문화유산으로 보는 역사 한마당』(전 3권) 『한국유산답사』 『인간답게 평등하게 그래
서 인권』 등을 썼고, 엮은 책으로는 『선생님도 몰래 해 보세요』 『까치도 삐죽이가 무
서워서 까악』이 있다. 광주대학교에서 '삶과 글쓰기'를 강의하고, 또 배우고 있다.

이원수 동요 동시 연구

초판 인쇄 · 2017년 1월 25일
초판 발행 · 2017년 1월 30일

지은이 · 김찬곤
펴낸이 · 한봉숙
펴낸곳 · 푸른사상사

주간 · 맹문재 | 편집 · 지순이, 홍은표 | 교정 · 김수란
등록 · 1999년 7월 8일 제2-2876호
주소 · 경기도 파주시 회동길 337-16 푸른사상사
대표전화 · 031) 955-9111(2) | 팩시밀리 · 031) 955-9114
이메일 · prun21c@hanmail.net / prunsasang@naver.com
홈페이지 · http://www.prun21c.com

ⓒ 김찬곤, 2017
ISBN 979-11-308-1072-0　93810
값 27,000원

이 도서의 국립중앙도서관 출판예정도서목록(CIP)은 서지정보유통지원시스템 홈페이지
(http://seoji.nl.go.kr)와 국가자료공동목록시스템(http://www.nl.go.kr/kolisnet)에서 이용하실
수 있습니다.(CIP제어번호: CIP2017000094)

현대문학
연구총서

48

이원수 동요 동시 연구

김찬곤

푸른사상
PRUNSASANG

A study on Lee Won-su's poems for children

이원수와 한국 어린이문학

이원수를 연구하겠다고 하니 모두 하는 말이 있었다. "이원수 친일 문제, 어떻게 풀어갈 생각인데?" 사실 이것은 가장 큰 문제였다. 이원수는 한국 어린이문학 역사에서 현실주의 동요와 동시, 동화와 소설을 써 온 작가이다. 더구나 그는 창작과 더불어 평론을 썼고, 이 평론은 현실주의 어린이문학의 이론 토대를 마련하는 밑거름이 되었다. 또한 1971년 자신이 중심이 되어 한국아동문학가협회를 꾸려 이끌었다. 그야말로 그는 한국 어린이문학 역사의 산증인이고, 현실주의 어린이문학을 정리할 때 한 중심에 있는 작가라 할 수 있다. 그런 그가 1942, 43년 친일 글을 썼다는 것이 밝혀졌다. 이 사실은 이원수를 아는 모든 사람들에게 충격이었다. 그는 1926년 「고향의 봄」으로 등단한 이래 식민지 아이들의 아픔을 노래하고, 해방 뒤에도, 이 세상을 떠날 때까지도 현실주의 시정신을 놓지 않고 아이들의 삶을 보듬는 시와 동화를 써 왔다고 할 수 있다. 그래서 더더욱 친일은 그의 문학에서 도저히 상상할 수 없는 것이기도 했다.

나는 이원수 연구를 하면서 세 해 남짓 온전히 그가 되어 살았다. 동요와 동시 작품뿐만 아니라 그가 평생 써 온 수필을 한 편도 빼놓지 않고 살폈다. 이와 더불어 그의 동화와 소년소설, 평론까지도 꼼꼼하게 검토하였다. 이러한 작업은 동요와 동시 텍스트에서 얻을 수 없는 많은 것을 볼 수 있게 했다. 몇몇 수필과 동화에서는 그가 어떻게 친일 글을 쓰게 되었는지 짐작할 수 있었다. 또 해방 뒤 자신의 내면이 친일의 기억을 어떻게 대하고 해결해 가려 했는지도 추론할 수 있었다.

이 연구서는 모두 6장으로 되어 있다. 제1장에서는 이원수 시정신의 근원과 그동안 연구되었던 이원수 연구 논문을 정리하였다. 제2장은 그의 가계와 소년 시절을 살펴봄으로써 그가 어떻게 현실주의 작가로 성장하게 되었는지 알 수 있었다. 제3장은 이원수의 아동문학론을 동요 · 동시 · 동심론으로 나누어 그의 창작 바탕을 정리하였다. 제4장은 이원수 아동문학을 초기 · 중기 · 후기로 나누고 시기별 특징을 분석했다. 그리고 이원수 동요 · 동시의 한국 아동문학사적 의의를 5장과 6장에 정리했다.

이 책을 쓸 때 많은 분들이 도움을 주셨다. 둘째 따님 이정옥 선생님은 옛날 일을 생생히 기억해 들려주었고, 이원수문학관의 장진화 선생님과 창원대학교 박종순 선생님은 이원수 자료를 챙겨 주고 아낌없이 도움말을 주셨다. 이 자리를 빌려 감사 인사를 드린다. 광주대학교 문예창작학과 교수님들의 알뜰한 지도가 없었다면 이 연구는 세상에 나올 수 없었을 것이다. 샛길로 빠졌을 때에는 바른 길을 가르쳐 주시고, 앞이 꽉 막혀 주저앉아 있을 때에는 새로운 길로 이끌어 주셨다. 언제쯤이면 나도 스승 앞에 어엿한 제자가 되어 있을까, 하는 생각을 해 본다. 같이 공부하고 의논하고, 그러면서 힘을 준 광주대학교 9층 연구실 동무들이 있어 외롭지 않게 공부하고 연구를 마칠 수 있었다. 모두들 고맙다. 빈틈이 있는 글을 꼼꼼히 살펴봐 주신 푸른사상 편집부에게도 고마운 마음을 전한다. 이원수 연구 논문을 쓴다 하면서 집안일을 잘 챙기지 못했다. 두 딸 완서와 민서, 아내에게 미안하다. 그리고, 고맙다.

2017년 1월
김찬곤

차례

제1장

이원수의 시정신을 찾아서

1. 이원수 시정신의 근원

이원수(李元壽, 1911~1981)는 1911년 11월 17일 경남 양산읍 북정리에서 태어났다. 그가 태어난 해인 1911년은 일본의 식민지 정책이 조선 강토에 막 시행될 때로 조선의 토지와 임야를 조사(1910. 3~1918. 11)하여 땅을 강탈하던 시기이다. 토지조사사업을 본격으로 시작한 조선총독부는 1912년 한 해 동안에만 조선 경작지의 20분의 1을 빼앗고, 조사가 끝나는 시점인 1918년에는 전국토의 43퍼센트를 차지한다. 땅을 빼앗긴 농민은 2백만이 넘었고, 그들은 하루아침에 자작농에서 자소작농으로, 자소작농에서 소작농 또는 예비 노동자로 전락한다.[1] 그들은 도시로 이

---

1 고준석, 『한국경제사』, 동녘, 1989, 43~49쪽 참조. 토지조사사업은 1910년 3월부터 1918년 11월까지, 9년이 넘는 기간과 약 2,050만 원을 투자해 행해진 대규모 토지수탈사업이었다. 그 방법은 신고주의였다. 당시 조선에는 토지 소유 관계가 확립되어 있지 않았기 때문에 농민들은 자신의 경작지가 국유지인지, 자신의 소유지인지 명확히 알 수 없었다. 더구나 조선 농민 중에는 무학문맹이 많아서 근대

주해 공장 노동자가 되고, 고향을 등지고 함경도 · 북간도 · 일본으로 떠난다. 고향에 남은 사람들은 일본인 또는 조선인 지주 아래에 들어가 소작농이 되거나, 그도 할 수 없으면 산으로 들어가 화전민이 되었다. 이 시기 이원수의 집은 여섯 번 이사를 하는데, 이와 무관하지 않을 듯싶다. 또 그의 초기시에 나오는, 먹고살기 위해 고향을 떠나는 수남이, 귀남이, 순아 집도 바로 이 때문으로 보인다.

이원수의 호 '겨울 들판' 동원(冬原)은 그의 삶과 온전히 하나였다. 그는 식민지 시대를 살고, 1945년 해방과 1950년 한국전쟁을 거쳐 1960년 4 · 19혁명과 1961년 5 · 16군사쿠데타를 겪었다. 그리고 1981년 1월 24일 세상을 떠난다.

이원수는 어린이문학과 관련하여 거의 모든 장르에서 작품을 발표하고, 글을 쓴 작가이다. 2001년 '이원수 탄생 백주년 기념논문집 준비위원회'에서 엮은『이원수와 한국 아동문학』(창비) 뒤편에 실린 '이원수 작품 연보'를 참고하여 그의 작품을 헤아려 보면 동요와 동시 314편, 시 56편, 동화와 소년소설 263편, 평론 · 대담 · 서평 143편, 수필 226편, 방송 · 동극 22편, 번역 26편, 옛이야기 · 재화 26편을 확인할 수 있다.[2]

행정의 '신고주의'를 이해하지 못했다. 자기 손으로 신고서를 쓸 줄도 몰랐으므로 대필을 부탁하지 않으면 안 되었고, 또 자신의 경작지를 정직하게 신고하지 않으면 오히려 일본인에게 토지를 빼앗긴다거나 과중한 세금을 물게 된다는 일본 총독부의 계획적인 유언비어에 속아 신고를 하는 사람이 적었다. 일본 총독부는 무신고지나 신고 서류가 미비한 토지를 모두 수탈했다(42~45쪽 참조).

2   이 통계는 정확하지 않다. 웅진 이원수 전집 제1권『고향의 봄』(1989)에 실린 시가 296편이고, 그 뒤 새로 찾아낸 시가 38편이나 된다. 그런데『이원수와 한국 아동문학』(창비, 2001)의 '이원수 작품 연보'를 보면, 이원수의 첫 작품을 1924년『신소년』4월호에 실린「봄이 오면」으로 잡고 있다. 하지만 이 작품은 이원수가 쓴 동

그는 창작과 더불어 평론까지 했다는 점에서 다른 아동문학가와 여러 모로 다르다. 더구나 당시에는 어린이문학에서 평론이 거의 부재한 시대였다. 그는 어린이문학 이론의 주춧돌을 마련하고, 동요와 동시에서는 동심주의를 비판하고, 동화와 소년소설에서는 교훈주의에 맞서 현실주의 전통을 세워 나간다. 이렇게 하여 그는 현실주의 어린이문학을 '민족문학'의 범주에서 논의할 수 있는 기반을 마련한다. 따라서 그의 동요·동시 문학을 연구하는 것은 한국 어린이 운문문학의 역사를 살펴보는 일이기도 하다.

이원수는 1926년 『어린이』 4월호에 「고향의 봄」으로 등단한 뒤 1927년까지 두 해 남짓 동심주의 시를 쓰다가 1928년 마산 공립상업학교(지금의 용마고등학교) 시절부터는 전과 다른 현실주의 시를 쓴다. 그의 이런 시 경향은 이 세상을 떠날 때까지도 한결같았다. 1942, 43년 친일 글을 쓴 적이 있지만, 일제강점기 동안 앞장서서 친일을 하지 않았고, 해방 뒤 군사독재 정권에 호응하는 글을 써 생계를 잇지도 않았다. 이원수는 일제강점기 가난하고 배고픈 어린이들의 삶을 자신의 삶으로 여기고, 그 아이들 편에 서서 한평생 시를 썼다. 해방이 된 뒤로는, 시와 더불어 동화와 소년소설을 많이 쓰는데, 그때에도 그는 자신의 안위를 돌보지 않고 오직 아이들 편에 서서 글을 쓴다. 이 시기는 이원수 시에서 초기(1926~1950)에 해당한다.

한국전쟁 이후 그의 시는 현실주의 시에서 차츰 멀어진다. 그는 이런

요가 아니고 버들쇠 유지영이 1923년 3월 『어린이』 창간호에 발표한 동요를 이원수가 보통학교 3학년 때 그대로 베껴 응모한 것이다.

시를 "한 번 더 생각을 다듬고 속으로 다스리는 자세를 가지고" 쓴 시라고 한다. 그리고 이와 더불어 "동요의 시성(詩性)을 살리려는 의도에서 쓴 작품이 있다" 하면서, 그러한 '동요'로서 "동요의 비시(非時)적 가사화에 하나의 둑이 되어 보려" 했다고 말한다.[3] 그의 말처럼 그때 그가 쓰고자 한 시는 이 시대 '참다운 동요', 즉 "어디까지나 시가" 되는 동요였다.[4] 하지만 지금까지 이원수 연구자들은 그의 동요를 '동시'의 눈으로 봐 온 경향이 짙다. 이 '동시'는 이원수가 1930, 40년대에 썼던 '현실주의' 동시다. 그래서 동요와 동시를 정확히 보는 눈이 있어야 하고, 그 눈으로 1950, 60년대 초 이원수가 이루어 놓은 동요를 평가할 필요가 있다. 이 시기는 이원수 시의 중기(1951~1963)라 할 수 있다. 이원수의 중기 동요뿐만 아니라 후기 동시(1964~1981)도 그동안 연구가 거의 이루어지지 않았다. 이원수는 이때 자신이 쓴 시를 '사적인 애정의 세계'를 노래한 시라고 밝힌다.[5] 여기서 '애정의 시편'은 '사적인 애(愛)'와 '사적인 정(情)'의 시편으로 나누어 살필 필요가 있다.[6]

이 연구의 목적은 그간 이루어졌던 이원수 연구를 참고하고, 그동안 연

3　이원수, 「나의 동시와 나의 생활」, 『너를 부른다』, 창비, 1979, 232쪽.
4　이원수, 「어린이와 동요」(1972), 『아동과 문학』(전집 30), 웅진, 1989, 60쪽.
5　이원수, 「나의 문학 나의 청춘」(1977), 위의 책, 258쪽.
6　지금까지 이루어진 이원수 시 연구 가운데 중기 동요 연구는 찾아보기 힘들다. 후기 동시 연구로는 김상욱의 「끝나지 않은 겨울 들판에서 부르는 희망의 노래 ─ 이원수 후기동시론」(2000)과 권나무의 「동시와 함께 땅이 되다 ─ 이원수 후기 동시에 대한 생각」(2011)이 있다. 이원수 후기시의 특징으로, 김상욱은 '성장해가는 아이들의 자각과 의지의 표현'을 들고, 권나무는 '감성에 눈뜬 청소년 화자의 등장'을 꼽는다.

구에서 놓친 부분을 되살려 이원수 시문학 연구를 더욱 풍성하게 하는 데 있다. 이원수 시 연구에서 가볍게 여겼던 그의 '수필'과 시 연구 자료 밖에 있었던 그의 '동화'를 보조 텍스트로 삼아 시 텍스트만으로는 알 수 없었던 것을 새롭게 찾아내 보고자 한다. 이 연구는 그의 시정신이 어디에서 시작되었는지 그 근원을 찾는 과정이기도 하다. 그의 시와 동화는 지금까지도 독자들의 가슴을 절절히 저며 오게 하는 힘이 있다. 때로는 따뜻이 보듬어 안고, 때로는 불의에 맞서는 분노와 격정을 일게 한다. 그의 작품이 이렇게 오랜 세월 독자들의 마음을 사로잡을 수 있었던 바탕에는 가난하고 힘없는 약자에 대한 측은지심(惻隱之心)이 자리 잡고 있기 때문일 것이다.[7] 이 논문에서는 이러한 시정신과 연민이 어디에서 시작되었고, 작품에는 어떻게 형상화되어 있는지 살펴볼 것이다.

이 연구는 이원수가 세상을 떠난 뒤 웅진출판사에서 간행한 전집 제1권 『고향의 봄』(1989)을 주 텍스트로 하고, 그가 생전에 낸 제1시집 『종달새』(새동무사, 1947), 제2시집 『빨간 열매』(아인각, 1964), 동시선집 『너를 부른다』(창비, 1979)를 보조 텍스트로 삼는다. 이와 더불어 그의 수필집 세 권 『애들아 내 얘기를』(전집 20), 『이 아름다운 산하에』(전집 26), 『솔바

---

7   측은지심(惻隱之心)은 맹자의 사단설(四端說)에 나오는 말로, 『맹자』의 「공손추편 (公孫丑篇)」에 있는 말이다. "불쌍히 여기는 마음이 없는 것은 사람이 아니고, 부끄러운 마음이 없으면 사람이 아니며, 사양하는 마음이 없으면 사람이 아니며, 옳고 그름을 아는 마음이 없으면 사람이 아니다. 불쌍히 여기는 마음은 어짊의 극치이고, 부끄러움을 아는 마음은 옳음의 극치이고, 사양하는 마음은 예절의 극치이고, 옳고 그름을 아는 마음은 지혜의 극치이다(無惻隱之心 非人也 無羞惡之心 非人也 無辭讓之心 非人也 無是非之心 非人也. 惻隱之心 仁之端也 羞惡之心 義之端也 辭讓之心 禮之端也 是非之心 智之端也)."

람도 그날 그 소리』(전집 27), 그의 '아동문학론'이라 할 수 있는『아동문학입문』(전집 28),『동시 동화 작법』(전집 29)『아동과 문학』(전집 30), 시 해석에 필요한 그의 '동화'를 보조 텍스트로 삼아 역사주의적 방법으로 기초 연구를 하여 시 텍스트로만으로는 얻을 수 없는 것을 찾아내고, 그가 시를 통해 말하고자 한 바를 분석해 보고자 한다.

이원수 전집『고향의 봄』은 제1부 1926년~1949년, 제2부 1950년~1959년, 제3부 1960년~1969년, 제4부 1970~1981년으로 잡고, 시 296편을 묶었다. 그런데 그 뒤 연구자들이 여러 신문과 잡지에서 찾아낸 작품이 더 있다. 이 연구에서는 전집에 묶인 296편에 발굴작 38편을 더해 이원수 시 334편을 연구 대상으로 삼고, 시기를 초기·중기·후기로 나누어 살펴볼 생각이다.

제2장에서는 이원수의 가계와 그의 초기 시문학의 바탕이 된 전기적 사실을 살펴볼 것이다. 이원수는 딸이 여섯인 집안에서 외아들이었다. 아버지는 소목장이었고, 집안은 가난했다. 그래서 누나와 여동생들은 일찍부터 집을 나가 돈벌이를 해야 했다. 그 또한 대학이나 일본 유학은 생각도 할 수 없었고 마산 공립상업학교를 나와 함안금융조합에 취직한다. 그가 산 곳은 서울 중앙 문단에서 멀리 떨어진 경남 마산이었기 때문에 그 스스로 아동문학가의 길을 개척해야 했다. 그때『어린이』와 방정환은 문학 스승이었고, '소년회' 활동은 식민지 사회를 냉철하게 바라볼 수 있는 눈을 주었다. 특히 마산에서의 소년회 활동은 그의 초기 현실주의 시의 밑바탕이 되었다고 할 수 있다.

제3장에서는 이원수의 동요·동시·동심론의 특징을 정리하려고 한다. 이원수는 1960년대 이후 동요를 쓰는 사람이 많지 않은데도 끊임없

이 동요에 대해 말하고, 그 이론을 탄탄히 다듬는다. 그는 동시의 갈래를 자유시와 정형시로 나누고, 동요를 정형시로 본다. 이는 당시 동요와 동시를 별개의 장르로 보는 일반적인 흐름과 다른 지점이다. 그가 동요를 동시의 한 갈래 속에 넣은 까닭은 시와 거리가 먼 유행가류 같은 동요, 노래 가사로 전락해 버린 비시적인 동요 장르를 이대로 놔두었다가는 안 되겠다는 절박함에서 비롯되었다. 그는 이 무렵 '시로서의 동요 창작'에 매진한다. 그리고 이 성과는 그의 제2시집『빨간 열매』(1964)로 모아진다.

동시를 오직 "아동의 생활 모습을 읊은 시"라 해 버리면, 동시가 담아야 할 내용은 그만큼 좁아질 수밖에 없다. 이원수는 "아동의 생활(동작·언어)"이 나와 있지 않는 어른 시라 하더라도 "아동이 느낄 수" 있다면 동시로 본다. 그는 동시의 개념을 '아동을 위한 시'에서 한 발짝 더 나아가 "아동이 느낄 수 있는 시"[8], "아동에게 감상되기에 좋은 시"[9]로 확장한다. 이는 동시 개념의 폭과 깊이를, 그 경계를 넓히는 일이기도 하다.

이원수의 동심론은 따로 정립된 형태로 남아 있지 않다. 그의 동심론은 '아동이 느낄 수 있는 시'로서의 '동시의 외연 확대'와 1930년대 이후 우리나라 동시단에 뿌리를 내린 동심주의를 비판하면서 자연스럽게 세워진 이론이라 할 수 있다. 이원수가 동심주의자들을 비판한 까닭은 그들이 아이들의 고통스러운 삶을 들여다보지 않는다는 것과 그 한가운데에 '동심'에 대한 편협한 생각이 자리 잡고 있었기 때문이다. 이오덕은 이원

8 　이원수,「시작노트」(1968),『동시 동화 작법』(전집 29), 웅진, 1989, 113쪽.
9 　위의 책, 130쪽.

수의 동심을 "역사를 살아가는 동심"이라 한다.[10] 이원수의 동심론에서는 이 말이 함의하는 바를 살펴보려고 한다.

제4장에서는 이원수 시를 초기 · 중기 · 후기로 나누고, 그 시기를 대표하는 작품을 낱낱이 들어가며 그 시기의 특징을 정리해 볼 생각이다.

초기는 그가 「고향의 봄」으로 등단한 1926년부터 한국전쟁 발발 해인 1950년으로 잡는다. 이 시기 이원수 시는 현실주의 자장 속에서 씌어졌다고 할 수 있다. 중기는 1951년부터 제2시집 『빨간 열매』(아인각, 1964)의 발간 한 해 전인 1963년까지로 잡는다. 중기의 기점인 1951년은 중공군의 개입으로 1 · 4후퇴 때 이원수가 두 자식 상옥(4세)과 용화(3세)를 잃는 해이다. 이 사건은 그의 인생에서 가장 큰 좌절(setback)이고 상처(trauma)가 된다. 그는 이 상처를 동화와 동시로 절절히 쓰면서 치유해 간다. 후기는 1964년부터 1981년으로 잡는다. 그는 1964년, 초기 · 중기시와는 아주 다른 지점에 있는, "간절한 애정의 세계"를 노래한 「다릿목」을 발표한다. 그리고 그해 "깊은 생각에 잠기는 사색"의 시 「꽃잎」과 「외로운 섬」도 새롭게 발표한다.[11] '애정'과 '사색'의 시는 그의 후기시를 특징짓는 주제라 할 수 있는데, 이러한 시의 시작이 1964년이기 때문에 이 해를 기점으로 삼는다.

초기시(1926~1950) 133편 가운데 고향, 누나 · 형 · 언니 · 오빠, 어머니 · 아버지를 그리워하는 시가 28편으로 가장 많다. 여기에 이별을 노래한 시 5편까지 더하면 '이별과 그리움의 시'는 33편이나 된다. 그리고 일하는 아이들과 식민지의 아픔을 노래한 시가 15편이 있다. 무엇보다도

10　이오덕, 「역사를 살아가는 동심」, 『창작과비평』 1980년 봄호, 354, 358쪽.
11　이원수, 「나의 동시와 나의 생활」, 『너를 부른다』, 창비, 1979, 233~244쪽 참조.

'이별과 그리움'의 시가 씌어졌던 연유를 밝히는 것이 중요할 것이다. 이는 일제의 토지조사사업(1910~1918)에서 비롯된 농촌 마을의 해체와 무관하지 않다. 1942, 43년 그는 친일 글 다섯 편을 조선금융조합연합회 기관지 『반도의빛』에 발표한다. 그의 시 인생에서 이 두 해는 극단에 있는 지점이다. 그의 친일 글은 그가 세상을 떠난 지 21년 뒤인 2002년 세상에 알려진다. 더구나 이 친일 글 다섯 편을 빼놓고는 그가 쓴 글 어디에도 친일의 흔적은 찾아볼 수 없다. 최근 그의 친일 글에 관한 연구는 1942년 전에 발표한 시에서까지 친일의 흔적을 찾고 있는 형편이다. 그런데 이러한 연구가 다분히 편의적이고 무리한 알레고리적 해석을 낳고 있다는 점에서 문제가 있어 보인다.[12] 이 논문에서는 그의 친일 글 다섯 편 가운데 네 편을 분석하고, 그가 중·후기에 걸쳐 친일의 기억을 '기억'과 '반-기억'의 과정 속에서 어떻게 해결해 가는지 살펴볼 것이다.

---

12 이원수의 친일 글과 관련하여 이원수의 작품을 볼 때 객관성을 잃고 연구자의 '편의'가 과도하게 들어간 시각으로는 박태일의 연구를 들 수 있다. 박태일은 「밤중에」(1943년 『아이생활』 9월호에 맨 처음 실릴 때의 제목은 「어머니」였다)의 어머니를 "앞으로 '군신(軍神)'이 됨직한 '지원병'의 어머니"로 읽는다. 그 까닭은 '삯바느질'을 '천인침'의 알레고리로 읽기 때문이다. 그는 일제 말 "'재봉틀'이라는 제국 문물을 이용한 '바느질'이 품고 있는 귀족성과 반민족성은 분명하다"고 한 뒤, "'지원병'의 '무운장구'를 비는 뜻에서 불길처럼 일었던 이른바 '천인침(千人針)' 의례와 나란한 '총후 근로보국'의 알레고리가 '삯바느질'이다"고 한다. 삯바느질을 천인침과 총후 근로보국의 '알레고리'로 보는 것이다. 또한 「밤중에」를, "어머니에 대한 자식의 사랑이라는 보편 윤리와 왜로 제국주의의 태평양침략전쟁기 이른바 '총후(후방) 봉공'의 한 덕목으로서 모성의 희생에 대한 강조·찬양이라는 두 자리 사이에 이원수가 위태롭게 놓여 있음을 잘 보여 주는 작품"으로 평가한다. 박태일, 「나라잃은시대 어린이잡지로 본 경남·부산 지역 어린이문학」, 『유치환과 이원수의 부왜문학』, 소명출판, 2015, 227쪽 참조.

이원수의 중기시(1951~1963)는 98편인데, 이 가운데 서정시가 42편으로 가장 많고, 그다음으로는 동요가 23편이다. 이 가운데 동요로 볼 수 있는 시가 46편이다. 중기시의 거의 절반이 동요인 셈이다. 이때 그가 가장 공을 들인 것은 '시로서의' 동요였다. 이원수 동요의 명편은 이 무렵에 거의 창작되는데, 성공한 작품의 특징은 시인이 대상에 대결해 가려는 시정신과 시의 주체가 몸과 마음을 움직이는 행동성이라 할 수 있다. 이러한 동요는 '동적(動的)'이면서 아주 경쾌한 리듬을 갖추고 있다. 정적인 동요와 달리 동적인 동요의 특징은 시의 주체가 시 속에서 행동을 보인다는 점을 들 수 있다. 중기의 동적인 동요는 요시다 미즈호의 '주체와 행동성' 이론을 바탕으로 그 의의를 정리하겠다. 그런데 이 무렵 그가 아니더라도 동심주의 시에서 찾아볼 수 있는 상투적인 시 10편이 보인다. 이는 그의 창작 장르가 시에서 산문 중심으로 옮겨 가면서 시적 긴장이 느슨해진 것으로 볼 수 있다.

이원수 후기시(1964~1980)는 85편이고, 여기에 병상에서 쓴 시 여섯 편을 더하면 91편이 된다. 이원수 후기시는 애(愛)와 정(情), 성장과 감성, 사색의 시라 할 수 있는데, 이러한 시에서 볼 수 있는 특징은 시인이 시의 대상과 대결하려는 적극적인 태도가 보이지 않고, 어린이의 '삶과 몸짓'이 없다는 점이다. 그래서 초기·중기시와 달리 동적이지 않고, 평면적이고 관조의 시선에 머무르고 있는 시가 많이 보인다. 이렇게 시적 긴장감이 떨어진 까닭은 동화와 소년소설의 창작 매진, 1971년 2월 자신이 중심이 되어 꾸린 한국아동문학가협회 활동과 무관하지 않을 것이다. 그는 이 무렵 문단 활동을 적극으로 펼쳐 나가고 아동문학의 현실주의 이론을 정립해 나간다. 그가 저세상으로 떠나기 전 병상에서 쓴 시 여섯 편은 죽음이 머지않았다는 것을 직감하고 유년의 '행복했던 시절에 대한 갈망'과 소박한 소망을 담고 있다고 할 수 있다. 후기시는 그의 동시 개념 "아동이 느낄 수 있는 시"로서의 동시에 드는 시이고, 이는 동시의 경계 확장을 의미한다. 후기의 동시는 그의 동시론과 관련하여 살펴볼 것이다.

제5장에서는 이원수 초기, 중기, 후기시의 특징을 바탕으로 이원수 동요·동시의 아동문학사적 의의를 정리하고자 한다. 이 장에서는 이원수 시 창작의 태도, 이원수가 노래한 어린이 이미지, 민족문학으로서의 어린이문학 토대 마련이라는 주제로 그의 문학사적 의의를 정리하려고 한다.

2. 그동안의 논의

이오덕은 여러 글에서 이원수 동요·동시 문학을 평한다.[13] 그 가운데 가장 자세하게 다룬 글은 「역사를 살아가는 동심」(1980)으로, 이원수가 저세상으로 떠나기 한 해 전에 쓴 글이다. 그는 이원수 동요·동시 문학을 시대별로, 제1기 1926년부터 1945년까지 일제강점기, 제2기 1946년에서 1960년까지 8·15 이후 군정과 이승만 독재, 제3기 1961년부터

---

13 이오덕이 이원수 동요·동시 문학을 다룬 글은 아래와 같다.
　　「역사를 살아가는 동심」(1980),『어린이를 지키는 문학』, 백산서당, 1984 ;「죽음을 이겨낸 동심의 문학 ─ 이원수 선생의 말년의 동시에 대하여」,『어린이를 지키는 문학』, 백산서당, 1984 ;「시정신과 유희정신」(1974),『시정신과 유희정신』, 굴렁쇠, 2005 ;「어린이를 살리는 문학」, 청년사, 2008 ;「동화를 어떻게 쓸 것인가」, 삼인, 2011 ;「이원수 선생의 일제 말기 친일시, 어떻게 볼 것인가」,『우리 말과 삶을 가꾸는 글쓰기』, 한국글쓰기교육연구회, 2002.

1977년까지 5 · 16 군사쿠데타와 박정희 군사정권 시기, 이렇게 3기로 나누고 시기별 특징을 갈무리한다.[14]

　제1기 일제강점기에 쓴 동요 · 동시에 대해서는, 식민지 아이들의 삶을 옆에서 지켜보고 관조하는 것이 아니라 시인 스스로 그 삶 속으로 들어가 같이 아파하고 괴로워하고, 외로운 아이들의 마음을 절절하게, 그것도 살아 있는 우리말로 썼다고 평가한다. 그는 이원수 시의 절창을 1기로 본다. 그런데 제2기 한국전쟁을 거치고 나서는 어린이의 삶에서 한 발짝 벗어나 다분히 '인생적인 느낌과 생각의 세계'에 빠져들었다고 본다. 그는, "8 · 15 이후에도 노동과 생활을 주제로 한 시를 계속 썼고, 또한 「부르는 소리」(1946), 「달밤」(1949)과 같은 생활과 자연에 보다 밀접한 감동적인 서정 동요를 잇달아 써 온 시인이 왜 6 · 25를 계기로 하여 내면적인 세계로 물러나 버렸는가?" 하고 묻는다. 그는 그 까닭을 다음과 같이 짐작한다. "이것은 아마도 엄청난 전쟁의 비극이 시인에게 준 영향이라 보여지며, 감당하기 벅찼던 고난 속에서 시인의 정신은 역사와 함께 더 전진하지 못하고 그만 주저앉아 버린 것이라 해석된다." 이런 이원수의 변모를 그는 "단순한 변화라기보다 일제강점기와 8 · 15 직후의 시에서 한 걸음 뒤로 물러난 상태라 아니할 수 없다"고 보고, "그리하여 이 시인이 6 · 25

14　이오덕은 이원수가 「고향의 봄」으로 등단한 시점인 1926년부터 1977년까지 굵직한 사건을 중심으로 시기를 3기로 나누고, 1980년과 81년 병상에서 쓴 시 6편을 이어서 4기로 잡는다. 여기서 1978년부터 구강암 발병 이전 80년 4월까지 쓴 시는 6편인데, 이 시는 제3기 안에 넣어도 큰 무리가 없다고 한다. 이러한 시기 구분은 큰 사건을 중심으로 이원수 시를 살펴볼 때는 편리하지만, 이원수 시의 변화 과정을 섬세하게 들여다볼 수 없다는 점에서 한계가 있다.

이후에는 이 땅의 역사와 어린이의 삶의 세계에서 얼마간이라도 유리된 방향을 잡아든 것이 아닌가" 하고 평가한다.[15] 제3기도 제2기와 크게 다르지 않고, "6 · 25 이후 내면의 세계로 잠겨 버린 시의 방향이 그대로 발전해 간 것"으로 판단한다.[16]

이오덕은 병상에서 쓴 시 여섯 편을 이원수 동요 · 동시 문학의 제4기로 잡고 아주 자세히 다룬다. 그는 웅진 전집에 수록된 시 가운데 맨 마지막에 쓴 글이 「겨울 보리」(1977)인데, 그 이후 쓴 시가 꽤 있다 하더라도 "선생의 시의 역사에서 크게 다른 의미가 있을 것 같지 않다"고 한다. 그리고 이어서 "「고향의 봄」 이후의 모든 동시가 그러했듯이 자연의 아름다움을 노래하고 그 자연 속에 살면서 스스로 자연의 일부가 되고자 하는 삶의 태도가 이 마지막 작품들에 한층 더 선명하게 나타나" 있다고 평가한다."[17]

이오덕은 이원수 시문학을 '3, 40년대 이원수 동요 · 동시'의 관점으로 나머지 모든 시기를 보려 한다는 점에서 문제가 있다. 이원수 시는 시기마다 변화가 있고, 왜 그런 변화가 있었는지 살펴보는 것이 먼저이기 때문이다. 그는 이원수 시가 제2기에 와서 변화된 까닭을 '엄청난 전쟁의 비극이 시인에게 준 영향'이라고만 한다. 이 또한 좀 더 세밀한 연구가 필요하다.

이재철은 이원수의 아동문학을 다음과 같이 평가한다. "그는 일제하 식민지 속에서 허덕이는 겨레의 슬픔과 분노를 노래에 담았고, 해방 뒤에는

---

15 이오덕, 「역사를 살아가는 동심」(1980), 『어린이를 지키는 문학』, 191~192쪽.
16 위의 책, 192쪽.
17 이오덕, 「죽음을 이겨낸 동심의 문학」, 위의 책, 176쪽.

불의와 부정을 파헤치는 약자와 가난한 자의 옹호자로서 소설도 쓰고, 다시 통속주의와 상업주의 속에서 문학을 지키기 위하여 비평 활동까지 전개하면서 한결같이 시대 의식과 비판적 안목 속에서 그의 문학을 키워 온 것이다. …(중략)… 이것은 어려운 현실을 외면하고, 이른바 동심적 천사주의 아동관에 입각한 일부 동시인이나 작가들의 그것과는 극히 대조적인 자세였다." 이재철은 이러한 긍정의 평가와 더불어 부정의 평가도 더한다. "전기의 동요·동시에서 볼 수 있듯이 빈곤으로부터 오는 불행을 가진 아동은 그 주어진 환경에 정면으로 도전하여 이를 극복하려는 정신적 자세가 결여되어 있으며, 현실의 불행을 감상적 넋두리로 호소하는 것이 특징이다." 여기서 "현실의 불행을 감상적 넋두리로 호소하는 것이 특징"이라 한 시는 이원수 초기시에 보이는 울분과 토로의 시를 말한다.[18]

이재철의 이원수 평가는 객관적인 평가라기보다는 편향된 관점에서의 평가라는 점에서 문제가 있다. 이원수의 시정신 '서민성'을 "가난하고 어두운 감상에 젖어" 있는 것으로 본다든지, "그가 그리는 아동이 가지는 대표적 속성은 세속적 의미의 '불행한 요소를 가진 아동상'"이라 하고, 그것은 "당시 사회의 음울한 일면(빈곤)"이었다는 평가는 온당하지 않다. 더구나 이원수의 시정신 서민성을, "해방 후 새로운 형태의 동화와 아동소설이 나온 후에도 그가 근본적으로 탈피하지 못했던 작품 세계였다"고 한다거나, "그야말로 태반이 그러한 성향을 좇고 있었으며, 그것은 해방 뒤에도 변치 않는 작품이기도" 했다는 평가는 어린이문학의 서민성을 버

---

18 이재철, 『한국현대아동문학사』, 일지사, 1978, 228~233쪽 참조.

려야 할 것인 양 말하는 거와 같다.[19] 무엇보다도 일제강점기와 해방 이후 아이들의 가난한 삶을 "음울한 일면"으로 보는 것은 문제가 아닐 수 없다. 그는 어린이문학 평론가로서 당시 우리나라 어디를 가도 아이들의 삶이 '빈곤'했고 힘들었다는 것을 애써 외면하고 있는 것이다.

김상욱은 이원수를 일러 "어디까지나 그는 시인이었다"고 하면서, "이원수를 시인으로 명명하는 것에 어떤 망설임조차 없는 것은 적어도 그의 문학 활동 전반을 꿰뚫는 정신이 시적 상상력에 뿌리를 두고 있기 때문이다"고 말한다.[20] 그는 이원수 후기시에서 '성장해 가는 아이들의 자각과 의지의 표현'을 본다. 김상욱은 「끝나지 않은 희망의 노래-이원수 후기동시론」에서 이원수 후기시의 첫출발을 "전쟁이 끝나고, 그를 그토록 옥죄던 부역자로서의 멍에를 벗어던질 때쯤"으로 잡고, "성장에 대한 자각과 그 성장을 밝고 희망찬 것으로 만들고자 하는 의지의 피력이 1960년대 이후 80년에 이르는 시편들에서 가장 두드러진 성취에 해당한다"고 평가한다. 여기서 김상욱이 드는 '성장에 대한 자각' 시편은 「새 날의 아이들」(1963), 「푸른 열매」(1965), 「겨울 보리」(1977), 「나이」(1980) 이렇게 네 편이다. 이 시편을 '성장에 대한 자각'으로 볼 수 있을 것인가는 좀 더 세심한 연구가 뒤따라야 하겠다. 이는 먼저 이원수가 이 무렵 "사회에 대한 관심에서 좀 자리를 멀리하고 사적인 애정 세계에 가까이하게 된"[21] 연유를 파악하는 데서부터 시작해야 할 것이다. 또한 후기시의 시작을 너

19 위의 책, 226~233쪽 참조.
20 김상욱, 「겨울 들판에서 부르는 희망의 노래-이원수 초기동시론」(2001), 『숲에서 어린이에게 길을 묻다』, 창비, 2002, 151쪽.
21 이원수, 「나의 문학 나의 청춘」(1977), 『아동과 문학』(전집 30), 258쪽.

무 앞에서 잡은 것도 다시 생각해 봐야 할 듯 싶다.

원종찬은 이원수의 친일 문학을 들면서 "사람의 삶에는 설명하기 힘든 모순이 끼어들게 마련이거니와, 그렇다고 해서 그 사람의 사회적 지향과 실천이 모두 베일에 가려지는 것은 아니다. 전체로 보아 이원수 문학은 '역사를 살아가는 동심'이었음이 틀림없다"고 평가한다.[22] 원종찬이 말하는 '설명하기 힘든 모순'이란 이원수가 1942년과 43년, 조선금융조합 연합회 기관지 『반도의빛』에 발표한 친일 글 다섯 편을 말한다. 원종찬은 이원수 문학을 살필 때 먼저 짚고 넘어가야 할 것을 제시한다. 그는 "우선 집안 형편에서 비롯된 '가난'의 체험을 빼놓을 수가 없겠고, 다음으로는 그가 소년 시절을 보낸 '마산'에서의 체험을 눈여겨보지 않을 수 없다"고 한다.[23] 이원수 문학을 연구할 때 '가난'과 마산에서의 '소년회' 활동이 아주 중요하다는 것을 말하고 있는 것이다. 이 두 가지 지점을 제대로 짚었을 때만이, 카프이면서 카프가 아닌, 방정환의 직계이면서도 직계가 아닌 그의 문학을 설명할 수 있다는 말이다.

---

22 원종찬, 「이원수와 1970년대 아동문학의 전환」, 『문학교육학』 No.28, 2009, 499~500쪽.

23 원종찬, 「이원수와 마산의 소년운동」(1996), 『아동문학과 비평정신』, 창비, 2001, 328~329쪽. 원종찬은 이 글을 이렇게 마무리한다. "이원수의 아동문학은 수난의 민족현실에 아로새겨진 서민 어린이 삶의 역사이다. 방정환의 제자를 자임하면서도 동심천사주의를 넘어선 곳에, 그리고 프로아동문학의 현실주의를 중시하면서도 관념적 도식주의를 넘어선 곳에 이원수는 자리한다."(337쪽) 바로 이런 '이원수의 자리'를 생각할 때, 가난과 소년회 활동은 반드시 짚고 가야 한다는 말이다. 그랬을 때만이, 이오덕이 말한 '체질적으로 달리 태어난'(「역사를 살아가는 동심」(1980), 181쪽) 이원수를 볼 수 있다는 말일 것이다.

지금까지 이원수 동요·동시를 연구한 학위 논문은 16편이다.[24] 여기서 주목할 논문은 공재동, 박순선, 김은영, 박종순의 연구이다.

공재동은 이원수 시의 업적으로 정형시 동요를 자유시 동시로 전환시켜 동시를 문학의 차원으로 끌어올렸다는 점과 '아동문학'인 동시에도 현실 문제를 수용할 수 있다는 것을 든다. 그는 이원수 동시의 특성을 현실 비판에 의한 참여문학적 성격으로 규정하고, 이는 일찍이 누구도 시도하지 않았던 일로 아동문학에서는 매우 획기적인 일이었다고 평가한다. 그런데 이원수 초기시의 화자를 어린이로만 보는 문제,[25] 동시를 동요가 한 단계 발전한 장르로 보는 문제[26]를 우선 지적할 수 있다. 무엇보다도 아

---

24 이원수 동요·동시를 연구한 학위 논문은 아래와 같다.
　　공재동, 「이원수 동시 연구」, 동아대학교 석사학위 논문, 1990 ; 김미정, 「이원수 동시 연구」, 아주대학교 석사학위 논문, 2006 ; 김보람, 「尹石重과 李元壽 童詩의 對備的 硏究」, 제주대학교 석사학위 논문, 2002 ; 김성규, 「이원수 동시에 나타난 공간구조 연구」, 한국교원대학교 석사학위 논문, 1994 ; 김영일, 「李元壽 童詩의 發話構造 硏究」, 명지대학교 석사학위 논문, 1994 ; 김용순, 「李元壽 詩 硏究 : 童謠·童詩를 中心으로」, 성신여자대학교 석사학위 논문, 1987 ; 김은영, 「이원수 동시 연구」, 한국교원대학교 석사학위 논문, 2007 ; 박동규, 「이원수 동시 연구」, 계명대학교 석사학위 논문, 2001 ; 박숙희, 「이원수 동시에 나타난 사상적 특징」, 고려대학교 석사학위 논문, 2010 ; 박순선, 「이원수 동시연구」, 창원대학교 석사학위 논문, 2005 ; 박종순, 「이원수문학의 리얼리즘 연구」, 창원대학교 석사학위 논문, 2009 ; 선종수, 「이원수 동시의 리얼리즘 구현 양상 연구」, 한국교원대학교 석사학위 논문, 2015 ; 송연옥, 「이원수 동시 연구」, 제주대학교 석사학위 논문, 2006 ; 이옥근, 「李元壽 李五德 童詩의 現實受容樣相 硏究」, 전남대학교 석사학위 논문, 2008 ; 이용순, 「李元壽·朴木月 詩와 童詩 比較 硏究」, 영남대학교 석사학위 논문, 2003.
25 공재동, 앞의 논문, 30쪽.
26 위의 논문, 33, 57쪽.

동문학을 보는 관점이 문제이다. 그는 아동문학에 대해 "아무리 현실이 어둡고 암울할지라도" 그 안에 반드시 "따스한 애정과 희망"을 담아내야 하고, 이것을 아동문학의 "동심적 발상"이라 한다.[27] 그래서 이원수의 「가시는 누나」(1932)를 평가할 때, "지나치게 주제가 드러나" 있고, "'동심으로 사물을 파악한다'는 아동문학의 특성에 비추어 본다면 그 본질을 벗어"난 작품으로 본다.[28] 여기서 '동심으로 사물을 파악한다'는 말은 그의 아동문학관이라 할 수 있는데, 이 문학관에 따르면 이원수의 「가시는 누나」는 현실의 암울함만 보여 줄 뿐 '따스한 애정과 희망'이 없다는 점에서 아동문학의 본령에서 벗어난 작품이 된다. 하지만 이러한 아동문학관은 전도된 동심관에서 비롯된 것이라는 점에서 문제가 있다.

　박순선은 이원수의 동시 속에 나타나는 주제와 이미지가 시기별로 어떻게 변모했는지 밝히고 있다. 그는 이원수 문학의 특징을 작가의 체험과 시대정신이 밀착되어 있다고 보고, 소년기의 그리움·청소년 시절의 사랑·장년기의 시대고가 작품 속에 핵심 요소로 자리 잡고 있다고 한다. 하지만 이원수 시에서 '청소년기의 사랑'이 모티프가 되어 씌어진 시는 찾아보기 힘들다. 박순선은 이원수 시가 한국전쟁을 거치면서 물, 불, 공기, 흙 같은 원형 이미지를 노래하며 시의 주제가 달라졌다고 평가한다. 박순선이 말하는, '원형 이미지'를 노래한 시로는 후기시 가운데 「쑥」「이상도 해라-음악에게」「불에 대하여」(1971), 「당신은 크십니다」(1977) 같은 시를 들 수 있는데, 이 시편을 '원형 이미지'를 노래한 시로 볼 수 있

27　위의 논문, 32쪽.
28　위의 논문, 45쪽.

을는지, 아니면 단순한 '메시지 시'로 봐야 하는지는 좀 더 세심한 연구가 뒤따라야 할 것이다. 또 한국전쟁을 겪으면서 이원수 시에 변화가 왔다면, 그 변화가 어디에서 비롯되었는지도 밝혀야 할 것이다.

김은영은 이원수 시 가운데 많은 작품이 가족과 사회, 민족의 '해체'를 노래하고 있다고 평가한다. 가족의 해체를 노래한 시로는 「찔레꽃」(1930), 「어디만큼 오시나」(1936), 「전봇대」(1940), 「부르는 소리」(1946), 「아버지」(1980)를 비롯하여 14편을 드는데, 이 시편은 어머니 · 아버지 · 누나를 그리워하는 시로는 볼 수 있겠지만 가족의 '해체'라는 관점으로 보기에는 힘들지 않나 싶다. 마찬가지로 사회의 해체로 보는 「헌 모자」(1929), 「잘 가거라」(1930), 「보오야 넨네요」(1938)를 비롯한 5편도 식민지 시대 민중들과 아이들의 삶을 노래한 시라 할 수 있지 사회의 '해체'로 보기는 힘들 듯싶다. 민족의 해체를 그린 시로 드는 「꽃불」(1942), 「개나리꽃」(1945)도 식민지를 살아가는 아이들의 현실을 노래한 시이지 민족의 '해체'로 볼 수는 없을 것이다. 김은영의 연구 방법은 연구자가 '해체'라는 '편의' 속에 이원수의 작품을 무리하게 엮어서 분석한다는 점에서 문제가 있어 보인다.

박종순은 "우리나라의 대표적인 아동문학가 이원수에 대한 연구는 부분적으로 이루어지고 있을 뿐만 아니라, 그가 작가 정신을 확고히 다지며 작품 활동을 한 분단 이후의 문학 활동에 대한 연구에 있어서도, 전 장르적 넘나듦을 통해 리얼리즘을 구현한 요체를 밝히는 데까지 이르지 못하고 있다"고 보고, "한국 아동문학사적인 맥락에서 이원수가 어떤 위치에서 어떠한 역할을 하며 작품 활동을 하였는지" 그가 "구현하려 했던 리얼리즘의 본질"이 무엇인지 밝히는 데 목적을 둔다.[29] 그는 "이원수가 작가 의식을 갖고 활발한 활동을 전개한 분단 이후의 문학에 주목"한다. 그 까 닭으로는, "전쟁과 분단이 이원수의 삶과 문학에 많은 영향을 끼쳤고, 그 결과 문학을 하는 태도에 있어서도 더욱 적극적인 비판 의식과 고발 의 식을 가질 수밖에 없었"다는 점을 든다.[30] 그런데 그의 연구에서 한국전쟁 이후의 이원수 중기시 "동요의 시성(詩性)을 살리려는 의도에서 쓴 작품" 과 후기시 '애정과 사색의 세계'를 읊은 시에 대한 분석을 찾을 수 없다. 이 또한 이원수 시를 연구할 때 반드시 살펴야 할 부분이 아닐까 싶다.

이 밖에도 이원수의 1920~30년대 시를 살핀 김권호, 이원수 해방기 동시를 연구한 김명인 · 김종헌, 이원수 동시와 자연 이미지를 탐구한 김 미혜, 이원수의 편입학 연도와 습작기를 연구한 김소원, 동갑내기 이원 수와 윤석중의 행보를 그린 김제곤, '죽음과 부활의 정신'으로 이원수 문 학을 살핀 이재복의 논문이 있다.[31] 여기서 김권호의 연구는 여러 논자의 글에서도 공히 발견되는 문제를 안고 있다.

김권호는 이원수의 동시 문학을 현실주의적 면모로만 주목하는 것에서

---

29 박종순, 앞의 논문, 4쪽.

30 위의 논문, 7쪽.

31 김권호, 「그리움과 희망을 노래하는 겨레의 동시인-1920~30년대 이원수 동시 를 살피며」, 『이원수와 한국 아동문학』, 창비, 2011 ; 김명인, 「이원수의 해방기 동 시에 관하여」, 『한국학연구』 No.12, 2003 ; 김미혜, 「이원수 동시에 나타난 자연 이미지의 교육적 탐색」, 『국어교육연구』 No.31, 2013 ; 김종헌, 「해방기 이원수 동 시 연구」, 『우리말글』 No.25, 2002 ; 김제곤, 「동갑내기 두 문인의 행보-이원수와 윤석중의 삶과 문학」, 『이원수와 한국 아동문학』, 창비, 2011 ; 이재복, 「이원수 문 학이 우리에게 남긴 과제-별 왕자가 겪은 삶의 이야기」, 『이원수와 한국 아동문 학』, 창비, 2011.

벗어나 전체적인 면모를 두루 살펴볼 때가 되었다고 하면서, "이원수는 등단 직후 맑은 동심이 드러나는 작품을 남겼는데, 이는 생애 내내 현실주의로 포획되지 않는 다양한 양상의 동시들을 써 온 것에 대한 일관성 있는 이해를 가능하게" 한다고 본다. 그리고 그 연장선상에서 일제 말기의 밝은 동시를 바라보면 그것이 갑작스러운 파탄으로만 보이지 않는다고 한다. 일제강점기 말에 씌어진 '유년시'의 시작과 근원이 등단 직후 발표한 시와 관련이 있다는 말이다. 하지만 이원수의 등단기(1926~1927) 작품 11편은 '동심주의' 자장 속에 있는 시로, 관념으로 쓴 시라는 점에서 일제강점기 말 때 쓴 '유년시'하고는 결이 다르다는 것을 먼저 지적할 수 있다. 무엇보다도 그는 동요와 동시를 구별하지 않는다는 점에서 문제가 있어 보인다. "초기 동시의 상당수는 7 · 5조를 바탕으로 하고"[32] 있다 한다든지, '동요'「고향의 봄」을 '동시'라 하면서,[33] 명백히 다른 장르인 동요와 동시를 구별하지 않고 있는 것이다. 또 동심을 바라보는 관점도 문제가 있다. 등단기의 동심주의 작품과 일제강점기 말의 '유년시'를 볼 때, "천진한 동심" "맑은 동심" "동심의 세계"[34] 같은 말을 쓰는데, 여기서 김권호가 생각하는 '동심'은 '어린이들의 마음'이고, 이는 동심주의자들이 말하는 '통념으로서의 동심'이라는 점에서 문제가 있다고 할 수 있다.

---

32 김권호, 앞의 논문, 163쪽.
33 위의 논문, 같은 쪽.
34 위의 논문, 173쪽.

제2장

이원수의 소년 시절

1. 이원수의 가계와 문학 수업

이원수는 자신의 생애를 일목요연하게 정리한 글을 쓰지 않았다. 그래서 그가 쓴 여러 수필에 나오는 이야기를 통해 그의 생애를 유추하고 그려 나가야 한다. 그는 1950년대 초부터 꾸준히 수필을 썼다. 50년대 초는 한국전쟁이 막 끝났을 때이고 누구나 힘들었던 시기이다. 이원수는 이 힘든 시기를 수필로 절실하게 써 나간다. 그가 쓴 수필 가운데서 이 시기에 쓴 수필이 가장 절절하다. 이 수필에는 식구들 이야기가 많이 나온다.

이원수는 1911년 아버지 이문술(李文術)과 어머니 진순남(陳順南)의 외아들로 태어난다. 위로 딸이 넷, 아래로 딸이 둘, 여섯 딸에 외아들이었다. 이원수는 수필 「어머니」(1972)에서 자신의 가계를 이렇게 밝힌다.

딸만 계속 넷을 낳고 처음으로 아들 하나를 낳은 어머니는 심한 산고를 겪으며 아버지를 기다리고 있었다. 출타한 아버지는 득남한 기쁨도 모르고 돌아오지 않고, 어머니는 기다리다 지쳐서 눈이 퉁퉁 붓도록 울고 있었다.

그 후 어머니는 또 딸 둘을 낳아 나는 결국 여섯 딸에 단 하나의 독
자로서 어머니에게는 귀하기 짝이 없는 아들이었던 것 같다.[1]

위로 세 누이는 호적에 올라 있지 않다. 박종순은, "어머니 진순남은 전
남편과의 사이에서 난 딸 셋을 데리고 아버지 이문술에게 재가했다. 이
문술도 한 번 결혼했으나 자식이 없이 사별한 처지였다. 먼저 딸 셋은 시
댁에 두고 재가를 한 것 같다고도 하나 이원수와 같이 살았을 것으로 짐
작한다"고 밝히고 있다. 이렇게 봤을 때 이문술과 진순남 사이에서는 4형
제가 태어난 셈이다.[2]

아버지는 목수였다. 그런데 같은 목수여도 하는 일에 따라 '대목'과 '소
목'으로 나눈다. 이원수는 아버지를 떠올릴 때, "그냥 집을 짓거나 큰 재
목을 다루는 목수라기보다 잔 물건을 잘 만드셨다"고 하는 것으로 보아
'소목장'이었던 것 같다.[3] 그래서 대목장보다 벌이가 적었고 집안 사정은

---

1 이원수, 「어머니」(1972), 『솔바람도 그날 그 소리』(전집 27), 웅진, 1989, 200쪽.
2 이원수의 호적상 형제는 누나 이송연(1909년생), 여동생 이말연(1914년생)과 이
    우연(1919년생) 이렇게 4형제다. 박종순, 「해방 이전 지역에서의 삶과 문학」, 『이
    원수와 한국 아동문학』, 창비, 2011, 113~114쪽 참조.
3 대목장은 기둥, 보, 도리, 공포, 추녀내기, 서까래걸기처럼 집을 지을 때 중심이
    되는 일을 도맡아 한다. 그에 견주어 소목장은 창, 문살, 천장, 마루, 찬장, 그릇장
    같은 것을 짠다. 지금껏 연구자들은 아버지의 직업을 막연히 '목수'라고만 알고
    있었다. 하지만 그의 자전 동화 「5월의 노래」(1949)를 봐도 아버지는 목수 가운데
    서도 소목장이었다는 것을 알 수 있다. "내가 자란 고향은 한적한 시골이었다. 나
    는 아홉 살 될 때까지 그 마을에서 자랐다. 아버지는 목수였다. 집 짓는 일도 하시
    긴 했지만, 그보다도 책상이랑 살림 도구 같은 것을 만들어 생활을 해 가시는 가
    난한 목수였다. …(중략)… 아버지의 벌이는 신통한 것이 되지 못했다. 얼마 안
    되는 일거리로 살아가기도 어려웠고, 또 이런 조그만 시골에서 책상이며 찬장이

늘 힘들었다.

어머니는 매우 과묵하신 분이었다. "남편에게 불평을 늘어놓지 않던 아내였고, 수단이 없어 가게를 넉넉히 할 줄도 모르던 어머니는, 아들이 장성함에 따라 물밀 듯 들이닥치는 현대적인 모든 것과 부딪치면서도, 조용하고 허둥대는 일이 없는 어른이었다. 언제나 아들딸의 평안과 행복을 위해 절실한 기원을 부처님께 드리고 계시던 어머니였다."[4] 그런 어머니를 이원수는 이렇게 기억하고 있다.

> 내게도 잠 안 오는 밤이 있어, 등불을 끄고 삼경 사경의 밤을 혼자 지키던 어느 때, 유리창 밖으로 먼 하늘에 달이 빛살을 늘여 내 얼굴을 어루만져 주고 있었다. 나는 누운 채 달을 보다가 그것이 달이 아닌, 어릴 때의 내 어머니 같다는 생각을 했다. 누렇게 부황이 난, 병들었을 때의 어머니. 가엾은 어머니. 고생스럽게만 살다 가신 어머니.
>
> 어머니가 어린 외동아들이던 나를 데리고 시골길을 걸으시며 하시던 말씀이 어렴풋이 생각났다.
>
> "수야, 너는 커서 네 힘으로 살아야 한다. 남의 힘으로 살려 들지 말고 지혜가 있는 사람이 돼야 해. 너의 아버지는 늙으셨으니 지혜는 있어도 용기가 없단다……."
>
> 그러시던 어머님의 말씀을, 이 밤 저 달이 내게 다시 묻는 것 같았다. 은빛 달빛이 내 귀에다 대고 속삭이고 있었다.[5]

며 그런 종류의 물건을 만들려고 드는 사람도 별로 없었다." 이원수, 「5월의 노래」(1949), 『숲 속 나라』(전집 2), 웅진, 1989, 146~148쪽.
4 이원수, 「어머니」(1972), 『솔바람도 그날 그 소리』(전집 27), 271쪽.
5 이원수, 「달이 내게 묻기를」(1975), 『솔바람도 그날 그 소리』(전집 27), 141쪽.

어머니는 늘 아팠다. 집안 살림도 제대로 살필 수 없었다. 이원수는 '누렇게 부황이' 난 어머니 얼굴을 떠올린다. 특별히 어디 안 좋은 곳은 없었지만 원래부터 몸이 약했던 것 같다. 1925년 1월 겨울, 이원수가 열다섯 살 때 아버지가 저세상으로 떠난다. 그 뒤로 어머니는 힘든 몸을 이끌고 자식들을 간수한다. 그리고 아버지보다 스물네 해를 더 살고 1949년 노환으로 생을 마감한다.

어머니가 살림을 책임질 수 없었기 때문에 아버지가 떠난 뒤 집안 살림은 장녀 송연이 도맡는다. 송연은 마산 오동동 남선권번 기생이었다. 10대에 기생 수업을 받고 권번 기생이 된 것이다. 당시 권번은 지금의 연예인 기획사나 매니저 노릇을 했다. 송연은 그리 빼어난 인물은 아니었으나 성격이 꼿꼿한 여인이었다. 마산 사는 지주 아들 이석건이 송연을 후실로 삼는다. 아버지가 떠난 뒤 송연이 이원수의 보통학교 학비를 대 주고, 나중에 이석건이 학비를 대 주어 마산 공립상업학교를 졸업할 수 있었다. 이석건은 사회주의자였다. 1927년 신간회 함안지회 부회장을 맡고, 보도연맹 마산지부 문화실장도 지냈다.[6] 마산 공립상업학교 시절 이원수는 그에게 많은 영향을 받는다.

그가 현실주의 길을 걸을 수밖에 없었던 밑바탕 가운데 가장 깊숙이 자리 잡고 있었던 것은 '가난'일 것이다. 그는 한평생 가난했고, 힘들게 살아가는 어린이 편에 선다. 그냥 그것을 멀리서 지켜보고 그리는 것이 아니라 스스로 가난한 아이가 되어 시를 쓰고 소설을 쓴다. 월사금을 내지 못해 교실을 나와야 했던 아이들(「헌 모자」 「교문 밖에서」)을 노래하고,

---

6   박종순, 앞의 논문, 115~116쪽 참조.

드넓은 논밭이 있는데도 농사지을 땅 한 평 없어 만주로 함경도로 북간도로 떠나는 식구들(「잘 가거라」)을 노래하고, 거리에서 껌 파는 아이들(「너를 부른다」)을 학교로 부른다. 그는 가난한 아이들의 삶을 노래하고, 가난에 굴복하지 않고 꿋꿋하게, 바르게 살아가는 아이들을 그린다. 그래서 그의 문학을 평가할 때 늘 하는 말이 가난한 아이들 편에 서서 시와 소설을 썼다는 말이다. 그런데 이런 평가에 앞서 그 또한 가난했다는 것을 놓쳐서는 안 될 것이다. 원종찬도 이 점을 아주 중요하게 여긴다.

> 그의 문학이 지닌 올바른 정신의 원천은 어디에 있는 것일까? 그의 생애를 살펴볼 때, 우선 집안 형편에서 비롯된 '가난'의 체험을 빼놓을 수가 없겠고, 다음으로는 그가 소년 시절을 보낸 '마산'에서의 체험을 눈여겨보지 않을 수 없다. 특히 마산에서의 체험은 지금까지 이원수 문학을 말하는 자리에서 거의 지나쳐 버린 것으로, 그가 대다수의 문인들과 달리 일본에서의 유학을 경험하지 않았다는 점, 그리고 그 이식(利殖)에 빠지기 쉬운 중앙문단의 풍토와는 일정하게 거리를 두었다는 점에서 매우 각별한 의미를 지닌다.[7]

원종찬은 이원수 현실주의의 근원을 집안 형편에서 비롯된 '가난의 체험'에서 찾고 있다. 물론 집안이 가난하다고 해서 모두 현실주의자가 되는 것은 아니다. 하지만 이원수의 현실주의 문학 정신을 살필 때 가난의 문제는 빼놓아서는 안 된다는 말일 것이다. 박종순도 그의 논문 「이원수 문학의 리얼리즘 연구」에서 '식민지 시대의 가난 체험'이란 장을 따로 두고 이원수 집안의 가난과 리얼리즘 문제를 다룬다. 그의 초기 현실주의

---

7   원종찬, 「이원수와 마산의 소년운동」, 『아동문학과 비평정신』, 328~329쪽.

시에 나오는 식민지 시대 가난한 아이들의 삶은 그의 어린 시절 삶이기도 하고, 그가 보아 왔던 동무들과 형과 누나들의 삶이기도 하다. 원종찬은 가난과 더불어 "소년시절을 보낸 '마산'에서의 체험"을 놓쳐서는 안 된다고 말하고 있다. 이는 보등학교 시절 가입해 활동했던 '소년회 운동'을 말한다.

그는 가난 때문에 대학은 생각도 할 수 없었다. 그는 열네 살까지 무려 여섯 번 이사를 한다. 집을 새로 짓거나 사서 가는 것이 아니라 남의 집에 세를 들어간 것이다. 1936년(26세) 결혼을 하고, 생을 마감할 때까지 일곱 번 이사를 한다. 이 또한 셋방살이를 전전하는 이사였다. 그가 어렵게 집을 마련해 이사한 것은 1959년(49세)과 1970년(60세), 두 번뿐이다.

> 세상에 가난처럼 흔한 것도 없고, 또 가난처럼 아픈 것도 없다. 가난의 아픔은 육신을 마르게 하고 고달프게 하며 행색을 추하게 하고, 사람을 비굴하게도 한다. 그것은 흔히 젊을 때의 수학의 길을 막고, 문화 사회에의 진출을 어렵게 만들며, 때로는 비뚤어진 인생관을 갖게 하여, 타락의 구렁으로 사람을 끌어가기도 한다. 이러한 괴물인 가난 속에서 뛰쳐나오지 못하고 오늘까지 살아오고 있다.[8]

그에게 가난의 굴레 또는 상처는 그의 마음속에 깊게 자리 잡은 트라우마였다. 그 가난의 고통이 얼마나 컸던지 "일찍이 나는 생(生)의 고통에 지친 나머지, 생명을 얻어 이 세상에 태어난 것을 원망한 적이 있었다"[9]

---

8   이원수, 「끝없는 시련 속에 일생을 즐거이」(1977), 『솔바람도 그날 그 소리』(전집 27), 190쪽.
9   이원수, 「편상 상제」(1968), 위의 책, 22쪽.

고까지 한다. 그는 이런 "괴물인 가난 속에서 뛰쳐나오지 못하고 오늘까지 살아오고 있다"고 한다. 그가 이 수필을 쓴 때는 1977년이고, 이 세상을 떠나기 네 해 전(67세)이다. 그는 이때까지도 가난에서 벗어나지 못한다. 그에게 가난은 "괴물"이었던 것이다.

이원수는 젊은 날 특별히 문학 수업을 받은 적이 없다. 그에게 문학을 가르쳐 준 것은 오로지 책이었다.

> 이 우울한 시대에 나는 동시를 쓰기 시작했지만, 나의 문학적 힘은 역시 독서에서만 길러진 것이라 생각된다. 나는 학교에서 문학을 배운 바 없고 시나 소설을 배운 바 없고 철학이나 사회를 배운 바 없다.
> 그러나 나로 하여금 식민지의 소년으로서 항상 일제에 대한 저항 의식을 가지고 자라게 하고, 비굴해지지 않고 긍지를 가지게 해 준 것은 오직 책이었다.
> 그 시절에 읽은 책이란 대개가 일본말로 된 것이었다. 일본서 번역된 외국물, 또는 일본 사람들이 쓴 책을 읽고, 힘과 지혜를 얻어 왔다.[10]

어린 시절 이원수는 책을 사 보지 못했다. 그에게 엄청난 영향을 끼친 소년소녀 잡지 『어린이』만 하더라도 정기 구독을 해서 받아 보지 못했던 듯싶다. 그의 동화 「5월의 노래」(1949)에서 주인공 노마는 '잡지'라는 말조차 모른다. 영순이 누나가 책꽂이에서 빨간 글씨로 '어린이'라 써진 책을 내놓자, '아! 이런 책도 있었던가' 하며 놀란다. 그날 밤 노마는 밥도 먹는 둥 마는 둥 하면서 책에 빠져든다. '어쩌면 이렇게 재미있고 좋은 책

---

10   이원수, 「나의 독서 편력」(1971), 위의 책, 105쪽.

이 다 있을까! 이런 걸 나는 모르고 있었구나' 하면서 『어린이』를 읽고 또 읽는다.[11]

그가 책을 통해 본격으로 문학 공부를 시작한 때는 1931년(21세) 함안 금융조합 본점 서기로 취직했을 무렵이다.

> 하고 싶은 공부를 하기 어려운 집안 사정 때문에 상업학교를 다닌 나는 학교를 졸업하자 마산에서 그리 멀지 않은 함안 읍으로 취직이 되어 갔다. 직장은 금융조합—지금의 농협과 같은 곳이다. 예금을 받고 농사에 필요한 자금을 꾸어 주고 하는 금융 기관이다.
> 한적한 조그만 읍에 살게 된 나는 그 직장의 사무를 보면서 나 스스로 문학 공부를 하려고 결심을 했다. 스스로 한다는 공부란, 오직 책으로 하는 길밖에 없다. 문학 공부에 필요한 책을 널리 사서 읽어야 했다. 그 책은 모두 일본에서 사들여 와야 했다.[12]

---

11   이원수의 동갑내기 윤석중은 1924년 『어린이』에 독자 의견을 보낸다. "선생님 저
     는 다섯 가지나 되는 잡지를 읽고 있습니다. 그러나 그중에도 제일 재미있고 사랑
     하는 것은 우리 『어린이』입니다. 그런데 다른 잡지에는 써 보내는 대로 자주 나는
     데 『어린이』에는 한 달에 한 번씩 꼭꼭 보내도 제 글은 아니 납니다그려. 퍽도 섭
     섭합니다. 인제는 의견 보기보다 作文 동요 日記文을 써 보냅니다. 그리고 제 생
     각 제 손으로 少年小說 지은 것이 있습니다. 이것도 뽑으시는지요? 다달이 들어
     가도 좋습니까?"(윤석중, 「독자담화실」, 『어린이』, 개벽사, 1924. 7쪽, 42쪽) 윤석
     중은 이원수보다 한 해 앞서 『어린이』에 「옷둑이」(1925. 4)로 등단한다. 그의 나이
     열다섯 살 때다.
12   이원수, 「흘러가는 세월 속에」(1980), 『얘들아 내 얘기를』(전집 20), 웅진, 1989,
     275~276쪽. 김화선은 이원수의 친일 글 발표와 관련하여, 이원수가 일본인 여선
     생을 따르고, 일본어 책으로 문학을 공부했다는 것을 들며 '이원수 문학의 양가성'
     을 말한다. "여기서 우리가 기억해야 할 또 하나의 사실은 이원수 문학 세계의 밑
     거름이 된 것이 바로 일본어로 쓰인 책, 다시 말해 일본 문학 작품이라는 점이다.
     학창 시절 일제에 대한 저항감을 가진 식민지의 소년이 일본어로 된 책을 접하며

이원수는 수필 「태업생(怠業生)의 후일담」(1980)에서 이런 말을 한다. "나는 국민학교를 졸업할 때 사범학교에 진학하고 싶어 했다. 나의 성격상 교사로 나가는 것이 그래도 맞을 것 같아서였다. 그러나 나는 상업학교에 입학했다. 그건 내 고장에 있는 학교가 그 학교뿐이었기 때문이다. 타관에 가서 공부할 여유가 없었으므로 부득이 그랬던 것이다."[13] 그는 성격상 사범학교를 나와 교사가 되는 것이 맞을 성싶었다고 떠올린다. 하지만 집이 가난해 서울로 갈 수 없었다. 그는 1931년(21세)에 마산 공립상업학교를 졸업하고 함안금융조합 본점 서기로 취직한다. 이때 콜롬비아 레코드사에서 홍난파 곡·서금영 노래의 「고향의 봄」 음반이 나오고, 국민 애창곡으로 자리 잡기 시작한다.[14]

문학과 만났다는 사실은 이원수의 의식 세계가 분열될 수밖에 없는 하나의 요인이 되기에 충분할 것이다. 이원수는 의식적으로는 일본의 제국주의에 저항하고 있었지만 감성적으로나 문학적으로는 그것을 모방하고 있었던 것이다. 그 양가성은 민족이 처한 현실에 대한 인식과 개인적인 취향이 서로 어긋나면서 이후에 이원수가 친일문학 작품을 발표하는 하나의 계기가 될 수 있었다."(김화선, 「이원수 문학의 양가성-『半島の光』에 수록된 친일 작품을 중심으로」, 『친일문학의 내적 논리』, 역락, 2010, 219쪽) 하지만 이러한 평가는 논리의 비약이 아닌가 싶다.

13 이원수, 「태업생(怠業生)의 후일담」(1980), 『얘들아 내 얘기를』(전집 20), 314쪽.

14 백창우에 따르면 지금까지 이원수 시에 붙인 곡은 스무 곡이 채 안 된다고 한다. "음반 녹음을 앞두고 『한국 동요 반 세기』 『동요 애창 500곡집』 같은 자료를 뒤져 이원수 동요가 몇 곡쯤 있나 찾아보았습니다. 스무 곡이 채 안 된다는 것도 놀라웠지만 그 가운데 누구나 알 만한 노래가 「고향의 봄」 「겨울나무」 「고향」 이렇게 세 곡뿐이라는 것도 놀랄 일이었습니다. 그 까닭이 무엇인지는 잘 모르지만 안타까운 일입니다."(백창우, 『노래야, 너도 잠을 깨렴』, 보리, 2003, 41쪽) 지금까지 백창우가 이원수 시에 붙인 곡은 130여 편이다. 그런데 보통 동요 「고향」을 이원수 시에 정세문(鄭世文, 1923~1999)이 곡을 붙인 것으로 알려져 있는데, 「고향」의 노랫말은 이원수의 시가 아니라 김원룡(金元龍, 1911~1982)의 동요 「내 고향」

2. 아동문학가의 길

이원수는 아버지가 자신의 이름을 '이원수(李元壽)'라 지은 까닭을 "외동아들을 두시고 수명을 제일로 생각하셔서 으뜸 원(元) 자 목숨 수(壽) 자를 써서 오래 살라 하신 것 같다"고 짐작한다.[15] 이원수는 필명이나 호를 거의 쓰지 않고 자신의 이름을 끝까지 쓴다. 물론 어렸을 때 「고향의 봄」 '이원수'로 너무 널리 알려져 어쩔 수 없었을지도 모른다. 이 이름 때문에 놀림을 받은 듯싶다.

> 내게는 소중한 그 이름을 남들이 바로 불러 주지 않고 때로는 이상하게 발음하거나 엉뚱한 뜻을 붙여 놀리곤 해서 우습기도 하고 외롭기도 했다. 내 이름은 내 선친께서 지으신 것이라 오늘날까지 그대로 쓰고 있다. …(중략)… 예전에는 누구도 이 이름에 대해 놀리거나 이상하다 하지 않았다. 그런데 한글 전용 바람에, 아이들 동화나 시를 쓰는 내 이름은 한글로만 쓰게 되어 내 이름의 한자를 모르는 사람들이 그 진지한 뜻은 이해하지 못하고 원수(怨讐)의 음과 같다고 웃길 잘한다. 그래서 그런지 나도 여러 사람 있는 데서 누가 성명을 물으면

이다. 왜 이렇게 되었는지는 아직 밝혀진 바가 없다. 김원룡은 이원수의 마산 공립보통학교 1년 후배이고, 동요 「내 고향」은 1947년에 낸 그의 첫 동요집 『내 고향』(새동무사)에 실려 있다. 이 시집 끝에는 그의 시 「내 고향」에 정종길(鄭鍾吉, 1911~1995)이 곡을 붙인 「내 고향」이 실려 있다. 정종길은 경남 진주 출생으로 1945년 해방 후 조선프롤레타리아음악동맹 성악부장을 지낸 뒤 1950년 한국전쟁 때 월북하여 북한에서 1973년까지 20년 동안 교통성예술극장 지휘자와 작곡가로 활동한다(宋芳松,『한겨레음악인대사전』, 보고사, 2012, 814쪽).

15 이원수, 「내 이름에 얽힌 에피소드」(1980), 『솔바람도 그날 그 소리』(전집 27), 244쪽.

큰 소리로 '이원수요.' 하고 대답하기가 좀 맘에 걸리게 되었다. …(중략)… 전에 어느 여자 대학에 강의를 맡고 있을 때, 신입생이 들어오면 내 이름을 학생들에게 알리는데, 학장이 소개를 할 때나 내가 직접 말할 때나 '이원수'라는 말에 학생들이 슬그머니 웃길 잘했다. 그래서 한번은 일 학년 신입생들을 앞에 놓고 칠판에다 즉흥시 한 편을 써서 이름을 알려 봤다.

해를 그리다 말고
해바라기를 그렸지.
씨앗 자리만 그려 넣으면
해는 곧 해바라기.

달을 그리다 말고
순희를 그렸지.
눈·코·잎만 그려 넣으면
달은 곧 예쁜 순희.

해와 달을……
아니, 해바라기와 순희를
나란히 세워 놓고
그 사이에 나를 그렸지.

나 보고는 새침하기만 하던
망할 순희.
제가 내 어깨에 손 얹고 웃는 그림.
내 가슴엔 다섯 개의 별을 그렸지.

나는 별 왕자
도원수(都元帥)
이름표에는 '이원수(李元壽)'라 썼지.

원수(怨讐)의 이원수가 아니라, 차라리 원수(元帥)의 이원수라고나 생각하라는 희시(戱詩)였다.[16]

이원수는 1965년(55세)부터 1973년(63세)까지 경희여자초급대학에서 아동문학을 강의한다. "전에 어느 여자 대학에 강의를 맡고 있을 때"는 바로 이때를 말한다. 신입생들에게 자신의 이름을 말할 때나 학장이 소개를 할 때, 학생들이 슬그머니 웃곤 했다. 그래서 한번은 즉흥으로 시를 한 편 써서 내보였다. 해바라기와 순희를 나란히 세워 놓고, 그 사이에 자신을 그린 것이다. 그리고 가슴에는 별 다섯 개를 그려 넣었다. 스스로 '오성장군'이라 하는 것이다. 그 오성장군은 '별왕자' '원수(元帥)'이고, 원수 가운데서도 으뜸인 '도원수(都元帥)'다. 그 도원수는 '이원수(李元壽)' 이름표를 차고 있다.

이원수는 '이동수' '이동원' '정민'을 필명으로 쓴 적이 있다. 이원수는 한국전쟁 때 피난을 가지 못하는데, 이때 전에 근무했던 경기공업학교(지금의 서울과학기술대학교) 사회주의자 선생님들이 잠깐 나와 사무 일을 봐 달라는 부탁을 한다. 이 일로 그는 인민군에 협력한 부역자 신세가 된다. 이 무렵 쓴 필명이 '정민'이다. 이동수(李冬樹)는 조선중앙일보 1948년 3월 13일자에 발표한 평론 「아동문화의 건설과 파괴」에서 확인할 수 있다.[17] 그리고 '이동원'은 1949년 『어린이나라』 8월호에 소년소설 「바닷가 아이들」을 발표하면서 쓴 이름인데, 동원은 그의 호이기도 하다. 그가 어떤 연유로 자신의 호를 겨울 들판 '동원(冬原)'으로 지었는지는 아직 알

---

16 이원수, 위의 책, 244~246쪽.
17 원종찬, 「이원수와 참된 겨레의 노래」, 『동화읽는어른』 제36호, 1995년 5월호.

려진 바가 없다.[18] 단지 그의 수필 「영광스런 고독」에서 그가 어떤 마음으로 호를 '동원'으로 지었는지 짐작할 수 있을 뿐이다.

다 가 버리고 혼자 남았다고 생각될 때가 있다. 어떤 어려운 일을 해 보자고 모인 친구들이 그 목적한 일이 너무 힘들어서 도중에 변심하여 물러가 버린다. 하나하나 떨어져 나가 버린 뒤에 혼자 남은 자기를 발견할 때의 서글픔과 호젓함을 생각해 본다.

세상이 어지러울 때, 우리들만은 이 어지러운 세상에서라도 바르고 깨끗하게 살아야 한다던, 결백한 친구들이 하나하나 변심하여 누추한 자리로 들어가서 육신의 안락을 누린다. 혼자 남았구나……, 하고 느낄 때의 고독감.

성스러워야 할 직업에 종사하면서 돈에 팔려 그 직업을 더럽히는 친구들이 늘어가고, 끝에 가서는 성직을 고수하려는 사람이 도리어 바보나 어리석은 인간으로 손가락질을 받는 일이 있다. 주위를 둘러보아도 모두가 변해 있을 때의 고독감.

나 하나만이 뜻을 꺾지 않고 버티어 본들 무슨 소용이 있을 것인가 하는 절망감이 사무쳐 온다. 혼자 남았다는 것을 느꼈을 때의 외로움이, 버티어 나가던 우리의 마음을 약하게 만들어 준다. 그러나 다시

---

18 박태일은 이원수의 호 '동원'과 관련하여 이렇게 말한다. "광복기 부쩍 소년소설이나 동화 쪽에 관심을 더욱 기울이기 시작했던 이원수의 모습이나, 일찍감치 그리고 널리 알려졌던 이원수라는 이름에서 나아가 동원(冬原)이라는 호를 빌린 새로운 문필 행위가 일어난 데에도 어렴풋하지만 생각을 가져 보아야겠다. 동원, 곧 겨울 들판이라는 다소 엉뚱해 보이는 이원수의 호에는 아마 자신의 부왜 작품으로 말미암았을 아픈 자책의 겨울을 견뎌 내야 한다는 뜻이 담긴 것은 아닐까. 끝내 숨길 수 있다면 좋았을 일을 간직한 채, 새롭게 거듭나고 싶었을 복잡한 마음자리를 짐작하게 하는 이름이다."(박태일, 「나라잃은시대 후기 경남·부산 지역 어린이문학─이원수와 남대우를 중심으로」, 『유치환과 이원수의 부왜문학』, 소명출판, 2015, 257쪽) 그는 여기서, 이원수가 친일시를 쓴 뒤, 그 사실을 감추고 싶어 소년소설과 동화 쪽으로 장르를 바꾸지 않았나, 하고 짐작하고 있다.

생각해 본다. 외롭다는 것을 겁내는 것은 무엇인가. 소수라는 것은 다수에 비해서 약세라는 일반적인 생각에 사로잡힐 필요가 있을까. 우리는 어떤 가치를 수나 양으로만 계산해서는 안 될 것이다.[19]

그의 호 겨울 들판 동원(冬原)과 겨울나무(冬樹)는 하나의 이미지로 다가온다. 매서운 겨울 들판에 겨울나무 한 그루가 "눈 쌓인 응달에 외로이 서서 아무도 오지 않는 추운 겨울을"(「겨울나무」(1957)) 외롭게 버티고 서 있다. "나 하나만이 뜻을 꺾지 않고 버티어 본들 무슨 소용이 있을 것인가 하는 절망감이 사무쳐" 오기도 한다. 하지만 그는 겨울나무처럼 초연하게 '휘파람'을 불며 겨울 들판에 섰을 것이다. 바로 이런 형편과 심정을 담아 호 '동원'을 짓지 않았을까 싶다.

그는 왜 문학을 하게 되었을까. 금융조합에 다녔기 때문에 은행원이 될 수 있었고, 잠깐이지만 고등학교 국어 교편을 잡았기 때문에 교직에 몸담을 수도 있었다. 하지만 그는 배고픈 아동문학가의 길을 택한다.

> 남자로 한평생 살아가면서도 사내답지 못한 남자. 굳은 의지와 건장한 육체를 갖지 못하고 약한 몸으로 항상 소심하여 큰일 하나 못하는 졸장부.
> 이것이 내게 내려진 평가요 표현이다.
> 사실 그렇다고 나도 스스로 인정하고 있다. 그만치 나는 어떤 환경의 힘으로 무인이 되었더라면 더 난처한 생활을 당해야 했을지 모르고, 그런 만치 나는 어릴 때부터 예술에 맘이 끌려 들어갔는지도 모르겠다.[20]

---

19 이원수, 「영광스런 고독」, 『솔바람도 그날 그 소리』(전집 27), 332~333쪽.
20 이원수, 「여성과 나」(1966), 『이 아름다운 산하에』(전집 26), 웅진, 1989, 301쪽.

그는 몸이 약했다. 어렸을 때도, 어른이 되었을 때도 아주 깡마른 사람이었다. 보통학교 때 "학교에서 체육 시간에 달음박질이나 철봉에 턱걸이를 할 때면 남부끄러워 못 견딜 만치 힘이 없었"다고 기억한다.[21] 그는 무인이 되었으면 더 힘들었을 거라 하면서 "어릴 때부터 예술에 맘이" 끌렸다고 한다. 매사에 활동적이지 못한 그에게 조용히 읽고 쓰는 문학이 더 끌렸을 것은 당연하다.

이원수는 수필 「동심과 목적의식─나는 왜 아동문학을 택했나」(1977)에서 나이 사십이 지나서야 자기 직업을 '문학가'로 생각했다고 떠올린다.

> 내가 문학을 하게 된 동기는 나의 취미 때문이었다. 소년 시절에 동요 동시를 쓰는 것이 무한히 즐거워서 부지런히 썼고, 써서는 지상에 발표하고 하는 동안에 시의 세계를 터득하고, 청년 시절엔 그것이 나의 할 일이란 듯이 붙들고 놓지 못했다. 그러나 내가 생활의 전부를 여기에 기울일 생각은 해 보지 못했으며, 나의 직업은 사무원, 혹은 교사, 혹은 편집자였지, 문학가란 이름은 나로서는 쓰지 않았고, 어쩐지 그것으로 전업을 삼지 못하는 이상 나는 취미로 하는 사람이라고 스스로 생각하고 있었다. 그러던 것이 나이 사십이 지나서야 내 직업을 문학하는 일로 마음먹기로 했다. 그렇게 생각함으로 해서 문학에 대한 나의 사명감을 뚜렷이 할 수 있다는 뒤늦은 자각에서였다. 생활비가 되지 못하는 작가의 수입을 부끄러이 생각하지 않게 된 것도 다행한 일이었다.[22]

---

21   이원수, 「내 어리던 날을 생각하며」(1980), 『얘들아 내 얘기를』(전집 20), 308쪽.
22   이원수, 「동심과 목적의식─나는 왜 아동문학을 택했나」(1977), 『아동과 문학』(전집 30), 261쪽.

이원수는 1945년 10월 서울로 올라와 경기공업학교에 국어 교사로 취직을 하고, 12월 조선프롤레타리아문학동맹에 가입한다. 이때 그의 나이 35세 무렵이다. 그리고 1947년 10월 경기공업학교를 사직하고 박문출판사에 취직하면서 본격으로 문학 활동을 한다. 그가 위 수필에서 "나이 사십이 지나서야 내 직업을 문학하는 일로 마음먹기로 했다"는 것은 이 무렵을 말한다. 1947년에 동요집『종달새』(새동무사)를 출간하고, 49년에는 『어린이나라』에 장편동화「숲 속 나라」연재,『진달래』에 동화「5월의 노래」를 발표한다. 그는 이때부터 "생활비가 되지 못하는 작가의 수입을 부끄러이 생각하지" 않고 문학가의 길을 걷는다.

> 어릴 때 부끄럼을 잘 탔다. 주눅 좋은 아이들을 볼 때면 어찌 저럴 수도 있는데 나는 그렇지 못한가, 하고 스스로 나의 용기 없음을 탓해 보기도 했다.
> 존경하는 선생이나 선배를 찾아가서 배움을 얻고 싶어 하면서도 인사 한번 드리러 가지 못하고 만 일도 있었다. 오로지 수줍음 때문이요, 요새 흔히 보이는 선배 타도나 '내가 제일'이라는 건방진 생각은 털끝만큼도 가져 보지 못했으면서도 그 수줍음은 결국 나에게 이(利)가 되지 못했던 것 같다.[23]

---

23 이원수,「부끄러움」(1972),『솔바람도 그날 그 소리』(전집 27), 283쪽. 그는 한 수필에서, 방정환을 만나러 개벽사에 가서도 말 한마디 제대로 못하고 내내 듣고만 왔다고 기억한다. "선생님이 돌아가시기 여러 해 전에 내가 서울 천도교 회관 어린이 잡지 편집실로 선생을 찾아갔을 때 반가움은 컸으나 수줍은 나는 평소에 하고 싶던 얘기를 다 하지 못하고 선생 곁에 묵묵히 앉아서 한참 동안 선생님 얘기만 듣고 돌아온 일이 있습니다." 이원수,「소파(小波) 선생의 추억」(1957),『동시 동화 작법』(전집 29), 136쪽.

그의 성격은 흔히 말하는 '내성적'이었던 듯싶다. 그 자신도 이렇게 말한다. "딸만 여섯을 낳은 어머니는 독자인 나를 무척 귀여워하셨지만 여자들 속에서 자라며 나는 여자와 같은 성격까지 받아 갖게 되었는지도 모른다. 수줍음을 타며 사교성 없는 내성적인 소년으로 자라 적잖이 고독을 즐겼다. 게다가 허약한 체질이었다."[24]

그의 이런 '수줍음'은 동갑내기 윤석중과의 첫만남에서도 그대로 드러난다. 윤석중은 1927년 여름방학에, 서덕출을 만나려고 울산으로 내려온다. 서덕출은 1925년 봄, 『어린이』 4월호에 동요 「봄 편지」가 뽑히는데, 윤석중은 이 노래를 "우리들 마음에 생기가 돌게 해 주는 노래였다"[25]고 떠올린다. 윤석중은 울산의 서덕출을 만나기에 앞서 이원수를 먼저 찾아온다. 때는 1927년 8월 6일이고, 둘 다 열일곱 살 때다.

> 먼저 마산으로 내려가서 이원수가 묵고 있는 집을 찾았다. 누이네 집에서 학교를 다니고 있었는데 통 말이 없는 소년이었다.
> 집안에 무슨 큰 걱정거리가 있어 보였지만 그렇다고 처음 찾아가서 집안 형편을 물어볼 수도 없었다. 주고받는 말도 별로 없이 싱겁게 하룻밤을 보낸 뒤 울산 서덕출네 집에 같이 가자고 했더니 '나는 못 간다'고 작은 소리로 대답했다. 아마 기찻삯을 마련할 수가 없는 모양이었다. 뒷날 알았지만 그는 학생 독서회 사건으로 자칫하면 붙들려

---

24 이원수, 「나의 문학 나의 청춘」(1977), 『아동과 문학』(전집 30), 250쪽.
25 윤석중, 「어린이 운동의 개척자들」, 『어린이와 한평생1』(전집 28), 32쪽. 「봄 편지」 전문은 이렇다. "연못가에 새로 핀/버들잎을 따서요/우표 한 장 붙여서/강남으로 보내면/작년에 간 제비가/푸른 편지 보고요/조선 봄이 그리워/다시 찾아오옵니다."(『어린이』 제3권 제4호, 1925. 4) 이 동요는 윤극영이 곡을 붙여 온 나라에 퍼진다.

갈 판이어서 숨어 지내느라고 벙어리 냉가슴을 앓던 때였다.[26]

 윤석중이 이원수를 찾아갔을 때, 이원수는 "누이네 집에서 학교를 다니고" 있었다. 이 누이는 셋째 누이인 듯싶다. 어머니가 재가할 때 데리고 온 누이 가운데 셋째다. 이 누이는 동요「어디만큼 오시나」(1936)에서 화자로 나오고, 동화「5월의 노래」(1949)에서는 노마의 여섯 살 위 누나로 나온다. 이 누이는 이원수의 어린 시절 가장 가까운 동무였고, 아픈 어머니 곁에서 외아들 이원수를 돌봤던 또 다른 보호자이기도 하다.

 윤석중은 "주고받는 말도 별로 없이 싱겁게 하룻밤을" 보냈다고 기억한다. 또 울산 서덕출 집에 같이 가자고 하니까, '나는 못 간다'고, 그도 아주 "작은 소리로 대답했다"고 한다. 윤석중은 그날 일을 이렇게 짧게 몇 마디로 말하지만, 사실 못내 서운했던 듯싶다.『굴렁쇠』동인 가운데 둘은 동갑내기이고, 비슷한 때에 같은 장르로 등단을 하고, 한 사람은 서울, 또 한 사람은 경남 마산이기 때문에 만나면 할 얘기가 넘치고 남았을 터인데, 이원수는 아무 말 하지 않고 하룻밤을 보낸 것이다.

 여기서 윤석중이 잠깐 헷갈린 것이 있다. 윤석중은 이원수가 "학생 독서회 사건으로 자칫하면 붙들려 갈 판이어서 숨어 지내느라고 벙어리 냉가슴을 앓던 때"였다고 기억한다. 하지만 독서회 사건은 그로부터 한참 뒤인 함안금융조합 본점 서기로 일하던 1935년 때 일이다.

---

26 윤석중,「우정 실은 굴렁쇠」,『노래가 없고 보면』(전집 20), 웅진, 1988, 54쪽.

3. 『어린이』와 소년회 활동

동화 「5월의 노래」(1949)는 그의 소년 시절을 배경으로 하고 있다. 1922
년, 아버지는 김해 진영에서 마산 오동동 80-1번지로 이사한다. 이때가
이원수의 나이 열두 살 때다. 그로부터 2년 뒤 오동동 71번지로 이사하고
마산 공립보통학교(지금의 마산 성호초등학교)에 3학년으로 편입한다.[27]
동화의 도입 부분 또한 이사를 가는 것에서부터 시작한다.

노마는 일자리를 찾아 이웃 동네에 가신 아버지 마중을 나갔다 정거장
에서 소년회 동무들을 만난다. 열댓 명쯤 되는 아이들이 노래를 부르고
있었다. "헐벗은 이 땅에다 꽃을 피우자. 씩씩하다, 어린 싹 우리 소년회."
노마는 이날 비로소 소년회가 뭔지 알게 된다. 일요일 날, 동무들이 한자
리에 모여 토론을 하고, 글을 쓰고, 동요를 짓는 것, 이 모든 것이 이루 말
할 수 없이 신나고 즐겁다. 하지만 학교에서는 소년회에 들었다는 얘기를
숨겨야 한다. 처음에는 왜 그래야 하는지 수긍할 수 없지만 이내 그 까닭
을 알게 된다.[28]

---

27 1984년 이원수 전집을 냈던 웅진 전집팀은 이원수의 초등학교 입학을 '1922년 2
    학년 편입학'으로 정리한다. 그런데 박종순은 「해방 이전 지역에서의 삶과 문학」
    에서 이 연보가 잘못되었다는 것을 밝히고, 이것을 '1923년 2학년 편입학'으로 수
    정한다. 하지만 '2학년'으로 편입학했다는 근거를 찾을 수 없다는 점에서 이 또한
    문제가 있다. 필자는 '1924년 3학년 편입학'으로 바로잡는다. 이에 대해서는 연보
    에 자세히 다루었다.

28 1926년 1월 16일 9시, 마산 공립보통학교 우에하라 사카에(上原營) 교장은 아침
    조례 시간에 "본도방침(本道方針)에 따라 본교 생도는 소년회에 가입을 절대로 금
    지하는 동시에 현재 입회한 생도는 탈퇴하라. 그렇지 않으면 출학(黜學) 또는 징
    벌하겠다"고 한다. 이 일이 있자, 1월 20일 마산씩씩소년단과 마산소년독서회 회

소년회 회원은 60명쯤 되었다. 모두 어린 동무였지만 위원장은 로이드 안경을 낀 신문 기자 청년 박 선생님이다. 소년회 간판은 신문사 지국에 붙어 있었고, 모이는 곳도 신문사 지국 넓은 옆방이다. 학교에도 선생님이 많지만, 이 박 선생님 같은 분은 없었다. 학교에서는 우리말을 못 쓰게 하지만 소년회 회원들은 거기에 대항이라도 하듯 부러 우리말로 말한다.

소년회 회원들은 울타리 안으로 들어와 장미꽃 한 송이를 꺾었다고 노마에게 공기총을 쏜 일본 사람을 '왜놈', '죽일 놈'이라 비판한 등사판 신문을 학교에 돌린다. 학교가 발칵 뒤집힌다.[29] 학교는 소년회 회원들을 조사하

원들은 마산노동야학에 모여 임시 총회를 열고 조사위원회를 꾸려 철저히 조사하고, 다시는 이런 일이 없게 하겠다고 결의한다. 소년단체뿐만 아니라 청년단체와 기자단에서도 문제를 삼는다. 이 문제와 더불어 그동안 선생님들이 학생들에게 횡포한 사실이 있는데, 이참에 이것도 철저히 조사하겠다고 결정한다(『동아일보』, 1926. 1. 20). 1월 22일, 샛별소년회 · 불교소년단 · 신화소년회는 급히 임시총회를 열고 우에하라 교장에게 경고문을 보내기로 한다(『동아일보』, 1926. 1. 22). 당시 이 일은 마산 사회에 파장이 컸고, 사회 모든 시민단체가 힘을 모아 우에하라 교장에게 따진다. 이에 우에하라 교장은 "학생들에게 소년 단체에 가입 못하게 한 것은 사실이나 도청 지시가 이러하니 탈퇴하라고 한 것뿐이요, 탈퇴 아니한 생도는 출학 또는 징벌시킨다는 말은 아니했다"고 변명한다(『동아일보』, 1926. 1. 24). 이 일은 이원수가 마산 공립보통학교 4학년 때 일이다.

29 이 사건은 이원수가 보통학교 6학년 때 일이다. "그즈음, 나는 내가 꾸미고 내가 등사 인쇄를 해서 내던 우리 반의 신문에 쓴 글 때문에 교장 선생님께 몇 번이나 불려가서 호된 꾸중을 들은 일이 있다. 신문에 난 기사를 보고 쓴 글이었다. 어느 일본 사람이 자기 뽕나무 밭에 들어와 오디를 따 먹은 아이를 잡아 놓고 염산수로 이마에 도둑이라 써서 지워지지 않게 한 사건이 있었는데, 이 일에 흥분한 나는 그 일본 사람의 야만적인 행동을 비난한 나머지 왜놈이란 말까지 썼던 것이다. 이 반회 신문 때문에 한국 사람이었던 우리 반 담임이 일본 사람으로 바뀌었고, 수신(도덕) 시간에는 특별히 교장 선생(일본인)이 와서 가르치게 되었었다. 나는 그때까지 늘 갑(지금의 수)이었던 조행 점수가 을(지금의 우)로 바뀌었다." 이원수, 「흘러

고, 박 선생님은 경찰서에 붙들려 간다. 그런데 이렇게 급박한 순간에 노마는 이사를 가야 한다. 이사를 가기 하루 전, 일요일 날 소년회 모임이 있었다. 뒷산 약수바위에서 모이기로 한다. 학교 선생님들의 눈을 피하기 위해서다. 그런데 노마 담임 선생님 최 선생이 영순이와 같이 올라오는 것이다. 모두들 이제 모두 끝장이 났구나, 싶었다. 하지만 그게 아니었다. 최 선생님도 겉으로는 소년회 가입을 말렸지만 속으로는 미안한 마음이었다고 고백한다. 그리고 박 선생을 대신해서 자신이 소년회를 돕겠다고 한다. 노마는 떠나가면서 영순에게 다짐한다. "영순이 누나, 나 이사 가서도 소년회만 있으면 다닐 테야. 소년회가 없으면 만들자고 할 테야." 노마의 말에 영순도 맞장구를 친다. "우리 끝까지 일본 사람들한테 머리 숙이지 말고 살아가자. 우리 소년회도 씩씩하게 해 나갈게." 이렇게 이야기는 끝이 난다.

1920년대 초 우리나라 곳곳에 소년소녀들의 모임 '소년회'가 활발히 꾸려진다. 이 소년회의 중심은 방정환과 소년소녀 잡지 『어린이』 독자들이었다.

> 1920년대의 아동잡지가 전대와는 달리, 아동들이 재미있게 놀고 즐기는 어떤 새로운 공간을 상상할 수 있었던 것은 이 시기에는 학교뿐만 아니라 '소년회'나 '동화회'와 같은 미성년들의 문화적 공간들이 만들어지고 있었다는 사실과 관계가 깊다. 『어린이』의 창간호만 살펴보더라도 1면에는 천도교 소년회의 지난 활동을 소개하는 「'어린이'를 발행하는 오늘까지 우리는 이렇게 지냈습니다」라는 글이 실려 있으며, 5면에는 소년회의 입회를 권장하는 글이 실려 있고, 9면에는

가는 세월 속에」(1980), 『애들아 내 얘기를』(전집 20), 264쪽 ; 「잊혀지지 않는 선생님」(1970), 『솔바람도 그날 그 소리』(전집 27), 90쪽.

「각 지방의 소년회」란이 배치되어 있다. 『어린이』의 발간에 소년 단체의 조직적 활동이 깊이 연관되어 있었다는 점을 엿볼 수 있다. 이러한 소년 단체들은 아동잡지들을 소비하고 유통시키는 중요한 거점이 되고 있었으며, 아동 잡지들은 소년들의 단체 결성을 권장하면서 이들의 활동을 직, 간접적으로 지원하고 있었다.[30]

　소년회는 1902년 경남 진주에서 꾸린 '진주소년회'가 그 효시이지만 소년운동다운 소년회의 탄생은 서울 '천도교소년회'로 본다. 방정환과 같이 『어린이』를 창간하고 편집 일을 맡아보았던 이정호는 1921년 서울 천도교에서 꾸린 소년회 소식을 창간호에 알린다. "재작년 봄 5월 초승에 서울서 새 탄생의 첫소리를 지른 천도교소년회, 이것이 어린 동무 남녀 합 이십여 명이 모여 짜온 것이요, 조선 소년운동의 첫 고동이었습니다."[31] 서울 천도교에서 꾸린 소년회는 교회 소년소녀 부원들을 중심으로 꾸렸는데, 가장 완전한 형태로 꾸려진다. 천도교는 3·1운동의 중심이었을 뿐만 아니라 조직이나 재정도 아주 탄탄했다.[32] 천도교소년회 소식은 『어린이』를 통해 전국으로 퍼져나갔고, 서울 천도교소년회 자료를 보내 달라는 편지가 『어린이』에 들어오기 시작한다.[33]

---

30 조은숙, 『한국 아동문학의 형성』, 소명출판, 2009, 167쪽.

31 이정호, 「『어린이』를 발행하는 오늘까지」, 『어린이』 1923. 3.

32 김정의, 『한국소년운동사』, 민족문화사, 1992, 92~95쪽 참조.

33 『어린이』 제1권 제9호(1923. 10. 15) '독자 담화실'란으로 안동소년회 한 독자가 편지를 보내온다. 『어린이』가 보내준 '천도교소년회칙'을 본으로 삼아 자신들도 회칙을 정해 인쇄하기로 했으며, 소년단원 45명 모두 『어린이』를 구독하기로 했다고 전한다. 같은 지면 또 다른 독자는 소년회 조직에 대해 참고할 만한 자료를 보내 달라고 요청한다. 이렇듯 소년회의 결성에 방정환과 『어린이』는 많은 영향

1920년대 사회 문화 환경은 1910년대하고는 사뭇 달랐다. 박찬승은 "1910년대, 특히 그 후반에 이르러서는 일본 유학생과 그 졸업생들을 중심으로 '신교육'을 받은 '신지식층'이 다수 등장하고 있었"고, "이는 우리 근대사에서 최초의 '신지식층의 본격 등장'을 의미"[34]한다고 말한다. 이와 더불어 비록 식민지 교육이었지만 고등보통학교와 전문학교를 나온 이들이 취직을 하고, 가정을 이루어 그 자녀들이 보통학교에 다닐 무렵이 된다. 이들은 공무원, 교육자, 법조인, 회사원, 의사처럼 전문직이었고, 중산층 가정을 이룬다. 이들은 어른 잡지의 독자가 되었고, 자식들은 소년소녀 잡지의 독자가 된다. 1917년, 2년 2개월 만에 복간한 신문관의 잡지 『청춘』 7호는 1910년대 전반과는 달리 수천 부가 팔려 나간다. 1923년 3월 창간한 『어린이』 또한 엄청난 부수가 팔려 나간다. 20년대 중반 소년 잡지의 발간이 갑자기 는 까닭은 『어린이』의 성공에 자극받은 것도 있지만, 사회 문화 환경이 1910년대하고는 달랐기 때문이다.

이원수는 마산 공립보통학교 4학년 때 마산 신화소년회 '창립 위원'이 되어 활동한다.[35] 신화소년회는 1925년 3월 13일에 창립을 하고, 그 열흘

을 끼친다. 또 소년회 결성 행사가 있을 때에는 으레 방정환을 초청해 동화회를 연다. 조은숙, 앞의 책, 167쪽 참조.

34 박찬승, 『한국 근대 정치 사상사 연구』, 역사비평사, 1992, 121쪽.
35 『동아일보』 1925년 3월 22일자에 마산 신화소년회 창립 소식이 나온다. "마산의 소년 현용택 박노태 양군의 발기로 3월 14일 오후 8시에 동아일보 마산지국 내에서 신화소년회 창립 총회를 현용택 군의 사회로 개회한 후 경과 보고와 규칙 통과와 기타 결의 사항을 결의한 후 10시경 산회하였다는데, 특히 체육과 문예장려에 힘쓴다 하며 현 입회원은 사십여 명으로, 당선된 위원은 다음과 같다. 위원장 현용택. 위원 박노태 김용철 이원수 김만석 외 4인. 고문 이경재 김주봉."

뒤 방정환을 초대해 창립 축하회를 연다. 장소는 마산노동야학이다.[36] 이원수는 이때 처음으로 방정환을 만난다.

　　내가 소파 선생님을 알고 그의 넓은 사랑과 좋은 교훈을 즐겨 받게 된 것은 30여 년 전의 어릴 때입니다. 일본 사람의 정치 아래서 멋모르고 자라난 나에게 조선 사람의 가엾은 처지와 우리는 어떻게 해서라도 우리 겨레를 위하여 사는 사람이 되겠다는 생각을 은연중에 넣어 주신 분이 소파 선생이었던 것입니다.

　　그때 나는 시골서 살았기 때문에 선생을 직접 만나 뵈올 수도 없으나 그때 소파 선생이 책을 만들어 팔아서 장사를 하려는 것이 아니고 책을 만들어 어린이들에게 좋은 정신을 넣어 주려고 갖은 애를 쓰며 내던 『어린이』라는 잡지를 읽으며 선생을 대하는 것과 다름없는 기쁨을 받아왔던 것입니다.

　　소파 선생은 동화를 잘하기로 유명하지만 소파 선생이 내가 사는 시골에 동화를 하러 오셨을 때 그때의 반가움이란 이루 말할 수 없었습니다. 선생은 그 많은 조무래기 동무들 속에서 내가 얼마나 그리워하고 존경하던 마음으로 그의 얘기를 듣고 있었는지 그 자리에서는 몰랐을 것입니다. 그러나 그 다음 날 뒷산으로 선생을 모시고 놀이를 간 소년회 사람들과 같이 선생님은 나를 붙들고 간곡한 얘기를 해 주

36　마산 지역 소년회와 마산노동야학교는 아주 긴밀했다. 신화소년회 창립 축하 행사도 마산노동야학교에서 연다. 그 뒤로도 여러 소년회 행사를 이곳에서 한다. 이원수는 소년회 활동을 하면서 야학 교사로도 나가는데, 그 야학도 바로 마산노동야학교다. 마산노동야학교는 1907년, 뜻있는 사업가와 지식인들이 뜻을 모아 마산시 남성동에 조그만 창고를 교실로 꾸며 시작한다. 학생들은 어시장 어물상 고용원이나 공장 노동자 · 농민 · 도시 빈민 자녀였으며, 수업은 1년 과정이었다. 교과목은 조선어 · 일본어 · 한문이고, 주로 조선어를 가르쳤다. 학생이 늘자 일제는 학교 이름에서 '노동'을 문제 삼는다. 할 수 없이 '노동야학'을 '중앙야학'으로 바꿀 수밖에 없었다. 우리나라 최초의 야학이고 규모 또한 가장 컸다. 중앙야학교는 해방 뒤 마산중앙중학교로 이어져 오늘에 이르고 있다.

셨습니다.

　그때 나는 퍽도 불우한 소년이었으므로 소파 선생님의 얘기를 듣고 크게 힘을 얻었습니다. 그 후로도 잡지 『어린이』와 또 가끔 편지로 선생님과 나누는 즐거운 정을 통할 수 있었습니다.[37]

　1925년 봄, 이원수는 열다섯 살 때 방정환을 처음 만난다. 이때 방정환의 나이 스물일곱이었다. 방정환은 동화 구연을 끝내고 그 다음 날 소년회 회원들과 뒷산으로 나들이를 간다. 방정환이 이원수를 "붙들고 간곡한 얘기를 해" 줬다고 하는데, 이 얘기가 어떤 이야기인지는 알 수 없다.

　방정환의 『어린이』는 일본의 『빨간 새』(1918~1929, 1931~1936, 전196권)나 『소년클럽』(1914~1962, 전611권)하고는 달랐다. 내용도 달랐을 뿐만 아니라 담고 있는 시대정신도 달랐다. 『빨간 새』처럼 '너희들에게 있는 동심을 언제까지나 간직하라'고 훈계하지 않았고, 『소년클럽』처럼 영웅을 내세워 입신출세를 부추기지 않았다. 방정환의 『어린이』는 조선의 아이들

37　이원수, 「소파(小波) 선생의 추억」(1957), 『동시 동화 작법』(전집 29), 135~136쪽. 소파가 한 '동화'는 오늘날의 동화 구연이다. 조은숙은 1920년대 동화 장르의 특징을 다음과 같이 정리한다. "1920년대 상황에서 '동화'는 인쇄된 텍스트를 조용히 눈으로 따라가며 읽는 독서 방식에 한정된 장르가 아니었다. 당시에 동화는 눈으로 '읽는 것'이면서 동시에 귀로 '듣는 것'이기도 했다. '동요'가 노래로 불릴 것을 전제하는 것처럼, '동화'도 언제든지 이야기될 수 있는 가능성을 내포하고 있는 장르였다. "金君의 獨唱과 崔君의 童話도 있을 터이오며"(「어린이 회의 밤」, 『어린이』 1권 2호, 1923. 4, 3쪽)라는 구절에서 '동화가 있다'는 표현은 별다른 설명 없이도 '동화 구연을 한다'는 뜻으로 이해될 수 있었으며, "동요두 하고 동화도 하지요"(소파, 「나그네 잡긔장」, 『어린이』 2권 2호, 1924. 2, 14쪽)에서 볼 수 있는 것처럼 동화는 '하는 것'이라는 의미를 지닌 동태적 개념이었다." 조은숙, 앞의 책, 213~214쪽.

이 처한 형편을 측은하게 여기고, 그들에게 희망을 주고, 조선의 독립을 위해 어떻게 살아가야 하는지 알려 주었다. 이원수도 『어린이』를 읽으면서 "조선 사람의 가엾은 처지와 우리는 어떻게 해서라도 우리 겨레를 위하여 사는 사람이 되겠다"는 생각을 한다.

1930년 이원수는 『어린이』 「창간호부터의 독자의 감상문」란에 감상문을 써 보내고, 이 글은 그해 3월호에 실린다.

> 날마다 쓸쓸히 지내던 몸이 동무에게서 우리 잡지 『어린이』를 얻어다 읽고 죽었던 동무나 만난 듯이 기뻐 날뛰던 7년 전 봄날이 아직도 아름답게 곱게 내 머릿속에 사라지지 않고 나타납니다. "이처럼 좋은 책이 조선에도 있다. 이처럼 좋은 동무가 나에게도 있다"고 생각할 때 참으로 기뻤습니다. …(중략)… 이 책의 글이면 한 자 반 자까지라도 빼지 않고 읽었습니다. 이다지도 재미있게 읽어 온 책은 아마 달리 없을 것입니다. 글! 그것이 나로 하여금 안 읽고 말지 못하게 하였습니다. 기쁨은 또 있습니다. 꽃 같은 맘으로 같이 읽는 수많은 우리 독자들이 서로 정을 주고받고 하여 그리워하게 되어 아름다운 교제를 맺는 이가 많았습니다. 장차 조선에 새 일꾼이 되려는 어린 우리들의 마음과 마음은 이 『어린이』로 하여 만나도 보지 못한 동무를 그리워하는 것이야말로 나의 가장 기뻐하는 일의 한 가지였습니다.[38]

---

38 이원수, 「창간호부터의 독자의 감상문」, 『어린이』, 1930. 3, 58쪽. 당시 어린이 독자였던 권오순은 어렸을 때 『어린이』를 봤던 순간을 이렇게 떠올린다. "안 보면 못 견디고 잊으려도 잊을 수 없는, 부모형제 벗들보다 더 이끌려지는, 살아 뛰는 핏줄의 이끌림이 있었다. 이것은 곧 부모에게서도 학교에서도 배울 수 없었던 민족혼의 이끌림이었던 것이다. 애국애족의 뜨거운 열기가 통해서였던 것이다."(권오순, 『어린이』 영인본 앞에서, 『新人間』, 신인간사, 1997, 89~90쪽) 일본의 『소년 클럽』이 일본 어린이들에게 입신출세와 자본주의 이데올로기를 가르쳤다면 방정환의 『어린이』는 조선 아이들에게 민족혼과 독립정신을 가르친 것이다.

위 글에서 "동무에게서 우리 잡지『어린이』를 얻어다" 읽었다고 하는 것으로 보아 이원수가『어린이』를 친구에게 빌려 봤다는 것을 알 수 있다. 이원수에게『어린이』와 방정환과의 만남, 이와 더불어 소년회 활동은 그의 어린 시절뿐만 아니라 마산 공립상업학교 시절에 쓰는 현실주의 시의 중요한 밑거름이 된다.[39] 특히 어린 시절 소년회 활동은 식민지 조선의 현실을 객관으로 볼 수 있는 눈을 갖게 해 주었고, 앞날을 어떻게 살아야 하는지, 그 인생관을 주었다고 할 수 있다. 그는 수필「슬픔과 분노」에서 이렇게 말한다. "슬픈 사람을 보고 그 슬픔의 근원을 알며 그 근원에 있는 부정적인 것에 대해서 분해할 줄 알아야 하겠다. 가엾은 한 사람을 불쌍히 생각하며 나 스스로 눈물을 지은들, 그것만으로 무엇이 해결되는 것도 아니다. 그 가엾은 사람이 그렇게 된 까닭에 마음 미치고, 가혹한 그

---

39 이원수는 방정환을 떠올리면서, 어린이를 위할 줄 모르는 나라에서 '아동문학가가 왜 되었는가?' 하며 스스로 묻고 이렇게 대답한다. "신문 · 잡지의 편집자들이 유행 작가는 알아도 아동문학가에겐 관심도 갖지 않습니다. 소년소녀들을 위할 줄 모르는 나라에서 아동문학가가 어떠한 대우를 받겠는가, 하는 문제는 뻔한 노릇입니다. 이러한 아동문학가가 왜 되었는가? 아동문학을 하게 된 동기를 찾자면, 1920년 이후 소년운동의 횃불을 든 소파 방정환 선생의 감화를 받은 데 있다고 하겠습니다. 불행한 민족의, 한결 더 비참한 그들의 자녀들을 사랑하고 올바르게 자유롭게 기르자는 그 시대 소년운동과 더불어 아동문학의 싹은 트고 있었습니다. 잡지『어린이』를 통해서 깨끗한 동심의 문학작품을 써 보고 싶은 의욕은 대단한 열로 내 가슴에 불탔습니다. …(중략)… 소파 선생의 그 고마운 어린이 애호의 정신에 감격하여 한 번은 선생에게 편지를 써서 '나는 앞으로 힘 미치는 데까지 어린이를 위한 작품을 공부하고 쓰고 하겠다'고 맹서했습니다. 아동의 세계를 그리고 아동의 심리를 살피는 것은 너무도 순결하고 보람 있고 즐거운 것으로 믿었기 때문입니다." 이원수,「소파 선생의 감화를 받고-고운 세계에서 고운 글 쓰고 싶어」(1959),『아동과 문학』(전집 30), 239쪽.

원인에 대해서 분노하지 않는다면 참으로 그 슬픔은 감정의 사치에 지나지 않는 것으로 되고 만다."[40] 가엾은 사람을 보고 안타까워할 줄도 알아야 하지만, 그보다 더 중요한 것은 그 사람이 그렇게 된 근원을 알아야 한다는 말이다.

이원수가 위원으로 활동한 마산 신화소년회 창립식은 동아일보 마산지국에서 한다. 위원장은 현용택, 위원은 "박노태 김용철 이원수 김만석" 이렇게 네 사람이었다. "특히 체육과 문예장려에 힘쓴다"고 했는데, 여기서 '문예장려'를 이원수가 맡지 않았을까 싶다. 이때는 이원수가 『어린이』에 「고향의 봄」으로 등단하기 한 해 전이다.

신화소년회는 그해 3월 2일부터 사흘간 제1회 현상 동요 모집을 하고, 1, 2, 3등을 발표하는데, 여기서 이원수는 1등을 한다. 이 동요가 어떤 작품인지는 알 수 없다.[41] 4월 4일에는 토론 발표 연사로도 참가한다. 조선 사회를 발전시킬 때 노력이 중요한가 아니면 금전이 중요한가, 하는 주제로 열었는데, 이원수는 이날 '금전' 편 연사로 발표를 한다.[42] 그의 신화

---

40   이원수, 「슬픔과 분노」, 『솔바람도 그날 그 소리』(전집 27), 305쪽.

41   『동아일보』 1925년 4월 6일자에, 마산 신화소년회 사업 소식이 실린다. "마산에서 신화소년회가 조직된 후로 그 어린이들은 요사이 자주 모여서 여러 가지로 활동한다. …(중략)… 3월 25일부터 삼일간은 제1회 현상동요 모집을 행하여 수십여 종의 자미스런 동요를 모집하였다는 바, 그중 일이삼등에 참여된 씨명은 아래와 같다. 일등 이원수. 이등 여덕령 김만석. 삼등 여상도 라영철." 여기서 삼등을 한 라영철은 이원수의 마산 공립상업학교 1년 선배다. 그는 사회주의자였고, 나중에 함안 독서회 사건으로 같이 붙들려 가 함께 옥살이를 한다.

42   "마산 소년 토론—마산 신화소년회 주최로 지나간 나흘 날 제1회 토론회를 열었다는데, 자세한 것은 아래와 같답니다. 연제(演題) 우리 사회를 발전시킴에는 노력호(勢力乎)아 금전호(金錢乎)아! 연사, 노력 편 이규용 군 이상영 군 여상도 군, 금

소년회 활동은 창립날인 1925년 3월 14일부터 4월 6일까지만 기록으로 확인할 수 있다.

이원수는 소년회 활동을 하면서 학교에서 배울 수 없는 것을 배운다. 학교에서 가르치지 않은 우리 겨레의 역사를 배우고, 일본의 식민지 정책이 어떤 것인지 하나하나 알아간다. 5학년과 6학년 때는 야학에 나가 교사 노릇도 한다. 이때 이원수의 나이 열여섯, 열일곱이었다. 마산 산호, 양덕에 있던 '마산노동야학교'에서 아이들과 부녀자들을 가르친 것이다. 이곳에는 "열성 있는 선생님이" 있었다. 이 "열성 있는 선생님이 우리들을 불러 같이 다니며 가르"쳤다고[43] 하는 것으로 보아, 이 선생님들은 소년회를 지도했던 선생님이거나 소년회와 관계가 있는 사람들이었을 것이다. 이원수는 이 선생들과 함께 야학에서 교사 노릇을 하면서 많은 것을 배운다. 그것은 소년회에서도 배울 수 없는 것이었고 훨씬 더 깊은 공부였다.

전 편 이원수 군 여덕령 군 심광지 군."(『동아일보』, 1925. 4. 6)

43 이원수, 「가난 속에서도 즐겁던 시절」(1977), 『얘들아 내 얘기를』(전집 20), 293쪽.

제3장

이원수의 아동문학론

1. 동요론 : 비문학적 동요 비판과 시로서의 동요

아동문학에서 운문 장르는 보통 동요와 동시로 나누고, 둘을 다른 장르로 본다. 문제는 이 둘의 관계를 보는 눈이다. 둘을 다른 장르로 보는 것은 타당하지만, 은연중에 동요를 동시로 '발전'할 수밖에 없는 장르로 보는 것은 문제가 있다. 1960년대 이후 어린이 운문문학에서 동요가 저물고, 동시가 그 자리를 잡아 가는 과정을, '동요가 동시로' '진화했다'거나 '발전했다'고 보는 경향이 있다.[1]

---

1   일반적으로 동시를 말할 때, 아주 '자명하게' 동요에서 동시로 '발전'한 것으로 보는 경향이 짙다. 하지만 동요와 동시의 역사를 살펴보면 꼭 그렇지 않았다는 것을 알 수 있다. 이 둘은 분명히 '다른 장르'로 보는 것이 타당하다. 물론 동시가 동요의 영향을 받지 않은 것은 아니지만 그렇다고 해서 동시가 동요에서 진화 · 발전했다고 볼 수는 없다. 이에 대해서는 원종찬과 김찬곤이 「일제강점기 동요 · 동시론 연구 – 한국적 특성에 관한 고찰」(한국아동문학학회, 『한국아동문학연구』 제20호, 2011)과 「동요를 동시의 눈으로 봤을 때」(『동시마중』 제2호, 2010년 7 · 8월호)에서 자세히 밝힌 바 있다.

이재철은 노랫말 또는 동요를 "비문학적인 시"라 하고, 동시를 "문학적인 시"라 한다. 그는 '비문학적인 시'(노랫말 또는 동요)에서 '문학적인 시'(동시)로 옮겨가는 과정을 "시에의 복위 과정"으로 본다. 물론 그는 이것이 "진화론적인 입장"은 아니라고 한다.[2] 하지만 그는 1933년 윤석중이 그의 시집 『잃어버린 댕기』를 '동시집'이라 이름 붙인 것을 두고, "동시라는 용어가 처음으로 의식화된 것"으로 평가한다.[3] 여기서 '의식화'는 윤석중이 '동시집'이란 말을 목적의식적으로 썼다는 말이다. 그는 이런 '의식화'를 "20년대식 동시관을 지배했던 음악과의 밀월 행각을 지양하는, 문학 자체의 미의식에 눈 돌리려는 의지를 처음으로 표상시킨 일종의 선언"으로 본다. 그가 보기에 동시 이전의 동요는 동시로 옮겨갈 수밖에 없는 '비문학적인 시'이다. 1930년대 어린이 운문문학은 일반적으로 '동요'로 볼 수 있는데, 이 동요가 "음악과의 밀월 행각"을 벌였다고 비판하는 것이다. 하지만 동요는 음악과 늘 밀월을 즐겨야 한다. 윤석중도 평생 그랬다고 볼 수 있다. 그것은 동요 장르 자체의 생명력이다. 아이들이 노래를 부르는 한, 그들 나이 때에 불러야 할 노래가 있어야 한다면, '동시'와 다른 동요 장르는 있어야 하는 것이다.[4]

---

2 이재철, 「한국 현대동시 약사」, 『한국동시문학』, No.1, 2003년 창간호, 80쪽.
3 위의 글, 85쪽.
4 원종찬은, 이재철이 동요와 동시의 관계를 '발전론적'으로 봤다고 지적한다. 그리고 그가 이렇게 볼 수밖에 없었던 까닭을 밝힌다. "『한국현대아동문학사』는 1930년대를 '동요가 동시에게 자리를 물려주는 시기'로 보는 듯하다. 해방 이전에는 동시가 확고하게 정착되지 않았다고 일부 피력하고 있지만, 적어도 1930년대 이후로 동요는 동시에게 자리를 물려줘야 하는 것처럼 서술된 점은 부인할 수 없다. 이 과정에서 선구자로 언급된 시인은 윤석중, 박영종, 김영일 등이며, 가장 뚜렷한 전

우리나라 동시인 가운데 이원수만큼 '동요와 동시론'을 체계 있게 정리한 시인도 드물다. 1960년대 이후 동요를 쓰는 사람이 그렇게 많지 않았는데도 그는 끊임없이 동요에 대해 말하고, 그 이론을 탄탄히 다듬는다. 1972년 1월 26일, 『새 동요곡집』 제5집을 내기 위해 '동요 동인회' 모임을 갖고, 이 일을 2월 2일자 중앙일보에 싣는다.

어린이들이 아주 노래를 버린 것은 아니다. 어린이들은 가창(歌唱)의 욕망을 가지고 있다. 그러나 그 부르는 노래가 어른이나 청년들의 유행가이거나, 아니면 어처구니없는 상품 광고의 노래 흉내다. 유행가를 부르는 어린이들을 나무랄 수는 없다. 그들은 동요보다 그것이 더 쉽게 익혀지고 또 재미있다고 생각했기 때문일 것이다. 동요는 너무나 유치하고 모두 비슷한 형식인 데에 어린이들이 물려 버렸는지도 모른다. 여기서 어린이들이 동요를 부르지 않는 이유를 다시 간추려 보면,

① 동요보다도 더 자극적인 유행가곡이 가정에 들어와서 판을 쳤기 때문이요, 거리에서도 그들의 귓가에 항상 넘쳐흘렀기 때문이다.

② 어린이들을 위해 만들어진 동요곡이 천편일률적으로 유치한 아동의 놀이 노래처럼, 혹은 자극 없는 이야기의 되풀이처럼 되어, 어

환점으로는 '김영일의 자유시론'을 꼽았다. …(중략)… 필자가 조사해 본 바, 김영일은 1937년에 자유시론을 발표한 적이 없다. …(중략)… 앞서 지적한 모호한 표현을 두고 문장 차원의 실수 혹은 부정확함이라고 여길지도 모르겠는데, 필자의 생각은 다르다. 은연중 '순수문학'의 입장에서 '1930년대 동시 장르의 확립' 쪽으로 문학사 서술 방향을 잡았기 때문에 나타난 편향의 소산이라고 판단되는 것이다. …(중략)… 이는 '동요에서 동시로'의 전환을 진화론적·발전론적으로 바라보는 문학사 서술 체계임을 보여 준다." 원종찬, 앞의 글, 91쪽. '김영일의 자유시론'과 '사소시론'에 대해서는 김찬곤이 자세히 밝힌 바 있다. 김찬곤, 「김영일의 '자유시론'과 '아동자유시집' 『다람쥐』」, 『아동청소년문학연구』, No.10, 2012.

린이의 정감을 흔들어 주지 못하기 때문이다.

이 두 가지의 이유를 나는 생각하고 있다.

첫째의 성인 가요의 범람이나 상업 광고 노래의 범람은 가정에서나 사회에서 비단 어린이들을 위해서만이 아니요, 모든 사람을 위해 절제할 필요를 느끼는 것이며, 순화된 가곡의 보급과 유행이 있기를 바랄 수밖에 없다.

그러나 둘째의 동요 자체의 반성은 우리들의 일에 속한다. 가사의 아름다움과 곡의 아름다움이 없이 그 노래의 애창이 있을 수 없다. 오늘의 어린이를 옛날의 어린이와 같은 것으로 생각해도 안 된다. 7 · 5조의 가사면 다 동요가 될 수 있는 것이 아니며, 어디까지나 시가 된 다음에 작곡되어야 할 것이다. 작곡에 있어서도 마찬가지다. 어린이의 노래니까 쉽게 부를 수 있게 만들면 된다고 생각할 것이 아니다. 새로운 멜로디를 찾아내야 하겠고, 시와 어울리는 정감 가득한 곡이 되어야 할 것이다. 어느 정도 어려워도 좋고, 어느 정도 부르기에 힘이 들어도 좋을 것이다.[5]

이 글은 자신의 동요관을 말하고 있지만, 어떻게 보면 그날 모인 '동요 동인회' 사람들에게 하는 말이기도 하다. "어린이들은 가창(歌唱)의 욕망을 가지고" 있는데 지금껏 동요란 것은 아이들의 "놀이 노래"처럼 "너무나 유치하고" 형식 또한 비슷비슷해 "어린이의 정감을 흔들어 주지" 못했다고 비판한다. 그는 "동요는 어디까지나 시가 된 다음에 작곡되어야 한다"고 말한다. 이재철처럼 '비문학적인 시'이기 때문에 동요를 버리고 '문학적인 시' 동시로 가야 한다고 말하지 않는다. 그와 반대로 '비문학적인 동요'를 버리고 '문학적인 동요'를 써야 한다고 주장하는 것이다.

---

5   이원수, 「어린이와 동요」(1972), 『아동과 문학』(전집 30), 59~60쪽.

그는 「아동문학 입문」(1965)에서 '아이들의 가창 욕망'을 다시 한 번 더 강조한다.

> 현대시가 반드시 정형시일 필요는 없고 자유시가 될 수밖에 없는 여러 가지 이유가 있지만, 동요-정형 동시를 버릴 수 없는 것은 아동의 창가 욕구가 왕성하며 그런 만치 시가 되지 못한 유행가류의 동요가 널리 불리어지는 사실로서도 알 수 있다. 아동의 가창 욕구는 동시로서 충족시켜야 할 것이요, 그러기 위해서는 정형 동시-즉 동요의 올바른 발전이 요청되는 것이다.[6]

시와 거리가 먼 유행가류 같은 동요조차도 아이들이 즐겨 부르는 것은 아이들의 본성에 '가창 욕구'가 있기 때문이다. 그래서 동요를 쉬이 버릴 수 없다는 것이다. 그는 "아동의 가창 욕구는 동시로서 충족시켜야" 한다고 말한다. 그리고 뒤이어, "그러기 위해서는 정형 동시-즉 동요의 올바른 발전이 요청"된다고 한다. 앞 구절 "아동의 가창 욕구는 동시로서 충족시켜야"에서 '동시'는 뒷구절에 나오는 '정형 동시-즉 동요'를 말한다. 그는 '동요'를 큰 틀에서 '동시' 장르의 하나로 보는 것이다. 이는 그의 동요·동시론의 한 특징이기도 하다.

아래 글은 그가 아동문학 장르를 일목요연하게 정리한 부분이다. 이 분류에서 가장 독특한 것은 운문을 보는 눈이다.

> 아동문학을 그 형태에 따라 분류하면 운문과 산문으로 크게 나눌 수 있다. 즉, 운문으로 동시(자유시와 정형시), 산문으로는 동화·소

---

6   이원수, 「아동문학 입문」(1965), 『아동문학입문』(전집 28), 웅진, 1989, 62쪽.

년소설 · 동극(희곡) 등이다. 그러나 이것들은 다시 여러 갈래로 세분할 수도 있으니, 동화나 소년소설을 단편과 중편, 장편으로 분류하고 동극을 단막물 · 다막물로 분류하는 것도 필요하다. 그러나 동시에 있어서 자유시와 정형시의 분류는 또 하나의 다른 분류를 필요하게 한다. 즉 동요와 자유시와의 관계가 그것이다.

동요는 위에서의 분류에서는 동시에 포함되어 있다. 즉, 정형시로서의 동시다.

동시의 발생은 동요라는 이름과 정형률의 형태를 가지고 나온 전래동요에서 보게 되어 있다. 따라서 역사적으로 볼 때 동요는 아동문학의 운문의 시초를 이루고 있는 것이다. 그러나 현대문학으로서의 분류에 있어서는 동요를 동시의 내적인 한 장르로 치는 것이 당연하리라 생각한다.[7]

이것을 알기 쉽게 표로 그려 본다. 당시 '정형시–동요'를 '동시' 장르 속에 넣어 설명하는 것을 두고 말이 많았던 듯싶다. 그래서 그도 "이것은 물론 본의 아닌 하나의 방책이다"[8]고 한다. 그렇다면, 그는 왜 이렇게 복잡하게 동요와 동시를 설명한 것일까. 그 까닭은 우선, 시가 아닌 동요, 비

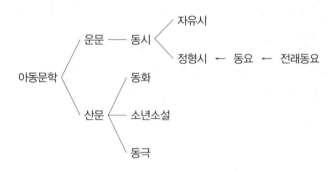

7   이원수, 「아동문학 입문」(1965), 『아동문학입문』(전집 28), 125쪽.
8   이원수, 「동시의 길을 바로잡자―동요와 동시의 개념」(1967), 위의 책, 344쪽.

시적인 노래 가사로 전락해 버린 동요 장르를 이대로 놔두어서는 안 되겠다는 절박함에서 비롯되었다. 더구나 아이들은 '가창의 욕구'가 있고, 율동을 좋아한다. 동요에 아이들이 진정 노래 부르고 싶은 마음을 담고, "격한 감정"까지도 담을 수 있다면 아이들의 마음을 사로잡을 수 있다고 본 것이다. 그의 1950, 60년대 동요 창작의 매진은 바로 여기서 찾을 수 있다. 이 성과는 그의 제2시집 『빨간 열매』(1964)로 모아진다.

> 동요가 시와는 별개의 것이라고 생각하는 것은 옳지 못하다. 우리 나라 동시의 출발은 역시 동요에서 비롯됐고, 동요는 또한 아동에게 주어지는 시로서 자처했던 것이다.
> 아동은 노래 부르기를 좋아하고 그들의 놀이도 다분히 율동적이다. 그런 만치 아동들에게는 정형 동요의 노래가 역시 필요한 것이다. 그러나 정형 동시인 동요가 아동들의 시로서 그 소임을 다하기 어렵게 된 것은 사실이다.
> 그것은 무슨 까닭일까?
> 소리 내어 노래 부르기 좋은 시―그것이 정형률의 동시인 동요라면 시로서의 소임을 못할 까닭이 없다. 그런데도 이런 이야기를 하게 되는 것은 동요를 쓰는 시인이 시작 태도를 바로 갖지 않기 때문이 아닐까. 정직하게 말해서 동요를 쓸 때의 기분은 어떤 가사(시가 아닌 노래의 가사)를 쓰는 것에서 조금도 상승하지 못하고 있다고 하겠다. 어린 사람들은 즐거울 때 노래 부르고 슬플 때에도 노래 부른다. 그러한 노래로서 시가 없을 수 없다. 그러나 동요의 시에서의 이탈은 진정 노래 부르기에 알맞은 내용을 갖지 못해서이다. 진정 노래 부를 수 있는 마음의 이야기, 격한 감정, 그런 것을 갖지 못한 채 노래했기 때문이다.[9]

---

9   이원수, 「아동문학 프롬나드」, 위의 책, 230~231쪽.

이원수는 시인들의 시작(詩作) 태도가 너무 안이하다고 비판한다. 동요를 쓸 때 노래 가사를 쓰는 기분으로 써서는 안 되고, 어디까지나 '시'를 쓴다는 기분으로 써야 한다고 주장한다. 또 시인은 "아동을 얕보지 말고 진지한 시를 써야 할 것이며, 이미 동요라는 이름으로 무수히 발표된 작품 중에서 시와 시 아닌 것을 구별하는 엄격한 눈을 가져야 하겠다"[10]고 주문한다.

그는 이런 비문학적 동요 두 편을 보기로 든다.

우물에 물이 없다면
두레박이야 있으나마나.

시내에 물이 없다면
물레방아야 있으나마나.

나루에 물이 없다면
나룻배야 있으나마나

— 윤석중, 「있으나마나」 전문

새해다, 설날이다, 기쁜 날이다.
모두 다 벙글벙글 해님도 벙글
흰떡 먹고 찰떡 먹고 떡국도 먹고
그리고 새로 한 살 나이도 먹고,

새해다, 설날이다, 기쁜 날이다.
모두 다 우쭐우쭐 국기도 우쭐

---

10 이원수, 「어린이와 아동시 교육」(1961), 『아동과 문학』(전집 30), 118쪽 참조.

동네방네 세배 가자 꼬까옷 입고
손잡고 정다웁게 노래 부르며.

— 강소천, 「새해의 노래」 전문

윤석중의 「있으나마나」는 "비유와 판단의 재미있는 표현이긴 하나 아동에게 주는 시는 되지 않는다"고 하면서, 그의 동요에는 "시의 세계를 떠나 재미있는 교훈과 혹은 유쾌한 이야기 및 격언의 노래화로 보이는 것이" 많다고 평가한다. 이원수는 강소천의 「새해의 노래」에서, "우리는 시를 찾을 수 없다. 동요란 것이 시가 아니라면 모르거니와 우리가 동요를 시라고 인정한다면 이런 작품을 어떻게 보아야 할 것인가? …(중략)… 이 노래는 하나의 노래요 시로 듣기는 어려운 것이다. 동요는 시이면서 노래로 불리는 것이 된다는 우리의 인식은 여기서도 비뚤어지지 않을 수" 없다고 평한다.[11]

그는, 동요가 노래 가사로 전락해 버리자 "우선 동요가 시냐 아니냐, 하는 지극히 초보적인 이야기를 필요로 하게" 되었고, 다시 말해 이는 "동요가 문학 작품이냐, 아니냐, 하는 것부터 말하지 않을 수 없는 딱한" 처지가 되어 버렸다고 한탄한다. 하지만 "아동문학이 동요를 그 문학의 장르로 보아 온 것은 두말 할 것 없이 동요는 하나의 시라는 견지에서였다"면서 동요를 시의 하나로, 동시의 하나로 봐야 한다고 주장한다.[12]

---

11 이원수, 「동시의 길을 바로잡자 – 동요와 동시의 개념」(1967), 『아동문학입문』(전집 28), 340~342쪽 참조.
12 위의 책, 336~337쪽 참조.

이와 함께 동요 시인들의 시인으로서의 수준은 떨어지고 아동들은 시를 즐기는 기회를 차츰 빼앗기게 된 것이니 창가보다 높은 세계를 향해 출발된 동요가 이제 와서는 창가보다 훨씬 낮은 세계에 가치 없는 가사로 떨어진 셈이다. …(중략)… 여기서 또 하나 동요가 들어서기 잘하는 오솔길에 대해서 말하지 않을 수 없는 것이 있다. 그것은, 유아—유년을 상대로 한 동요들의 제작 태도다. 어린이 중에도 나이 어린 어린이는 더욱 귀엽다. 이 귀여운 유년의 노래는 물론 더 귀여울 수밖에 없다. 그러나 유년 동요가 유년의 것이 되려면 마음과 생각이 들어 있어야 할 것이다. 그런데도 유년들에게 주어서 그들이 부르게 한 작곡 동요나 작곡이 안 된 동요 가운데는 어른이나 큰 소년 소녀가 어린 아기의 재롱을 보는 삼자적인 위치에서 즐기는 그런 작품이 많다. 유년 자체가 아니라, 유년의 귀여움을 감상하는 나이 먹은 사람의 기분과 흥미를 돋우기 위한 유년의 노래는 참된 유년 동요가 될 수 없는 것이다.[13]

개화기 "신학문의 수입과 더불어 아동에게 노래가 필요하다는 견지에서 소위 창가라는 것이"[14] 나왔다. 하지만 창가는 예술성이 부족하고 다분히 교훈적이어서 부드러운 정서를 북돋아 줄 수 없었다. "신시(新詩) 운동이 터전을 닦게 된 후 아동에게도 시적인 노래를 주어야겠다는 목적과

---

13 이원수, 「아동문학 입문」(1965), 『아동문학입문』(전집 28), 58~59쪽. 이오덕은 "이렇게 어른이 어린애인 척하여 사물을 보고 그것을 재미있는 말로 나타낼 때, 이것을 읽는 아이들 역시 저보다 나이 어린 아이의 것으로 받아들이는 것이지, 결코 자기 자신의 시(詩)로 느끼는 것이 아니다" 하면서 어린이에게 주는 진정한 "문학 작품은 아이들을 지나가 버린 세계로 되돌려 주기 위해 창조되는 것이 아니라, 앞날을 향해 자라나도록 하고, 이상(理想)을 바라보도록 하는 것"이어야 한다고 말한다. 이오덕, 「아이들 몰라주는 문학」, 『이 아이들을 어찌할 것인가』, 청년사, 1986, 107쪽, 109쪽 참조.
14 이원수, 「동시론 약론(略論)」(1961), 위의 책, 323쪽.

아울러" 방정환을 중심으로 "아동을 성인의 사회에서 해방시켜야 하겠다는 생각에서 소년운동"이 일어난다. 그들은 "어린이 애호와 인격 존중의 한 수단으로 아동문학운동"을 본격으로 일으키고, 이때 비로소 "정서의 노래, 미의 노래"가 생겨난다.[15] 비록 "이런 동요는 동화적인 내용과, 깊은 연민의 정으로서 약한 것, 불행한 것에 대한 동정의 마음에서 미를 찾으려" 했고, 순정적이고 감상적이라는 비판도 받긴 했지만 그것은 "일제의 억압 하에서 가는 숨길로 살아 온 우리 민족의 하나의 생활 모습과도" 통하는 것이었다.[16] 그런데 지금의 동요는 그가 보기에, 개화기 때 창가만도 못한 시정신으로 쓰는 작품이 너무 많은 것이다. 더구나 "어린이의 재롱스런 모습을 노래한 소위 유년 동요"는 잘못된 '동심 관념'으로 어린이를 노래하고 아이들의 삶을 왜곡하고 있다. 그는 "유년들은 귀염둥이일 수 있다. 그러나 그것은 엄마 아빠의 귀염둥이지, 유년들 자신의 귀염둥이는 아니다. 유년은 스스로 귀염둥이란 느낌을 가지고 자신을 보지 않는다"[17] 하면서 그러한 유년 동요는 "어른들의 즐거움"을 표현한 것에 다름 아니라고 비판한다.[18]

흔히 우리들은 귀엽기 그지없는 어린이들의 언행에 미소 짓는다. 그리고 그러한 것을 여실히 나타낸 작품을 귀여운 것으로 보고 즐거움을 느끼기도 한다. 그러나 그것은 아동의 모습을 보는 어른의 마음이요, 아동들의 마음은 아니다. 우리가 찬탄하는 귀여움은 아동들 자

---

15 위의 책, 324~325쪽 참조.
16 이원수, 「아동문학 입문」(1965), 위의 책, 52~53쪽 참조.
17 이원수, 「동시의 유아성」(1975), 위의 책, 355쪽.
18 위의 책, 164쪽.

신에게는 지극히 평범한 것이요, 당연한 것이므로 거기서 어떤 미를 느끼게까지 되지는 않는 것이다. 이를테면 그러한 미는 성인을 위한 것이지 아동 독자를 위한 것이 아니라는 말이다. 이러한 사실을 고려치 않고 유소년의 재롱이나 언동에 반해서 그러한 것을 잘 표현한 작품을 높이 평가하는 경향은 확실히 아동문학의 본성을 망각한 것이라 아니할 수 없다. 그것은 아동문학이라는 이름 아래 어른들이 잠깐 즐겨보는 비아동문학이라고도 할 수 있을는지 모르겠다.

  이것은 아동문학에 대한 인식 착오에 의한 것이라 할 것으로 정도(正道)가 아닌 작품 태도이다. 그런데도 이러한 작품을 동심의 문학, 혹은 아동의 꿈나라에 속하는 작품인 줄 아는 사람들이 있는 것은 놀라운 일이다.[19]

  위 글에서 이원수는 동심주의자들을 비판하고 있다. "동심이라는 깃발을 앞세우고" 시성 없이, 다분히 어른 취미의 어린이를 그리고, 갓난아기들의 말을 흉내 내고, 세상 물정 모르는 어린이 마음을 "동심이란 허울로" 미화하고 있는 동심주의자들의 동요 창작 태도를 문제 삼고 있는 것이다. 그가 보기에 이런 창작 태도는 "현실 생활의 감정을 덮어 버리는 부유자 취미"이며 아이들의 "사색을 막는 오락적 태도"일 뿐이다.[20]

  "어린이다우려는 욕망은 자꾸 유아로 내려간다고 해서 만족"되는 것이 아니다. "오늘날의 소년 소녀들은 어린이다운–유치–경지에 항상" 머물러 있지 않는다. "약빠르기도 하고 어른에 못지않게 깊은 생각을" 할 수 있다.[21] 동심주의자들은 "동심을 위장"하고, "아이들의 지적인 면을 무시

19 이원수, 「아동문학 프롬나드」, 『아동문학입문』(전집 28), 215쪽.
20 이원수, 「동시의 유아성」(1975), 위의 책, 358~359쪽 참조.
21 이원수, 「시와 교육」(1961), 위의 책, 316~317쪽.

하고 순박과 우둔을 혼동"한다.[22] "유희적인 것, 어린이의 재롱이나 귀여움", 이런 것은 노래의 재료는 될 수 있겠지만 "동요의 본령"이 되기는 어렵다는 것이다.[23]

2. 동시론 : 기교주의 비판과 동시의 경계 확장

이원수는 동시의 기원을 전래동요에서 찾는다. "정형시의 동요가 아닌 자유시의 동시는 그 기원을 전래동요에서 찾을 수 있을지 모르나 그 형식은 현대시에서 온 것이라 할 것이다."[24] 그런데 이 구절을 보면, 동시의 기원[25]을 전래동요에서 찾는다고 하면서도 그 형식은 '현대시'에서 온 것

22 이원수, 「안이한 창작 태도」(1957), 『아동과 문학』(전집 30), 279쪽.

23 이원수, 「동시론 약론(略論)」(1961), 『아동문학입문』(전집 28), 331쪽.

24 이원수, 「아동문학 입문」(1965), 위의 책, 30쪽.

25 우리나라 첫 동시로는, 1923년 『금성』 창간호(11월)에 실린 백기만의 「靑개고리」와 손진태의 「별똥」을 든다. 백기만의 「靑개고리」는 옛이야기 '청개구리' 이야기를 산문시로 쭉 내리썼다. 그에 견주어 손진태의 「별똥」은 자유시 형식을 갖추었고, 지금 눈으로 봐도 동시가 분명하다. 이 두 시는 제목 바로 아래에 시 장르를 '童詩'라 밝히고 있다. 이로써 '동시'라는 장르명이 우리나라 어린이문학사에서 처음으로 활자 매체에 등장한다. 『금성』 편집위원(백기만과 손진태는 편집위원이었다)들이 왜 이 두 시에 '동시' 명칭을 달았는지는 아직까지 밝혀지지 않았다. 한편, 일본 어린이문학사에서 어른이 아이들에게 주는 시를 일러 '동시'라 이름 붙인 이는 기타하라 하쿠슈다. 그는 '1923년' '동시'의 필요성을 느끼고, 「童謠史觀」(『詩와 音樂』 1923년 1월)에서 처음으로 '동시' 장르명을 쓴다. 이 장르명을 그해 11월 우리나라 『금성』 편집위원들이 그대로 썼을 가능성이 크다. 이것은 우리나라 '동시의 기원'하고도 관련이 있다. 보통 전래동요에서 창작동요가 나오고, 이 창작동요에서 동시가 나왔다고 이렇게 '자명하게' 알고 있지만, 이것이 이론적으로 탐구된

이라 한다. 이재철도 이와 똑같은 말을 한다.

> 동요의 시원은 노래였다. 민요라는 큰 줄기 속에 자리를 잡아 온
> 구전동요가 곧 그것으로, 대체로 작자가 알려지지 않은 4·4조를 기
> 본으로 한 노래였다. 구전에서 기재(記載[定着])의 과정을 밟아 내려
> 온 이러한 전래동요는 1920년대에 들어서자 신문학의 대두와 함께
> 7·5조의 폭넓은 율조를 가진 창작동요로 바뀌어졌다. 동시는 그 기
> 원을 전래동요에서 찾을 수 있으나, 대체로 자유시운동에서 탄생했
> 다고 보는 것이 온당한 견해이다.[26]

이원수와 이재철은 동시의 기원을 '전래동요'에서 찾지만, 왜 그러한지
는 밝히지 않는다. 이것은 일종의 '전도'라 할 수 있다. 동시와 자유시의
눈으로 '활자화된 전래동요'를 읽으면 그것은 자명하게 '시'로 읽힐 수밖
에 없기 때문이다. 더구나 동시의 기원을 전래동요로 보는 것은 당시 너
무나 '자명한' 것이었기에 이원수 또한 별 문제의식 없이 그대로 받아들
인 것으로 보인다.[27]

적은 없다. 우리나라 '동시의 기원' 문제는 아직 명확하게 밝혀진 바가 없고 앞으
로 밝혀야 할 논제이기도 하다.

26 李在撤, 『兒童文學의 理論』, 형설출판사, 1983, 17쪽.

27 일본과 한국의 동시론 관련 글 가운데, '동요와 동시의 관계' 속에서 '동시의 기원'
문제를 다룬 글로는 사나다 히로코가 쓴 「'노래'가 시가 될 때까지−동시의 기원에
얽힌 여러 문제들」(『문학과사회』, 1998년 가을호)을 들 수 있다. 그는 여기서 전래
동요를 활자화했을 때 벌어지는 상황을 말한다. 일단 활자화되고 나면 그것은 노
래(노랫말)가 아니라 '눈으로 보기 위한 시(문학)'가 되고 만다. 다시 말해 노래(소
리가 있는, 하지만 글자는 소리가 없다)가 아니라 '문학'이 되어 버린다는 것이다.
그러면서 기타하라 하쿠슈가 왜 '동시' 장르명을 따로 생각해 냈을까를 짐작한다.

이원수는 당시 활동했던 아동문학가 가운데서 창작과 더불어 평론 활동을 활발히 한 작가이다. 그가 '이원수' 이름으로 맨 처음 쓴 평론은 1948년 『아동문화』 창간호에 발표한 「동시의 경향」이다. 이 글은 경기공업학교를 사직하고 박문출판사 편집국장으로 일할 때 쓴 평론이고, 지금까지 확인 가능한 그의 첫 어린이문학 평론이기도 하다. 그리고 한동안 평론을 쓰지 않다가 그로부터 5년 뒤인 1954년 12월 20일 『조선일보』에 두 번째 평론 「교양과 문학, 새로운 아동문학을 위하여」를 발표한다. 이때 그의 나이 44세이고, 장편동화 『숲 속 나라』(신구문화사)가 단행본으로 막 나온 해이고, 한국아동문학회(회장 한정동)가 창립된 해다. 이 문학회는 한국전쟁이 끝난 뒤 아동문학가들이 한자리에 모인 단체이고, 친목을 도모하는 모임이었다. 이 단체에서 이원수는 김영일과 함께 부회장을 맡는다.

그에 따르면, 하쿠슈는 1921년 영국의 전통 동요집 『마더구스(Mother Goose)』를 일본말로 번역해 출간한다. 그런데 이 동요집이 활자화되었을 때, 독자의 손에 갔을 때는 이미 노래(전래동요)가 아니라 '눈으로 읽는 시(문학)'가 되어 있을 수밖에 없었다. 그래서 하쿠슈는 '전래동요'하고는 다른 '동시' 장르명을 생각해낼 수밖에 없었다는 것이다. 히로코는 동시의 기원을 '전래동요'가 아니라 '활자화된 전래동요'에서 찾는다. 그런데 문제는, 하쿠슈가 '동시' 장르명을 생각해 낸 까닭이 다른데 있었다는 점이다. 그는 1923년 1월, '동시' 장르명을 처음으로 쓴다. "노래하기 위한 이런 동요 이외에, 조용히 읽게 하고 또는 감상시키기 위한 시-동시-도 아동에게 주어야 할 것이다. 아동 자신도 지금은 주로 자유율의 시를 짓고 있다. … (중략)… 그것을 생각하면 나는 가요 이외에, 신풍으로서의 동시(주로 자유율)의 방면에도 앞으로 더욱 개척의 쟁기를 휘둘러야겠다. 이미 두세 편 試作은 있지만, 일간에 나에게 중대한 뜻이 담긴 제작이 될 것이다."(기타하라 하쿠슈, 「童謠史觀」(1923), 『綠의 觸角』, 개조사, 1987, 53쪽) 이 구절에서 짐작할 수 있는 것은, 하쿠슈가 동시 장르명을 생각해 낼 수밖에 없었던 까닭이 활자화된 전래동요에서 비롯된 것이 아니라 그때 일본 어린이들이 써 냈던 자유율의 '어린이시'에 있었다는 점이다. 어쩌면 이것이 더 직접적인 영향을 끼쳤을 것이다.

이원수는 1950년대 중반부터 시, 소설, 동화, 수필과 더불어 평론을 본격으로 쓰기 시작한다. 이 평론 글은 그가 저세상으로 떠나고 3년 뒤, 웅진출판사에서 전집(전30권)을 낼 때『아동문학입문』(28권)『동시 동화 작법』(29권)『아동과 문학』(30권)으로 묶여 나온다. 이원수 평론을 살펴보면, 이오덕의『시정신과 유희정신』(1977)의 바탕이 그의 평론에 닿아 있다는 것을 확인할 수 있다.[28] 그는 여러 평론에서 동요와 동시의 기원, 이 둘의 관계, 동심에 대해 그 어느 누구보다도 꼼꼼하고 엄밀하게 정립해 나간다. 이때 그는 윤석중과 박영종의 동심주의와 기교주의 동시를 비판하고, 강소천으로 대표되는 교훈주의와 반공주의 동화를 비판한다.[29]

해방 직후 박목월(朴木月, 1916~1978)은 김동리(金東里, 1913~1995)[30]

---

28 원종찬은, "이오덕은 이원수와 따로 떼어서 생각할 수 없다"고 하면서 다음과 같이 말한다. "이는 비단 그가 이원수의 다음 시기에 이원수를 대신한 이론의 계승자임을 말하는 것뿐 아니라, 그의 비평 활동으로 이원수 아동문학의 본질이 온전히 밝혀지고 또 그것이 우리 아동문학의 줄기로 자리 잡게 된다는 사실을 함께 지적하는 것이다. 이오덕이 본격적으로 비평 활동을 전개한 시기는 이원수와 일부 겹친다. 그러나 이원수가 추천사를 쓴 그의 첫 평론집『시정신과 유희정신』(1977)은 이원수의 비평 활동이 거의 중단된 무렵의 활동 결과를 모은 것이다. 한국 아동문학의 이론을 대표하는 이 책과 두 번째 평론집『어린이를 지키는 문학』(1984)은 이원수 이후 지금까지 한국 아동문학의 올바른 방향을 이끄는 중요한 지침서로 작용해 왔다." 원종찬,『아동문학과 비평정신』, 161쪽.

29 원종찬,「이원수와 1970년대 아동문학의 전환」,『이원수와 한국 아동문학』, 창비, 2011, 83~84쪽 참조.

30 김동리는 1960년대 들어 쏟아져 나온 '아동문학독본' 시리즈와 여러 '아동문학전집' 편집의 중심이었다. 그는 1963년 강소천이 저세상으로 떠나자 박목월, 최태호와 함께 소천문학상을 정하고 심사위원으로 활동한다. 1962년부터 69년까지 총 19집을 내면서 아동문학 담론을 주도한『아동문학』편집위원은 강소천, 김동리, 박목월, 조지훈, 최태호였다. 원종찬, 위의 글, 83쪽 참조.

와 함께 보수 문학단체 청년문학가협회를 꾸린 실세였다. 뿐만 아니라 보수 아동문단 내에서도 중요한 역할을 한다.

박목월은 1957년에 동시 창작 이론서『동시 교실』(아데네사)을 내고 1963년에는『동시의 세계』(배영사)를 낸다.『동시의 세계』가 아이들에게 '동시'(그는 동시와 어린이 시를 구별하지 않는다)를 어떻게 써야 하는지 들려주는 책이라면,『동시 교실』은 "국민학교 상급반 및 중학교 하급반과 이런 방면에 뜻을 둔, 아기들을 지도하는 분에게 도움"[31]을 주기 위해 쓴 책이다.『동시 교실』에서 그는 시를 쓸 때 '비유'가 다른 무엇보다도 중요하다고 말한다.

> 시는 우리의 느낌, 생각을 솔직히 기록한 것이다. 그러나, 그 느낌, 생각을 묘하게 요령 있게 표현할 수 있는 방법을 생각하는 것이 중요하다. 솔직히 기록하는 것이라 해도 무턱대고 생각나는 대로 기록하는 것이 아니다.
>
> 잘 가다듬어 요령 있게 아름답게 기록해야 한다.
>
> …(중략)…
>
> 시에서 표현의 가장 소중한 세 가지는
>
> 첫째, 생략이다. 생각을 가다듬고, 말을 간추리는 일을 생략이라 한다.
>
> 둘째는 비유이다. 실감이 도는 적합한 비유가 표현을 살리게 한다.
>
> 셋째는 내용을 살펴서 가락을 가다듬고, 모습을 매만지는 일이다.[32]

---

31 박목월,『동시의 세계』, 배영사, 1963, 3쪽.
32 위의 책, 73~74쪽.

박목월은 동시를 쓸 때 "생각을 솔직히" 써서는 안 되고, "묘하게 요령 있게" 쓰는 것이 중요하다고 말한다. 그 방법으로 생략과 비유와 리듬을 들지만, 이 가운데서도 비유를 가장 중요하게 생각한다. "이 비유의 오묘한 이치를 깨달아야 비로소 여러분은 제대로 자기의 생각과 느낌을 표현할 수 있"다고 하고, "참으로 비유만큼 어려운 것이 없다. 비유야말로 표현에서 중요한 것의 하나다"[33]고 한다.

그에게 비유는 동시에서 가장 중요한 표현 방법이다.[34] 이렇게 쓴 "동시야말로, 어린이 여러분만이 느낄 수 있고, 생각할 수 있는 그 맑고 아름다운 감동을 감동으로서, 느낌을 느낌으로서 나타"[35]낸 것이 된다. 박목월 이전에도 동시는 막연히 '맑고 아름다운 시'(착한 시)였지만 박목월에 와서 이런 관념은 더 굳어진다. 그리고 박목월의 이런 비유 강조는 1960년대 동시 문단의 난해시와 기교시, 감각시로 이어진다.

반면에 이원수는 동시에서 비유를 부정하지는 않지만 경계한다. 그는

---

33 박목월, 앞의 책, 61쪽.
34 박목월은 『동시의 세계』에서도 "시라는 것은 대부분 비유로 이루어진다. …(중략)… 시에서 비유를 뽑아 버리면 아마 시를 쓰기 어려울 것이다"(210쪽)고 한다. 이런 그의 논리는 유경환과 이상현으로 이어진다. 이상현은 "동요가 율격에 의한 노랫말 중심의 직접적 표현이 강하고 기법상 의인화 수법이 많이 채택되는 반면 동시는 은유, 비유, 상징적 이미지가 강한 장르"(『아동문학강의』, 일지사, 1987, 24쪽)라 하면서 동시가 동요와 다른 점을 비유를 들어 설명한다. 이준관은 박목월에서부터 일관되게 쭉 이어져 온 동시론을 정리해 『동시 쓰기-동심에서 건져 올린 해맑은 감동』(랜덤하우스코리아, 2007)을 펴낸다. 그는 여기서 "시적 표현의 핵심은 바로 비유이다. 생생한 비유가 시의 생명이요, 시적 표현의 핵심이다.", "시는 이와 같이 비유적으로 말하고 에둘러서 말한다. 앞서도 말했지만 비유는 시의 뿌리이다"(115쪽)고 한다.
35 박목월, 위의 책, 25쪽.

메타포와 이미지의 관계에서, "메타포가 조성해 주는 이미지의 세계"[36]에 대해 자신의 의견을 소상히 밝힌다.

> 여기 윤석중의 「풍당풍당」이나 나의 「보오야 넨네요」에 은유나 직유가 없다. 사실적인 것으로 되어 있다.
> 메타포가 꼭 있어야 시가 되는 것은 아니다. 메타포는 우리들의 직설적인 말이나 표현으로서는 시의 감흥을 일으키기에 부족하여, 그 인상을 선명히 하기 위한 하나의 수법이다. 시를 쓰는 사람의 생각에 따라, 또는 그 시의 내용에 따라서 메타포 사용의 빈도는 달라지기도 하고 거의 없을 수도 있는 것이다.[37]

그의 초기 현실주의 시는 아이들의 비참한 삶과 식민지 조국이 처한 현실을 노래한 시라 할 수 있다. 그는 이 현실을 어디에 비유하지 않고 곧바로 말한다. "직설적인 말이나 표현으로서"도 "그 인상을 선명히" 그려낼 수 있었고 "시의 감흥을 일으키기에" 부족함이 없었다. 어쩌면 식민지 아이들의 삶을 있는 그대로 보여 주었기에 오히려 더 생생하게 다가왔다고 할 수 있다. 물론 그는 동시에서 비유를 아주 부정하지는 않는다. "시를 쓰는 사람의 생각에 따라, 또는 그 시의 내용에 따라서 메타포 사용의 빈도는 달라지기도 하고, 거의 없을 수도" 있다고 보는 것이다. 그가 경계한 것은 '메타포와 이미저리'에 집착하는 '작시(作詩) 태도'였다.

> 메타포와 이미저리의 범람은 일종의 허세 같은 것이 되고, 도리어

---

36 이원수, 「아동문학의 산책길」(1976), 『아동문학입문』(전집 28), 367쪽.
37 위의 책, 같은 쪽.

묘사를 해치는 것으로 되기도 쉽다. 그 길에 깊이 들어갈수록 시는 소위 난해한 것이 되는 것도 사실이다. 오늘의 우리 동시는 무슨 장식품이 아니요, 아동에게 고상한 삶의 뜻을 알려 주고, 바른 성장을 돕는 예술품이 되어야 할 것이다. 표현의 묘나 비유의 재미에다 동시의 중심을 두는 날에는 아동 문학으로서의 효용도 바라기 어렵게 되지 않을까. 그런데도 이러한 작시 태도나 작품을 무슨 새로운 경지의 개척인 듯이, 혹은 한국 동시의 현대화를 이룩하는 듯이 생각하는 사람들이 있어서 걱정스럽다. 그것은 곧 현실의 아동을 떠나 꿈이나 세공에서 만족하는 태도요, 진정한 동시인의 길이 아니기 때문이다.[38]

"메타포와 이미저리의 범람"은 이오덕도 경계를 한 바 있다. 이오덕은 박경용의 '감각시' 「귤 한 개」(귤/한 개가/방을 가득 채운다.//짜릿하고 향긋한/냄새로/물들이고,//양지쪽의 화안한/빛으로/물들이고,//사르르 군침 도는/맛으로/물들이고,//귤/한 개가/방보다 크다.『경향신문』, 1966. 4. 23)를 이렇게 평가한다. "한 개의 정물을 두고 시각·후각·미각 등의 감각을 동원해서 그 존재를 객관적으로 파악하려고 했다. 이와 같이 하여 모든 감관을 통해서 자연의 아름다움을 감각적으로 파악 표현하려고 한다. …(중략)… 지금까지 동시인들에 의해 우습고 재미스럽고 귀여운 것으로만 노래하여지고 있던, 동심 유희의 한갓 소재로 이용되고 있던 자연이 그에게 와서는 '아름다움'의 존재로, 보다 미세한 눈으로 새롭고 경이로운 존재로 파악(창조)되고 있는 것이다. 그리고 이것은 확실히 하나의 시적 업적임에 틀림없다." 그리고 "우리 동시의 역사에서는 아직, 이 가장 최초로 겪어야 했던(한 차례 겪는 것이 매우 유익할 수 있었

38　이원수, 위의 책, 373~374쪽.

던) 시적 발전의 단계를 거치지 못했다고 할 수 있고, 그것이 늦게야 박경용에 의해 어느 정도 이뤄졌다고" 평가한다. 그런데 "그의 동시는 감각에만 머물고 있다. 감각이란 것이 세계를 인식하고 정서를 낳는 수단이 되어야 할 것인데, 이 지극히 단순한 심리 상태에 시인의 정신이 교착되어 있다는 것은 웬일인가? …(중략)… 그의 시에는 세계가 없다. 있다고 하더라도 그것은 닫혀져서 보이지 않고, 혹은 극히 좁거나 흐릿한 안개와 꿈속의 것이어서 잡을 수도 없는 상태의 막연한 것이다. 그리고 이런 감각적인 상태에 잡혀 있다는 것은 시가 손끝의 재주로만 되어 버릴 위험성을 안고 있는 것이다. 그의 작품 소재가 자연 경물에 국한되어 있는 사실을 아울러 생각할 때, 아동의 생활 감동의 세계와는 거리가 먼, 시인의 언어 기교의 취미물로 동시가 정체될 가능성은 더욱 더해진다고" 염려한다. 이오덕은 시인의 감각이 세계를 인식하고 정서를 낳는 수단이 되어야 하는데, 그러지 못하고 감각에만 머물고 있다고 비판하는 것이다. 그리고 이런 감각시는 '손끝의 재주' '언어 기교의 취미물'이 될 가능성이 농후하고, 결국에는 난해 동시나 기교시로 전락할 가능성이 많다고 본다.[39]

---

39 이오덕, 「부정의 동시」(1975), 『시정신과 유희정신』, 85~87쪽 참조. 이오덕은 박경용의 감각 동시가 당시 긍정적인 면이 분명히 있지만 아동 세계의 진실을 보여 주는 방향으로 발전하지 못하고 감각에 머물고 말았다고 비판한다. 이오덕은 "감각적인 말의 재미만을 추구하고 있는 시의 기교술이 다다르는 종착지가 어디인가를 생각해 보아야겠다" 하면서, "시의 말이 아무리 새롭고 재미스런 느낌을 준다고 하더라도 그것이 생활자인 아동들이 실감할 수 있는 세계에서 멀어진 것이 될 때, 한갓 말의 유희로 떨어지고 마는 것은 피할 수 없다고 본다. 그리고 "박경용은 60년대의 동시에서 사물을 신선한 감각으로 파악해 보여 주려고 했지만 그러한 진지한 노력이 아동 세계의 진실을 보여 주는 방향으로 발전하지 못하고 말았다. 그것은 감각에 집착하는 작시(作詩) 태도가 객관 세계를 인식하는 방향으로

이원수가 앞에서 말한, "표현의 묘나 비유의 재미에다 동시의 중심을 두는" 작시 태도는 이오덕이 「부정의 동시」(1975)에서 "부정의 정신"으로 비판한 동심주의자들의 시작(詩作) 태도라 할 수 있다. 특히 1960년대 초 박경용의 감각시는 이상현, 이종기, 조유로, 유경환, 이석현, 임교순, 윤운강, 오규원, 하청호가 추구했던 이미지 중심의 난해시와 기교시로까지 나아간다.[40] 이런 시 가운데 이오덕은 이상현의 동시 「풍경」을 놓고 기교시의 한계를 비판한다.

생선 비늘이 뛰어
번뜩거리는 바다.

심화되지 못하고 다시 엉뚱한 주관 속으로, 꿈속으로 들어가 자기를 폐쇄시켜 버렸기" 때문이라고 진단한다(이오덕, 「부정의 동시」(1975), 『시정신과 유희정신』, 88~91쪽 참조).

40 이재철도 1960년대 동시의 난해성과 지나친 기교를 문제 삼는다. 이재철은 1950년대 말 1960년대 초에 등단한 최계락, 이종기, 박경용, 신현득, 조유로, 유경환, 김사림, 이석현, 차보현, 오규원, 이상현이 중심이 되어 꾸린 '동시인동인회'(1966) 시인들이 주도한 동시를 '본격동시운동'으로 본다. 이재철에 따르면, 이들은 "'동시도 시'라는 지극히 당연한 명제를 캐치프레이즈로 내걸고 동시를 시로 승격시키기 위해 최선의 문학 운동을" 벌였다고 평가한다. 이들은 "시의 전달이 의미의 전달보다는 이미지 전달을, 읽는 문학으로서의 기능을 느끼는 문학으로, 밖으로 튀어나오는 것에서 안으로 젖어드는 것을 지향하는 현대시로의 접근"을 했고, "외형률에서 내재율로 지향하는 시로서의 동시"를 쓰고자 했다고 정리한다. 그러나 이들의 "혁신적인 성과에도 불구하고 이것이 지나치게 실험되고 강조됨에 따라" "난해성 문제가 대두되기 시작"했다고 지적한다. "그리하여 동시가 지나치게 어려워진다는 비난이 곳곳에서 일어나게 되고, 시와 독자와의 거리도 점차 멀어지는 현상이" 생기고 말았다고 비판한다. 이재철, 『한국현대아동문학사』, 539~549쪽 참조.

노오란
지느러미를 펴다가
그물에 걸려든
해.

바다를 휘감고
퍼덕거린다.

개펄이 묻은
장대로
뛰는 바다를 치면
그 빠알간
해의 아가미 속에서
비린내 나는
햇살이 쏟아진다.

— 이상현, 「풍경」(1973) 전문

이 시를 두고 이원수와 이오덕의 평가는 다르다. 이원수는 일단 이 시에서 볼 수 있는 "메타포와 이미지들은 특이하다"고 하고, "「풍경」에서 보는 바다의 해는 '그 빠알간/해의 아가미 속에서/비린내 나는/햇살이 쏟아진다'로서 무서우리만치 인상적이다"고 하면서 긍정으로 평가한다.[41] 이원수 또한 1960년대의 감각시 열풍을 마냥 무시하지는 않는다. 특히 그의 후기시, 그 가운데서도 「아침 안개」(1965)의 "아늑한 젖빛 꿈나라", 「가을바람」(1965)의 "노란 비늘 같은 낙엽들을 붙이고", 「산딸기」(1968)의 "달고 새큼한 연하고도 야무진 불의 꼬투리", 「찬란한 해」(1968)의 "나도 묵

---

41   이원수, 「아동문학의 산책길」(1976), 『아동문학입문』(전집 28), 369쪽.

은해를 벗고 비늘같이 번쩍이는 새해를 입는다", 「어머니 무학산」(1978)의 "부서진 은비늘로 노는 해와 달" 같은 구절은 그가 감각적인 이미지즘 시의 영향을 받은 증거로 볼 수 있다.

그런데 이오덕은 시에 쓰인 '인상적인' 말이 "독자들의 머릿속에 바다의 풍경을 펼쳐 보이는 데 있어서 사물 자체로서 던져지는 살아 있는 말이 못 되고, 적어도 머릿속에서 한 차례 번역을 해야 하는, 성가신 과정을 거쳐야 짐작이 되는 이질적(異質的)인 말의 덩어리, 곧 죽은 말의 조립으로 되어 있다"고 하면서, 결국 이런 시는 "말의 곡예술", "말의 유희", "감각적 언어 기교"에 불과하고, "어디까지나 쓰는 사람만의 취미물로밖에 될 수 없다"고 비판한다.[42]

이원수는 이미지즘 시를 부정하지는 않지만 여전히 경계한다.

---

42 이오덕, 「부정의 동시」(1975), 『시정신과 유희정신』, 굴렁쇠, 2005, 116~117쪽 참조. 원종찬은 동시의 '감각적 기교'의 문제를 두고 이오덕, 이재철, 이상현이 벌인 논쟁을 다음과 같이 정리한다. "서민성과 현실성을 바탕으로 하는 리얼리즘 아동문학론은 "민족과 어린이를 배반"하는 동심천사주의 또는 감각적 기교주의 아동문학론과 정면으로 충돌한다. 이오덕 선생님은 동심적 동요 세계가 60년대에 들어서면서 감각적 기교주의로 이어지고 있는 현상을 두고 이재철 교수가 '비문학적 요소를 과감히 배격하고, 아동문학이 진정한 의미로서의 본격문학이라는 점을 자각했을 뿐만 아니라, 독자에게도 인식시켰다'고 평가하자, 60년대 동시의 형식적 변화는 "그 내부의 진지한 창조적 고투"를 치른 참된 발전이 아니라, "외국의 작품이나 특히 성인시 영향" 같은 "단순한 외부의 영향"에서 온 것에 지나지 않는다고 반론을 펼쳤다. 또한 이상현 씨가 '현대시의 난해성, 어른을 위한 동시, 한정된 소수의 아동 독자' 등을 들어서 동시의 난해성을 변호하니까, 그것은 '허상의 동시'를 변호하는 논리라 반박했고, 다시 이상현 씨가 '상상, 환상, 언어 미학' 등의 개념을 동원하고 나오니까, 그런 것은 '아동문학 작가의 아동 기피'에 지나지 않음을 작품을 들어 낱낱이 증명해 보였다." 원종찬, 「배반의 동심, 동심의 배반」(2004), 『동화와 어린이』, 창비, 2004, 53쪽.

우리는 이미지의 중시와 그렇지 않은 작시 태도에 대해서 한 가지 생각하게 되는 것이 있다. 그건 시에서의 정감미와 외적 표현미의 두 방향이다. 우리 가슴에 깊이 파고드는 감정의 물결이나 간절한 생각을 읊는 시를 나는 싫어하지 않는다. 거기에는 애틋한 사랑이나 불같은 인간애, 조국애, 불행한 사람에 대한 연민의 정, 의를 위한 열정 같은 것이 우리의 심정에 호소해 오는 미가 있기 때문이다. 이러한 시는 이미지의 조화를 그다지 필요로 하지 않는 경우도 많다. 그러나 어떤 생각이나 사물을 또렷이 눈에 선하게 인상적으로 표현해 주는 것도 우리들에게 즐거움을 준다. 우리는 그러한 즐거움을 이미지즘의 시에서 본다.

언어로써 나타내 보여주는 회화적인 미, 이런 미에 관심이 깊은 시인들이 있다. 전자와 후자를 비교한다면 전자는 인생을 생각하는 일에 열중하고 있다고 하겠고, 후자는 현상을 심상으로 재현시켜 시야를 아름답게 하는 데 열중되어 있다고 하겠다.

후자 즉 이미지의 미에 열중하게 되면 시의 정감이나 사상의 세계를 떠나 기교에 치우쳐지기 쉽다. 그리하여 심하면 기예적인 것이 시의 본성인 듯이 생각하게 되고 따라서 서정시를 낡은 것으로 여기기도 한다. 이러한 시인은 자연히 사회와 현실 생활에서 눈을 돌려, 언어의 수공에서 만족하는 경지로 들어가게 될 것이다.[43]

이원수의 초기시는 "가슴에 깊이 파고드는 감정의 물결이나 간절한 생각을 읊는 시"라 할 수 있다. "거기에는 애틋한 사랑이나 불같은 인간애, 조국애" 같은 열정이 있어 독자의 "심정에 호소해 오는 미가 있기" 때문에 "이미지의 조화를 그다지 필요로 하지 않는 경우"라 할 수 있다. 그의 시는 "인생을 생각하는 일에 열중"했다고 볼 수 있다. 그는 "이미지의 미

---

43 이원수, 「아동문학의 산책길」(1976), 『아동문학입문』(전집 28), 372~374쪽.

에 열중하게 되면 시의 정감이나 사상의 세계를 떠나 기교에 치우쳐지기 쉽다"고 경계한다. 더구나 "심하면 기예적인 것이 시의 본성인 듯이 생각하게" 된다고 비판한다. "이러한 시인은 자연히 사회와 현실 생활에서 눈을 돌려, 언어의 수공에서 만족하는 경지로 들어가게 될 것"이고, "메타포와 이미저리의 범람은 일종의 허세 같은 것이 되고, 도리어 묘사를 해치는 것으로 되기" 쉽다고 본다. 그리고 뒤이어 "표현의 묘나 비유의 재미에다 동시의 중심"을 두는 시인은 진정한 동시인의 길이 아니라고 비판한다. 이렇게 그는 동시를 쓸 때 박목월과 달리 '비유'를 크게 마음에 두지 않았고 조심스럽게 접근한다. 당시 동시인들과는 아주 다른 지점이다. 이는 박목월 이후 이상현과 유경환의 이미지 중심과 시어 기교의 난해시 문제, 감각에 매몰되어 갔던 박경용과 김사림의 감각시 폐해를 지적하는 것이기도 하다.[44]

---

44 유경환(劉庚煥, 1936~2007)은 아이들의 시를 평가하는 자리에서 이런 말을 한다. "다른 사람과 똑같은 눈으로 사물을 본다 하더라고 실제엔 생각의 눈으로 바라보아야 하므로, 달리 보는 것이 된다. 되도록 아름답게 그리고 고운 마음을, 눈을 통해 세상에 비쳐보아야 한다. …(중략)… 사물을 그냥 보아 넘기는 것과 생각의 눈으로 마음의 색깔을 가지고 사물을 보는 것과는 아주 다른 것이다. 글짓기를 하는 노력이, 이렇게 아름답고 고운 생각을 가진 이의 눈에 사물을 달리 보이게 만든다 (유경환, 『한국현대동시론』, 배영사, 1979, 258~259쪽). 유경환은 아이들이 쓰는 시를 '동시'라 한다. 이 시는 어른이 쓰는 동시와 다르지 않다. 그래서 앞 구절 또한 어른이 쓰는 동시를 보는 눈이라 해도 큰 무리는 없을 것이다. 유경환은 사물을 '생각의 눈'으로 봐야 한다고 말하고, 또 그 생각이란 것도 되도록 아름답고 고와야 하고, 그러면 사물(시의 대상)이 달리 보인다고 한다. 이것은 '참신한 발상'을 말하는 것이고, 여기서 한 걸음 더 나아가 '독창적인 비유'까지 가야 잘 쓴 동시가 된다고 하는 말이다. 그런데 이원수와 이오덕은 사물을 '달리' 보는 것도 중요하지만, 그에 앞서 사물의 '본질'을 보려는 눈, 그래서 마침내는 시인과 대상과의 경계가 없어지

이원수는 「동시론 – 약론(略論)」(1961)에서 "동시는 동심의 시"라 한다. 이 '동심'은 "천진무구한 것, 죄 없는 것, 소박 순진한 것, 세파에 더러워지지 않은 마음"이다. 이런 마음으로 "아동의 심정을 노래하고, 혹은 아동의 심정으로 세계를 보고 노래"한다면, 그 시는 "아동을 위한 시" 즉 '동시'가 될 수밖에 없다고 말한다. 다시 말해, 동시는 '동심의 시'이고, '아동을 위한 시'인 것이다.[45] 그런데, 어린이 심정으로 세계를 보고, 어린이들의 마음을 노래한다는 것은, 시인이 처음부터 '동시'라는 것을 염두에 두고 목적의식을 갖고 쓴다는 말이다. 이렇게 동시를 규정해 버리면, 김소월이 1922년 1월 『개벽』에 발표한 「엄마야 누나야」 「개아미」 「부헝새」, 백석의 「비」(『조광』, 1935. 11)와 「청시」 「山비」(『사슴』, 1936), 한하운의 「파랑새」 「개구리」(『한하운 시초』, 1949) 같은 시는 동시 장르 속에서 논의할 수 없게 되고 동시의 경계는 그만큼 줄어들 수밖에 없다. 그래서 이원수는 '동심의 시'나 '아동을 위한 시' 개념에서 한 발짝 더 나아가, '아동에게 줄 수 있는 시', '아동이 느낄 수 있는 시'로 동시의 개념을 확장한다.

> 동시란 율의 여하에 관계없이 아동에게 줄 수 있는 시를 일컫는 말이다. 아동에게 줄 수 있는 시란 그 내용 자체가 반드시 아동의 생활이나 아동의 생각만을 담은 것이라야 할 것인가? 여기서도 우리는 동시 정의에 약간의 수정을 가할 필요를 느낀다.
> 동시란 아동에게 느껴지는 시를 말한다고 하면, 훨씬 불편한 구속을 없앤 말이 될 것이다. 우리는 아동의 생활 감정이란 것을 더 넓게 해석해야 하겠다. 동시를 오직 아동의 생활 모습을 읊은 시라고 생각

는 지점까지 밀고 가 보는 것, 이것이 본질적이고 중요하다고 말하고 있다.

45 이원수, 「동시론 – 약론(略論)」(1961), 『아동문학입문』(전집 28), 320쪽 참조.

해 오는 사람들은 늘 어린이의 소꿉놀이에서 그들의 재롱, 그들의 걸음마, 그들의 장난, 그들의 활동에 이르는 모든 아동 형태를 그리기에 주력했다. 그들은 유아의 언어에서부터 골똘히 흉내 내어야 했고, 아동의 유치한 생각을 대단한 것으로 귀히 여겼다.[46]

동시를 오직 "아동의 생활 모습을 읊은 시"라고 해 버리면, 동시가 담아야 할 내용을 어린이의 생활이나 심정에 한정하는 꼴이 되어 버린다. 이원수는 동시를 이렇게 보지 않는다. '아동이 느낄 수' 있다면 "아동에게 줄 수 있는 시", 즉 동시로 보는 것이다. 어느 시인이 순연(純然)한 마음으로 쓴 시, 어린이가 그 시를 읽고 무언가 느낄 수 있다면, 그 시는 동시로 볼 수 있다는 말이다. 이런 시는 주로 그의 제3시집 『너를 부른다』에 실려 있다. 이 시집에는 그의 후기시의 특징이라 할 수 있는, "사적인 애정의 세계"와 "깊은 생각에 잠기는 사색적인 시"가 많이 실려 있는데,[47] 대체로 동시가 어렵고 동시의 경계에서 벗어난 작품도 더러 있다. 하지만 이원수는 어렵고 복잡한 시라 할지라도 어린이가 읽고 어떤 감정을 느낄 수 있다면, 어린이에게 줄 수 있는 시 '동시'가 아니겠는가, 하는 것이다.

이원수는 동시 개념을 아래와 같이 정의한다.

여기서 본 문제인 동시란 무엇인가에 대해서 대충 간추려 본다면,
(1) 아동의 감정과 생각이 나타나 있는 시
(2) 아동이 느낄 수 있는 시

---

46 이원수, 「시작노트」(1968), 『동시 동화 작법』(전집 29), 112쪽.
47 이원수, 「나의 문학 나의 청춘」(1977), 『아동과 문학』(전집 30), 258쪽 ; 「나의 동시와 나의 생활」, 『너를 부른다』, 233~234쪽 참조.

(3) 동심으로 씌어진 시

이런 것들을 동시라고 할 수 있지 않을까 한다.

즉 아동의 감정과 생각이 나타나 있는 시가 되기 위해서는 시인이 아동이 아니면서도 아동이 된 상태에서 쓰는 수가 있을 것이다.[48]

먼저, "(1) 아동의 감정과 생각이 나타나 있는 시"와 "(3) 동심으로 씌어진 시"를 구별하고 있다는 점을 눈여겨봐야 한다. 보통 "아동의 감정과 생각"을 '동심'으로 보는데, 이원수는 그렇게 보고 있지 않다. 이것은 이원수의 '동심론'과 관련해서 '동심으로 쓴 시'를 어떻게 봐야 하느냐의 문제이기도 하다.

두 번째 정의 "(2) 아동이 느낄 수 있는 시"는 동시의 경계를 확장하는 정의이다.

동심이란 것—그것은 아동만이 가진 것이 아니요, 어른에게도 있다. 그것을 많이 가진 어른일수록 아동을 대상 독자로 하는 시를 잘 쓸 수 있을 것이다. 「은수저」라는 어른의 시이지마는 그 속에 동심이 없다고 누가 말하겠는가.

이렇게 생각할 때, 동시라는 이름은 결국 아동들이 감상하기 이전의 하나의 안내적 역할을 하기 위한 것이요, 넓게 생각해서 아동에게 감상되기에 좋은 시를 가리켜 붙인 이름에 불과하다. 따라서 동시와 비동시의 구별은 쉬운 것도 있으나 어려운 경우도 얼마든지 있다. 구별이 확연해지기 어려운 시라 해서 조금도 시 자체의 가치에 영향이 가는 것도 아니다.

그런 시는 또 연장아동(年長兒童)이나 연소청년(年少靑年)이 즐겨 읽을 수 있는 시가 될 수도 있을 것이다. 나는 적어도 그런 생각으로

---

48   이원수, 「시작노트」(1968), 『동시 동화 작법』(전집 29), 113쪽.

동시를 쓰고 있다.[49)]

이원수에게 "아동이 느낄 수 있는 시"로서의 동시는 "아동에게 감상되기에 좋은 시를 가리켜 붙인 이름에" 불과하다. 이는 오늘날 동시문단에서 논의하는 '동시와 시의 경계' 문제이기도 하다. 이원수는 "동시라는 걸의식하지 않고 어른이 어른의 마음으로 쓴 시"[50)]인 김광균의 「은수저」를보기로 들면서, "어른의 시이지마는 그 속에 동심이 없다고 누가 말하겠는가" 하고 되묻는다. '아이의 마음'이 아닌 "어른의 마음"으로 썼더라도그 안에 동심이 있다는 것이다.

동시의 첫 번째 정의 "(1) 아동의 감정과 생각이 나타나 있는 시"에 대해 이원수는 부연한다. 이것은 어른이 아무리 아이의 처지가 되어 생각하더라도 아이가 될 수 없는 것이기에 보충이 필요한 것이기도 하다.

> 동시는 아동에게 줄 수 있는 시다. 그러므로 아동에게 이해될 수 있는 내용과 아동에게 주고 싶은 시라고 해도 좋을 것이다. 따라서 동시는 아동의 생활과 감정이 주된 내용이 되는 경우가 많으며, 또는 아동의 심정을 통해 본 온갖 것을 노래한 시라고도 할 것이다.

---

49 이원수, 위의 책, 130쪽. 김광균의 「은수저」(『문학』 창간호, 1946) 전문은 다음과 같다. "산이 저문다./노을이 잠긴다./저녁 밥상에 애기가 없다./애기 앉던 방석에 한 쌍의 은수저/은수저 끝에 눈물이 고인다.//한밤중에 바람이 분다./바람 속에서 애기가 웃는다./애기는 방 속을 들여다본다./들창을 열었다 다시 닫는다.//먼 들길을 애기가 간다./맨발 벗은 애기가 울면서 간다./불러도 대답이 없다./그림자마저 아른거린다." 이원수의 「저녁」(1946. 9)은 김광균의 이 작품을 모방한 듯싶다.

50 이원수, 위의 책, 129쪽.

성인이 동시를 쓸 때, 자기 자신이 아동이 되어 아동의 눈과 마음으로써 하는 경우가 많은 것도 동시 제작의 한 특성이 되어 있다. 그렇다고 해서 성인이 자기를 기만하는 것이 아니요, 순화되고 천진에 돌아가는 일이므로 성인시보다도 오히려 보람 있는 일일 수 있는 것이다.[51]

이원수는 "아동의 심정을 통해" "자기 자신이 아동이 되어 아동의 눈과 마음으로" 쓰는 것이 관념적이고 비논리적이라는 것을 잘 알고 있었다. 하지만 그렇다 하더라도 그것은 "성인이 자기를 기만하는 것이 아니"라고 한다. 왜냐하면, 그것은 성인이 "순화되고 천진에 돌아가는 일"이기 때문이다. 다시 말해 '동심'으로 쓴다는 말이다. 물론 이 동심은 아이들 마음 그 자체가 아니다.[52]

---

51 이원수, 「동시의 길을 바로잡자」(1960), 『아동문학입문』(전집 28), 344쪽.

52 그런데 이오덕은 이 지점을 달리 본다. "지극히 당연한 말이지만 동시(동요·소년시도 포함해서)는 아동을 위해서 쓴 시다. 아동을 위해서, 혹은 아동에게 읽히기 위해서 쓴 시란, 시인 자신이 반드시 어떤 성장 과정에 있는 아이의 심리 상태가 되어 쓴 것을 말하는 것이 아니다. 그렇게 어린애의 마음이 된다는 것은 엄밀히 따지자면 있을 수 없고, 그것은 아무런 뜻이 없으며 속임수가 되기 쉽다. 동시는 어른인 시인 자신의 세계를 온몸으로(물론 아동에게 주는 시란 것을 의식할 수도 있고 전혀 의식하지 않을 수도 있다) 쓴 것이 그대로 아동에게 이해되고 받아들여지는 시로 되는 것이 가장 바람직하다."(이오덕, 「시정신과 유희정신」, 『시정신과 유희정신』, 9~10쪽) 이오덕은 "그렇게 어린애의 마음이 된다는 것은 엄밀히 따지자면 있을 수 없고, 그것은 아무런 뜻이 없으며 속임수가 되기 쉽다"고 한다. 여기서 "어린애의 마음"은 "아동의 감정과 생각"으로 볼 수도 있고 또 흔히 말하는 '어린이의 마음, 즉 동심'으로 볼 수 있다. 물론 이오덕도 시인이 어린이의 마음이 되어 동시를 쓰는 것을 아주 부정하지는 않는다. 그는 당시 동심주의 시인들이 동시를 "반드시 어떤 성장 과정에 있는 아이의 심리 상태가 되어" 쓰고 있는 것, 또 반드시 이렇게 써야만 동시가 되는 것인 양 여기고 있는 것을 지적하고 있는 것이다.

이원수는 동시가 담아야 할 내용을 '아동의 생활(동작·언어)'에서 나아가, '아동이 느낄 수 있는, 아동이 생각할 수 있는 끝없는 저 먼 나라', 이 세상 모든 것으로 확장한다. 이는 동시 개념과 그 경계를 넓히는 일이기도 하다.

> 아동의 생활(동작·언어)에서 아동의 생각으로—다시 아동이 느낄 수 있는, 이 세상 모든 것—그리고 아동이 생각할 수 있는 끝없는 저 먼 나라에까지, 동시의 세계는 넓다. 이 넓은 동시의 세계를 굳이 좁혀 놓으려 애쓸 필요는 없다. 그러나 우리나라 동시—특히 동요라 할 정형시가 걸어온 길을 돌이켜보면 이상하리만치 좁은 곳으로만 돌고 있었다는 것을 느끼게 된다. 그것은 다시 말하면 아동의 생활 모습을 가장 본격적인 동시의 소재로 생각하고 거기에만 머물렀기 때문에 나타난 현상이다. 이 말이 정확하지 않다면 이런 말로 대치해도 좋다. 즉 동시를 유년의 것으로만 알았기 때문이라고.
> 그러나 우리는 다시 한 번 아동문학 전반에 대해서도 생각할 필요가 있겠다. 아동문학은 유년을 표준 삼을 것이 아니라 아동 전체를 대상으로 해야 한다는 것. 동시에 있어 '동심'이란 소중한 것이지마는 동심 그것은 유년의 유치한 생각, 귀여운 말, 재롱스런 거동 그것은 아니다. 동심은 어른에게도 발견할 때가 있고 누구에게서나 소중한 심적 현상으로 보는 것이 오히려 낫겠다.[53]

그는 "동시의 세계를 굳이 좁혀 놓으려 애쓸 필요"가 없다 하면서, 동시가 담아야 할 내용을 "아동의 생활(동작·언어)"과 "아동의 생각"에서 한 발짝 더 나아가 "아동이 느낄 수 있는 이 세상 모든 것"으로 넓힐 것을 주

---

53 이원수, 「시작 노트」(1968), 『동시 동화 작법』(전집 29), 119~120쪽.

장한다. 하지만, 60년대 말 그의 주장은 동심주의 시인은 물론이고 대다수 현실주의 시인에게도 별다른 영향을 끼치지 못한다. 특히 동심주의 시인들은 갓난아기들의 말과 귀여운 몸짓을 '동심'이라는 허울 아래 노래하기에 급급했다. 그 결과, 근대 창가를 부정하면서 나왔던 동요와 동시는 도리어 1910년대 창가보다 못한 시가 되고 말았던 것이다.[54]

3. 동심론 : 동심주의 아동문학 비판

이원수 평론에는 '동심'이란 말이 자주 나오는데, 이 말은 두 가지로 구별해 읽을 필요가 있다. 하나는, 일반적으로 알고 있는 동심, 즉 '실제 어린이들의 마음'으로서의 동심이다. 이런 동심관은 동심주의 시인뿐만 아니라 현실주의 시인에게서도 많이 보인다. 다른 하나는 본심·본마음·하늘로부터 받은 첫마음·천진난만한 마음·순진무구한 마음·인간이 가지는 가장 순박한 마음·순수한 인간 정신·정심(正心)·단심(丹心)으

---

54 이오덕은, 1908년 11월『소년』창간호 첫머리에 실린 최남선의 신시「海에게서 少年에게」를 이렇게 평가한다. "이 시는 분명히 소년들에게 주기 위해 쓴 것입니다. 요즘 아이들로 말하면 중고등학생 정도의 나이이지요. 좀 더 나이를 낮춘다면 초등학교 상급생도 이해할 수 있을 것입니다. 이 시에 대한 저의 생각이 이렇습니다. 만약 우리의 어린이문학이, 특히 아이들을 위해 쓴다고 하는 동요나 동시가 정상적으로 발전했다면 마땅히 이 시에서 한 걸음씩 나아갔어야 옳지 않았겠는가 하는 것입니다. 그런데 그 후에 나온 우리의 어린이문학은 아이들을 장난감으로 삼는 동심주의 속에 갇혀 버렸습니다." 이오덕, 『어린이를 살리는 문학』, 146~147쪽.

로서의 동심이다.[55]

먼저 '어린이 마음'으로서 동심을 말하는 대목이다.

> 어린이의 마음을 흔들어 주고 속삭여 주며, 어린이들을 이끌고 높
> 은 곳으로 날아오르게 하는 시가 바로 그들의 말과 그들의 마음(동심)
> 을 바탕으로 하여 만들어져 있음을 안 어린이들은, 스스로 그러한 시
> 를 자기네의 손으로 써낸 것 같은 친밀감을 가지고 대하게 되고 또,

---

55 이러한 순수한 인간 정신으로서의 동심관은 방정환에서 시작되어 이원수와 이오
덕으로 이어진다. 그런데 방정환과 이오덕은 이원수와 달리 어린이를 '이상화'한
다는 점에서 다르다. 이원수는 어린이를 어른의 대척점에 놓고 이상화하지 않는
다. 이원수와 달리 이오덕의 동심론에는 영국과 일본의 낭만주의자들처럼 '어린
이의 이상화'(「동화를 어떻게 쓸 것인가」, 『어린이를 지키는 문학』, 59~60쪽)가 자
리 잡고 있다. 그리고 그 옆에 '순수한 인간 정신', '선(善)의 마음 바탕', '인간의 본
성', 정심(正心)으로서의 '지고지순한' 동심이 놓여 있다. 이오덕은, 자본주의의 잘
못된 점을 비판할 때는 때 묻지 않은 '어린이 마음'을 들어 비판하고, 동심주의자
를 비판할 때는 '역사를 살아가는 동심'과 '정심'으로 비판한다. 문제는 어린이를
어른과 비인간성의 대척점에 놓고 이상화(허욕이 없는 마음·정직성·인간스런
감정의 풍부함)하면서 동심이 '실제 어린이 마음'으로 읽혀진다는 점이다. 동심은
애당초 '관념'이라 할 수 있는데, 이렇게 어린이를 이상화해 버리면 동심은 관념
이 아니라 '현실의 어린이 마음'이 되고 실체가 되어 버릴 수밖에 없다. 이것은 어
쩌면 어린이문학을 지극히 관념적인 '동심의 문학'이라고 정의하는 것에서 출발
했는지도 모른다. 아동문학을 흔히 '동심의 문학'이라 하는데, 황선미는 이 정의
가 "현실의 어린이와는 동떨어진 듯한 낡고 비현실적인 용어지만 아동문학 작가
라면 누구도 이 용어로부터 자유롭지" 못하고, "어른만큼이나 속되고 용의주도한
현실의 어린이 내면에도 분명히" 동심이 잠재해 있기 때문에 이 용어를 쓸 수밖에
없다고 한다. 그리고 "결국 동심이란 현실의 어린이를 포함한 인간 본성"으로 결
론 내린다. 여기서 황선미는 '동심의 문학'과 '동심 개념'의 모순을 말하면서도 억
지로 봉합한 느낌이 든다(황선미, 「동화 창작 방법 연구」, 중앙대학교 석사학위 논
문, 2005. 10~13쪽).

자기네의 손으로 그러한 시를 쓰려고 착수하게 해 준다.[56]

그것은 성인시에서 느끼기 어려운 동심―즉 어린이들의 마음이 스며 있다는 것이다. 동시는 이런 어린이들의 마음이 깃들어 있기에 특히 동시인 것이다.[57]

동심, 하면 이렇게 '자명하게' '실제 어린이들의 마음'으로 이해하는 경향이 짙다. 동심이 '보편적이고, 선험적인 개념'이 되어 버린 것이다. 이오덕은 아동문학을 흔히 '동심의 문학'이라 하면서도 지금까지 아동문학가들은 정작 "이 동심이란 것을 좀 깊이 추궁해 본 일이" 없다고 한다. 그리고 "그저 막연히 아이들의 티 없이 맑은 마음"이나 "순진무구의 세계" 정도로 만족해 왔다고 본다.

아동문학이 동심을 찾고 동심을 키우고 동심을 보여 주는 동심의 문학인 것이 사실이라면 '순진무구의 세계'라고만 간단히 말해 넘기는 것은 무책임한 짓이다. 동심의 정체를 꼭 어떤 형상으로 고정시켜야 한다는 것이 아니고 그것의 성격·자세·지향 같은 것을 문학을 창조하는 작가의 세계에서 제 나름대로 체득해 놓아야 할 것이라 생각한다. 동심이란 모든 아동이 가지고 있는 마음인가? 어른이 가진다면 어떤 상태의 마음이 동심이라 할 수 있는가? 한 아동의 마음에도 동심이 될 수 있는 것이 있고 될 수 없는 것이 있는가? 그것은 선천적으로만 가질 수 있는가? 후천적으로 계발될 수 있는 것인가? 영원불변의 것인가? 자라나고 변하는 것인가? 실제 아동이 가진 마음이라기보다 작가의 마음속에 관념으로 가지는 것이 아닌가?…… 등등 동

---

56   이원수, 「시와 교육」(1961), 『아동문학입문』(전집 28), 308쪽.
57   이원수, 「시작 노트」(1968), 『동시 동화 작법』(전집 29), 126쪽.

심을 추궁해 본다는 것은 아동문학의 본질적 세계를 추궁해 보는 일이 될 수도 있을 것이다.

　지금까지 많은 작가들이 써 온 동심이란 말은 문학적 이상에 비추어 그 실상을 조금이라도 깊이 생각해 보지 않고 기껏해야 사전적 의미로만 파악하여 써 온 데도 아무런 불편이고 문제고 없었다. 아동문학의 천박성과 상업성은 이런 데서도 엿볼 수 있을 것 같다. 동심이란 말이 정치주의자·상업주의자들에 의해 그 참된 핵심이라 할 것은 거세되고 무사상·무이념·무내용의 껍데기만이 그들에 의해 이용되어 왔던 것이다. 그러나 우리는 이 말을 조금도 기피할 필요도 없고 부정할 필요도 없다. 동심천사주의와 같은 부정의 뜻으로만 써야 할 까닭이 없다. 우리는 이 말의 참된 뜻을 찾아내어 밝혀야 하는 것이다. 참된 동심의 뜻을 찾아 가진다는 것은 참된 아동문학의 세계와 그 이념을 파악하는 것일 수 있으니까.[58]

　이오덕은 아동문학이 동심의 문학이라면, "동심을 추궁해 본다는 것은 아동문학의 본질적 세계를 추궁해 보는 일이 될 수도 있을 것"인데, 이상하게도 그런 연구가 없었다고 한다. 이오덕의 말처럼 "지금까지 많은 작가들이 써 온 동심이란 말은 문학적 이상에 비추어 그 실상을 조금이라도 깊이 생각해 보지 않고 기껏해야 사전적 의미로만 파악하여 써" 왔고, 그랬는데도 아무런 불편이 없었다. 그렇다면 왜 이런 일이 벌어졌던 것일까. 그 까닭은 동심을 '실제 어린이들이 마음'으로 '자명하게' 이해했고, 이런 생각은 누구에게다 똑같이 '보편적이고 선험적인' 것이었다.[59] 이렇

58　이오덕, 「아동문학의 문제점」(1976), 『시정신과 유희정신』, 426~427쪽.

59　가라타니 고진은 나쓰메 소세키(1867~1916)의 『문학론』을 분석하면서, 소세키가 "보편성이 선험적이 아니라 역사적인 것이라는 것, 뿐만 아니라 그 역사성[起源] 자체를 은폐시키는 일에서부터 성립되었다"는 것을 보았다고 한다. 그리고 뒤

게 동심에 대한 정의가 누구에게나 똑같은 것이었기에 더 이상 '동심을 추궁해 보는 일이' 필요 없었던 것이다.

우리 어린이문학사에서 동심 관념은 방정환의 『어린이』에서부터 시작되지만, 소위 '동심천사주의'는 방정환 이후의 아동문학, 특히 1930년대 동요와 동시에서 찾을 수 있다. 원종찬은, "1920년대 동요든 동화든 그 감상적 색채를 낭만주의로 포괄할 수는 있지만, 하나의 뚜렷한 경향으로서 동심주의라 설명하기는 어렵다"고 한다. "다만 방정환의 논설에서 드러나는 아동관의 일부를 가리켜 동심천사주의적 경향이라고 할 수는 있겠다" 하면서도, "이때에도 가령 「어린이 찬미」(1924)와 같은 글은 새로운 시대의 '선언'으로서의 성격"에 주목해야 한다고 말한다. "본디 아동문학에서 '동심성'이란 아무리 강조해도 지나친 것은 아니다. '동심성'과 '현실성'은 서로 대립하는 개념이 아님에도 계급주의 아동문학은 이 문제를 혼동하는 인식상의 오류를 적지 않게 드러냈다. 용어의 엄밀한 의미에서

이어 고진은, 그가 "'문학사' 또는 문학의 역사주의적 연구를 부정할 수밖에 없었던 것은 우선 '문학' 자체의 역사성에 자문했기 때문"이고, "역사주의란 19세기에 '문학'과 동시에 확립된 지배 개념이며, 역사주의적으로 과거를 본다는 것은 이른바 '보편적인 것'을 자명한 것으로 전제하는 것이다"고 한다(가라타니 고진, 『일본 근대문학의 기원』, 박유하 역, 민음사, 1997, 19~21쪽 참조). 여기서 '역사성'이란 원래부터 존재했던 것이 아니라 어떤 계기를 거쳐 '만들어진 것'이다. 고진은 '역사적'이란 말을 '선험적'과 맞견준다. '선험적'이란 처음부터 존재했던 것을 말한다. 그에 견주어 '역사적'이란 어떤 시기에, 어떤 계기를 거쳐 만들어졌다는 것을 뜻한다. 그리고 그 시기와 계기는 바로 '기원'이 된다. 우리 어린이문학사에서 '동심' 또한 그러한 시기와 계기를 거쳤는데, 그것은 방정환에서 비롯되었다. 그 뒤 방정환의 동심은 이원수와 윤석중으로 이어지고, 카프에서는 부정된다. 문제는 '동심천사주의'라 할 수 있는데, 이 또한 방정환에서 시작된 것은 분명하지만, 엄밀히 따져 보면 방정환의 동심주의와는 다르다.

'동심주의'는 카프 이후 시기인 1930년대에 하나의 경향으로 드러난다"고 한다.[60] 그는 1920년대 방정환의 '아동의 발견' 시기에 대해 "'동심주의' 보다는 '낭만주의'라는 용어가 더 어울린다"고 주장한다. 그리고 "'역사적 낭만주의' 시대의 동심주의와 오늘날의 동심주의를 똑같이 놓고 평가할 수" 없다고 본다.[61] 방정환 문학의 밑바탕이라 할 수 있는 '동심주의'를 보통 '동심천사주의'라 하지만 그는 이를 넓은 의미의 '낭만주의'로 보는 것이 타당하며, 오늘날의 '통념으로서의 동심주의'와 구별하고 있다. 그는, 동심과 아동의 발견은 어린이문학의 성립기에 필연적일 수밖에 없는 역사적 성격을 지녔다고 보고, 이때의 동심주의를 '역사적 동심주의'로 보는 것이다.[62]

> 동심은 그 말의 성립부터가 "어린이라는 존재의 미화이고, 아름다움이나 순수성의 상징이기에 현실 생활의 어린이 그 자체와는 다르다."(요꼬스카 카오루, 「동심주의와 아동문학」) 이런 의미에서 동심은 관념의 산물이었던 것이다.
> 동심주의에도 나름대로 뜻이 있는 역사적 동심주의와, 우리의 경우처럼 아동문학을 타락시켜 온 통념으로서의 그것이 있다. 일본에서는 동심주의라고 하면 흔히는 역사적인 것을 가리킨다. 서구에서는 동심에 꼭 들어맞는 어휘를 찾기 힘들고, 일본에서도 역사적인 개념을 가리킬 때를 제외하고는 거의 쓰지 않는데, 유독 우리만은 유파

60 원종찬, 「한국 아동문학이 창조한 주인공」(1999), 『아동문학과 비평정신』, 100쪽 참조.
61 원종찬, 「한일 아동문학의 기원과 성격」(2000), 위의 책, 58쪽 참조.
62 원종찬, 「'방정환'과 방정환」, 『문학과교육』 No.16, 2001년 여름호, 25쪽 참조.

를 가리지 않고 동심이란 말을 자주 쓰고 있다.[63]

원종찬은 어린이문학의 태동과 어린이의 발견에서 중요한 구실을 하는 '역사적 동심주의'와 우리의 경우처럼 1930년대 이후 오늘날까지도 아동문학의 발전을 가로막고 있는 '통념으로서의 동심주의'를 구별한다. 그리고 그 동심은 처음부터 "현실 생활의 어린이 그 자체", 다시 말해 '실제 어린이의 마음이나 심리 상태'가 아니고 "관념의 산물"일 뿐이다. "아동문학은 동심에 바탕을 두어야 한다는 것, 그리고 무엇보다 교육적 가치가 중요하다는 사실에 이의를 제기할 사람은 없다. 하지만 동심을 내세워 어린이를 배반하는 동심천사주의 경향은 교육적 가치 면에서도 퇴행적·보수적인 태도와 이어지고 있기 때문에, 식민주의와 분단으로 얼룩져 온 우리 민족의 앞날을 비추는 아동문학으로서의 자격을 잃는다."[64] 그는 이런 동심천사주의의 동심을 "배반의 동심"이라 이름 붙인다.

이원수의 동심론은 따로 정립된 형태로 남아 있지 않다. 앞에서 살핀 "아동이 느낄 수 있는 시"로서의 '동시의 외연 확대'와 1930년대 이후 우리나라 동시단에 뿌리 내린 동심주의를 비판하면서 자연스럽게 자리 잡은 것이라 할 수 있다. 다시 말해 '동심 개념'을 정확히 하고 나서 시를 쓰거나 평론을 한 것이 아니라, 동시를 새롭게 정의 내리고 동심주의의 폐해를 비판하고 리얼리즘 전통을 세우면서 정립된 동심론이라 할 수 있다.

이원수가 저세상으로 떠나기 5년 전에 쓴 「동시의 유아성」(1975)을 보

---

63 원종찬, 「배반의 동심, 동심의 배반」(2004), 『동화와 어린이』, 62~63쪽.
64 원종찬, 위의 책, 169쪽.

면, 그때 동심주의의 해독이 얼마나 심했는지 짐작할 수 있다.

　　근래에 와서 동시도 형식상 새로움을 추구하며, 난해한 것도 많아졌지만, 그 난해한 동시에까지도 유년적인 것이 끼어들어 있다. 이렇게 됨으로써 문학이 지녀야 할 사상성이나 휴머니티 같은 것을 배제하고 언어유희에서 머물려 든다. 혹은 현실을 떠나 몽환의 세계를 그리고, 근로와 생활고에 눈 감으며, 안락한 꿈을 좇는다. 정신의 진실성을 감춰 놓고 놀이에서 노래 부르며 즐기게 하려 든다. 이러한 작시 태도는 성인 사회에서 보는 우민책에 어울린 시인들의 태도와 다를 바 없고, '현실-곧 낙원'론을 펴는 가소로운 시인들의 동료가 될 수밖에 없다.

　　그 자체, 유년시의 테두리 안에 들지도 못하고 아동 일반에게 주는 동시를 유년스럽게 어린 티를 내며, 나이 먹은 아동-소년의 사고나 그들의 현실 생활의 감정을 경이원지(敬而遠之)하는 사람들의 많은 동시가 세상에 버젓이 나돌고 있다.

　　시성 없는 어른 취미의 어린이 묘사, 혀 짧은 유아어의 흉내, 세상 물정 모르는 어린이의 마음, 허황된 생각의 어리석음을 동심이란 허울로써 미화시키려는 기교-그리고 그보다 더 현실 생활의 감정을 덮어 버리는 부유자 취미, 사색을 막는 오락적 태도 등등.

　　문학은, 더구나 아동문학은 어디까지나 인생의 진실과 그 진실에서 우러나오는 미를 그 생명으로 하는 것이 좋지 않겠는가. 문학을 당장의 즐거움을 주는 마약처럼 사용하거나 체육 기계 같은 소임을 하는 것으로 이용하거나 어릿광대의 몫을 하게 하려는 사람들이 있다면 문학을 모독하는 짓이라 할 수밖에 없다.

　　그런데 아동문학에 어째서 그런 류의 사람들이 끊이지 않는 것인지 모를 일이다. 그들은 아동문학을 아동의 즐거운 노리개로 만들어 줄 수 있으면 만족한다. 철없는 것으로-그것도 동심이라는 깃발을 앞세우고서.

　　유년시의 어려움을 생각하려 하지도 않고 동시에 유년적인 요소를 불어넣어 안이한 작시를 한다. 시인이 되지 못한 사람들의 장난인가.

시인으로서의 무능을 호도하기 위해서는 동심과 유년적 표현이 편리한 방편인 줄 알고 하는 짓인가.

철학이 없는 동시인, 꿈만 붙들고 노는 동시인, 말재주 놀이를 시인의 사명으로 여기는 동시인, 이들이 아동에게 끼치는 영향은 무서운 것이다.

동시는 그 유년적 어리광에서 깨끗이 손을 떼어야겠다. 그리고 유년시의 제작에 마음을 기울이는 시인은 그 어려운 작업에 심혈을 바쳐 참된 유년시를 써야 하는 것이다. 그러나 유년을 빙자하고 동시를 본도에서 끌어내려 안이와 탈사회적인 작품을 쓰는 일이 있어서는 안 되겠다는 것이 나의 신념이다.[65]

이원수는 자못 격정적으로 동심주의를 비판하고 있다. 당시 '동시도 시'라고 하면서, 많은 동심주의 시인들이 시도했던 동시의 형식 실험 '난해동시'에까지도 "유년적인 것이" 끼어들어 있었다. 동심주의 시인들은 여전히 아이들의 삶에 애써 눈감고 현실을 떠난 몽환적 세계를 그리고 있었다. 시성 없이 다분히 어른 취미의 어린이를 그리고, 갓난아기들의 말을 흉내 내고, "세상 물정 모르는 어린이의 마음"을 붙잡고 "허황된 생각의 어리석음을 동심이란 허울로써 미화"하는 기교를 부렸다. 그가 보기에 이런 창작 태도는 "현실 생활의 감정을 덮어 버리는 부유자 취미"이고, 아이들의 "사색을 막는 오락적 태도"일 뿐이다. 그들은 이 모든 것을 "동심이라는 깃발을 앞세우고서" 해내고 있었다.

이원수가 동심주의를 비판하는 까닭은 그들이 아이들의 고통스러운 삶을 들여다보지 않는다는 것과 그 한가운데에 '동심'에 대한 편협한 생각

---

65 이원수, 「동시의 유아성」(1975), 『아동문학입문』(전집 28), 158~159쪽.

이 자리 잡고 있었기 때문이다.

> 아동 문학관 및 창작 태도 문제는 아동 문학에 대한 이해 부족—그
> 릇된 정의 내지 판단에서 오는 것이다. 실제 아동을 '미숙한 성인'으
> 로 보고 '아동으로서의 완전한 인간'으로 보지 않으려는 낡은 아동관
> 에서 문학으로 표현하는 데까지 인색하거나, 문학에 있어서의 동심
> 이란 것을 편협하게 평가하여 아동 자체를 실사회에서 분리하려 하
> 거나 혹은 아동의 소박한 사고와 범위, 좁은 생활권에 구애되어 깊이
> 파고들어야 할 세계가 없는 것처럼 착각하거나, 데모크라틱하고 자
> 유로운 아동의 성장을 위하는 일보다는, 논의하지 않고 어른의 말을
> 잘 듣는 복종 · 충효 · 예의적인 백성을 만들려거나 하는 작가가 많다
> 는 것이다.[66]

이원수가 정작 문제 삼은 것은 동심주의 '아동문학관과 창작 태도'였
다. 그들은 "현실을 이야기하면 과장 폭로니 뭐니 하고 불온시"하고, "아
이들의 가엾은 생활을 그리면 무슨 좌익적 사상이라고 비난"했다. 그가
보기에, "이런 사람들 때문에 우리나라 아동문학 작품들은 대개가 장난
감의 구실밖에 못하는 형편이 되어" 갔다. "아동을 사랑하는 것은 아동의
미모(美貌)나 유치(幼稚) 그것의 사랑이" 아닌데, 그들은 "어린 그들이 한
국적인 상황 아래서 고생스런 생활을 하며 자라는 그 모습을 사랑할 줄"
모른다고 안타까워한다.[67] 그들은 "비평이 없는 곳인 아동문학에 발붙이
고서, 동심이란 이름의 호신부(護身符)를 가슴에 달고 문학적 미숙을 호도

66　이원수, 「아동문학의 당면 과제—약화(弱化)와 부진(不振)의 원인을 규명한다」(1961),
　　『아동문학입문』(전집 28), 132쪽.

67　이원수, 「아동문학의 방향」, 위의 책, 184쪽 참조.

하며 행세"했다.[68] 동심주의는 "동심 세계를 그린다는 것을 현실과는 별개의 세계"를 그리는 것으로 믿었기 때문에 "현실과 유리된 작품이" 많을 수밖에 없었다.[69] 아동문학은 "천진한 동심의 바탕에서 진실을 그려야 하고, 인간적인 아동을 리얼하게 그려 내어야" 하는데,[70] 그들은 자신의 머릿속에 있는 '동심 관념'으로 현실의 어린이를 봤다. 이것은 또 다른 '전도'라 할 수 있다. 이원수는 동심주의자들의 반리얼리즘 창작 태도를 비판하고, 그들이 가슴에 차고 있는 호신부인 동심 관념을 비판한다.

이원수는 동심주의와 더불어, '문학의 교육성' 문제를 거론하고 있다. 문학이 "데모크라틱하고 자유로운 아동의 성장을 위하는" 구실을 해야 하는데, 아이들을 "어른의 말을 잘 듣는 복종·충효·예의적인 백성을 만들려" 한다며 비판한다. 그들은 "소위 교육적 가치니 하는 것을 방패 삼아, 작품에 아동 세계의 진실 묘사, 아동 생활의 리얼한 표현, 절실한 사상의 내포 등을 금기하여, 기존 도덕이나 권력에 배치되지 않으려 드는 봉건적 우민화(愚民化) 사상으로서 그것을 아동문학의 정도(正道)인 듯이 착각시키려는 반민주적인 아동문학관의 소유자들"이라고 비판한다. 그리고 "교육적이라는 것의 중요한 목표가 '아동의 자유 민주적인 발달을 도모하여 낡은 것, 비민주적인 것에서의 해방을 돕고 좀 더 나은 사회를 이룩하려는 새롭고 진실한 인간으로 성장케 하는 것"이 되어야 한다

---

68 이원수, 「아동문학의 산책길」(1976), 위의 책, 362쪽.
69 이원수, 「50년대 아동문학의 결산」(1959), 『아동과 문학』(전집 30), 284쪽.
70 이원수, 「아동문학과 교육─『새교육』지 심포지움에서」(1961), 『아동문학입문』(전집 28), 168쪽.

고 주장한다.[71] 이것은 "동시에서의 동심주의와 아동소설에서 교육주의가 다른 것 같으면서도 실제로는 한 뿌리라는 사실을 지적하는 한편, 아동문학이 정당한 문학의 길에서 벗어나지 않도록" 경계하는 비판이기도 하다.[72]

이원수는 동심주의자들의 동심 관념을 비판하면서 자신의 동심 개념을 좀 더 엄밀하게 정리해 나간다.

> 그것이 여러 단계를 가지면서도 한가지로 아동문학이란 이름 하나로 표시되어 오는 것은 근본적인 의미에서 동심을 바탕으로 하기 때문일 것이다. 여기서 동심이라 하는 것은, 순수하고 소박한 것, 정의에 편드는 마음, 악에도 선에도 이끌리기 쉬운 순백의 것 등 여러 방면으로 뜻을 가진 것이라 할 것이나, 요컨대 이러한 동심에서 또 한

---

71 이원수, 「아동문학의 당면 과제―약화(弱化)와 부진(不振)의 원인을 규명한다」 (1961), 위의 책, 133쪽 참조.

72 원종찬, 「아동문학과 비평정신―이원수와 이오덕의 평론」, 『아동문학과 비평정신』, 159쪽. 원종찬은 동심주의자들이 어린이를 "때가 덜 묻은 '작은 인간(in degree)'으로 보는 것이 아니라, 아예 '별종(in kind)'으로" 보았고, 오늘날까지도 이렇게 보고 있다고 비판한다. "동심주의는 어린이를 순수하고 무구한 천사라고 보는 태도이다. 훼손되지 않은 어린이의 심성 곧 '동심'이란 걸 상정할 수 없는 것은 아니지만, 동심주의는 어린이를 현실로부터 차단한 진공의 상태에서 파악하려는 경향을 지닌다. 어린이를 현실의 때가 덜 묻은 '작은 인간(in degree)'으로 보는 것이 아니라, 아예 '별종(in kind)'으로 보는 것이다. 동심주의 뿌리는 일본의 『빨간새』(『아까이토리(赤い鳥)』) 운동에서 보는 것처럼, 현실의 피로와 중압을 벗어나려는 작가의 낭만적 충동에 있다. 이럴 경우 동심주의는 명백히 어른의 도피 심리 가운데 하나이다. 여기에 타성이 붙어 삶의 얼룩을 지워버린 몇 가지 상투적 어구에 매달리게 되면, 동심주의는 결국 자기만족과 자기도취에 빠진 작가의 관념적 표현이 된다." 원종찬, 「한국 아동문학의 어제와 오늘」, 위의 책, 16~17쪽.

가지 그 여러 계통의 아동들에게 이해되기 쉽게 쓴다는 기술적인 방법과 아울러 아동문학의 특수한 부문으로 존재 가치를 가지고 있는 것이다.[73]

동시에 있어 '동심'이란 소중한 것이지마는 동심 그것은 유년의 유치한 생각, 귀여운 말, 재롱스런 거동 그것은 아니다. 동심은 어른에게도 발견할 때가 있고 누구에게서나 소중한 심적 현상으로 보는 것이 오히려 낫겠다.[74]

동심으로 씌어진 시를 찾는다면 앞에서 예시한 작품은 물론이요, 허다한 시를 예로 들 수 있을 것이다. 동심이란 말의 뜻을 천진난만한 마음, 순수 무구한 마음, 혹은 인간이 가지는 가장 순박한 마음이라고도 할 수 있겠고 또 아동의 자유분방한 공상의 세계를 가지는 그 마음

---

73 이원수, 「어린이와 문학」(1964), 『아동문학 입문』(전집 28), 199쪽. 이원수의 동심은 명나라 말 사상가 이지(李贄, 1527~1602)의 「동심설」에도 닿아 있다. 이지는 동심을 이렇게 말한다. "대저 동심이란 진실한 마음이다. 만약 동심으로 돌아갈 수 없다면, 우리는 끝끝내 진실한 마음을 가질 수 없다. 무릇 동심이란 거짓을 끊어버린 순진함으로, 사람이 태어나서 처음 갖는 본심이다. 동심을 잃게 되면 진심이 없어지고, 진심이 없어지면 진실한 인간성도 잃어버리게 된다. 사람이 진실하지 않으면 최초의 본마음을 다시는 회복할 수 없다, 어린아이는 사람의 첫 모습이요, 동심은 마음의 첫 모습이다. 그런 동심이 어찌하여 없어질 수 있겠는가!"(이지, 「동심설(童心說)」, 『분서 Ⅰ』, 김혜경 역, 한길사, 2004, 348~349쪽) 이지의 「동심설」은 어린이 문제를 다룬 게 아니다. 그것은 어른의 문제이고, 중국의 문제였다. 이지에게 동심은 실제 어린이들의 마음도, 심리 상태도 아니다. '동심'은 그저 '동심'이고 관념이고, 비유일 뿐이다. 그는 어린이문학가도 아니고, 어린이들의 삶을 걱정하지도 않았다. 이지, 이원수, 윤석중의 '동심론'에 대해서는 김찬곤이 자세히 밝힌 바 있다. 김찬곤, 「동심의 기원 ─ 이지의 「동심설」과 이원수의 동심론을 중심으로」, 『아동청소년문학연구』 No.16, 2015.

74 이원수, 「시작 노트」(1968), 『동시 동화 작법』(전집 29), 120쪽.

까지도 동심이라고 하고 싶다. …(중략)… 동심이라는 것-그것은 아동만이 가진 것이 아니요, 어른에게도 있다. 그것을 많이 가진 어른일수록 아동을 대상 독자로 하는 시를 잘 쓸 수 있을 것이다.[75]

이원수는 동심을 "유년의 유치한 생각, 귀여운 말, 재롱스런 거동, 그것은 아니다" 하면서 동심을 근원적으로 봐야 한다고 말한다. 그는 동심을 "순수하고 소박한 것, 정의에 편드는 마음, 악에도 선에도 이끌리기 쉬운 순백의 것", "천진난만한 마음, 순수 무구한 마음, 혹은 인간이 가지는 가장 순박한 마음이라고도 할 수 있겠고 또 아동의 자유분방한 공상의 세계를 가지는 그 마음까지도" 동심으로 보고 싶다고 한다. 여기서 어린이들의 공상성은 동심이라기보다는 어린이들의 한 특성으로 보아야 할 것이다.[76]

이원수의 동심 개념이 갖는 의의는 동심을 실제 어린이들의 마음으로 보지 않은 데 있다. 동심을 하나의 관념으로 본 것이다. 그래서 이원수는 "동심이라는 것-그것은 아동만이 가진 것이 아니요, 어른에게도 있다. 그것을 많이 가진 어른일수록 아동을 대상 독자로 하는 시를 잘 쓸 수 있을 것이다"고 하는 것이다.[77]

---

75 이원수, 위의 책, 130쪽.
76 이준관은 동시를 "어른이 순수하고 맑은 동심으로 돌아가 쓴 시"로 정의한다. 그는 "동심을 알면 동시가 보인다" 하면서, 그 보기로, 아이들은 모든 것을 인간처럼 생각한다, 감동을 잘한다, 이 세상이 늘 새롭다, 상상력이 풍부하다, 사물과 자연에 말 걸기를 좋아한다, 남의 마음이 되어 생각하고 느낀다, 아이들은 반복적인 리듬을 좋아한다, 같은 것을 든다. 이런 것이 바로 "아이의 마음이요, 동심"이라 한다. (이준관, 「동시 쓰기-동심에서 건져 올린 해맑은 감동」, 랜덤하우스코리아, 2007, 13~24쪽) 하지만 이런 것은 어린아이들의 한 '특성'으로 보는 것이 타당하다.
77 이지도 이와 비슷한 말을 한다. "온 장내가 거짓이니 구경하던 난쟁이가 무슨 말

이오덕은 이원수의 동심을 일러 "역사를 살아가는 동심"이라 한다. 이 말은 어린이들의 삶과 현실을 애써 외면하는 동심주의를 비판하면서, "어린이들도 역사 속에서 살고 있다"는 말이기도 하다.[78] 그는 한국전쟁 이전과 이후의 이원수 동시를 평가하면서 다시 한 번 '역사를 살아가는 동심'을 강조한다.

> 일반 시든지 동시든지, 어떤 시작품이 표현 기술에만 관심을 두어 시인의 문학적 재질이란 것을 뽐내는 수단이 되고 있을 때, 그런 시를 두고 순수하다고 말하는 것은 크게 잘못이다. 어린이의 삶을 시인 스스로의 삶으로 여기고 인간으로서의 진솔한 정을 살아 있는 말로 표현해 보인 동시야말로 순수하다 할 것이다. 이렇게 해서 씌어진 시가 보다 자유스러운 형태로 되는 것은 당연하며, 이원수 씨의 동시가 그 어느 아동작가의 작품보다도 먼저 정형의 틀에서 벗어날 수 있었던 까닭이 여기에 있다. 「가시는 누나」 「이삿길」 같은 자유시의 명편이 1929

을 재잘거릴 것인가? 이 세상에 비록 최고로 잘된 문장이 있었다 하더라도 거짓된 사람에 의해 인멸되어 후세에 볼 수 없게 된 글이 또 어찌 적다 하리오! 어찌하여 그럴까? 천하의 명문은 동심에서 나오지 않은 것이 없기 때문이다. 만약 동심을 항상 지닐 수만 있다면 도리가 행해지지 않고, 견문이 행세하지 못하며, 언제 써도 훌륭한 글이 되고, 어떤 사람이 써도 좋은 글이 되며, 어떤 제재로 써도 빼어난 글이 아닌 경우가 없다." 이지, 「동심설(童心說)」, 『분서 I』, 김혜경 역, 한길사, 2004, 350쪽.

78 이오덕, 『삶·문학·교육』, 고인돌, 2013, 85~86쪽. "일반적으로 작가들은 어린이들을 사회와 격리된 별천지에서 꿈만 꾸는 존재로 알고 있고, 그래서 어린이들을 인형같이, 어른의 노리개같이 그려 보인다. 그러고는 그런 글을 두고 동심의 문학이라고 변명하고 있다. 이것은 아동문학을 한다는 사람들이 얼마나 어린이들을 모르고 있는가를 잘 말해주는 것이다. …(중략)… 어린이들도 역사 속에서 살고 있다는 것은 의심할 여지가 없다."

년과 1932년에 씌어졌다는 것은 놀라운 사실이며, 이러한 선구적인 시의 창조는 고난의 역사를 살아가는 시인의 양심과 그 양심을 바탕으로 한 참된 시정신이 있음으로써 가능했다고 본다. …(중략)… 50년대까지 이 시인의 동요·동시의 세계는 피해를 입고 있는 어린이들을 따스한 마음으로 이해하고 감싸주는 데서 창조되었다. 자연과 인정의 아름다움을 노래한 서정적인 동요와 동시도 이런 세계에서 낳아진 것이다. 그런데 6·25 이후에 변모한 '생각을 안으로 다스리고 다듬는' 작품이란 이런 생활 속에서 전개된 세계가 아니라 그것이 일변하여 내면화하고 심리화한 것이다. 이제 시인은 역사를 살아가는 어린들에 대한 관심을 포기하고 자신의 심상(心象)의 세계로 돌아가 버렸다.[79]

이 글의 앞부분에서 말하는 '역사를 살아가는 동심'은 "고난의 역사를 살아가는 시인의 양심과 그 양심을 바탕으로 한 참된 시정신"이라 할 수 있다. 여기서 '동심'은 "시정신", "아동문학의 밑뿌리", "정심(正心)", "인간의 본성"이고, "단심(丹心)"이다.[80] 뒷부분에서의 '역사를 살아가는 동심'은 "역사를 살아가는 어린이들"의 마음이고 처지라 할 수 있다. 이 시대 동시인이라면 모름지기 역사를 살아가는 어린이들의 삶과 처지를 보듬고 같이 아파하고, 어깨를 걸고 같이 걸어가야 한다는 말이다.

---

79   이오덕, 「역사를 살아가는 동심」, 『창작과비평』, 1980년 봄호, 354~358쪽.

80   이오덕, 「아동문학의 문제점」(1976), 『시정신과 유희정신』, 427~428쪽 ; 이오덕, 『문학의 길 교육의 길』, 소년한길, 2005, 266쪽. 한편, 이오덕의 동심론에 대해 원종찬은 이오덕이야말로 '본래적 의미에서 동심주의자'라 한다. "이렇듯 동심을 지고지순의 이념으로 끌어올린 이오덕 선생의 논리는 어린이를 지고지순의 존재로 보는 아동관에서 비롯된 것이다. 그렇다면 타락한 동심주의와 평생 맞서 온 이오덕 선생이야말로 일관된 사상체계를 지닌 본래적 의미에서의 동심주의자라 할 수 있지 않을까?" 원종찬, 「배반의 동심, 동심의 배반」(2004), 『동화와 어린이』, 창비, 2014, 61쪽.

제4장

이원수 동요 동시의 세계

1. 초기시 : 역사를 살아가는 동심

1926년에서 1950년 사이 이원수 문학 인생에서 중요한 사건은 다음과 같다. 1926년 동요 「고향의 봄」으로 등단[1], 마산 공립상업학교 시절(1928

---

1   웅진 전집 제1권 『고향의 봄』에 실린 등단기(1926~1927) 작품은 4편이다. 아래에 드는 7편은 전집에 빠져 있는 작품으로, 1926년과 27년 『동아일보』에 발표한 시이다. 여기서 눈여겨봐야 할 시는 「오리 떼」다. 이 시를 읽으면 그의 마지막 시 「겨울 물오리」가 떠오른다.

"동구 밖에 풀밭에서/엄마 찾는 아기 새를/곱게 곱게 잡어다가/새장 속에 넣어 노니/참말 기뻐요!//그 이튿날 이른 아침/새장 속을 들여다보니/아기 새는 숨이 없고/눈은 눈을 감었어요/참말 슬퍼요!"(「아기 새」, 1926. 5. 17)

"오리 오리 흰 오리/엄마 아들 떼 지어/파란 강물 헤엄쳐/어데 어데 가느냐?/강물에 뜬 오리야/너 그리 가지 말고서/네 등에다 나 태워/물나라 구경 시켜다오"(「오리 떼」, 1926. 5. 21)

"까마귀 한 쌍/울고 갑니다./저편 쪽 숲으로/날아갑니다.//아들도 딸도/다 잃어 버리고/불타는 서쪽 산/옛집을 찾아/까마귀 한 쌍/울며 갑니다."(「까마귀」, 1926. 8. 5)

"뒤꼍에 매암이/울지를 마라/까막까치 너희들도/울지를 마라/오늘도 내 동생/

~1930), 함안금융조합 취직(1931~1934), 독서회 사건으로 감옥살이 (1935. 2~1936. 1. 30), 결혼(1936. 6. 6), 복직(1937), 친일 글 발표(1942 ~1943), 1945년 10월 서울로 이사, 1945년 12월 조선프롤레타리아문학 동맹 가입, 1947년 5월 첫 동요집『종달새』간행, 1949년 판타지 동화「숲 속 나라」발표, 1950년 동화『5월의 노래』출간을 들 수 있다.

이원수 전집 제1권『고향의 봄』제1부는 이원수가 '1926년부터 1949년' 까지 발표하거나 쓴 시를 묶었는데, 모두 96편이다. 그리고 전집 제26권 『이 아름다운 산하에』에 실려 있는 소년시「화부(火夫)인 아버지」(1930) 1 편이 있다. 그런데 그 뒤 원종찬, 이재복, 나카무라 오사무, 박태일이 추 가로 발굴한 작품 36편이 있다.²⁾ 그렇다면 이 시기에 쓰고 발표한 시는

앓아누웠다./엄마 없이 자라는/나의 동생이/너희들 소리에/놀라 깨면은/나를 보 고 엉 엉/울기만 한다/매암이 까막까치/울지를 마라"(「병든 동생」, 1926. 8. 19)

"비 내리는 저녁때/나뭇잎만 춤추는데/처마 끝에 참새 새끼/비를 맞고 혼자 우 네/새야 새야 참새야/너는 집에 왜 안 가나/구진 비에 옷 적시고/야단만날까 아니 가나"(「참새」, 1926. 9. 5)

"오늘 아침 겨울 아침/쓸쓸도 해요/나뭇잎이 떨어진/옷 벗은 가지/겨울바람 야 속다고/울기만 해요//서리 보고 눈 왔다고/동생은 뛰고/참새들은 춥다고/발발 떠 는데/아침 해님 따슨 빛/웃고 봅니다."(「가을 아침」, 1926. 12. 9)

"앵도나무 가지에/청개구리 앉아서/여름철이 온다고/노래노래 합니다.//가지 끝에 매달린/앵도앵도 익으면/제가 먼첨 딴다고/기쁜 노래 합니다."(「청개구리」, 1927. 4. 28)

모두 다 동요이고, 노랫말 특성이 그대로 나타난 시라 할 수 있다. 무엇보다도 먼저 지적해야 할 것은 '관념'으로 쓴 시라는 점이다. 그래서 읽는 이에게 실감으 로 다가가지 않고, 감동을 주지 못한다. 그가 1947년에 낸 첫 시집『종달새』에 이 때 발표한 시를 한 편도 넣지 않은 까닭은 바로 이 때문일 것이다.

2   이재복 발굴작 4편(「발굴조명 : 이원수의 시 - 잃어버린 오빠 외 4편」,『아침햇살』 1996년 가을호), 원종찬 발굴작 7편(「이원수와 마산의 소년운동」,『인하어문연구』

133편이 된다. 그가 시를 한 편도 발표하지 않은 해는 1933, 1944, 1950년이다. 1933년은 마산 공립상업학교를 졸업(1931)하고 함안금융조합 본점 서기로 취직한 지 세 해째 되는 해이고, 1935년 2월 독서회 사건으로 잡혀가기 한 해 전이다. 그는 이때 농촌 마을을 돌아다니며 대출 이자 받는 일을 했다고 기억한다.

農촌 아동, 소도시 아동들의 생활을 내 생활로 삼고 시를 써 온 나는 어디까지나 시골 동시인이었다. 그런 만치 잘 다듬어지고 미끈한 작품은 쓰지 못한 것 같다. 처음 취직을 경남 함안의 금융조합에 한 나는 거기서 농민들의 생활을 직시하고 일제하의 농민의 빈궁상에 마음 아픔을 금할 수 없었다.

춘궁에 대부금 이자를 받으러 가는 일이 많았다. 여항산 높은 재를 넘어 산골 마을에 가면 그 궁해 빠진 사람들의 모습들이 내 가슴을 아프게 했었다. 여항산의 높은 고갯길을 넘으면 먼 산줄기에서 불어오는 솔바람 소리가 비가처럼 들리고, 고개 너머 산골짝에 까마득히 게딱지 같은 집들이 보인다. 낮닭 우는 소리가 들린다.

이 산을 넘어 다니며, 나는 농촌 아이들의 노래를 생각했다. 나는 그런 농촌 아동들을 위해 즐겁고 유쾌한 시를 써서 그들을 기쁘게 해

제3호, 1996), 나카무라 오사무 발굴 보고 34편(「발굴 보고」, 『이원수와 한국 아동문학』, 창비, 2001, 310~314쪽), 박태일 발굴작 9편(「나라잃은시대 후기 경남·부산 지역 어린이문학 ─ 이원수와 남대우를 중심으로」, 『한국문학론총』 제40집, 한국문학회, 2005), 이렇게 네 사람의 발굴작을 합치면 54편이지만 서로 겹쳐 있는 것이 있고, 이원수 작품이 아닌 것(「봄이 오면」은 버들쇠 유지영의 작품이고, 「눈 먼 아이와 나무장사」는 동명이인의 작품이다)과 전집에 들어 있는 것도 있어, 그것을 제하면 지금까지 발굴한 작품은 총 35편이다. 여기에 경희대학교 한국아동문학연구센터가 찾아내 『어린이의 꿈1』에 엮은 「저녁북새」(『어린이세상』 1927. 7) 1편을 더하면 36편이다.

줄 마음을 먹지 못했다. 그들과 같이 슬퍼하고 괴로워하는 것이 그들을 위해 바른 일이라 생각했던 것이다.[3]

그는 함안금융조합에서 일하며 보릿고개에 대출금 이자를 받으러 농촌 마을을 돌아다닌다. 그러면서 농민들의 '빈궁상'을 보게 되고, 농촌 아이들의 삶을 노래한다. 그는 "그런 농촌 아동들을 위해 즐겁고 유쾌한 시를 써서 그들을 기쁘게 해 줄 마음을 먹지" 못했고, "그들과 같이 슬퍼하고 괴로워하는 것이 그들을 위해 바른 일이라 생각"한다. 그리고 "농민들을 위한 문학도 해야겠다는 생각"을 하고, "같은 직장 친구와 고향 마산의 친구들"과 "농민들의 생활을 그려 내고 그들에게 용기를 불어넣을 수 있는 일을" 하려고 "문학 연구회 같은 모임"을 꾸린다.[4] 이 일로 그는 1935년 2월 경찰에 잡혀가고, 치안유지법 위반으로 징역 8월에 집행유예 5년을 받는다. 이로 보아, 1933년 그는 동시와 더불어 '농민을 위한 문학'을

---

3   이원수, 「나의 문학 나의 청춘」(1977), 『아동과 문학』(전집 30), 253쪽. 이때 일을 쓴 시가 「여항산에서」이다. "여항산이여, 낮이면 솔바람 소리,/밤이면 어렴풋한 달빛에 어리어/너는 언제나 말없이 앉아 있느냐.//네 품 안에 안긴 가엾은 사람들은/오늘도 궁상스런 얘기와 피곤에 지쳐/슬픔도 불행도 잊고/토방에 곤히 잠들었는데//크낙한 네 품 안에/노래 소리 들릴 날은 언제이냐./말해 다오, 여항의 산아./달빛 속에 말없는 여항의 산아." (「흘러가는 세월 속에」(1980), 『얘들아 내 얘기를』(전집 20), 280~281쪽) 그는 이 시를 쓰게 된 내력을 이렇게 밝힌다. "일본의 식민지 정치 아래에서의 농민의 생활은 참으로 기막힌 일이었다. 넓은 땅, 기름진 논이 많건만 농사짓는 사람들은 항상 빚에 쪼들리고 쌀밥 한 번 제대로 먹어 보지 못했다. 더구나 산촌의 사람들은 보기에도 눈물겨웠다. 내가 가 있던 함안에 있는 큰 산─여항산은 그 골짜기마다 마을이 있어 자주 가 보던 산이었는데, 내가 그 산골에 출장 가서 자며 쓴 시가 있었다."(위의 책, 280쪽)
4   이원수, 「흘러가는 세월 속에」(1980) 위의 책, 280쪽 참조.

모색한 듯싶다. 하지만 그는 감옥살이와 실직, 결혼을 하면서 그러한 생각을 이룰 수 없었다.

1944년은 그가 친일 글을 쓴 1942~43년 바로 뒤의 해이고, 해방을 한해 앞둔 해이다. 이때는 일본의 패망이 역력하던 시기이기도 하다. 그런데 그는 한 해 전 황국신민이 되겠다는 시와 수필을 썼던 것이다. 그가 이때 시를 단 한 편도 발표하지 않은 것은 이런 복잡한 심정이 그의 가슴에 자리 잡고 있었기 때문일 것이다. 그리고 1950년은 한국전쟁이 발발한 해이다.

1933, 1944, 1950년이 시를 한 편도 발표하지 않은 해라면, 1930년과 1946년은 시를 가장 많이 쓴 해이다. 1930년에는 20편을, 1946년에는 18편을 발표한다.[5] 1930년은 마산 공립상업학교 3학년 무렵이고, 『학생』 5월호에 「나도 勇士」를, 조선일보에 「화부(火夫)인 아버지」(1930. 8. 22)를 발표하며 식민지 청년으로서 조선의 독립을 위해 싸워 나가는 투사가 되겠다고 다짐을 하는 시기다. 이때 등단기(1926~1927)하고는 다른 현실주의 시 「찔레꽃」「잘 가거라」「보리방아 찧으며」 같은 시를 쏟아낸다. 1946년은 해방 뒤 울분을 토로하는 시기이다. 그토록 바라던 해방이 되었지만 일제강점기와 마찬가지로 친일 앞잡이들이 권력을 잡고, 가난한 사람들은 여전히 궁핍한 삶을 이어가고 있었다. 그 피해는 고스란히 아이들의 삶에도 영향을 끼쳤다. 이때 그는 울분을 삭이며 새로 가꿔야 할 조국을 동시로 절절히 토해낸다.

---

5   웅진 전집 『고향의 봄』에 실린 시 가운데, 1930년 작품은 12편, 1946년 작품은 17편이다. 1930년 작 가운데 전집에 실리지 않은 작품은 「墓地의 저녁」「꽃씨 뿌립시다」「나도 勇士」「씨 뿌리는 날」「자다 깨어」「잃어버린 오빠」「비 오는 밤」「광산」이렇게 8편이다. 1946년 작에는 「개나리」 1편이 빠져 있다.

1926년부터 1950년까지 쓴 133편을 살펴보면, '그리움'을 노래한 시가 가장 많이 보인다. 고향을 그리워하는 시가 4편[6], 누나 · 형 · 언니 · 오빠를 그리워하는 시가 11편, 어머니와 아버지를 그리워하는 시가 13편이다. 이렇듯 그의 초기 시에는 '그리움의 정서'를 노래한 시가 28편이나 된다.[7] 그다음으로는 유년시 15편[8], 일하는 아이들의 삶을 그린 시 7편, 식민지 조국과 민중들의 삶을 노래한 시 8편[9], 이별을 노래한 시 5편[10]을 들수 있다. 이렇게 봤을 때 이원수 초기시의 가장 큰 특징은 '그리움의 정서'라 할 수 있을 것이다.

---

6   4편은「고향의 봄」(1926),「고향 바다」「보고 싶던 바다」(1939),「부르는 소리」(1946) 이다.

7   누나를 그리워하는 시는「섣달 그믐밤」(1927)「정월 대보름」「찔레꽃」(1930)「장터 가는 길」(1931)「가시는 누나」(1932)「싸리꽃」(1949)이고, 형을 그리워하는 시로는 「기차」(1928)「광산」(1930)을 들 수 있고, 언니를 그리워하는 시는「그림자」(1930) 「군밤」(1942)이고, 오빠를 그리워하는 시「토마토」(1948), 이렇게 11편이다. 어머니를 그리워하는 시로는「그네」(1930)「눈 오는 밤에」「슬픈 이별」(1931)「어디만큼 오시나」(1936)「아카시아꽃」(1937)「고향은 천리길」(1946)이 있고, 아버지를 그리워하는 시로는「설날」(1930)「장터 가는 길」(1931)「전봇대」(1940)「송화 날리는 날」(1947)「저녁」「성묘」「눈」(1948)을 들 수 있다.

8   유년시 15편은 다음과 같다.「부엉이」(1935)「아침 노래」「첫나들이」(1938)「설날」 「야옹이」(1939)「자장노래」「공」「저녁노을」「기차」「애기와 바람」(1940)「언니 주머니」「이 닦는 노래」(1941)「자장노래」「빨래」(1942)「누가 공부 잘하나」(1948).

9   시 8편은 다음과 같다.「헌 모자」(1929)「교문 밖에서」(1930)「벌소제」(1932)「염소」(1940)「가엾은 별」(1941)「개나리꽃」(1945)「버들피리 불자」「빗속에서 먹는 점심」(1946).

10   시 5편은 다음과 같다.「일본 가는 소년」「기3(其三)」「아버지와 아들」「잘 가거라」 (1930),「앉은뱅이꽃」(1939).

1) 이별과 그리움

이원수는 1924년, 마산 공립보통학교 3학년(14세)에 편입학하고, 그해 4월 『신소년』(4월호) '독자문단 동요'란에 동요 「봄이 오면」이 당선된다.[11] 그는 이 동요로 세상에 '이원수'란 이름을 맨 처음 알린다. 하지만 이 동요는 그가 쓴 동요가 아니고 류지영(柳志永, 1896~1947)이 1923년 3월 『어린이』 창간호에 발표한 동요(9쪽)다.[12] 당시 이 일은 큰 문제가 되지 않은 듯싶다. 이원수는 이 일이 있고 47년이 흐른 뒤, 그때 사정을 『여성동아』 1971년 1월호 「남의 글을 훔친 죄」에서 자세히 밝힌다.[13] 이 사건으로

---

11 이 동요는 4 · 4조 동요이고, 「고향의 봄」처럼 '봄'을 노래하고 있다. 3연 가운데 1연만 들어본다. "나는 나는 봄이 오면/버들가지 꺾어다가/피리 내어 입에 물고/라라라라 재미있어."

12 류지영의 필명 '버들쇠'는 성씨 '류(柳, 버들유)'에서 온 듯싶다. 류지영은 1913년 선린중학교를 졸업하고 일본으로 건너가 와세다대학을 다니다 도중에 음악전문학교로 옮겨 바이올린을 전공한다. 1918년 귀국하여 『매일신보』 『조선일보』 『시대일보』 『동아일보』 사회부 기자로 일하면서 동요, 동화, 희곡을 쓴다. 그는 방정환, 정순철, 윤극영, 유도순, 한정동과 함께 창작동요 운동을 펼치는데, 1924년 2월 『어린이』에 「고드름」을 발표한다. "고드름 고드름 수정 고드름/고드름 따다가 발을 엮어서/각시방 영창에 달아 놓아요" 하고 시작하는 이 동요에 윤극영이 곡을 붙여 널리 알려졌다. 이때 그는 「동요를 지으시려는 분께」(1924. 2), 「동요 짓는 법」(1924. 4) 같은 글을 『어린이』에 발표하기도 한다. 이 두 글은 우리나라 동요 이론사에 맨 처음 나오는 글이다. 그런데 김영순과 박지영에 따르면 버들쇠의 '동요론'은 노구치 우죠의 『童謠十講』 제4장 「正風童謠」(野口雨情, 金の星出版社, 1923, 60~61쪽)를 우리 사정에 맞게 정리한 것이라 한다. 김영순, 「근대 한일아동문학 유입사 연구」, 『아동청소년문학연구』 제10호, 한국아동청소년문학학회, 2012. 6, 217~220쪽 ; 박지영, 「1920년대 근대 창작동요의 발흥과 장르 정착 과정 – 『어린이』 수록 동요를 중심으로」, 『상허학보』 제18호, 상허학회, 2006. 10, 240~241쪽.

13 이원수, 「남의 글을 훔친 죄」, 『솔바람도 그날 그 소리』(전집 27), 103~104쪽. "보

이원수의 습작기를 짐작할 수 있다.[14] 그는 마산 시골에서, 서울에서 나오는 『어린이』를 창간호부터 꼼꼼히 챙겨 읽고 있었던 것이다.

「봄이 오면」이 유지영의 작품을 그대로 옮겨 적어 보내 등단한 동요라면, 1926년 『어린이』 4월호 '입선동요'란에 실린 「고향의 봄」(62쪽)은 그의 진정한 등단작이자 첫 동요다. 그는 이 "동요를, 애독하던 방정환 선생의 잡지 『어린이』에 투고해서 1926년 4월호에 발표되어 은메달을 상으로 받았다"고 기억한다.[15] 이때 그의 나이 열여섯이고, 마산 공립보통학교 5학년 1학기(당시는 4월 1일이 개학)를 막 시작할 무렵이다.

> 나의 살던 고향은 꽃 피는 산골
> 복숭아꽃 살구꽃 아기 진달래.

통학교 3학년인 소년은 어느 잡지에서 본 4·4조 짧은 동요가 맘에 들어 좋아했는데, 무슨 생각으로인지 그것을 다른 잡지에 투고했고, 그것은 소년의 이름으로 발표되었던 것이다. 그리고 이내 어떤 고등학교 학생인 듯한 사람의 충고의 편지를 받았던 것이다. …(중략)… 남의 물건을 훔치는 걸 큰 죄로 알던 어린 내가 어째 남의 글을 죄인 줄도 모르고 훔쳤던가. 지금 생각해 봐도 이해할 수 없다."

14 이원수의 습작기는 두 군데 기록에서 확인할 수 있다. 하나는 동아일보 1925년 4월 6일자 마산 '신화소년회 사업'을 알리는 기사다. 이 기사에 따르면 신화소년회는 1925년 3월 25일부터 3일간 제1회 현상동요 모집을 하고, 여기서 이원수는 일등을 한다. 이때 이원수가 어떤 동요를 썼는지는 알 수 없다. 두 번째 기록은 1925년 『어린이』 11월호 '작문 선외 가작'란에서 찾을 수 있다. 이때 이원수는 「불쌍한 동포」를 보내 선외 가작에 뽑힌다. 이 '산문' 또한 어떤 글인지 알 수 없지만 그의 동화 「5월의 노래」에 나오는 「강촌의 봄」(203~204쪽)과 내용이 비슷하지 않았을까 싶다. 1925년 『어린이』 11월호를 보면, 입선 동요 다섯 편 가운데 최순애의 「오빠 생각」이 있다. 이원수는 입선 아닌 가작을 하고, 나중에 그의 평생 동반자가 되는 최순애는 입선을 한 것이다.

15 이원수, 「흘러가는 세월 속에」(1980), 『애들아 내 얘기를』(전집 20), 253쪽.

울긋불긋 꽃대궐 차린 동네
그 속에서 놀던 때가 그립습니다.

꽃동네 새 동네 나의 옛고향
파란 들 남쪽에서 바람이 불면
냇가의 수양버들 춤추는 동네
그 속에서 살던 때가 그립습니다.

— 「고향의 봄」 전문, 『너를 부른다』(1979) 판[16]

　1연은 '꽃 피는 산골'에 자리 잡은 '꽃대궐'에서 '놀던 때'를 그리워하는
것이고, 2연은 마을 앞 푸른 들판에서 불어오는 바람에 '냇가의 수양버들'

16　이원수는 「고향의 봄」을 맨 처음 『어린이』(1926. 4)에 발표한 뒤, 이 작품을 1941
　　년 3월 『아이생활』에 한 번 더 발표한다. 바뀐 부분은 한 곳(2연 3행에서 '파–란들'
　　을 '파란들'로)이다. 그 뒤 두 차례 더 다듬는다. 바뀐 부분은 글자를 굵게 했다.
　　　"나의 살던 고향은/꽃 피는 산골/복송아꽃 살구꽃/아기 진달래/울긋불긋 꽃대
　　궐/차리인 동리/그 속에서 놀든 때가/그립습니다.//꽃동리 새 동리/나의 옛고
　　향/파–란들 남쪽에서/바람이 불면/냇가의 수양버들/춤추는 동리/그 속에서 놀
　　든 때가/그립습니다."(『어린이』 제4권 제4호, 1926. 4), "나의 살던 고향은 꽃 피
　　는 산골/복숭아꽃 살구꽃 아기 진달래./울긋불긋 꽃대궐 **차린** 동네/그 속에서 놀
　　던 때가 그립습니다.//**꽃동네** 새 **동네**, 나의 옛고향/**파란** 들 남쪽에서 바람이 불
　　면/냇가의 수양버들 춤추는 **동네**/그 속에서 놀던 때가 그립습니다."(『빨간 열매』,
　　1964), "그 속에서 **살던** 때가 그립습니다."(2연 4행, 『너를 부른다』, 1979)
　　　세 판을 차례로 살펴보면 『빨간 열매』(1964) 판이 가장 많이 바뀌었다. 우선 7·5
　　조를 한 행으로 잡은 것을 볼 수 있다. 눈여겨봐야 할 부분은 '차리인'이 '차린'으
　　로, '파–란들'이 '파란 들'로 바뀐 것이다. 이것은 '노랫말'로서의 동요에서 '시'로서
　　의 동요로 바뀐 것으로 볼 수 있다. 1979년 『너를 부른다』 판에서 눈여겨봐야 할
　　부분은 2연 4행 '놀던'(『빨간 열매』)이 '살던'으로 바뀌었다는 점이다. 이것은 1연과
　　다르게 끝을 맺고자 하는 시인의 마음이기도 하지만, 어른스러운 표현(정서)이 아
　　닌가 싶다.

이 춤추는 '새 동네'에서 '살던 때'를 그리워하고 있다. 이 동요는 '새 동네' 들판에서 놀고, 살던 때를 그리워하는 7·5조 '동요'라 할 수 있다.

이원수는 자신의 옛 고향을 '새 동네'라 한다. '울긋불긋 꽃대궐'로서, 새로운 시적 이미지로 다시 인식했기 때문에 '새 동네'라 했을 수도 있다. 그런데 증언에 따르면 그때 마을 사람들은 그곳을 '새터' '새동네'라 했다 한다.

「고향의 봄」의 배경이 되는 창원 소답리는 지금의 의창동이다.[17] 소답리는 창원읍성이 있던 마을과 읍성 동문 쪽으로 조금 떨어진 곳에 새로 생긴 마을이었다. 『영남읍지』에 따르면, 소답리(召畓里)는 동쪽 '논에 붙은 마을'을 뜻한다. 당시 사람들은 읍성 동쪽에 새로 생긴 마을을 '새터' '새 동네'라 했다. "꽃동네 새 동네"가 바로 이곳이다. 이원수가 창원으로 이사와 살았던 '새터'인 것이다. 지금 이 근처에는 한국 근대 조각가 김종영의 생가가 남아 있으며, 그 앞에는 당시에도 있었던 수령 200년 된 아름드리 느티나무가 있다.[18] 고향의봄기념사업회에서 엮은 『고향의 봄 기념사업 그 10년의 길』에 따르면, 「고향의 봄」에서 "울긋불긋 꽃대궐"은 김종

---

17 이원수는 1911년 경남 양산 북정리에서 나지만 돌도 안 지나, 생후 10개월 만에 창원군 창원면 중동리로 이사(1912년)한다. 이때부터 창원에 사는데, 그 뒤 창원 안에서도 세 번 더 이사(1915년(5세)에 창원면 북동리로, 1916년(6세)에 창원군 소답리로, 1918년(8세)에 창원면 중동리로)를 한다. 그리고 1921년(11세)에 김해군 하계면 진영리로 가 한 해 남짓 살고, 1922년(12세)에 경남 마산부 오동동 80-1번지로, 1924년(14세)에 마산부 오동동 71번지로 이사한다. 「고향의 봄」으로 등단한 뒤 『동아일보』와 『어린이』에 시를 보내는데, 모두 다 '오동동 71번지'로 나온다. 이렇게 봤을 때 「고향의 봄」은 6세 때 살았던 고향을 노래한 것이 된다.

18 박종순, 앞의 책, 106쪽 참조.

영의 생가를 뜻한다.[19] 하지만 꼭 이렇게 볼 수만은 없을 듯싶다. 이원수
는 "복숭아꽃 살구꽃 아기 진달래"[20]가 "울긋불긋" 어우러져 "꽃 피는 산
골" 속 동네를 하나의 거대한 '꽃대궐'로 그리지 않았나 싶다.

「고향의 봄」 발표 이후 이원수의 삶은 바뀌기 시작한다. "「고향의 봄」이
발표된 후로 나는 동요 짓기에 열심이었다. 『어린이』 잡지에는 계속 작품
을 보내어 자주 발표되었고, 일간 신문에도 부지런히 발표를 했다. 동요
로 해서 나는 전국 각 지방에 얼굴을 보지 못한 친구들을 가지게 되었다.
서울·대구·원산·진주, 함경도의 이원, 수원·유천 등지에 있는, 동요
쓰기를 좋아하는 친구들과 사귀어 편지 왕래가 잦았다."[21] 이는 윤석중이
중심이 되어 꾸린 아동문학 동인회 '기쁨사' 동인 활동을 말한다.[22] 그는

---

19 고향의봄기념사업회,『고향의 봄 기념사업 그 10년의 길』, 불휘미디어, 2011, 60
     쪽. "아동문학의 거목 이원수의「고향의 봄」 배경지라 더 큰 의미를 가지는 곳이
     다. 이 집은 당시 부잣집들이 즐비했던 이 마을 창원군 소답리에서도 가장 웅장하
     고, 온갖 꽃나무들이 많아 소답꽃집이라 하기도 했다. 옛날에는 이 일대 마을을
     '새터', '새동네'라 했다 한다."
20 이 구절은 방정환이 다듬어 준 것이다. 이원수는 그 사정을 이렇게 밝히고 있
     다. "소파 선생님은 많은 동요도 지으셨지만 선생이 좋아하는 동요 중에 나의 동
     요「고향의 봄」을 즐겨 부르셨다는 얘기를 듣고 한층 더 그리운 정이 솟아납니다.
     「고향의 봄」이란 동요는 내가 열다섯 살 때 선생이 내시는 잡지에 실린 것인데, 그
     중에는 '복숭아꽃 살구꽃 아기 진달래……'라는 구절이 있습니다. 이 구절은 내가
     처음 썼을 때는 복숭아꽃 살구꽃 다음에 진달래와 또 무슨 꽃 이름을 들었던 것
     입니다. 그런 것을 아기 진달래라고 선생께서 고쳐 주셨습니다." 이원수,「소파(小
     波) 선생의 추억」(1957),『동시 동화 작법』(전집 29), 135~136쪽.
21 이원수,「흘러가는 세월 속에」(1980),『얘들아 내 얘기를』(전집 20), 256쪽.
22 윤석중이 중심이 되어 활동했던 창작 동인 '기쁨사'와 잡지『기쁨』, 회람 작품집
     『굴렁쇠』의 탄생 이력은 다음과 같다. "1924년 우리 세 짝(1925년 동아일보 학예
     란에 천재 어린이로 소개된 심재영, 설정식, 윤석중을 말한다-인용자)은 차차 멀

이제 더 이상 마산 시골 학생이 아니었다. 창원과 마산을 벗어나 전국의 '소년 문사'를 알게 된 것이다. 그의 평생 동반자 최순애에게 연애편지를 보낸 때도 이 무렵이다.[23] "이 조그만 동요 한 편이"[24] 그에게 끼친 영향은 엄청났다. 그는 어디를 가도 '고향의 봄' 이원수였다. 한국전쟁 때 대구에서 좌익으로 몰렸을 때, 김팔봉 김영일 같은 우익 인사의 도움도 컸지만 '고향의 봄' 이원수였기 때문에 풀려날 수 있었다.[25] 이 노래는 운명처럼

어지기 시작하였다. 그래서 하는 수 없이 그 신문에 난 서울 안 학교의 '장래의 문학가' 집을 찾아다니며 회원을 모집, 그해 8월 15일 창립된 것이 '기쁨사'였고, 『기쁨』이란 등사판 잡지를 1년에 네 차례 내는 한편, 『굴렁쇠』라는 회람 잡지 작품집을 이따금 역시 서로 돌려 보았다. …(중략)… 시골 동인으로 『굴렁쇠』에 붓을 든 글벗 중에는 진주의 소용수, 마산의 이원수, 울산의 서덕출, 언양의 신고송, 수원의 최순애, 그리고 원산·북청, 김천, 안주·신천에도 있어서, 글을 실은 『굴렁쇠』가 우리나라를 남으로 북으로 바쁘게 돌아다녔다." 윤석중, 「어린이 운동의 개척자들」, 『어린이와 한평생1』, 16쪽.

23 이원수는 『어린이』에 「고향의 봄」이 입선된 뒤 최순애에게 편지를 쓴다. "그 전해에 이 잡지에 수원에서 사는 최순애라는 여자가 "뜸북 뜸북 뜸북새 논에서 울고……"로 시작되는 「오빠 생각」이라는 동시를 발표했다. 나는 그 동시가 무척 좋아 내가 같은 잡지에 글이 실렸다는 것을 핑계로 편지를 썼더니 답장이 왔다. 이때부터 나와 최순애는 서로 편지를 주고받았다. 처음에는 안부를 묻고, 문학 이야기를 하는 것으로 그쳤는데 일고여덟 해를 계속해서 편지와 사진까지 주고받게 되자 우리는 점차로 혼인할 뜻을 굳히게 되었다." 이원수, 「"나의 살던 고향은 꽃피는 산골"」(1980), 『털어놓고 하는 말2』, 뿌리깊은나무, 1980, 137쪽.

24 이원수, 「솔바람도 그날 그 소리」(1968), 『솔바람도 그날 그 소리』(전집 27), 57쪽.

25 원종찬은 「고향의 봄」이 국민 애창곡이 되면서 1950, 60년대 군사정권 아래서 '보호막' 구실도 했다는 점을 조심스럽게 말하고 있다. "5, 60년대 문단에서 그만큼 진보적 색채를 드러낸 작가를 찾아보기는 쉽지 않다. 어떻게 이원수는 그런 작품을 쓰면서 정권의 탄압을 피해갈 수 있었을까? 아동문학은 정치성과 거리가 멀다는 일반의 통념이 감시망을 느슨하게 했을 수도 있겠고, 동요 「고향의 봄」이 국민 애창곡으로 불리면서 따라붙은 명성도 보호막으로 작용했을 터였다. 게다가 그

그와 함께했다. 그런데도 그는 이 동요에 대해 누구보다도 냉철하게 평가한다.

> 동요가 동시의 하나임을 생각할 때 노래 말로서가 아닌 시어로서의 세련된 표현을 가져야 할 것은 말할 것도 없다. 1926년 이원수의 첫 동요 「고향의 봄」의 표현이 7·5조의 격조에 맞는 반면, 이보다 10여 년 후에 씌어진 이 「다람쥐」의 그것은 확실히 살아 있는 리듬 그것이다. …(중략)… 즉 '나의 살던……'의 '나의'란 말 이것도 동요로서의 어린이답지 못하고 리드미컬하지 못한 것이요, 그밖에 전체적인 서술도 형식이 정형인 데 비해서 산문적이다.[26]

이원수는 위 인용 글 앞에 여러 시인들의 동요를 들어가며 1920년대 동요가 걸어온 발자취를 더듬는다. 사이조 야소의 「카나리아」, 방정환의 「늙은 잠자리」, 한정동의 「갈닢 피리」, 최순애의 「오빠 생각」, 윤석중의 「퐁당퐁당」, 김영일의 「다람쥐」를 든 다음, 자신의 「고향의 봄」을 들고 이렇게 평가한 것이다. 그의 말처럼 「고향의 봄」은 '산문적'이고, 보통학교 5학년 열여섯 살 소년이 쓴 시인데도 시의 정서가 '어른'스럽다. 마치 어른이 된 화자가 어린 시절을 떠올리고, 어린 시절 뛰놀던 고향 산천을 그리워하는

는 방정환 시대부터 활동한 아동문학사의 산증인이었고 문단 교유도 폭넓은 편이었다." 원종찬, 「이원수와 1970년대 아동문학의 전환」, 『문학교육학』 No.28, 2009, 505쪽.

26 이원수, 「아동문학입문」(1965), 『아동문학입문』(전집 28), 58쪽. 김영일(金英一, 1914~1984)의 「다람쥐」 전문은 이렇다. "산골짜기/애기 다람쥐//도토리 변또 갖고/원족을 간다//다람쥐야/팔딱/재조나 한 번 넘어라//날도 좋다."

정서로 읽힌다.[27] 이원수는 1939년 「고향 바다」와 「보고 싶던 바다」를 잇따라 발표한다. 이 두 시는 마산 앞바다를 노래한 시인데, 「고향의 봄」과는 다르다. 「고향의 봄」이 어른스럽고 정적이라면 이 두 시는 아이다운 정서가 바탕에 흐르고 동적이다.[28]

마산 공립상업학교(1928~1930) 시절 이원수는 등단기 때하고는 아주 다른 시를 발표한다. 일본으로 돈 벌러 떠나는 소년과 누나를 설워하는 「가시는 누나」(1929), 「일본 가는 소년」(1930), 도시 공장으로 돈 벌러 떠

---

27 김권호는 「고향의 봄」을 "고향을 상실한 아픔"(163쪽)으로 읽고, 이재복은 "고향의 상실감"(13쪽)으로 읽는다. 그런데 이 동요는 열여섯 살 보통학교 5학년이 여섯 살 때 살았던(두 해 남짓) 고향을 노래한 것이다. 그런 의미에서 이 동요는 '상실감'보다는 '그리움의 정서'로 읽는 게 더 타당하다고 본다. 물론 타국에 나가 있는 동포와 노동자들이 이 동요를 대하는 태도는 그리움과 상실감으로 다가오겠지만, 이 동요 텍스트 자체는 '그리움의 정서'로 읽는 게 더 맞지 않을까 싶다. 이재복은 이원수의 수필 「나의 향수」의 첫머리 "내게는 그리워할 고향이 없습니다"(『이 아름다운 산하에』, 109쪽)를 들면서 '고향 상실감'을 말한다. 그런데 이 글은 고향 상실에 대한 글이라기보다는 자신의 내면에 자리 잡은 고향에 대한 복잡한 심정을 몽환적으로 기술한 것으로 볼 수 있다. 이 글과 더불어 「하추삼제(夏秋三題)」(1965)도 가난과 친일의 기억 속에서 고향에 대한 생각이 자신의 내면에서 어떻게 변화되어 갔는지 짐작할 수 있는 글이다. 김권호, 「그리움과 희망을 노래하는 겨레의 동시인-1920~30년대 이원수 동시를 살피며」, 『이원수와 한국 아동문학』, 창비, 2011 ; 이재복, 「이원수 문학이 우리에게 남긴 과제」, 『이원수와 한국 아동문학』, 창비, 2011.

28 이 무렵 시에는 모작(模作) 흔적도 보인다. 「가을 밤」(1926)은 방정환의 「귀뚜라미 소리」(1924)와 「늙은 잠자리」(1924)를, 「가을 아침」(1926)은 천정철의 「가을 아침」(1925)을 모방한 듯싶다. 「고향의 봄」도 한정동의 「故鄕 생각」(『어린이』(1925. 10)) 1연을 모방한 듯한 흔적이 보인다. 한정동의 「故鄕 생각」 1연은 이렇다. "靑山浦 어구/살구꽃 복숭아꽃/피는 동리에/오막사리 草家 한 채/故鄕집이 그리워요/참 그리워요." 「고향의 봄」에서 느껴지는 어른스런 정서는 이와 무관하지 않을 것이다.

난 언니와 누나가 보고 싶어 기다리는 「기차」(1928), 「정월 대보름」(1930),
서울 방직공장에 취직한 언니를 그리워하는 「그림자」(1930), 고향을 등지
고 북간도로 떠나는 수남이와 순아 식구를 배웅하는 「잘 가거라」(1930),
돈벌이 가신 아버지를 부르면서 세배하는 「설날」(1930), 식구 모두가 일
본으로 떠나는 「기3(其三)」(1930)과 「아버지와 아들」(1930), 광산에서 일
하는 누나와 형을 그린 「찔레꽃」「광산」(1930), 월사금이 늦어 꾸중을 듣
고 학교에서 쫓겨난 동무를 그리워하는 「헌 모자」(1929)와 「교문 밖에서」
(1930) 같은 작품이 쏟아져 나온다. 여기서 「찔레꽃」과 「광산」, 「헌 모자」
와 「교문 밖에서」를 빼고는 모두 다 집을 떠나 도시로, 공장으로 돈 벌러
떠나는 언니와 누나 이야기이고, 고향을 떠나 일본으로 북간도로 떠나는
식구들 이야기다. 이는 당시 일제가 자행했던 토지ㆍ임야 조사와 무관하
지 않을 것이다.[29]

> 수남아, 순아야, 잘 가거라
> 아빠 따라 북간도 가는 동무야.
>
> 멀리 가다가도 돌아다보고
> "잘 있거라" 손짓하며 가는 순아야.

---

29 조선총독부는 조선 경작지(논밭) 443만 정보 가운데 47퍼센트인 210만 정보를 차
 지하고, 전체 산림의 40퍼센트(670만 정보) 이상을 차지한다. 1930년까지 총독부
 가 소유한 땅은 전국토의 43퍼센트를 넘는다. 1918년 등기 경지 면적이 60퍼센
 트나 증가하여 지세 수입도 그만큼 는다. 1912년 지세 수입은 664만 8,000원이었
 는데, 1918년에는 1156만 9,000원이나 된다. 1912년보다 75퍼센트가 는 것이다.
 이 지세 수입은 조선총독부 내국세 총액의 40퍼센트를 차지하는, 아주 중요한 수
 입원이 된다. 고준석, 『한국경제사』, 45~47쪽 참조.

이제 가면 언제 오나 눈물이 나서
아른아른 고갯길도 안 보이누나.

뻐꾹새 자꾸 우는 산길 넘어서
수남아, 순아야, 잘 가거라.
— 「잘 가거라」 전문, 1979년 개고[30]

　이 시는 그의 제1시집 『종달새』(1947)에 실려 있는데, 시 끝에 쓴 날짜를 "1929. 7"이라 달아 두었다. 그는 이 시를 1년 뒤 몇 곳을 고쳐 『어린이』 8월호에 발표한다.[31] 그리고 1979년 선집 『너를 부른다』에 묶을 때 다

---

30 이 논문에 인용하는 이원수 시와 서지는 웅진 전집 제1권 『고향의 봄』(1989)을 기준으로 한다. 그러나 이 전집에 묶인 시와 서지 사항에 많은 오류가 있어, 이 논문에서는 이것을 바로잡고, 여러 사정을 헤아려서 '원본'으로 확정할 수 있는 시를 찾아 보기 시로 들 것이다.

31 그의 제1시집 『종달새』(1947)에 실린 시 전문을 아래에 들어 본다.
　"수남아 순이야 잘 가거라/아빠 따라 북간도 가는 순이야/멀리 가다가도 돌아다보고/잘 있거라 손짓하며 우는 순이야.//이제 가면 언제 오나, 눈물이 나서/아른아른 고개 길도 안 보이누나./뻐꾹새 슬피 우는 고개 넘어서/수남아 순이야 잘 가거라. (1929. 7)"
　그는 이 시를 1930년 『어린이』 9월호에 발표한다. 그때 조금 바꾼 구절이 있다. 아래에 바꾼 곳만 들어 본다. "壽男아/順아야/자─ㄹ 가거라//아빠 따라 북간도/가는 동무야//…(중략)…//뻐꾹새 슬피 우는/산길 넘어서//…(중략)… ─1930. 6. 13 作" "수남아 순이야"를 '한자'를 넣어 "壽男아/順아야"로 바꾸었다. 여기서 '壽'와 '順'은 이원수(李元壽)와 최순애(崔順愛)를 뜻하는 듯싶다. 이원수와 최순애는 『어린이』로 등단한 동인이고, 이때 서로 편지를 주고받으며 정을 쌓고 있었다. 또, 오래도록(壽), 늙어 저세상으로 떠날 때까지 고향에 살아야 할 수남이가, 순하디순(順)한 순아가 조선을 떠난다는 뜻도 담고 있을 것이다. 끝에 "1930. 6. 13 作"은 '1929년 7월'에 쓴 시를 이날 다시 고쳤다는 뜻이다. 당시 『어린이』는 시인이 시를 쓴 날짜를 덧붙여 써 보내면 이렇게 똑같이 해 주었다.

시 한 번 몇 곳을 손봐 싣는다.

시의 화자는 어린이 화자, 수남이와 순아의 동무다. 수남이와 순아는 고향을 등지고 북간도로 떠나고 있다. 북간도는 백두산 북쪽 만주 지역 일대로 지금의 연변(延邊)이다. 일제의 토지조사사업으로 하루아침에 땅을 빼앗기고 소작농으로 전락한 농민들은 소작료와 총독부가 매기는 갖가지 세금으로 나날이 살아가기가 힘들어진다. 그래서 고향을 버리고 북간도로 함경도로 일본으로 떠나는 가족이 많았다. 여름철새 뻐꾸기가 우는 것으로 보아 때는 5월 무렵이다. 순아는 발길이 안 떨어지는지 자꾸 뒤돌아보고 "잘 있거라" 하면서 손짓을 한다.

3연의 "이제 가면 언제 오나"는 상엿소리 만가(輓歌)의 첫 대목 "이제 가면 언제 오나, 오실 날이나 일러 주오"에서 가져왔다. 북간도로 간다고 해서 신천지가 펼쳐져 있는 것도 아니었다. 들리는 소문으로는 굶어 죽고 얼어 죽는 사람들이 태반이라 하지만 수남이네는 적어도 이곳보다는 나을 것이라는 소망을 품고 정든 고향을 떠나간다.

화자는 저 멀리, 수남이네가 넘고 또 넘어야 할 "고갯길"을 바라보지만 눈물이 어려 보이지 않는다. 그리고 다시, 수남이네가 걷고 있는 '산길'로 눈을 모은다. 이때 뻐꾹새가 '자꾸' 슬피 울어 댄다. 이 시에서 '뻐꾹새 우는 소리'는 시의 정서, 동무를 떠나보내는 화자의 슬픔과 고향을 뒤로하고 안 떨어지는 발길을 딛고 있는 수남이네 식구들의 서러운 마음을 더 애끓게 하고, 한층 고조시킨다. 뻐꾸기 우는 소리는 이 시뿐만 아니라 「산길」(1949), 「산」(1958), 「자두」(1960), 「풀밭」(1963), 「사아」(1969?), 「대낮의 소리」(1980)에서도 이별의 슬픔이나 처지를 극적으로 고조 또는 환기하는 장치로 쓰인다.

조선인이 만주로 이주하기 시작한 때는 19세기 중반부터인데, 일제강점기부터 그 숫자가 늘기 시작한다. 일제의 토지조사사업, 3·1 독립만세운동과 소작쟁의가 벌어졌던 격동기마다 이주민이 급격하게 늘어난다.[32] 고향보다 나은 땅을 찾아가지만 그곳에서도 힘들기는 매한가지였다. 좋은 땅은 죄다 중국인이 차지하고 있었고, 이주민이 부칠 만한 땅은 산언저리 불모지뿐이었다. 해마다 보릿고개가 닥치면 풀뿌리와 나무껍질을 벗겨 먹고, 많은 사람들이 먹을 것이 없어 굶어 죽고, 겨울에는 추위에 얼어 죽었다. 그들은 다시 짐을 꾸려 고향으로 돌아온다. 통계에 따르면 1926년 이주자 2만 1,037명에 귀환자 9,027명, 1928년 이주자 1만 9,546명에 귀환자 1만 5,146명, 1930년 이주자 9,258명에 귀환자 1만 2,354명, 1931년 이주자 5,862명에 귀환자 1만 3,699명이었다. 귀환자가 차츰 늘어나다가 1930년을 기점으로 이주자보다 귀환자가 더 많아진다. 그 까닭은 만주의 장작림 군벌정권이 일제와 야합하여 조선 동포를 탄압

---

32 1931년 통계에 따르면 만주에 거주하는 조선 동포 수는 63만 982명이다. 하지만 여기에는 산골짜기에 숨어 자급자족하며 살아가는 동포와 일부러 일본 국적을 얻지 않으려는 사람들이 빠져 있다. 이를 감안하면 당시 만주 일대 조선 동포의 수는 적어도 100만 명이 넘었을 것으로 짐작한다. 1931년 만주사변 뒤 조선총독부와 관동군은 조선인의 만주 이민 문제를 논의한다. 조선총독부는 소작쟁의가 들끓고 적색농민조합이 꾸려지면서 항일운동 분위기가 일자 이를 막고, 서울을 비롯한 도시 인구의 급증과 전체 조선 인구의 과잉을 해결하는 방법으로 만주 이주를 추진한다. 또 이는 일본으로 밀항하는 조선 노동자의 일본 유입을 막는 한 방법이 될 것이라 생각한다. 일제는 이민회사를 차려 조선인을 해마다 5만 명씩 15년 동안 75만 명을 만주로 이주시킬 계획을 세운다. 이 계획에 따라 1937년부터 1940년까지 6만여 명을 만주로 이주시킨다. 이이화, 『한국사 이야기21 – 해방 그날이 오면』, 한길사, 2007, 172~174쪽 참조.

하고 갖가지 굴레를 씌웠기 때문이다.[33]

　이원수가 이 시를 쓴 해인 1929년, 그러니까 수남이네가 고향을 떠난 해는 이주자보다 귀환자가 더 많아진 시기이다. 그래서 3연의 만가 구절이 더 구슬퍼질 수밖에 없는 것이다. 그런데 이렇게 절박한 농촌 문제를 시로 쓴 시인을 찾아보기가 힘들다. 적어도 동요와 동시에서는 이원수가 유일하다.

　「잘 가거라」에서 또 하나 살펴봐야 할 것은 '화자'의 문제이다. 앞에서는 '어린이 화자'라 했지만, 이 시의 화자를 어린이로만 볼 수는 없다. 어른 화자, 다시 말해 시인의 시점으로도 충분히 읽히기 때문이다. 김상욱은 광복 이후 해방기 시 「너를 부른다」「부르는 소리」(1946)를 들면서 "시 속의 화자와 시인의 육성이 분리되지 않고 하나로 통합되어 존재한다"고 말한다.[34] 그런데 이런 특징은 해방기뿐만 아니라 그의 초기시에서도 일관되어 있다고 할 수 있다. 「잘 가거라」를 읽는 '어린이' 독자는 수남이네 식구들을 떠나보내는 '동무'의 시점에서 읽게 되고, '어른' 독자는 시인의 시점과 어린이 시점이 함께하는 시점에서 읽게 되기 때문이다. 이렇게 봤

33　이이화, 앞의 책, 170~171쪽 참조.

34　김상욱, 「겨울 들판에 부르는 희망의 노래」,『숲에서 어린이에게 길을 묻다』, 161~162쪽. "이즈음에 이원수의 시는 시 속의 화자와 시인의 육성이 분리되지 않고 하나로 통합되어 존재한다. 그는 더 이상 시적 화자를 매개로 하지도, 자신의 심리를 투사하여 인물을 상상적으로 들여다보지도 않고, 직접 자신의 목소리를 '우리'의 목소리로 확장하여 담담히 드러낸다. "양담배 양사탕/상자에 담아 들고/학교엔 안 나오고/한길로만 도느냐./우리도 목메며/너를 부른다"(「너를 부른다」)에서 보이듯, 시적 화자는 짐짓 새로운 인물로 형상화되어 있지 않고, 시인 자신으로 환치할 수 있다. 이러한 경향은 해방 공간의 가장 빼어난 시 가운데 한 편인 「부르는 소리」에서도 여실히 드러난다."

을 때 이 시는 어린이와 시인의 시점이 하나가 된 상태에서 쓴 시라 할 수 있다. 만약 그가 이 시를 어린이 시점으로만 썼다면, 수남이네 식구들이 고향을 버리고 북간도로 떠나가야만 하는 까닭을 시 속에 풀어야 했을 것이고, "이제 가면 언제 오나" 같은 상엿소리도 고민해야 했을 것이다.

이오덕은 이원수의 시가 "어린이들뿐만 아니라 모든 어른들에게까지 높은 감도의 시로 읽혀"지는 까닭을 다음과 같이 밝히고 있다.

> 그의 시작은 처음부터 유희적인 것과는 전혀 다른 세계에서 시작되었다. 그것은 서민적인 어린이들에 대한 깊은 이해와 사랑을 바탕으로 한 서정의 세계이다. 이러한 시의 정신은 자신을 표현한 것이 그대로 아동과 소년들에게 이해되고, 깊은 감동으로 받아들여지는 동시가 되었고, 아동의 세계와 시인의 세계가 작품 속에 하나로 되어 조금도 틈이 없게 하였다. 그는 아동이란 존재를 단순한 작품 창작의 소재나 대상으로 보지 않고, 또한 한층 내려선 자리에 있는 주체로서 파악하는 것이 아니고, 자신과 같은 자리에 있는, 아니 바로 자기 옆에 있어 함께 울고 웃으며 살아가는 동반자로서 느끼고 생각하는 것이다. 여기에 그의 문학 정신이 자리 잡고 있으며, 이러한 정신이 원천이 되어 그의 동시는 아이들뿐 아니라 모든 어른들에게까지 높은 감도의 시로 읽혀지는 것이다.[35]

이오덕은 이원수의 시를 일러, 시인이 "표현한 것이 그대로 아동과 소년들에게 이해되고, 깊은 감동으로 받아들여지는 동시가 되었고, 아동의 세계와 시인의 세계가 작품 속에 하나로 되어 조금도 틈이" 없다고 평가한다. 또 시 속의 어린이를 "한층 내려선 자리에 있는 주체로서 파악하는

35　이오덕, 「시정신과 유희정신」(1974), 『시정신과 유희정신』, 30~31쪽.

것이 아니고, 자신과 같은 자리에 있는, 아니 바로 자기 옆에 있어 함께 울고 웃으며 살아가는 동반자로서 느끼고" 시를 써 왔다고 본다.

이오덕은 어린이 화자와 어른 화자에 대해, "두 시점을 하나로 일치시킬 수 없을까" 하는 문제를 제기한다.[36] "말하자면 시인 자신의 눈이 그대로 아동의 눈이 되고 시인의 말이 그대로 아동의 말이 되도록" 하자는 것이다. 이런 작품은 충분히 쓸 수 있고, "이런 동시야말로 이상적인 형태가" 아니겠는가, 하면서 그런 동시의 하나로 이원수의 「햇볕」(1965)을 보기로 든다. 그는 이 시야말로 시인과 어린이가 "온전히 한 사람으로 되어" 있고, "시인의 세계가 그대로 아동의 세계로 받아들여지도록 되어 있다"

---

36 이안은 "어른 화자의 경우, 어른-어린이의 경계가 모호한 상태로 제시되는 경우가" 많은데, 이때의 화자를 "'시인 안의 어린이 화자'("내 안의 작은 어린이")라 한다. "동시란, 어른 시인이 어린이 독자가 읽을 것을 염두에 두고 쓴 시를 말한다. 그런 면에서 동시는 발상 단계에서부터 '창작자로서의 어린이(시인 안의 어린이)', 그리고 '독자로서의 어린이'가 개입한다고 볼 수 있다. 이 점이 바로 시와 동시가 갈리는 지점이다. 어린이를 배제하고 동시 장르 자체가 성립할 수 없다는 점에서, 발상에서 완성에 이르기까지의 전 과정에 '어린이'가 함께한다는 것은 무척이나 자연스러울뿐더러 즐거운 일이기도 하다. 동시 창작에서 시인이 가장 먼저 맞닥뜨리게 되는 문제는 화자를 누구로 설정할 것인가이다. 연령 면에서 볼 때, 동시의 화자에게는 두 종류가 있다. 어른 화자와 어린이 화자다. 그러나 어른-어린이를 구분할 수 있는 뚜렷한 표지가 제시되어 있지 않은 한, 명쾌하게 이를 단언하기가 쉽지 않다. 특히 어른 화자의 경우, 어른-어린이의 경계가 모호한 상태로 제시되는 경우가 많다. 이때의 화자가 바로 '시인 안의 어린이 화자'("내 안의 작은 어린이")다. 당연히 이것은 어른 화자도 아니고 어린이 화자도 아니다. 굳이 말하자면 발상 단계에서 완성 단계까지 함께한, 시인이 염두에 둔 어떤 아이라고 볼 수 있다."(이안,『다 같이 돌자 동시 한 바퀴』, 문학동네, 2014, 184~185쪽) 그런데 이원수 동시의 화자나 시점을 보면 시인이 처음부터 화자를 목적의식적으로 고민한 흔적은 찾아보기 힘들다. 그는 처음부터 어린이와 어른이 함께하는 시점으로 시를 써 왔다고 볼 수 있다.

고 평가한다. 이오덕은 모든 동시가 반드시 이렇게 합일된 시점에서 씌어질 수는 없겠지만 두 시점을 하나로 지향함으로써 우리 동시가 안고 있는 몇 가지 문제도 함께 해결될 수 있을 것으로 본다. 이렇게 하면, "① 유희적 시재(詩材)에서 탈피할 수 있게 되고, ② 동시 독자의 나이를 종래의 유년 중심에서 아동 내지 소년기로 높여 줄 수 있고, ③ 시의 난해성이란 것도 해결할 수 있어, 동시로서의 높은 문학성을 얻게 될 것"라는 것이다. 이것은 또한 "동시는 먼저 시가 되어야 하고, 그 위에 다시 동시로" 태어나야 한다는 말이기도 하다.[37] 이런 까닭에 이원수의 시는 처음부터 '유희적' 시재나 유치한 발상에서 일찌감치 벗어날 수 있었고, 시에 쓰인 말 또한 유년의 언어가 될 수 없었다. 그래서 처음부터 어린이와 어른이 함께 읽는 시로서 읽히는 것이다. 이것은 1926년 등단작 「고향의 봄」에서 마지막 시인 1981년 「겨울 물오리」까지 일관되게 흐르는 시점이기도 하다.

이원수는 자신의 첫 자유시를 「가시는 누나」[38]로 기억하는 듯싶다. 그는 수필 「흘러가는 세월 속에」에서, "7 · 5조나 4 · 4조의 정형 동시가 거의 전부였던 시대에 나의 「가시는 누나」는 자유시로 씌어져서 내 동시의 자유율이 시작되었다"고 말하고 있다.[39] 그렇다면 그의 첫 자유시의 시작

---

37 이오덕, 「동시란 무엇인가」(1974), 『시정신과 유희정신』, 74~78쪽 참조.
38 이원수는 「가시는 누나」를 『종달새』(1947), 『빨간 열매』(1964), 『너를 부른다』(1979) 이렇게 차례대로 세 시집에 싣는데, 실으면서 조금씩 고쳐 싣는다. 행을 같이한다든지, 문맥에 맞게 말을 좀 다듬는 수준이다. 『종달새』는 1926년부터 1946년까지 쓴 시 가운데 33편을 묶었다. 이 시집에 실린 시 끝에는 시를 쓴 해와 월을 기록해 두었는데 33편 가운데 「가시는 누나」만 서지 사항이 달려 있지 않다.
39 이원수, 「흘러가는 세월 속에」(1980), 『애들아 내 얘기를』(전집 20), 267쪽. 그는 이 수필에서 「가시는 누나」를 보기로 들고 시 끝에 '1929년'이라 서지 사항을

은 1929년으로 잡아야 한다. 그 근거는 1964년에 나온 제2시집 『빨간 열매』 서지 사항이다. 그는 이 시집 끝에 「작품 연대 기타」를 붙여 작품의 서지를 제법 소상히 밝힌다. 서지 사항은 '작품명 · 지은 해 · 발표한 곳 · 작곡자'로 되어 있는데, 여기에 발표한 해는 써 있지 않다. 「가시는 누나」 옆에 "1929 · 별나라?" 이렇게 달아 났다. 1929년에 써서, 『별나라』에 발표한 것 같다는 말이다. 1929년에 발행한 『별나라』는 두 권(제31호 5월, 제33호 7월)밖에 남아 있지 않다. 이 두 권에서는 「가시는 누나」를 찾을 수 없다. 그런데 1929년 그가 쓴 시가 「가시는 누나」까지 해서 3편, 1930년에 쓴 시가 12편인데, 「가시는 누나」를 빼고는 모두 7 · 5조로 되어 있다.[40] 1929년에 자유시 「가시는 누나」를 썼다면, 1930년에 쓴 12편 가운데 자유시가 더 있을 법도 한데 단 한 편도 없다는 것은 「가시는 누나」의 서지 사항이 뭔가 잘못되었다는 것을 뜻한다.

> 7 · 5조의 노래는 동요로서 가장 쉬운 형식이었다. 나도 「고향의 봄」 「헌 모자」 「자전거」 「기차」 등의 7 · 5조의 동요 및 동시를 써 왔다. 그러나 노래 부를 수 있게 쓴 동요에서, 그냥 시로서 읽을 것에 대해서 나는 더 관심을 가지게 되어 정형률이 아닌 내재율의 동시를 쓰기 시작한 것이 1932년부터이다. 「가시는 누나」는 동요들과는 달리 길고 또 자유율로 씌어졌다.

단다.

[40] 1929, 30년 그의 시를 보면 전체로 봐서는 7 · 5조이지만 억지로 글자를 맞추기보다는 8자 5자로 된 구절도 보인다. "공장에 간 우리 누나 못 오신다네."(「정월 대보름」), "밤이면 외로운 동무 내 그림자야."(「그림자」) 같은 구절이다. 또 "수남아, 순이야, 잘 가거라."(「잘 가거라」), "찔레꽃이 하얗게 피었다오./누나 일 가는 광산 길에 피었다오."(「찔레꽃」)처럼 정형률에서 완전히 벗어난 구절도 볼 수 있다.

이 형식적 변화는 그 내용에 있어서도 일반 동요와는 상당한 거리를 갖는 것이었으니, 노래로서 소리 내어 부르기보다 마음속으로 속삭이거나 부르짖는 감정을 담게 된 것이었다. 시가 독자에게 즐거움을 준다는 것은 감정과 사상에서 남의 마음을 뜨겁게 해 주거나 공감하게 해주는 데서 비롯할 것이지, 재미있는 얘기나 경쾌한 가락으로 될 일이 아니라는 생각을 갖고 있었다.[41]

　　위 글은 제3시집 『너를 부른다』(1979) 후기 「나의 동시와 나의 생활」에 나와 있는 구절이다. 그는 여기서 자유시의 시작을 '1932년' 함안금융조합 시절로 잡고 있으면서도, '1929년'에 발표한 것으로 기억하는 「가시는 누나」를 들고 있다.[42] 이는 그도 헷갈리고 있다는 것을 방증한다. 일단 여기서 아래 시 「海邊에서」를 살펴볼 필요가 있다.

　　　　합포라 바닷가 잔디에 누어
　　　　멀-니 흰돛들을 헤여봅니다
　　　　다서 여섯 들어오는 아득한 배들
　　　　혹시나 그 누이가 오지나 안나

　　　　가슴을 넘쳐나는 더운 눈물에
　　　　아련 아련 어려 뵈는 바다의 저편
　　　　오늘도 떠나는 배 품은 연기를
　　　　내 마음 누나그려 따라갑니다.

　　　　　　　　　　　　　　　　　　　— 「海邊에서」(1929) 전문

41　이원수, 「나의 동시와 나의 생활」, 『너를 부른다』, 230쪽.
42　「가시는 누나」는 『너를 부른다』(1979)에서도 여전히 '1929년'에 쓴 것으로 나와 있다.

이 시는 웅진 전집『고향의 봄』(1989)에 빠져 있다. 그가 이 시를 쓸 때 살았던 곳은 마산부 오동동, 지금의 창원시 마산합포구 오동동이다. 그 바로 옆에 '합포동'이 있다. 예부터 마산은 '합포(合浦)'였고, 이는 '큰 포구'라는 뜻이다. 이원수는 다른 몇 시(「海邊에서」「바다ㅅ處女」(1929))에서도 이 '合浦' 지명을 쓴다. 위 시는 1929년 5월 18일에 써서 1929년『학생』8월호에 발표했다. 7·5조 정형률의 동요라 할 수 있는데, 제재와 정서가 그의 '첫 자유시'「가시는 누나」를 닮았다.

> 누나를 바래 주러
> 뱃머리에 나왔더니
> 흐렸던 하늘이
> 그만 비를 뿌리시네.
>
> 두 달 만에 한 번
> 겨우 다니러 왔다가
> 단 이틀을 못 쉬고
> 가야만 하는 건지.
>
> 편지마다 고향집이 그립다던 누나건만
> 처음 갈 땐 배에서도 울던 누나건만
> 점원이 된 지 이제 두 달,
> 내 손에 과자 봉지 쥐여 주며
> 안 나오는 웃음으로
> 잘 있거라는 그 목소리.
>
> 잘 가세요,
> 잘 가세요.
> 세상에 누구보다

고마운 우리 누나,
씩씩한 우리 누나.

옷 보퉁이 옆에 끼고
비 오는 갑판 위에 우두커니 선 누나,
그 눈에도, 그 눈에도
필시 비는 오시리라.

바다에 비는 부슬부슬
빗속에 배도 멀어져 안 뵈건만
나는 부두에 혼자 서서
비 오는 바다만 보고 있다.
　　　　　　　　　—「가시는 누나」 전문[43]

　　이 시는 돈 벌러 일본으로 갔던 누나가 두 달 만에 돌아와 다시 떠나는
장면을 서정적으로 그리고 있다. 마치 그림책 한 권처럼 그림이 그려지
는 시다. 그는 "일하는 누님들에 대한 감사의 정과 사랑은 일하는 모든 여
성들에게도 한가지로 기울이고 싶었"고, "동시「가시는 누나」는 그런 마
음에서 씌어졌다"고 말한다.[44] 그는 '일하는 누님들에 대한 감사의 정과
사랑'을 담아 이 시를 쓴 것이다.
　　시의 공간은 비 내리는 창원시 마산합포구 마산항이다. '비'는 이 시에
서 이별의 아픔을 고조시키는 설정이고, 시 전체의 정서와 분위기를 감싸

43　위 시는 1979년 『너를 부른다』 판을 따랐다. 이 논문에서 이 시의 창작 시기는
　　'1931년 말 또는 1932년'으로 잡는다.
44　이원수, 「흘러가는 세월 속에」(1980), 『얘들아 내 얘기를』(전집 20), 267쪽.

고 있다. 1연의 "그만 비를 뿌리시네"에서 종결어미 '-네'는 하늘에 대한 원망과 이별의 아픔을 속으로 삭이는 표현이라 할 수 있다. 누나는 "두 달 만에 한 번 겨우 다니러 왔다가 단 이틀을 못 쉬고" 다시 집을 떠난다. 시인은 '두 달'과 '겨우·이틀'을 대비하여 누나가 잠깐밖에 못 쉬고 떠나는 것을 못내 아쉬워하는 화자의 마음을 그려내고 있다. 누나는 타지로 가서 '점원'이 되었다. '타지'가 일본인지, 한국의 어느 도시인지는 알 수 없지만 일본일 가능성이 높다. 집에 편지를 부칠 수 있고, 두 달 만이라도 집에 다녀갈 수 있는 것을 보면 '강제 동원'이 아니라 '취업 이주'로 일본에 간 것으로 보인다. 강제 동원은 일제강점기 전 시기에 이루어졌지만 특히 극심했던 때는 1937년 중일전쟁 이후 1938년부터이다. 그 이전에는 비교적 자유롭게 일본으로 이주하거나 일자리를 찾아 떠날 수 있었다.[45] 그때 부산·여수와 시모노세키를 오가는 관부·관여연락선이 있어 부산·여수 항에서 수많은 조선 사람들이 일자리를 찾아 일본으로 떠났다. 누나는 마산항에서 떠났기 때문에 기선을 타고 갔을 것이다. 중국 상해와 청도에서 출발한 기선이 인천, 마산, 부산을 거쳐 일본으로 갔다. 누나가 탄 배는 바

---

45 1916년까지만 해도 재일 한국인은 5천여 명이었다. 그런데 1917년을 기점으로 늘기 시작하고 1922년부터는 해마다 2만 명이 넘는 조선인이 현해탄을 건넌다. 이것은 1차 세계대전 전쟁 경기를 타고 일본 경제가 값싼 한국 노동력을 받아들이고 있었기 때문이다. 일본 기업들은 조선총독부의 지원 아래 감언이설로 한국 노동자를 유혹하여 모집해 간다. 이때 노동 브로커들은 마네킹 손목에 금시계를 채워 끌고 다니면서 일본에 건너가면 큰 부자가 될 수 있다고 선전한다. 1942년 일본에 거주한 한국인은 75만 명이었다. 그때 우리나라 인구가 2,550만 명이었으니까 한국 인구의 3퍼센트쯤 된다. 조동걸, 『한국농민운동사』, 한길사, 1980, 294~295쪽 참조.

로 이 기선이다.

누나는 "처음 갈 땐 배에서도" 울었다. 그런데 두 번째 갈 때는 눈물을 보이지 않는다. "내 손에 과자 봉지 쥐어 주며" 애써 웃는 얼굴을 해 보인다. 그런 누나가 "비 오는 갑판 위에 우두커니" 서 있다. 이때, 화자와 누나는 서로 눈을 마주하고 있지 않다. 누나는 우두커니 서서 마산을 바라보면서 정겨운 고향땅을 가슴에 담고 있고, 화자는 그 모습을 지켜보고 있다. 멀리 있어 누나 얼굴은 잘 보이지 않지만, 화자는 누나의 "그 두 눈에도" 필시 눈물이 흐르고 있을 것이라는 것을 안다.

이원수는 이 시를 자신의 첫 자유시로 알고 있지만, 만약 1929년에 발표한 「海邊에서」를 함암금융조합 시절인 1931년 말 또는 1932년에 다시 고쳐 쓴 것이 「가시는 누나」라면, 『빨간 열매』의 서지 "1929 · 별나라?"는 「가시는 누나」를 말하는 것이 아니라 「海邊에서」일 수 있다는 것을 짐작을 할 수 있다. 그렇다면 이원수 최초의 자유율의 동시는 「가시는 누나」가 아니라 「눈 오는 밤에」(1931)로 잡아야 할 것이다.[46] 그리고 또 하나, 「海邊에서」를 고쳐 쓴 것이 「가시는 누나」가 맞다면, 정형률에 갇혀 있던 시인의 심성과 감성이 내재율에서는 얼마만큼 자유롭게 펼쳐질 수 있는지를 위 시에서 확인할 수 있다.

한국 동시문학사에서 첫 자유시로는 『금성』 창간호(1923. 11. 10)에 실린 손진태의 시 「별똥」을 들지만, 본격으로 자유시로서의 동시를 쓴 시인

46　이원수는 『종달새』에 묶은 자유시 「눈 오는 밤에」 끝에 '1931. 12.'에 썼다고 날짜를 달아 놨다. 그렇다면 이 시야말로 서지로 확인할 수 있는 이원수 최초의 자유율의 동시라 할 수 있고, 「가시는 누나」 또한 이 무렵에 썼을 가능성이 높다.

으로는 정지용으로 보고, 작품으로는 그가 1926년『학조』창간호에 발표한「서쪽 하늘」「감나무」「하늘 혼자 보고」를 든다.[47] 이렇게 봤을 때, 이원수의 자유시는 정지용보다 5년 늦은 셈이다.

아래 시는 서지상으로 확인할 수 있는 이원수 최초의 자유율 동시「눈 오는 밤에」(1931. 12)이다.

복순아,
엄마가 안 오셨지?
맘마가 먹고 싶어 찬 눈을 먹고 있니?

눈은 펄펄
해는 지고 어두워져도
너희 엄마 안 오시고
우리 엄마도 안 오시고

집집마다 따뜻이 등불이 켜졌는데
싸늘한 찬 방에서
복순아, 넌 엄마를 부르고 울었구나.
두 눈이 퉁퉁 붓고
눈물에 소매가 이리 젖고…….

복순아,
너희 엄마 우리 엄마
모두 공장에서 밤이 돼도 안 나오고
일삯 올려 달라고 버티고 계신단다.

---

47   제해만,「동요와 동시에 대하여」,『아침햇살』, 아침햇살, 1996, 80~82쪽 참조.

눈은 펄펄, 밤은 깜깜
우리 엄마들 이겨라.
공장 아저씨들 이겨라.

복순아, 가자. 우리 집에.
오빠랑 공장에 가 보고 와서
저녁 맘마 지어 놨다.
노랑 노랑 좁쌀 갖고
저녁 맘마 지어 놨다.

우리, 같이 가서 저녁 먹고
함께 엄마들 기다리자.
너희 엄마도 우리 엄마도
오늘은 꼭 이기고 오실 거다.

— 「눈 오는 밤에」 전문

위 시에서 '아버지'는 부재한다. 복순이도 화자도 '어머니'를 기다린다. 공장은 어떤 것을 생산하는지 나와 있지 않다. '눈 오는 밤에'란 제목은 아름답고 포근한 느낌을 주지만, 이 시에서 '눈'과 '밤'은 하루하루 살아가기 힘든 일제강점기의 절박한 처지를 압축하고 있다. 2연의 "눈은 펄펄"은 "안 오시고"와 대비된다. 기다리던 함박눈은 '펄펄' 내리는데, 어머니는 해 지고 어두워져도 오시지 않는다. 마찬가지로 3연의 따뜻한 '등불'은 "싸늘한 찬 방"과 대비가 되면서 복순이의 배고픔과 두려운 마음을 더욱더 처절하게 한다.

복순이 엄마도 화자의 엄마도 공장에서 파업을 벌이고 있다. '오빠'는 노랑 좁쌀로 밥을 지어 놓았다고 하면서 복순이를 집으로 데려간다. 당시 일제는 산미증산계획(1921~1933, 1940~1945)에 따라 조선에서 나는 쌀을 일본과 전쟁터 군대로 보낸다. 이렇게 되자 조선에 식량이 부족하게 된다. 조선총독부는 쌀 대신 만주에서 보리, 콩, 기장, 조 같은 잡곡이나 동물 사료용 콩깻묵(豆粕)을 가져오고, 베트남에서는 푸석푸석한 안남미를 들여온다. 오빠가 좁쌀로 밥을 지은 것은 바로 이 때문이다.[48]

통계에 따르면, 1932년 조선의 공장은 4,643개, 공장 노동자는 8만 9,600여 명이었다. 노동 조건의 열악함은 상상을 초월한다. 새벽 4시 30분이 되면 공장에서 사이렌이 울렸다. 노동자들은 꼭두새벽에 일어나 밥을 지어 먹고 도시락을 쌌다. 5시 30분까지 출근, 점심시간은 30분, 하루 노동 시간은 대개 12시간이었으며 길게는 15시간이었다. 공휴일이 없는 공장도 30퍼센트를 넘었다. 그런데도 이들이 받는 "일삯"은 터무니없이 적었다. 남자 노동자는 하루 90전, 여자 노동자는 남자의 절반을 조금 넘는 수준, 소년소녀들은 15전이었다. 당시 경성 시내에서 택시

---

48 1905년부터 제1차 세계대전이 막을 내린 1917년까지 13년 동안 일본의 공장 수는 2.3배 증가하고, 공장 노동자 수는 1914년 85만 4천 명에서 1919년 181만 7천 명으로 급증한다. 일본 자본주의 발전에 따라 농업 인구가 줄자 식량 부족 현상이 발생한다. 급기야 1918년에는 쌀 폭동까지 일어난다. 조선총독부는 조선 쌀을 수탈 반출하기 위해 1920년 12월부터 산미증산계획을 세운다. 이 계획의 주된 목적은 조선 쌀을 대량으로 반출할 뿐만 아니라 토지개량사업으로 토지조사사업에서 미처 빼앗지 못한 조선인 토지를 수탈하는 데 있었다. 토지개량사업에 따른 수리조합비의 부담은 의무적이었는데, 조선의 중소규모 토지 소유자에게는 그해 수확물을 다 털어 바쳐도 모자랄 정도로 고액이었다. 이들 조선인 소유지는 염가로 일본인에게 넘어가고 만다. 고준석, 앞의 책, 48쪽.

를 한 번 타면 80전, 카페에서 맥주 한 병을 마시면 40전이었다.[49] 이 시에서 복순이와 화자의 엄마는 이런 노동 조건에서 일하고 있었고, 이것을 바꾸기 위해 파업으로 맞서고 있는 것이다. 이 시는 동화처럼 이야기를 갖추고 있는데, 심상을 차분하게 펼치며, 읽는 독자를 천천히 이끌어 가고 있다.

「찔레꽃」은 잡지 두 곳(『신소년』과 『어린이세계』)에 발표하고, 그의 시집 세 권에 모두 실린다. 그런데 저마다 조금씩 다르다. 처음 발표했던 『신소년』과 그의 제3시집 『너를 부른다』 판 전문을 들어 본다. 바뀐 부분은 밑줄을 쳤다.

①
찔레꽃이 하얗게
피었다오.
언니 일 가는 광산 길에
피었다오.
찔레꽃 이파리는
맛도 있지.
배고픈 날 따 먹는
꽃이라오.

광산에서 돌 깨는
언니 보려고
해가 저문 산길에

49   이이화, 『한국사 이야기22 – 빼앗긴 들에 부는 근대화 바람』, 한길사, 2006, 254~259쪽 참조.

나왔다가
찔레꽃 한 잎 두 잎
따 먹었다오.
저녁 굶고 찔레꽃을
따 먹었다오.

—「찔레꽃」(『신소년』 1930. 11. 1)

②
찔레꽃이 하얗게 피었다오.
누나 일 가는 광산 길에 피었다오.

찔레꽃 이파리는 맛도 있지.
남모르게 가만히 먹어 봤다오.

광산에서 돌 깨는 누나 맞으러
저무는 산길에 나왔다가

하얀 찔레꽃 따 먹었다오.
우리 누나 기다리며 따 먹었다오.

—「찔레꽃」(『너를 부른다』 1979)

②를 보면, 행갈이를 간결하게 해서 소리 내어 읽을 때 호흡이 끊기지 않고 안정감을 준다. ①의 3행 '언니'를 ②에서는 '누나'로 고친다. 이것은 고친 게 아니라 바로잡았다고 하는 게 맞을 것이다.[50] 이는 그의 제1시집

---

50 제1시집『종달새』(1947)에 실려 있는 「찔레꽃」 끝에는 "1930. 5"라 써 있다. 1930년 5월에 썼다는 말이다. 그는 이 시를 5월에 써서 그해 11월『신소년』에 발표하고, 1947년 5월『어린이세계』에 또 발표한다. 그리고 1947년 제1시집『종달새』와 1964년 제2시집『빨간 열매』에 싣는다. 그런데 모두 다 조금씩 다른 곳이 있다. 여

『종달새』에 실려 있는 「찔레꽃」과 남자들의 광산 일을 노래한 「광산」을 보면 알 수 있다.[51] 당시 '언니'는 여러 시인의 시에 나오는데, 시 속에서 여자아이가 언니를 부를 때, 또는 사내아이가 '형'을 부를 때 쓴 말이다. 아마 『신소년』편집부는 이원수가 보내온 시를 읽고, 광산 일은 여자가 할 수 없는 일이라고 본 것 같다. 그렇게 힘든 광산 일을 어떻게 여자가 할 수 있을 것인가, 하면서 '언니'로 바꾸지 않았나 싶다. ①의 '배고픈 날'이나 '저녁 굶고'를 고친 까닭은 시대 상황을 고려했을 것이다.

기서 가장 먼저 작품은 『종달새』에 실린 것이고, 가장 많이 수정한 것은 『신소년』판이다. 『신소년』과 『너를 부른다』판은 본문에 있기 때문에 아래에 『종달새』『어린이세계』『빨간 열매』판을 차례대로 들어 본다. 다른 부분은 글자를 굵게 했다.

찔레꽃이 하얗게 피었다오/누나 일 가는 광산 길에 피었다오.//찔레꽃 이파리는 맛도 있지/배고픈 날 가만히 먹어 봤다오.//광산에서 돌 깨는 누나 맞으러/저무는 산길에 나왔다가,//하얀 찔레꽃 따 먹었다오/누나 누나 기다리며 따 먹었다오.

『종달새』(1947. 5)

찔레꽃이 하얗게 피었다오/누나 일 가는 광산 길에 피었다오.//찔레꽃 이파리는 맛도 있지/배고픈 날 가만히 먹어 봤다오.//광산에서 돌 깨는 누나 맞으러/저무는 산길에 나왔다가,//**하—얀** 찔레꽃 따 먹었다오/누나 누나 기다리며 따 먹었다오.

『어린이세계』(1947. 5. 1)

찔레꽃이 하얗게 피었다오/누나 일 가는 광산 길에 피었다오.//찔레꽃 이파리는 맛도 있지/배고픈 날 가만히 먹어 봤다오.//광산에서 돌 깨는 누나 맞으러/저무는 산길에 나왔다가//**하얀** 찔레꽃 따 먹었다오/**우리** 누나 기다리며 따 먹었다오.

『빨간 열매』(1964)

51 이원수는 「찔레꽃」보다 두 달 앞서 『조선일보』에 「광산」(1930. 9. 2)을 먼저 발표한다. 이 시는 똑같이 광산 일을 다루고 있지만, '언니들(남자들)'의 광산 일을 그리고 있다. "산에서 광산을 바라다보니/언니의 말소리 나는 듯해요/그 소리 들어보면 바람 소리라/눈물이 나도 몰래 쏟아집니다.//깊은 굴 무너져서 우리 언니는/가엾게 굴속에서 죽었습니다./광산에 봄만 오면 꽃이 피는데/언니는 언제나 살아오나요."(「광산」 전문) 그는 광산에서 일하는 '언니'와 '누나'를 이렇게 따로 썼던 것이다.

이 시에서 '찔레꽃'과 누나는 여리고 가냘픈 '여성' 이미지라면, 광산과 돌은 단단한 '남성' 이미지라 할 수 있다. 조선의 들장미 찔레꽃 향기는 강하지 않고 은은하다. 그 생김새도 순박하기 그지없다. 하얀 꽃잎은 단단하거나 반들반들하지 않고 흐물흐물하고 여린 느낌을 준다. 이렇게 소박한 찔레꽃이 누나 일 가는 광산 길에 피어 있다. 그런데 이원수는 1연과 2연에서 "찔레꽃이 하얗게 피었다오" "찔레꽃 이파리는 맛도 있지" 할 뿐 찔레꽃 향기나 찔레꽃 이미지를 구체로 시에 담지 않는다. 찔레꽃은 시의 '배경'이고, 그가 정작 이 시에서 말하고 싶은 것은 '심심하고 외롭고 쓸쓸한' 남동생의 마음이다. 날 저무는 산길에서 하얗게 핀 찔레꽃 이파리를 한 잎 두 잎 따 먹는 한 남자아이의 모습은 외롭기 그지없다. 그런데도 이 시는 읽는 독자의 마음을 따뜻이 감싸고 보듬어 안아 주는 힘이 있는데, 이것은 시의 화자가 행복과 충만으로 가득 차 있어서가 아니다. 오히려 그 반대로 화자는 '심심하고 외롭고 쓸쓸한' 처지이다. 그 외로움의 정서가 이 시의 생명력이고 독자에게 오래도록 잊히지 않게 하는 힘이다.[52]

---

52 김미혜는 이 시에 대해 이렇게 평가한다. "1930년에 발표된 「찔레꽃」은 이원수의 대표작으로 꼽히는데, 이 시에서 시인은 "광산에서 돌 깨는 누나 맞으러/저무는 산길"에 나와 서 있는 소년의 입을 빌어 당대의 아이들이 맞닥뜨려 있었던 현실을 실감 나게 그려냈다. 하얗게 핀 찔레꽃은 아름답다는 탄성을 내지르게 하는 대상으로 머물러 있는 것이 아니라 지루한 기다림의 시간을 함께 견디고 배고픔을 달래 주면서 소년의 삶 속으로 들어온다. 찔레꽃의 눈부시게 하얀 빛깔과 "저무는 산길"의 노을빛이 겹쳐지는 풍경 속에 홀로 서 있는 소년의 모습에 식민지 조선의 현실을 압축해 낸 시인의 역량이 돋보이는 작품이다."(김미혜, 「이원수 동시에 나타난 자연 이미지의 교육적 탐색」, 『국어교육연구』 제31권, 서울대학교 국어교육연구소, 2013, 80쪽) 이 시가 찔레꽃의 아름다움을 노래한 것이 아니라 찔레꽃과 아이의 삶이 어떻게 하나가 되어 있는지, 그것을 밝힌 것은 아주 적절하지

이원수는 이 시를 쓰게 된 내력을 따로 밝힌다.

우리 집에서 한 3킬로미터 떨어진 동네에 누님 두 분이 살고 계셨다. 모두 농사를 짓는 집안이었지만 누님들은 마을 뒤에 있는 광산에 가서 광석을 깨는 일을 할 때가 많았다. 굴속에서 캐내 온 광석을 쇠망치로 잘게 부수는 일이었다. 이런 일은 여자들에게 시키고 있었기 때문에 마을 처녀들도 많이 그 일을 하고 있었다.

어쩌다 누님들을 보러 가면, 광산에 가고 없기가 일쑤였다. 그럴 때면 그냥 돌아오기가 멋쩍어서 그 광산으로 가 보곤 했다. 산도 작은 산이요, 굴을 파고 광석을 캐고 있는 모습을 보면 무언지 큰 일거리들이 있는 곳으로 여겨졌다.

광산으로 올라가는 좁은 길가에 찔레꽃이 피어 있었다. 찔레꽃은 향기가 높아서 멀찌감치서부터 향긋한 꽃 냄새가 코를 찔렀다. 나는 그 꽃무더기를 이룬 찔레 덩굴 앞에서 하얀 꽃잎을 따 먹어 보았다. 달짝지근한가 하면 쌉쌀하기도 했다. 찔레꽃은 먹을 수 있다고 들었기 때문에 따 먹어 본 것이지만, 그보다도 꽃이 피기 전 찔레 순을 꺾어 먹는 맛은 또 별난 것이었다. 순은 굵고 연하다. 껍질을 벗기고 나면 연한 살만 남는다. 그걸 먹으면 달콤한 것이 맛있었다.

<hr />

만 "당대의 아이들이 맞닥뜨려 있었던 현실을 실감 나게 그려냈다"거나 "노을빛이 겹쳐지는 풍경 속에 홀로 서 있는 소년의 모습에 식민지 조선의 현실을 압축해 낸 시인의 역량이 돋보이는 작품"이라는 평가는 '일제강점기'라는 '편의' 속에 시 속 상황을 보려는 '환원주의적' 해석 또는 '알레고리적 반응'(김준오, 『시론』, 삼지원, 2004, 205쪽)이 아닌가 싶다. 박순선은 「빨간 열매」(1940)를 해석하면서, "바람/함박눈은 일본을 상징한다. 작은 새/비둘기는 평화를 희망하는 우리 민족으로 볼 수 있고, 그것은 '와서 한 개 따 먹고'에서처럼 소박함이 담겨 있다. 작품 '빨간 열매'가 상징하는 이미지는 현실에서 고통 받는 우리 민족으로 해석할 수 있다"고 하는데, 이 또한 과도한 알레고리적 해석이 아닌가 싶다. 이원수 시를 볼 때 이런 환원주의적 또는 알레고리적 해석은 경계해야 할 것이다. 박순선, 「이원수 동시 연구」, 창원대학교 국어국문학과 석사학위 논문, 2005, 68쪽.

그러나 누나를 보러 가는 길에, 또는 돌아오는 길에 찔레꽃을 따 먹으며 나는 여자의 손으로 쇠망치를 들고 돌을 깨고 있는 누나와 또 많은 여자들을 생각했다. 농사만으로는 살기가 어려워 단 얼마의 품 삯이라도 벌려고 돌가루 먼지가 이는 굴 앞에서 일을 하고 있는 그 많 은 여자들을 높이 보고 싶었다. 일하는 누님들에 대한 감사의 정과 사 랑은 일하는 모든 여성들에게도 한가지로 기울이고 싶었다.[53]

위 글에서 말하는 '누님 두 분'은 어머니가 재가하면서 데리고 온 세 딸 가운데 첫째와 둘째 딸인 듯싶다. 일제강점기 창원과 마산 가까이에 광 산이 있었다고 한다. '남자'들이 '굴속에서' 광석을 캐 오면 '여자'들은 그 돌을 쇠망치로 잘게 부수는 일을 했다.

그는 어디서 "찔레꽃은 먹을 수 있다고 들었기 때문에 따 먹어" 봤다고 한다. 이 구절을 읽으면 그가 왜 『너를 부른다』(1979) 판에서 2연 2행을 "남모르게 가만히 먹어 봤다오"로 고쳤는지 알 수 있다. 누구나 여린 찔레 순을 꺾어 껍질을 벗겨 먹는다는 것은 알지만 꽃잎을 먹을 수 있다고 하 는 사람은 드물다. 그도 어디서 먹을 수 있다고 들었던 것이다. 그래서 '남 이 안 볼 때' 살짝 따 먹어 봤다는 말이다. 이 시를 쓴 까닭도 말하고 있다. "여자의 손으로 쇠망치를 들고 돌을 깨고 있는 누나와 또 많은 여자들을 생각했"고, "단 얼마의 품삯이라도 벌려고 돌가루 먼지가 이는 굴 앞에서 일을 하고 있는 그 많은 여자들"이 높이 보여, 그 모습이 존경스럽고 당당 해서 썼다고 한다.

마산 공립상업학교 시절(1928~1930) 그의 시가 현실주의 시로 올라서

---

53 이원수, 「흘러가는 세월 속에」(1980), 『얘들아 내 얘기를』(전집 20), 265~268쪽.

게 된 내력에 대해서는 아직 확실히 밝혀진 것은 없다. 당시 신문기사에 따르면, 그의 가까이에는 1935년 독서회 사건으로 붙잡힐 때 같이 감옥 살이를 한 사회주의자 라영철과 황갑수가 있다. 이 둘은 마산 공립상업 학교 1년 선배다. 특히 라영철은 보통학교 때부터 마산 신화소년회 활동 을 같이 했고, 1930년 1월 광주항일학생운동의 영향으로 마산 공립상업 학교에서 동맹휴업을 주도하다 발각돼 붙잡힌 '주모자 3명' 가운데 한 사 람이다. 그리고 그의 누나 송연의 남편 이석건을 빼놓을 수 없다. 그 또한 사회주의자였고 이원수의 상업학교 학비를 대 준 인물이다. 그는 국민보 도연맹 문화실장이었고 나중에 이 일에 연루되어 집단 처형을 당했다고 전해진다.[54] 이들 사이의 영향 관계는 자세히 알 수 없지만, 이때 이원수 시가 확연히 변화된 것은 이와 무관하지 않을 것이다.

2) 일하는 아이들과 식민지의 아픔

이원수 초기시 가운데 일하는 아이들을 그린 작품으로는 「그림자」 「낙 엽」 「보리방아 찧으며」(1930), 「자전거」(1937), 「보오야 넨네요」(1938), 「나 무 간 언니」(1940), 「너를 부른다」(1946)를 들 수 있다. 이 가운데 「보리방 아 찧으며」를 먼저 들어 본다.

---

54 이석건에 관한 기사를 『동아일보』에서 찾아보았다. 신간회 함안 지회 설립 부회 장 이석건(1927. 10. 20), 함안 청년회 청년동맹 발기 집행부 임시의장 이석건 (1927. 11. 2), 신간회 함안지회 집행위원장 이석건(1930. 12. 18), 함안 농조간부 적색농민조합 공작위원회 조직(1931. 12. 16), 이것으로 보아 그는 상당히 대중적 인 활동가였던 듯싶다.

보리방아 찧으며
긴긴 봄 하루
나는 어째 일만 하나
생각했다오.

보리밭 언덕길에
새 옷 날리는
동무들 피리 불며
뛰어 노는데-

보리방아 누르면서
긴긴 봄 하루
상여 타고 가신 엄마
생각했다오.

아무도 못 간다는
엄마 계신 곳

꿈에만 가 보는 길
그 길 어딜까?

찔게둥 찔게둥-
엄마 그리워
찔게둥 방앗간에
해가 저무네

— 「보리방아 찧으며」 전문

2연에서 '새 옷' 입은 아이들이 보리 '피리'를 부는 것으로 보아, 시기는 4~5월 춘궁기 보릿고개이다. 화자는 보리방아를 찧으면서 세상을 일찍

떠난 엄마를 그리워하고 있다. 보리방아를 찧는 것은 보릿가루에 나물을 넣어 보리죽을 쑤어 먹으려고 하는 것이다. 어느 시대를 막론하고 보릿고개를 넘기는 일은 힘이 들었는데, 특히 일제강점기가 험했다. 가을 '피고개'보다 더 무서운 게 보릿고개라는 말이 있다. 일제는 토지조사사업을 벌여 농민들로부터 토지를 강탈했고, 땅을 빼앗긴 농민들은 소작농으로 전락했다. 당시 소작료는 평균 5할이 넘었고, 최고 8~9할을 내는 소작농도 있었다. 소작료가 얼마나 셌던지 '가을걷이 뒤 소작료를 내고 나면 빗자루와 키만 들고 돌아온다'는 말이 있을 정도였다. 여기에 토지 소득세 지조(地租), 용수료와 수리조합비, 토지공사비 같은 세금을 제하면 전체 생산물의 24~26퍼센트밖에 못 챙겼다. 이뿐만 아니라 1920년대에 전개되었던 세 차례의 산미증산계획은 우리나라 농촌과 소작농을 더더욱 피폐하게 한다.[55]

1연과 2연은 대비를 이루고 있다. 화자는 보릿고개인 이때 '새 옷'을 입고 보리피리를 불며 뛰어노는 아이들을 부러운 눈길로 바라보고 있다. 1연의 '보리방아'에서 '보리'는 보릿고개를 버텨 내기 위한 보릿가루, 다시 말해 '생존'이고 '호구책'이고 '절박함'이다. 그에 견주어 2연의 '(보리)피

---

55 이이화에 따르면, "춘궁기가 되면 쌀값이 치솟아 도시빈민들이 굶주렸으며 영세 농민들은 보릿고개를 넘기지 못해 죽어갔다"고 한다(이이화, 『한국사 이야기20 – 우리 힘으로 나라를 찾겠다』, 한길사, 2007, 68쪽). "1930년 조선 인구는 1,969만 명이었다. 전체 인구의 80퍼센트가 농업 인구이고 그 절반이 훨씬 넘는 숫자가 끼니를 걱정하는 농촌 빈민이었다. 소작농이 농촌 인구의 75퍼센트, 소작지는 경지의 60퍼센트를 차지했다. 평균 50퍼센트에서 80~90퍼센트의 소작료를 내고 나면 소작인들은 보릿고개에 말 그대로 초근목피로 살아가야 했다."(이이화, 『한국사 이야기21 – 해방 그날이 오면』, 150쪽)

리'의 보리는 '유희'이고 '놀잇감'이라 할 수 있다. 새 옷을 입은 아이들은 지주나 형편이 그런대로 넉넉한 자작농 또는 마름의 자식일 것이다. 하지만 이원수는 여느 카프 작가와 달리 '지주'나 '마름' 같은 계급 말을 쓰지 않는다. 일제강점기부터 1950년 해방까지 쓴 시가 133편인데, 그 속에서 '지주'란 말은 찾아보기 힘들다. 그의 시에서 '지주'란 말은 1946년에 발표한 「빗속에서 먹는 점심」[56]이 유일하다.

이 시는 1연의 "보리방아 찧으며 긴긴 봄 하루…… 생각했다오"에서 시작해 2연까지, 3연의 "보리방아 누르면서 긴긴 봄 하루…… 생각했다오"에서 6연까지, 이렇게 두 부분으로 나눌 수 있다. 앞 두 연은 대비를 통해 화자가 처해 있는 상황을 보여 주고, 뒤 네 연은 그렇게 힘들게 살아가는 소작인의 자식이 어머니까지 저세상으로 떠난 안타까운 현실을 그리고 있다. 더구나 이 시에는 아버지 또한 부재한다. 1연에서 화자는 새 옷 입고 보리밭 언덕길에서 뛰어노는 아이들을 보며 "나는 어째 일만 하나" 하고 따져 묻는다. 하지만 왜 그러한 처지에 놓이게 되었는지는 말하지 않는다. 이 시뿐만 아니라 이 무렵 이원수가 쓴 시는 거의 다 식민지 아래에서 고통받는 부모와 아이들의 삶을 다루고 있지만 계급 모순을 직접 드

---

56 「빗속에서 먹는 점심」 전문은 다음과 같다. "출출출 물이 넘치는 모내는 논가에서/우리는 비 맞으며 밥을 먹는다./다 해진 삿갓 밑에 둘씩 셋씩 둘러앉아./숟가락을 쥔 손등에도 비는 줄줄./젖 달라고 보채다가/엄마 품에 들러붙는/아가, 네 등에도 비는 줄줄.//어머니는 비 맞으며/지줏댁 논에 모를 심고,/엄마를 찾아 젖먹이 내 동생은/예 와서 비를 맞고/나는 어머니 곁에서 비 맞으며 점심을 먹는다./비에 왼통 젖은 어머니, 아주머니들/젖을 찾아온 아가/점심밥을 같이 먹는 동무들/비 맞는 이 자리를 잊지 말자, 잊지 말자./순이, 돌이, 성길이, 또 누구 누구/우리는 다 씩씩한 농사꾼의 아이들이다."(『주간 소학생』, 1946)

러내는 시는 찾아볼 수 없다. 만약 그렇게 했다면 그의 시 또한 카프의 도식과 다를 바 없었을 것이다. 하지만 시를 읽는 독자는 1연과 2연만으로도 현실의 문제를 스스로 묻고, 그 해답을 찾았을 것이다. 표면적으로 읽으면 나도(화자) 어머니가 살아 계셨더라면 '긴긴 봄 하루' 내내 일하지 않고 동무들과 보리피리를 불며 보리밭 언덕길에서 놀 수 있을 터인데, 하고 읽힐 수 있다. 그런데 이원수는 이 시를 두 부분으로 나누어, 독자로 하여금 화자가 처해 있는 상황과 아픔을 같이 느끼게 하고 있다. 1연과 2연이 대비라면, 3·4·5·6연은 1·2연의 화자가 처해 있는 형편을 두 겹으로 암울하게 하고, 그 아픔을 깊게 해 독자에게 화자가 겪고 있는 고통을 함께 느끼게 하는 효과를 내고 있다. 특히 6연의 "찔게둥 찔게둥"은 화자의 서러움과 서글픔을 더욱 절절하게 하고, "해가 저무네"의 어미 '-네' 또한 관조나 관망의 어미가 아니라 화자의 서글픔을 독자의 마음속에 먹먹하게 자리 잡게 하는 효과를 내고 있다.

일하는 아이들을 노래한 시 중에는 나무하러 간 형을 노래한 시도 있다.

이 추운 날도
언니는 지게 지고 나무 가셨다.
호오호오 손 불면서
나무 가셨다.

솔밭 부는 바람은 위잉위잉……
골짜기 개울은 꽁꽁 얼어서
춥단 말도 안 나오는
저기 저 산.

해야

번쩍이는 해야,

좀 더 내려와서

나무하는 우리 언니

쬐어나 주렴.

—「나무 간 언니」(1940) 전문[57]

　이 시는 최순애와 결혼을 하고 마산부 산호동에 셋방 신혼살림을 차리고 살던 때에 쓴 시다. 그는 이때 일을 이렇게 기억한다. "내가 방을 빌려 세 들어 있던 집 주인의 아들은 열두 살쯤 되었는데 학교에 갔다 오면 잠시 쉴 틈도 없이 지게를 지고 집을 나서곤 했다. 산에 나무를 하러 가는 것이었다." 그때 남자아이들은 겨울이면 산에 나무를 갔다. 이원수는 44년이 흐른 뒤 이 시를 말하면서 1연 2행 "언니는 지게 지고 나무 가셨다"에 경어 '가셨다'를 쓴 것이 이상하다고 한다. 시의 화자가 남동생이고 형제간이라 하더라도 "연령 차이가 그렇게 많은 것 같지도 않은데 이렇게 공경하는 말을 쓴 것은 아무래도 나 자신이 그 산에 나무하러 간 소년을 높이 받들어 생각한 나머지 나도 모르게 그런 말을 쓴 것이 아닐까 생각된다"고 한다. 이 시를 쓴 때, 나이가 26살인데도, "힘들여 일하는 사람, 그들이 어른이든 아이든 소중히 생각하며 얕보지 않아야 한다는 내 생각

57　이원수 전집 1권『고향의 봄』에는 '1936년 조선일보'에 발표한 것으로 나와 있지만, 박태일의 발굴에 따르면『소년』(1940. 10. 1)에 처음 실렸다. 박태일,「나라잃은시대 후기 경남·부산 지역 어린이문학 – 이원수와 남대우를 중심으로」,『유치환과 이원수의 부왜문학』, 소명출판, 2015, 242쪽.

이 고집스러워 그렇게 된 것만" 같다는 말을 하고 있는 것이다.[58]

2연의 "저기 저 산"은 화자로서는 상상도 할 수 없고 감히 엄두도 낼 수 없는, 더구나 이 추위에 나무 가는 것을 '거리'로 압축하고 있다. 그리고 해에게 "좀 더 내려와서 나무하는 우리 언니 쬐어나 주렴" 하고 비는 것이다.

이오덕은 「나무 간 언니」를 다음과 같이 평가한다.

> 「나무 간 언니」는 1936년에 발표된 것인데, 추운 날 지게를 지고 산으로 나무하러 간 언니를 생각하는 아이의 마음을 그린 것이다. 산에 나무를 하러 가는 것은 옛날이나 지금이나 농촌 모든 아이들의 가장 일상적인 생활 일과로 되어 있다. 그런데 어째서 이렇게 흔한 아이들의 생활 사실이 동시를 쓰는 사람들에게 외면당하는지 알 수 없다. 이 땅의 수많은 아이들의 나무하는 현실을 그 수많은 동시인 중에 단 한 사람이 단 한 편 쓴 것이 이 「나무 간 언니」이다. 그리고 이것은 자기가 나무를 하고 나뭇짐을 지고 온 것을 쓴 것이 아니라 언니가 나무하러 간 것을 집에서 앉아 생각한 것으로 되어 있다. 이원수의 다른 서정 동시들이 모두 감동 깊게 읽히는데, 이런 근로를 주제로 한 몇 편의 작품들이 박진감이 부족하고 뭔가 겉 스쳐 간 듯한 느낌을 주는 것은, 실제 노동을 하지 않고 있는, 도시에 살고 있는 인텔리 시인으로서는 어찌할 수 없는 것이리라.[59]

---

58 이원수, 「흘러가는 세월 속에」(1980), 『얘들아 내 얘기를』(전집 30), 276~278쪽.

59 이오덕, 「시정신과 유희정신」, 『시정신과 유희정신』, 35쪽. 이원수는 「나무 간 언니」를 쓰고 20년 뒤, 나무하러 간 언니를 따라 직접 산에 오른 이야기 「산에서」(1960)를 쓴다. 「산에서」 전문은 다음과 같다. "나무하는 언니 따라 산에 왔더니/골짜구니 꽁꽁 언 얼음장 밑에/개울물이 무어라고 종알거려요.//높은 산마루에는 새파란 하늘/이 골짝 저 골짝엔 솔바람 소리/언니야 부르면 메아리 소리//햇볕 바른 양지쪽에 날 앉혀 놓고/산비탈 올라가는 지게 진 언니/솔바람 소리 속에 가물

이오덕은 당시 아이들의 일상이었던 '나무하기'를 동시로 쓴 사람이 이원수 단 한 사람뿐이었다는 점에서 당시 시인들이 얼마나 아이들의 삶에서 멀어져 있었는지 한탄한다. 그리고 이원수가 쓴, "근로를 주제로 한 몇 편의 작품들이 박진감이 부족하고 뭔가 겉 스쳐 간 듯한 느낌을 주는 것은" 자신이 실제로 "노동을 하지 않고" 지켜보고 떠올려 썼기 때문이라고 본다. 아마 이것은 그가 엮어낸 『일하는 아이들』(1978)의 시처럼 구체적이고 활동적이지 않다는 말일 것이다.[60]

아래 시 「보오야 넨네요」(1938)는 일본 아기를 보며 고단한 삶을 살아가고 있는, 그런 서러운 처지의 귀남이를 노래하고 있다.

> 저녁이면 성둑에
> 아기 업고 나와서
> "보오야, 넨네요."
> "보오야, 넨네요."
>
> 아기는 일본 아기

거려요."

60 이원수 수필을 살펴보면, 그는 '일하는 아이들'을 시로 쓰기는 했지만 정작 그는 일하면서 자라지는 않은 듯싶다. 그의 수필 전체를 봐도 어렸을 적 노동에 대한 얘기는 없다. 그의 수필 「높은 사람이 되어도 남을 얕보아선 안 된다」(1980)에 이런 구절이 있다. "어머니는 가끔 산에 가서 솔잎을 긁어 단을 만들어 이고 오시곤 했다. 가난한 살림에 땔나무를 사기 어려워서였다"(『얘들아 내 얘기를』(전집 20), 301쪽) 그런데 그때는 거의 다 나무를 직접 해서 땠다. 나무를 사서 때는 집은 부잣집이거나 시내에 거주하는 사람들이었다. 당시에 나무를 사서 때는 사람들이 아주 적었는데도 이렇게 기억하는 것은 그 또한 나무를 한 번도 해 보지 않았다는 것을 뜻한다.

칭얼칭얼 우남이
해질녘엔 여기 와서
"보오야, 넨네요."

귀남아
귀남아,
너희 집은 어디냐?
저 산 너머 마을이냐?
엄마 아빠 다 있니?

나무 나무 늘어선 서산머리는
새빨간 새빨간 저녁 놀빛
귀남아, 네 눈에도 저녁 놀빛.

—「보오야 넨네요」전문

"보오야 넨네요"는 "자장자장"을 뜻하는 일본 말인데, 이원수는 '보오야 넨네요'를 일본 말 그대로 제목으로 잡아 일본 아기를 보는 귀남이의 서러운 처지를 그리고 있다. 만약 이 시에서 "보오야 넨네요" 하지 않고 "자장자장" 했다면 시의 느낌과 귀남이의 외롭고 서러운 마음은 그만큼 감도가 줄어들었을 것이다. '우남이'는 '울보'란 뜻이고, '귀남이'는 아들 없는 집에서 막내딸을 가리켜 부르는 이름이다.

이 시의 화자는 시인이다. 연마다 시각을 알려 주는 말이 있는데, 1연에서는 '저녁이면', 2연에서는 '해질녘', 3연에서는 (해가 지는) '저 산 너머', 4연에서는 (해가 지는) '서산머리'이다. 귀남이는 1연부터 4연까지 한자리(서산머리에 해가 지는 성둑)에 서서 산 너머 마을을 바라보며 눈물 짓는다.

시인은 "저녁이면 성둑에 아기 업고 나와서" 아기를 달래는 귀남이를 지켜봐 왔다. '저녁이면'에서 '이면'은 귀남이가 해질녘'이면' 언제나 성둑에 나왔다는 것을 말해 준다. 시인은 속으로 묻는다. "귀남아, 너희 집은 어디냐? 저 산 너머 마을이냐? 엄마 아빠 다 있니?' 이 말은, '저 아이는 집이 있을까? 있다면 저 산 너머 마을일까? 부모님은 살아 계실까? 하는 시인의 속마음이기도 하다. 시인의 속마음은 이 시를 읽는 독자에게도 그대로 전해 온다. 독자 또한 3연을 읽으면서 시인과 똑같이 생각할 것이기 때문이다.

이 시에서 가장 강렬한 대목은 4연이다. 서산머리의 새빨간 저녁 놀빛 속에 귀남이가 아이를 달래고 있지만 정작 달래고 있는 것은 복받쳐 오르는 자신의 서러운 처지이다. 서러워 눈물짓는 그 눈에도 저녁 놀빛이 새빨갛게 아롱지고 있는 것이다. 이 대목에서 시인의 감성은 아주 절제되어 있다. 시인은 "귀남아, 네 눈에도 저녁 놀빛" 하고 시를 마무리하고 더 이상 풀어쓰지 않는다. 이렇게 함으로써 시의 여운은 독자에게로 넘어온다. 이때 독자는 시인과 같이 아롱아롱 눈물 젖은 귀남이의 눈빛을 바라볼 수밖에 없는 것이다.

이 시는 함안 독서회 사건으로 갇혔던 유치장에서 구상을 하고 출옥 뒤 1938년에 썼다. 감옥에서 저녁때면 발돋움해서 늘 보던 서산머리의 노을, 그리고 "길가에 나와 우는 아기를 업고 달래던 어린 소녀", "그중에도 일본 사람 집에서 아기를 업어 주며 심부름을 하며 사는 소녀들 모습이" 눈에 어려 눈물이 흘렀다고 한다.[61]

---

61   이원수, 「흘러가는 세월 속에」(1980), 『애들아 내 얘기를』(전집 20), 281쪽 참조.

아래 시는 8연 38행이나 되는 장시 「이삿길」(1932)이다.

다글다글
다글다글······
언니가 끌고 가는 구루마 앞에
누이는 등불 들고
나는 뒤에서 밀고,
이 밤에 우리는 이사를 간다.

가는 집이 어딘지
그건 몰라도
언니만 따라서
낯선 골목을
구루마 다글다글
이사를 간다.

어머니는 셋방살이 설워하시고
언니는 집임자와 말다툼하고
나는 구루마에 짐만 실었다.
우리도 좋은 집 살 때 있겠지.

고리짝 궤짝
이불 보퉁이
내 책상, 우리 살림
모두 싣고서
내일 낮도 좋으련만
밤중에 간다.

며칠만 더 기다려 달라
사정을 해도

집주인 고집통이
듣지를 않아

우리도 언제나 언제나…… 하며
주먹을 쥐어 보고 또 쥐어 보며
부랴부랴 싣고 가는
우리 이삿짐

다글다글 구루마
바퀴 돌아가듯이
어려운 세상 어서어서 지나가거라.
지나가거라.

누이야, 꺼진 등불 그만두어라.
다글다글 끌고 가는 낯선 골목에
달이
스무날의 달이 솟는다.

— 「이삿길」 전문

이 시에서 아버지는 없다. 어린 남자 화자와 언니(큰형)와 여동생, 어머
니뿐이다. 화자는 이렇게 서러운 형편에 처해 있는데도 아버지를 그리워
한다거나 떠올리지 않는다. 만약 시인이 이런 절박한 상황을 더욱 부각
하려 했다면 시 속에 아버지의 부재를 드러냈겠지만 그렇지 않은 것으로
보아, 시인의 어렸을 적 처지(그의 나이 15세 때 아버지가 돌아가신다)나
경험(잦은 이사)이 투영되지 않았나 싶다.[62]

62 　그는 이 시를 쓰게 된 내력을 이렇게 밝히고 있다. "우리 집은 이사를 많이 다녔었
다. 내가 알기만 해도 처음 양산 북정리라는 데서 나서 창원으로 왔고, 창원에서

1연과 2연은 시의 전체 알맹이를 요약하고, 3연부터 다시 '밤중에' 이 삿짐을 싣고 이사 가는 모습을 그리고 있다. 시인은 이사 가는 때를 '밤' 으로 잡아 셋방살이 이사의 서러움을 고조시킨다. 한밤에 이삿짐을 싣고 나오지만 화자는 "가는 집이 어딘지"도 모른다. 시인은 1연의 첫 구절 청 각 이미지 "다글다글 다글다글"을 구루마 바퀴가 굴러가는 소리 또는 구 루마가 굴러갈 때 이삿짐이 부딪히는 소리로 표현하지만, 이와 더불어 그동안 조그마한 단칸방에서 네 식구가 복닥복닥 살아갔던 모습을 떠올 리게도 한다. 이런 의미에서 '다글다글'은 청각 이미지이면서 시각 이미 지이기도 하다.

이 시에서 눈여겨봐야 할 것은 이런 처지에 놓인 화자의 태도이다. 이 원수는 카프처럼 '있는 자'에 대한 분노를 드러내지 않는다. 그렇다고 해 서 나중에 돈을 많이 벌어 서러운 셋방살이에서 벗어나겠다고도 하지 않는다. 그는 카프의 도식도, 입신출세도 경계한다. 화자는 단지 "며칠 만 기다려 달라 사정을 해도 집주인 고집통이 듣지를" 않는다고 집임자

진영으로, 진영에서 마산으로 이사해 왔다. 그러나 같은 시내에서도 여러 차례 집 을 옮겨 살았다. 그런 이사는 셋방살이를 하느라고 한 것이기도 하고 집을 사기 위해서 또는 새로 짓기 위해서 한 것이기도 했다. 모르는 사람의 집에 셋방살이를 할 때의 기분은 참 서글프고 집 주인에게 눈치가 보이기도 하였는데, 그런 남의 집에 세 들어 살기를 내 일생에도 수없이 많이 했다. 어쨌든 자기 집이 없이 남의 집에서 사는 사람들은 요즘에도 많지만 5, 60년 전에도 많았다. 집세는 자꾸 올리 려 들고, 그러기 위해 집주인은 전부터 세 들어 있는 사람을 내보내고 돈을 더 받 을 수 있는 사람에게 세를 놓으려 든다. 이 가엾은 신세의 집 없는 사람들의 이사 는 남의 일 같지 않은 것이었다. 나의 동시 「이삿길」은 나 자신의 일이나 다름없는 이사 가는 소년의 노래다." 이원수, 「흘러가는 세월 속에」(1980), 『애들아 내 얘기 를』(전집 20), 272~273쪽.

를 '원망'하고, "우리는 언제나" 셋방살이를 면하나 "주먹을 쥐어 보고 쥐어" 볼 뿐, "다글다글 구루마 바퀴 돌아가듯" "어려운 세상 어서어서 지나가거라" 할 뿐이다. 이재철은 이런 이원수 초기의 시 속 화자의 태도를 비판한다. 그는 "빈곤으로부터 오는 불행을 가진" 시의 화자 어린이를, "그 주어진 환경에 정면으로 도전하여 이를 극복하려는 정신적 자세가 결여되어 있으며, 현실의 불행을 감상적 넋두리로 호소하는 것이 특징"이라고 정리한다.[63] 위 시 「이삿길」에는 분명 이러한 요소가 있는 것은 사실이지만, 복잡한 세상살이를 이렇게 단순하게 비판하는 것 또한 문제가 아닐 수 없다. 더구나 이런 형편에 놓인 '어린' 화자에게 "주어진 환경에 정면으로 도전하여 이를 극복"해야 한다거나, 그렇지 못한 화자에게 현실을 극복하려는 "정신적 자세가 결여되어" 있다고 하는 것은 너무 가혹한 요구이다. 이러한 상황을 무리하게 '극복하려' 하는 것은 카프의 도식에 빠질 수 있는 일이기도 하다. 이원수가 이런 설정을 그리고, '감상적'으로 해결하는 것은 그의 시 전략이고 태도일지 모른다. 어쩌면 이런 태도야말로 오히려 카프의 도식도, 입신출세주의도 피할 수 있는 동시의 '현실주의적 태도'가 아닐까 싶다.[64]

---

63 이재철, 『한국현대아동문학사』, 232쪽.

64 이원수는 「이삿길」을 이렇게 자평한다. "이 「이삿길」이란 동시는 그즈음 일반 동시에 비하면 많이 다른 점을 가지고 있었다. 첫째 자유시로 씌어진 점. 그러나 그 속에는 7·5조의 가락이 곳곳에 들어 있는 것도 사실이다. 이러한 형식보다 그 내용이 빈곤한 사람들의 이야기라는 데서 현실의 생활을 잘 나타냈다는 말을 듣는가 하면, 한편으로는 사상적으로 온건하지 못하다는 말도 들었다. 그러나 나는 어떤 칭찬에나 어떤 비난에도 큰 관심을 갖지 않았다. 오직 침략자 일본의 정치 아래에서 고생하며 사는 우리들의 고통이나 괴로움을 말도 못하고 잘사는 체하는

시인은 8연에 소망을 압축해 놓는다. 화자는 여동생에게 밤하늘에 "스무날의 달이" 솟아오르니까, "누이야, 꺼진 등불 그만두어라" 한다. 여기서 '스무날의 달'은 동짓달 스무날 달을 말한다. 동짓달 동지를 기점으로 밤이 점점 짧아지고 낮이 길어진다. 음의 기운이 기울고 양이 기운이 다시 차오르는 것이고, 이는 동지를 기점으로 새로운 한 해가 시작되는 것을 뜻한다. 이렇게 그는 현실의 문제를 다분히 감상적이고 서정적으로 극복하지만 오히려 이것이 독자에게 감동으로 다가가지 않나 싶다.

그의 초기시 「이삿길」(8연 45행)이나 「가시는 누나」(6연 32행)는 '동화적 상상력'에 기대고 있다. 시에 이야기(서사)를 구축하고 거기에 하나하나 살을 붙이고 의미와 정서를 증폭시킨다. 그래서 시가 기승전결 내지는 발단·전개·위기·절정·결말 같은 구조를 갖춘 하나의 단편동화이고, 그림책 텍스트 같은 느낌을 준다. 그만큼 서사가 시에서 중요한 구실을 하고 있는 것이다. 동화나 소설이 그렇듯, 이런 동화적인 시는 상황이나 설정을 최대한 촘촘하게 엮고, 모든 것을 자세히 표현할 수밖에 없는 일이기도 하다. 이원수 시가 당시 여느 시인들의 시와 달리 장시가 많은 까닭은 바로 이 때문일 것이다. 동화적인 시는 시인이 말하고자 하는 의미나 주제를 뚜렷하게 내보이고(메시지의 과잉) 독자를 그 목적하는 곳으로 친절하게 이끌어 가는 효과가 있지만, 그만큼 독자 스스로의 상상력과 주체성을 처음부터 불가능(여지의 실종)하게 하는 단점도 있다.

거짓스런 행동은 할 수 없었고, 그런 시도 쓸 수 없었던 것이다." 이원수, 「흘러가는 세월 속에」(1980), 『애들아 내 얘기를』(전집 20), 274~275쪽.

아래 시「염소」(1940. 1)는 '알레고리'로 읽히는 작품이다.

엄매애
엄매애
염소가 웁니다.
울 밖을 내다보고
염소가 웁니다.

"이 문 좀 열어 줘.
이 문 좀 열어 줘."

발돋움질해 봐도 아니 되어
뿔로 탁탁 받아 봐도 아니 되어
울안에서 염소는
파래진 언덕 보고 매애 웁니다.
잔디밭에 가고 싶어 매애 웁니다.

민들레도 피었네.
오랑캐꽃도 피었네.
보리밭 언덕 너머엔
살구꽃도 피었네.

염소는 애가 타서
발돋움질 또 하네.

"염소야
염소야,
봄이 와도 너는
놀러도 못 가니?"

— 「염소」 전문

이 작품과 더불어 그 다음 해 1941년 11월에 쓴 「가엾은 별」[65]도 식민지 조선의 어린이를 '가엾은 별'에 견주어 쓴 알레고리 시로 읽히는 작품이다. 이원수가 쓴 시 가운데 뚜렷하게 알레고리로 읽히는 시는 이 두 시가 유일하지 않나 싶다. 그런데 「가엾은 별」은 분명히 알레고리 시로 볼 수 있지만, 「염소」는 알레고리로만 읽어서는 안 될 듯싶다.

염소는 예부터 우리 겨레가 소, 돼지, 닭과 더불어 집에서 한두 마리쯤 키우는 가축이다. 그런 의미에서 염소는 우리 겨레를 뜻하고, 염소를 가두어 놓은 '울'은 자유가 없는 식민지 조선 또는 일제를 뜻한다고 볼 수 있다. 밖을 나가고 싶어 발돋움을 하고, 뿔로 탁탁 받아 봐도 아니 되어, 염소는 울안에서 푸른 언덕 잔디밭을 보고 매애 매애 울기만 할 뿐이다. 밖은 봄이 와 민들레도 오랑캐꽃(앉은뱅이꽃·제비꽃)도 살구꽃도 피었는데, 염소는 자유롭게 조선 들판에 놀러도 못 가는 신세인 것이다. 이렇게 알레고리로 읽으면 시가 단순해지고 시와 대상의 관계는 일대일 관계가 되어 버린다.

이오덕 또한 「염소」와 「가엾은 별」을 알레고리 시로 읽는다. "이 두 작품은 동물이나 천체를 빌어 식민지 어린이들의 상황을 노래한 것이다. 말할 것도 없이 춥고 먼 하늘에서 떨고 있는 별, 울안에 갇혀 있는 염소

---

65 「가엾은 별」 전문은 아래와 같다. "별은/가엾은 별은,/춥고 먼 하늘에서/밤마다 반짝반짝-//너희는 엄마 품에 안기지도 못해 보고,/애들처럼 누나 등에/업히지도 못해 보고,/자라서 달각달각 란드셀 등에 메고/학교에도 못 가 보고//바람 부는 하늘에서/떨고만 있던 별은 /아기 재우는 우리 누나/자장노래 듣고 있다./구름 이불 집어 쓰고/그만 눈을 감았다.//별아, 잘 자거라./별아, 잘 자거라." 이 시는 나중에 그의 동화 「별 아기의 여행」(1969) 속에서 이야기의 한 토막이 된다.

는 바로 우리의 어린이들이다."[66] 이오덕은 염소를 '우리 어린이들'로 본다. 그런데 염소를 우리 겨레나 아이들로 보더라도, 2연의 "이 문 좀 열어줘" 하면서 애원하는 듯한 '소극성'은 해석이 뚜렷하게 안 되는 지점이 있다. 만약 이원수가 이 시를 조선의 식민지 상황을 목적의식적으로 드러내기 위해 알레고리로 썼다면 지금의 2연과는 달리 좀 더 적극적인 몸짓이 되어야 할 것이다. 그런 의미에서 이 시는 알레고리로만 읽을 수는 없을 듯싶다.

이원수는 1935년 2월 독서회 사건으로 감옥살이를 하고, 다음 해 1936년 1월 30일 출감을 한다. 그 뒤 일 년 남짓 실업자 신세로 살다 1937년에 총독부 국책은행 함안금융조합 가야 지소로 복직한다. 1937년은 중일전쟁이 터지고 조선이 전시 체제로 바뀌는 시점이다. 일제는 중일전쟁을 일으키기 한 해 전 1936년 12월 12일 조선사상범보호관찰령을 공포하고 큰 도시에 관찰소를 세워 사상범을 감시한다. 형기를 마치고 출소했다 하더라도 거주와 취직, 여행의 자유를 제한하고, 다른 사람과 접촉하거나 편지로 통신하는 것도 마음대로 하지 못하게 한다. 이뿐만 아니라 1941년에는 국방보안법을 마련하고 이에 따라 2월 제령 제8호로 '조선사상범 예방 구금령'을 공포한다. 예방 구금은 아무런 법 위반을 하지 않아도 마음대로 잡아 가둘 수 있는 법이다. 일제는 전향한 대화숙(大和塾, 친일 사회주의자) 인물은 물론, 거동이 수상하면 누구나 감옥에 가둘 수 있는 법 체제를 갖추고, 마침내 그해 12월 8일 태평양 전쟁을 일으킨다. 그로부터 며칠 뒤 12월 26일에는 조선임시보안령을 공포 시행하여 언론·출판·결사를 통

---

66 이오덕, 「역사를 살아가는 동심」, 『창작과비평』 1980년 봄호, 355쪽.

제해 한국의 말과 글, 일체의 단체 행동과 모임을 금지한다.[67]

　이원수는 1936년에 형기를 마치고 출소했다 하더라도 '사상범'이었고, 늘 몸을 사려야 할 처지였다. 1937년부터 41년까지 쓰거나 발표한 시가 27편인데, 전 시기와 확연히 달라지는 것 또한 이와 무관하지 않다. 이 가운데 앞에서 살펴본 「보오야 넨네요」(1938)와 「앉은뱅이꽃」(1939)이 30년대 초 이원수 현실주의 시정신에 가장 근접해 있는 시로 볼 수 있다. 물론 이 시기 아이들의 삶에서 아주 비켜 선 것은 아니었다. 「자전거」「아카시아 꽃」(1937), 「밤눈」(1938), 「설날」(1939), 「전봇대」「양말 사러 가는 길」(1940), 「가엾은 별」(1941)은 식민지 아이들의 삶과 외로움과 그리움을 담은 시로 볼 수 있다. 하지만 전 시기의 절절함이나 절박함에는 미치지 못한다. 그리고 이때 서정시가 늘고, 유년시가 새롭게 등장한다.[68] 1937년부터 41년까지 쓴 시가 27편이니까 한 해에 다섯 편 남짓 쓴 셈이다. 이 무렵 유년시가 등장한 것은 아들 둘, 딸 하나를 낳으면서 유년의 몸짓과 마음을 시에 담은 것으로 볼 수 있다. 그런데 서정시가 갑자기 늘고, 아이들의 삶을 다루더라도 겉 스쳐 가듯 썼던 데에는 그의 불안한 처지가 작용하지 않았나 싶다. 더구나 그는 1년 뒤 1942년과 43년 친일 글을 쓴다. 그렇다면 1940년과 41년은 그가 친일 글을 쓰기 바로 전이다. 「염소」는 바로 이런 형편에 놓인, 그의 불안한 처지가 투영된 시, 시의 대상

67　조동걸, 『한국농민운동사』, 280쪽 참조.
68　서정시는 「염소」(1940)를 비롯하여 「우는 소」(1937), 「고향 바다」「보고 싶던 바다」 「밤」(1939), 「종달새」「빨간 열매」「애기와 바람」「밤 시내」(1940) 이렇게 9편이다. 유년시도 아홉 편인데, 「아침 노래」「첫나들이」(1938), 「야옹이」(1939), 「자장노래」 「공」「저녁노을」「기차」(1940), 「이 닦는 노래」「언니 주머니」(1941)이다.

과의 동일화로 읽을 수 있다. 염소는 우리 겨레나 아이들의 알레고리가 아니라 이원수 자신일 수도 있다는 것이다.

1연에서 염소가 우는 소리 "엄매애 엄매애"는 아이가 엄마를 부르는 소리처럼 들린다. 염소는 울안에 갇혀 있다. 그는 1937년 복직하여 1941년까지 총독부 국책은행에서 '사상범' 경력을 가지고 근무하는 사람이었다. 그는 자유롭지 못했고 사상범 딱지를 벗을 수 있는 '황국신민으로서의 이원수'를 증명해야 하는 처지였다. 염소는 간절하게 호소한다. '어머니, 어머니, 이 문 좀 열어 주세요!' 하면서 발돋움질해 봐도, 뿔로 탁탁 받아 봐도 울 밖으로 나갈 수 없다. 조선 들판에는 온갖 꽃이 피었는데도 염소는 그곳을 벗어날 수 없다. 이렇게 봤을 때, 마지막 연 "염소야, 봄이 와도 너는 놀러도 못 가니?"는 다른 누구도 아닌 바로 자신에게 하는 말일 것이다.

1945년 첫 시는 「개나리꽃」이다.

> 개나리꽃 들여다보면 눈이 부시네.
> 노란 빛이 햇볕처럼 눈이 부시네.
>
> 잔등이 후끈후끈 땀이 밴다.
> 아가 아가, 내려라, 꽃 따 줄게.
>
> 아빠가 가실 적엔 눈이 왔는데
> 보국대, 보국대, 언제 마치나.
>
> 오늘은 오시는가 기다리면서
> 정거장 울타리의 꽃만 꺾었다.
>
> ─「개나리꽃」(1945. 3) 전문

아가를 등에 업은 여자아이가 정거장 울타리에 핀 개나리꽃을 가까이 들여다본다. 1연에서 화자와 대상의 거리는 아주 가깝다. 개나리꽃 노란 빛이 마치 햇볕처럼 눈이 부시다. 종결어미 '–네'는 기다려도 돌아오지 않는 아버지에 대한 원망과 체념이 담겨 있는 어미로 읽을 수 있다. 이렇게 개나리꽃이 봄을 맞아 눈이 부시게 피었는데, 아버지는 끝내 돌아오지 못할 것 같다는 체념을 '부시네'를 반복해 담아내고 있는 것이다.

「개나리꽃」은 그의 첫시집 『종달새』(1947)에 실려 있고 매체에는 발표하지 못한 시다. 시 끝에 쓴 날짜를 '1945년 3월'이라 달아 둔 것으로 보아, 이때 이런 시를 발표할 매체는 없었다고 볼 수 있다. 이 무렵은 일제가 곧 패망할 것이라는 소문이 널리 퍼진 시기이기도 하다. 그런데 이런 소문과 더불어 일제가 마지막으로 발악을 하던 때이기도 하다. 수많은 사람들이 일본으로, 전쟁터로 끌려갔다. 화자의 아버지 또한 보국대로 끌려간 것이다.[69]

강승숙은 백창우가 곡을 붙인 이원수 시 「개나리꽃」을 이렇게 기억한다. "그 동시와 가락은 가슴을 쿵 치는 것이었다. 개나리꽃을 보면서 단 한 번도 느끼지 못한 짙은 슬픔과 쓸쓸한 정서를 그 시는, 그 노래는 내게

---

69 모집 · 알선 · 징용이 생산 현장의 정규 노동력을 조달하는 데 쓰인 강제 동원 수단이라면, 근로보국대는 정규 노동력을 보완하는 '국내' 동원 수단이었다. 일제강점기 초기 보국대는 신사(神社)나 비행장 건설 같은 특수한 공사장에 며칠씩 동원되어 일하는 것이었는데, 1937년 이후 전시 체제하에서의 보국대는 징용 · 징발과 똑같은 것이 되어 버린다. 1939부터 1944년까지 근로보국대로 동원된 사람은 480만여 명이다. 여기에 1944년 일본으로 강제 징용된 인원이 72만여 명, 군속 15만여 명을 합치면, 총 567만 명이 강제 동원된 셈이다. 여기에 징병과 여자근로정신대를 합치면 그 수는 더 늘어난다. 조동걸, 앞의 책, 296~299쪽 참조.

심어 놓았다. 시 한 편은 개나리에 대한 기억과 관심을 단번에 바꾸어 놓았다. ……동시 한 편의 힘은 이렇게 컸다." 이 뒤부터 그는 봄이 되어 개나리꽃이 피면 시 속 아기 업은 여자아이가 개나리꽃 옆에 서 있는 것이 그려지고, 환한 아름다움 속에 깃든 슬픔이 아릿하게 다가왔다고 한다. 뿐만 아니라, "아이들 역시 비슷한 감정을 느끼는 듯했다. 「개나리꽃」 노래를 들려주면 이내 교실이 조용해지곤 한다"고 말한다.[70]

강승숙은 개나리꽃을 보면서 "단 한 번도 느끼지 못한 짙은 슬픔과 정서"를 느꼈다고 한다. 이는 개나리꽃에 대한 기존의 고정관념 또는 통념으로서의 이미지가 이원수의 「개나리꽃」에서 무너졌다는 것을 뜻한다. 개나리꽃은 윤석중의 「봄나들이」("나리 나리 개나리/입에 따다 물고요/병아리떼 종종종/봄나들이 갑니다.")나 최계락의 「꼬까신」("개나리 노오란/꽃그늘 아래/가지런히 놓여 있는/꼬까신 하나./아가는 사알짝/신 벗어 놓고/맨발로 한들한들/나들이 갔나./가지런히 기다리는/꼬까신 하나.")에서처럼 '봄, 아기(병아리, 꼬까신), 나들이'의 이미지였고, '유희'의 정서로 굳어져 있었다. 그런데 강승숙은 이원수의 「개나리꽃」에서 외로움·그리움·슬픔의 정서를 읽은 것이다. 시 한 편이 "개나리에 대한 기억과 관심을 단번에 바꾸어 놓았다"는 강승숙의 말은, 이원수의 「개나리꽃」을 읽는 순간, 그동안 개나리꽃을 봤을 때 느꼈던 정서와 이미지가 단숨에 바뀌었다는 것을 뜻한다. 이것은 그때까지 '자명하게' 맺어 왔던 개나리꽃(대상)과 주체의 관계에 균열이 생기고 새로운 이미지가 창조되었다는

---

70 강승숙, 「이원수 동시와 나, 그리고 아이들」, 『이원수와 한국 아동문학』, 창비, 2011, 201쪽 참조.

것을 뜻한다. 시인이 시 속에 창조한 이미지는 기존의 이미지 또는 지배 관념을 전복하고 그 위에 끊임없이 새롭게 짓는 이미지와 정서라 할 수 있다. 이원수의「개나리꽃」은 개나리꽃에 대한 지배 정서에 균열을 내고 그 위에 외로움 · 그리움 · 슬픔의 이미지와 정서를 창조했다고 볼 수 있다. 이때 독자의 가슴속에는 기존과 다른 이미지와 정서가 일어나고, 개나리꽃과 맺는 관계도 변화할 수밖에 없다.

시인은 정거장 울타리 개나리꽃 앞에 아기 보는 아이를 세워 놓는다. 이 시를 읽는 독자는 처음 1연부터 화자와 동일시되는 체험을 하게 된다. "개나리꽃 들여다보면 눈이 부시네" 하고 읽을 때, 독자 또한 봄날 환하게 피어 있는 개나리꽃 가까이 가 가만히 들여다보게 되는 것이다. 그리고 눈이 부셔 오는 느낌을 받는다. 2연의 "잔등이 후끈후끈, 땀이 밴다"를 읽을 때도 독자는 마치 자신의 등에 땀에 배는 느낌이 들고, 3연의 "아빠가 가실 적엔 눈이 왔는데"를 읽을 때는 눈 오는 어느 겨울날을 떠올린다. 그리고 마침내 "정거장 울타리의 꽃만 꺾었다"를 읽을 때는 자신 또한 그 아이처럼 개나리꽃을 따고 있는 것이다. 개나리꽃을 따는 그 '손끝'에 이 시의 모든 것이 압축되어 있기도 하다. 외롭고 쓸쓸하고, 아버지가 돌아오지 못할 것이라는 체념이 "울타리의 꽃만 꺾었다"에 모아져 있기 때문이다. 이런 의미에서 이 시는 시인이 화자와 대상을 어떻게 놓아야 하느냐를 말해 주는 시라 할 수 있다. 이와 더불어 시 속에서 시의 주체가 몸짓(행동)을 해 보였을 때, 독자 또한 그와 똑같이 몸을 움직인다는 것을 알 수 있다.

이 시와 관련하여 이원수의 수필「군가를 부르는 아이들에게」(1973) 속 몇 구절을 살펴볼 필요가 있다. 이 수필은 그의 친일 글과 관련하여 가장 많이 드는 수필 가운데 하나이기도 하다. 1943년 이원수는 함안 역전 근처 가야 금융조합에서 서기 노릇을 하고 있었다. 그는 이때, "나는, 동시인이란 이름도 모르고 사무원으로만 엎드려 있었다"고 떠올린다. "젊은 사람이 보국대에" 끌려가면 좀처럼 돌아오지 못하는 세상이었다. 그 즈음 그 사무실에 새로 취직해 온 젊은 청년이 있었다. 이 청년은 몸집이 큼직하고 기상이 아주 씩씩했다. 생김새가 사자 같다 하여 집에 놀러 오면 아내가 "사자 안상(씨), 사자 안상." 하고 불렀다. 그의 이름은 안태석이다.[71]

> "형님은(그는 나를 형님이라고 부르기도 했다.) 어째서 이런 생활에 만족해하지요? 부끄러운 일 아닝기요?"
> "누가 만족해하는가, 하는 수 없어서 이러고 사는 거지."
> "말 마이소. 농민들의 피를 빨아먹는 거요. 부끄러운 일이란 말이요."
> 사자는 자못 냉소의 얼굴로 나를 흘겨보았다.
> "태석인 내게라도 그런 말 할 수 있어서 좋아."
> 하고 나는 그를 달래야 했다.
> "선배들은 노회(老獪)해요. 교활한 게 선배라면 존경할 게 아무것도 없단 말이요."
> "그래, 그래. 그렇긴 하다."
> 이 청년의 분노를 내가 도맡아 주어야 하는 건 좀 괴롭긴 했지만 이런 청년이 내 곁에 있다는 것은 얼마나 반가운 일인가, 하고 나는 마음 든든함을 느끼기도 했다.

---

71 안태석은 사회주의자였다. 그의 기록은 「메이데이격문사건 관계자 검거의 건」(경기도경찰부장, 1933. 6. 21)에서 찾아볼 수 있다. 여러 지방과 여러 사람을 한꺼번에 정리한 문서이기 때문에 여기 '안태석'이 위에서 말한 안태석인지는 확실하지 않다.

"형님의 시는 뭡니까? 센티멘탈한 그런 시로 아이들을 속이는 거 아닙니꺼? 노회하단 말이요."

"야, 너 그렇게 공박을 하면 뭐라고 대답을 하란 말이냐? 아이들을 속이는 시는 쓰지 않았다."

"형님 작품 내가 모르는 줄 아시오? 하나 외워 볼까요?"

이러면서 그는 「개나리꽃」을 외워 보인다. 그러고는 다시 이원수를 비판한다.

"이런 시로 노무대에 끌려간 아버지를 기다린다는 것, 이건 쓸데없는 미화란 말이요. 농민의 자식들을 좀 더 똑바로 봐야 해요. 시를 가지고 형님 심정이나 위로하려는 건 노회하단 말이요."

나는 안 사자의 평이 지나친 점도 알고 있었지마는, 일제의 압정 아래 허덕이고 있는 농민들과 그들의 자제들을 위하는 마음에서라면 애상조의 동시나 써서 스스로 만족해서는 안 된다는 큰 원칙적인 것에 생각에 미쳤다.

그렇다고 낙천적인 유쾌한 노래를 쓸 생각은 아예 없었다. 세상 어디를 보아도 남의 피를 빨아먹지 않고 사는 사람들 중에는 깡충거리고 즐기는 내용의 시를 보여 줄 만한 상태는 없었기 때문이다.[72]

여기서 안태석은 총독부가 관리하는 금융조합이 "농민들의 피를 빨아먹는" 곳이고, 이곳에서 둘 다 일하고 있다고 자책한다. 그는 '카프의 눈'으로 이원수를 비판한다. 그러면서 "형님 심정이나 위로하려는 건 노회하"다고 한다. 그런데 위 내용에는 앞뒤가 안 맞는 것이 있다. 「개나리꽃」

---

72 이원수, 「군가를 부르는 아이들에게」(1973), 『솔바람도 그날 그 소리』(전집 27), 130~133쪽.

은 그의 첫 시집『종달새』에 "1945. 3"이라고 나와 있다. 1945년 3월에 썼다는 말이다. 더구나 이 시는 앞에서 말했듯이 매체에 발표하지 않은 시이다. 그런데 위 글은 1943년에 있었던 일을 쓰고 있다. 그래서 박종순은 이때 이원수가 안태석과 얘기를 나눈 동시는「개나리꽃」이 아니라「설날」(1939),「종달새」(1940),「꽃불」(1942),「종달새 노래하면」(1943)이었을 것이라고 추측한다.[73] 하지만 이원수의 장남 이경화의 증언에 따르면, 안태석은 1945년 해방 뒤로도 서울로 몇 번 찾아온 듯싶다. 만나면 여러 얘기를 나누고 동시 얘기도 나누었는데, 훗날 그 얘기를 수필에 쓰면서 함안과 서울에서 한 얘기가 뒤섞인 것 같다.[74]

3) 친일의 기억과 반–기억

천황제 이데올로기를 본령으로 하는 일제의 동화(同化) 정책, 즉 황국신민화(皇國新民化) 정책은 식민지 초기부터 일관되었으나, 이것이 전체 조

---

73 박종순,「이원수문학의 리얼리즘 연구」, 창원대학교 박사학위 논문, 2009, 48쪽.

74 1946년 함안 안태석이 서울 이원수를 찾아온다. 이날 저녁에 있었던 일을 이경화는 이렇게 기억한다. "우리가 사자 아저씨라고 불렀던 한 청년이 어느 날 아버지를 찾아왔다. 저녁을 드신 뒤 한동안 여러 가지 얘기로 언성을 높이시더니 화제가 동시 얘기로 돌아갔다. 이야기의 주제가 동시「연」이었다. "하늘에서 새 세상을 내려다보면"에서 "온 세상 내려다보면"이라고 해도 될 텐데 왜 "새 세상"이라고 했느냐, 라는 식으로 단어 하나하나를 트집 잡듯이 질문을 해나가는데, 그에 대한 아버지의 답변이 너무나 놀라웠다."(이경화,「불행했던 나의 아버지 이원수」,『대산문화』, 2011년 여름호) 안태석은 함안에서 같이 근무했기에 1942, 3년 이원수가 친일 글을 발표한 것을 알고 있었을 것이다. 그런데도 이렇게 꾸준히 그를 찾아왔다는 것은 그의 친일시 발표에 얽힌 속사정을 알고 있었지 않나 싶다.

선인을 대상으로 강행되면서 정책의 변화로 나타난 것은 1937년 중일전쟁 전후부터이다. 1937년부터 1945년까지 일제는 한반도와 만주를 발판으로 삼아 중국 대륙을 침략해 식민지 삼고, 나아가 동아시아에서 일본을 맹주로 하는 '대동아공영권'을 형성하려 한다. 이 시기는 일제 말이고, 이때 일제의 조선 식민 통치, '동화정책'과 '민족말살 정책'이 가장 체계적이고 강압적으로 이루어진다. 이를 위해 일제는 백색인종에 대한 황색인종의 단결 같은 아주 극단적인 인종주의 논리까지 동원하여 천황을 정점으로 하는 '천황제 파시즘'을 조선에 강요한다. 일제는 조선 민중 전체를 제국주의 침략 전쟁에 복무할 수 있는 자원으로 쓰기 위해 '충량(忠良)한 천황(天皇)의 신민(新民)', '진정한 일본 국민'으로 만들어야만 했다. 내선일체(內鮮一體) 기치 아래 조선 민중 일반에게까지 황민화 정책을 강화하여 모든 계급 계층의 조선인을 유일 사상인 '천황제 이데올로기'로 세뇌하려 했으며, 이를 거부하거나 이에 저항하는 사람은 가차 없이 탄압하고 감금한다.[75]

1937년 7월 중일전쟁 이후 일제의 침략 전쟁이 확대됨에 따라 조선에서는 전시 파쇼 정책이 강행된다. 그 결과 노동력 징발, 즉 노무 동원 계획에 기초한 광범위한 '전시 인력 수탈'이 자행된다. 비서구 국가 중 유일하게 제국주의 국가로 성장한 일본은 서구 제국주의 국가들의 식민지 정책과 달리 자신의 침략 전쟁에 식민지 민중을 징병한 것이다.[76]

---

75 변은진, 「일제의 식민통치 논리 및 정책에 대한 조선민중의 인식(1937~1945)」, 『한국독립운동사연구』 No.14, 2000, 312~313쪽 참조.

76 변은진, 「일제 침략전쟁기 조선인 '강제동원' 노동자의 저항과 성격 : 일본 내 '도주'·'비밀결사운동'을 중심으로」, 『아세아연구』 No.45, 2002, 34~36쪽 참조.

일제는 1940년 창씨개명을 실시하고, 41년 3월 31일 '국민학교령'을 발표하고 소학교를 국민학교로 바꾼다. 이는 어린 학생 때부터 '천황의 충실한 황국신민'으로, '일본 국민'으로 자라나게 교육해 언제든지 전쟁터에 군인으로 보내겠다는 정책의 일환이었다. 그리고 마침내 1941년 12월 태평양전쟁을 일으킨다.

이 무렵 이원수는, 1936년에 형기를 마치고 출소한 뒤 '사상범' 신분으로 함안금융조합 가야 지소에 복직한다. 일제가 중일전쟁과 태평양전쟁을 일으킨 1937년부터 1944년까지 쓰거나 발표한 시는 38편이고, 여기서 3편이 친일시(동시 2편, 시 1편)이다.

이원수의 친일 작품은 2002년 3월 3일 박태일이 언론에 친일 동시「志願兵을 보내며」창작 사실을 발표하고, 4월 11일 경상대학교 인문과학연구소 쟁점 학술 토론회에서「경남 지역문학과 부왜활동」을 발표하면서 그 실상이 알려진다. 그 뒤 박태일은 친일 작품의 성격, 그것의 근원을 파헤치는 연구를 이어간다. 지금까지 학계에서 이루어진 이원수 친일 작품 연구는 박태일의 발굴과 연구를 바탕으로 김화선, 여을환, 이오덕, 조은숙으로 이어지고 있다.[77]

---

77 이원수의 친일 작품에 관한 연구로는 이오덕, 박태일, 김화선, 여을환, 조은숙의 성과를 들 수 있다.
　　이오덕,「이원수 선생의 일제 말기 친일시, 어떻게 볼 것인가」,『우리 말과 삶을 가꾸는 글쓰기』, 한국글쓰기교육연구회, 2002. 11.
　　박태일,「경남 지역문학과 부왜활동」,『한국문학논총』No.30, 2002 ;「이원수의 부왜문학 연구」,『배달말』No.32, 2003 ;「나라잃은시대 후기 경남·부산지역 아동문학 － 이원수와 남대우를 중심으로」,『한국문학논총』No.40, 2005 ;「경남지역 부왜문학 연구의 과제」,『인문논총』No.19, 2005 ;「나라잃은시대 후기 이원수의 아래 시는 그의 첫 친일시 「志願兵을 보내며」(1942)[78]이다.

　　지원병 형님들이 떠나는 날은
　　거리마다 국기가 펄럭거리고
　　소리 높이 군가가 울렸습니다.

　　정거장, 밀리는 사람 틈에서
　　손붓처 경례하며 차에 올으는
　　씩씩한 그 얼골, 웃는 그 얼골.

　　움직이는 기차에 기를 흔들어
　　허리 굽은 할머니도 기를 흔들어
　　「반자이」 소리는 하눌에 찻네.

　　나라를 위하야 목숨 내놋코
　　전장으로 가시려는 형님들이여

아동문학」,『어문논총』No.47, 2007.
　　김화선, 「이원수 문학의 양가성 –『半島の光』에 수록된 친일 작품을 중심으로」,
『친일문학의 내적 논리』, 역락, 2010 ; 「일제 말 전시기의 아동문학 및 아동담론
연구」,『친일문학의 내적 원리』, 역락, 2010 ; 「식민지 어린이의 꿈, '병사 되기'
의 비극」,『창비어린이』No.13, 2006 ; 「대동아공영권의 전쟁동원론과 병사의 탄
생 – 일제 말기 친일 아동문학 작품을 중심으로」,『인문학연구』No.31, 2004 ; 「아
동의 '국민' 편입과 식민주의의 내면화」,『어린이와문학』2008년 8월호.
　　여을환, 「이원수의 친일 행위가 던진 물음들」『동화읽는어른』2008년 12월호.
　　조은숙, 「이원수의 친일 아동문학과 작가론 구성 논리에 대한 재검토」,『우리어
문연구』No.40, 2011.
　　여기서 조은숙의 연구는 박태일과 김화선이 놓쳤거나 오해했던 부분을 낱낱이
밝혔다는 점에서 의의가 크다고 할 수 있다.
78　조선금융조합연합회,『반도의빛(半島の光)』, 1942. 8, 37쪽.

부대부대 큰 공을 세워주시오.

우리도 자라서, 어서 자라서
소원의 군인이 되겠습니다.
굿센 일본 병정이 되겠습니다.

—「志願兵을 보내며」전문

시의 화자는 어린이다. 1연은 지원병[79] 형님들이 '성전'을 위해 전쟁터로
떠나는 날 '거리' 풍경을 그리고 있다. 거리마다 국기가 펄럭인다. 그 국기
는 일장기와 욱일기다. 소리 높이 울리는 군가에 맞춰 '펄럭펄럭'거리는
국기의 몸짓으로 그날의 들뜬 분위기를 전하고 있다. 1연이 '거리' 풍경이라
면 2연부터는 '정거장' 풍경이다. 시의 화자는 거리에서 정거장으로 옮겨
온다. 최후의 결사 항전을 위해 떠나는 지원병 얼굴은 '씩씩'하다. 마지못
해 끌려가는 것이 아니라 '황국신민'으로서 영광스럽게 나가는 것이다. 그
래서 그 '얼굴'은 마냥 환하게 '웃는' 낯빛이다. 특히 3연은 리듬까지 싣고
있다. "움직이는 기차에 기를 흔들어/허리 굽은 할머니도 기를 흔들어"처
럼 어미를 똑같이 해 리듬을 실었다. 기를 흔들 때마다 반자이(만세) 소리
는 더더욱 커지고 마침내 하늘을 채우고도 남는다. 이날의 들뜬 분위기는

79　1938년 5월 5일 국가총동원법을 공포하고, 1938년 육군특별지원병제가 실시된
　　다. 형식적으로는 '지원병' 제도였지만 거의 강제로 진행되었다. 이 지원병 제도
　　는 1938년 2월 2일 '칙령 제95호'로 공포되어 그해 4월 3일부터 시행되는데, 1938
　　년부터 1944년 4월 20일까지 6년간 총 17,664명이 육군특별지원병으로 동원된
　　다. 변은진, 「조선인 군사동원을 통해 본 일제 식민지정책의 성격」, 『아세아연구』
　　No.46, 2003, 220쪽, 225~226쪽 참조.

3연에서 최고조에 이른다. 4연과 5연에서는 시의 화자 어린이가 지원병 형님을 태우고 떠나는 기차를 바라보며 바람과 다짐을 노래하고 있다. 지원병으로 간다는 것은 "나라를 위하여 목숨"을 내놓는 일이고, 그렇다면 목숨을 바치더라도 "부대부대 큰 공을 세워" 달라고 부탁한다. 그리고 자신도 "자라서, 어서 자라서" "굿센 일본 병정이 되겠"다고 다짐한다.

그의 또 다른 친일 동시 「落下傘」(1942)[80] 또한 '병역봉공'의 시이기는 마찬가지이다.

> 푸른 하늘 날르는 비행기에서
> 뛰어나와 떨어지는 사람을 보고
> 「앗차」 하고 놀래면 꽃송이처럼
> 활짝 피어 훨―훨, 하얀 낙하산,
> 오오, 하늘 공중으로 사람이 가네.
> 새들아 보아라
> 해도 보아라
> 우리나라 용감한 낙하산 병정,
> 푸른 하늘 날러서 살풋 내리는
> 낙하산 병정은 勇敢도 하다,
> 낙하산 병정은 참말 조쿠나.
> ―防空飛行大會에서―
>
> ― 「落下傘」 전문

박태일은 "어른 말할이가 어린이들에게 두루 일러주는 듯한 말씨를 갖

---

80   조선금융조합연합회, 『반도의빛(半島の光)』, 1942. 8, 37쪽.

추었다"[81] 하면서 이 시의 화자를 '어른'으로 본다. 하지만 마지막 네 구절, "우리나라 용감한 낙하산 병정,/푸른 하눌 날러서 살풋 내리는/낙하산 병정은 勇敢도 하다,/낙하산 병정은 참말 조쿠냐"에서 '낙하산 병정'이나 '참말 조쿠냐' 같은 시어를 보면, 이 시의 화자를 어른으로 볼 까닭은 없다. 이원수의 시가 초기부터 일관되게 그러했듯이 어른과 아이가 하나가 되어 있는 시점이라고 하는 게 타당할 듯싶다.

'파란' 하늘 높이 나는 비행기에서 사람이 뛰어내린다. 시의 화자 어린이는 '앗차' 하고 놀란다. 그런데 이내 '꽃송이처럼' 하얀 낙하산을 활짝 펴 하늘을 훨훨 난다. 여기서 이원수는 낙하산을 꽃봉오리를 활짝 터트린 꽃송이에 견준다. 화자는 외친다. "새들아 보아라/해도 보아라/우리나라 용감한 낙하산 병정." 조선은 식민지이기 때문에 조선 하늘을 나는 새도, 조선 하늘에 떠 있는 해도 조선의 것이 아니고, 일본의 새이고 해다. 당연히 '우리나라 용감한 낙하산 병정'에서 '우리나라'는 '대일본제국'이다. 낙하산 병정은 파란 하늘을 날아 살포시 땅에 내린다. 어린아이가 보기에 그 높은 하늘에서 뛰어내리는 병정은 '용감'하고, 그렇게 살포시 내리니 "참말" 멋질 수밖에 없다.

이 시는 낙하산 병정이 하늘 비행기에서 뛰어내려 낙하산을 타고 땅에 살포시 발을 딛는 순간까지 아이의 시선을 따라 아주 생생하게 붙잡아 쓴 시다. 특히 중간의 두 구절, "새들아 보아라/해도 보아라"는 이 시에 활력과 생동감을 불어넣어 주고 있다. 만약 이 두 구절이 없었다면, 낙하

---

81 박태일, 「이원수의 부왜문학 연구」, 『경남·부산 지역문학 연구1』, 청동거울, 2004, 175쪽.

산 병정이 비행기에서 뛰어내려 낙하산을 펴고 땅에 사뿐히 내려앉는 것으로, 그렇게 자칫 밋밋할 수도 있었다. 그런데 이 두 구절이 낙하산 병정의 '하늘' 모습을 한번 끊어 주고, 다시 하늘과 '땅'을 이어 줌으로써 시의 완결성을 더하고 활력을 주고 있다.

반공비행대회는 이 무렵 조선에서 빈번하게 이루어진 총후(후방) 전쟁 지원 행사 가운데 하나였다. 일제는 비행기헌납운동이나 반공, 방첩 행사를 열면서 '성전 승리'를 위한 '생활 신체제 확립'을 꾀한다. 특히 이 작품이 발표된 1942년에는 이른바 '국민총력운동조선연맹'에서 '국민삼수칙(國民三守側)'을 정해, "일본 정신을 앙양하기 위한 애국행사를 일층 강화"한다. '청소년 훈련 강화', '국방사상의 보급'과 함께, "전시태세를 완비하기 위해 가정방공을" 주요 실천 요목으로 강조하기도 한다.[82] 이 시는 「志願兵을 보내며」처럼 직접적인 '병역 봉공'은 아니지만, '우리나라(일본)'의 '용감한 낙하산 병정'을 흠모하고 동경하는 어린이 마음을 노래했다는 점에서 후방의 병역 봉공이라 할 수 있다.[83] 이 두 시를 봤을 때 이

---

82 三田芳夫 편, 『朝鮮に於はぁ國民總力運動史』, 國民總力運動聯盟, 1945, 125~126쪽, 134쪽. 박태일, 「이원수의 부왜문학 연구」, 『경남 · 부산 지역문학 연구1』, 청동거울, 2004, 175쪽에서 재인용.

83 김화선은 이 시기에 유난히 하늘과 비행기에 관한 기사가 많다고 한다. "항공일을 기념하거나 하늘을 동경하는 것도 결국엔 소년들이 장차 우리나라, 즉 일본을 위해 싸울 비행사가 되어야 하기 때문이다. 그래서 "모형 비행기 학년마다 다른 제조법"(『매일신보』, 19425. 3. 9)이라 하여 모형 비행기 만드는 법을 소개하거나 "비행기의 발달사 : 금년은 비행기가 날기 시작하여 이십 년이 되는 해"(『매일신보』, 1940. 3. 3), "비행기가 날기까지"(『소년』, 1939. 6, 22~23쪽)의 지식을 자세히 전달하는 비행기 기사가 많다. 뿐만 아니라 "하루 석냥 세 개피만 아껴 쓰면 비행기 마흔 대가 생겨"(『매일신보』, 1939. 11. 12)라는 제목으로 물건을 아껴 써야 하는

원수의 친일은 명백하다. 억지로 마지못해 쓴 것 같지 않을뿐더러 시가 아주 곡진하기까지 하다.

아래 시 「보리밧해서—젊은 농부의 노래」는 『반도의빛』1943년 5월호 본문 맨 앞(1쪽)에 '농민시'로 실린 시다. 때는 '이른 봄 三月' 춘궁기이고 배경은 따듯한 남풍이 불어오는 '보리밭'이다.

바람이 분다
옷속엘 들어도 보드럽기만 한,
이른 봄 三月에 南風이 분다.

눈 어름 속에 숨엇든 보리싹시
웃줄웃줄 자라겟구나
이 부드러운 바람과 햇볏 아래
막 퍼부어 주는 구수한 거름 바다 머금고
왼 들이 가득허니 뻐더나리라
그 씩씩한 푸른 줄기들.

아아 원통해 가슴치든 凶作의 지난해여
나라에 바칠 그나마의 精誠도
가무름 속에 헛되이 말나지고
주림의 괴롬만 맛보게 된 원수의 해.
그러나 이도 하눌이 주신 試鍊이라면

필요성을 강조하기 위해 그림을 그려서 자세히 설명하고 있기도 한다. 이처럼 하늘에 대한 동경과 비행기에 대한 관심, 그리고 비행사가 되려는 꿈은 모두 항공열을 보급하려는 일제의 의도된 노력에서 기인하는 것이다. 일제의 이러한 의도는 동요나 동화를 통해 반복적으로 생산되고 있다." 김화선, 「일제 말 전시기의 아동문학 및 아동담론 연구」, 『친일문학의 내적 원리』, 역락, 2010, 205~206쪽.

旱害克復의 이 정성도 크다란 힘이려니.

聖戰의 내 나라에 목숨 비록 못 밧첫서도
우리 힘 나라를 배불리 못할 거냐.
모든 努力 왼갓 窮理로
올 一年 이 땅에 豐年을 이뤄노코
지난해의 그 恨을 풀고야 말리라.

南風은 불어온다
산과 들을 건너 보리밧흐로 보리밧흐로,
봄 실은 그 바람은 내 품에도 안겨든다.

모다 나와 밭골을 매고 또 매자
올해야말로 決戰의 해!
勝利를 위해 피 흘리는 一線의 將兵을 생각하며
生産의 戰士들, 우리도 익여내자
올해야말로 豐作과 勝利의 즐거운 해 되리라.

　　　　　　　　　　──「보리밧해서 ─ 젊은 농부의 노래」 전문

　1연과 2연은, '이 부드러운 바람과 햇볕'에 '눈얼음'이 녹으면, '구수
한 거름 바다'를 머금고 보리 싹이 온 들판을 푸르게 뻗어갈 것이라 노
래하고 있다. 3연에서는 지난해의 가뭄과 흉작을 원망하고, 4연에서는
'모든 노력과 온갖 궁리'로 올해는 기필코 풍년을 이루겠다는 각오를
다진다.

　1939년 조선, 대만, 일본은 전례 없는 큰 가뭄을 겪는다. 쌀 생산량은
40퍼센트나 줄고 조선에서는 굶어 죽는 사람이 수를 헤아리기 힘들 정도
였다. 이 가뭄은 그 이듬해에도 거르지 않고 1942년까지 이어진다. '가뭄

과 흉작'은 바로 이런 형편을 말한다. 5연은 다시 "南風은 불어온다" 하면서 들뜬 마음을 다시 한 번 드러낸다. 1연의 "바람이 분다"와 "南風이 불어온다"는 5연에 와서 "南風은 불어온다"로 이어진다. 그런데 1연의 주격 조사 '이'를 '은'으로 바꾸면서, 올해의 풍년을 위해 그 바람은 하늘도 도와 '반드시' 불어오고 만다는 '소망'과 '다짐'을 담고 있다. 5연의 소망과 다짐은 6연의 '결전의 해' 올해를 위한 일이고, 승리를 위해 피 흘리는 일선의 장병을 위하는 일이고, 생산의 전사 농사꾼이 가져야 할 자세이다. 이 시는 한마디로 총후(후방) 봉공, 농업 보국, 증산 보국의 시라 할 수 있다.

1939년 큰 가뭄으로 일본에 쌀이 부족해 일본인들의 불만이 커진다. 이에 총독부는 1940년부터 다시 산미증산계획을 세워 쌀을 수탈해 일본인들의 불만을 달래야 했다. 미곡의 유통은 일체 허락되지 않았다. 전면 배급제가 실시되었고, 곡식이 이웃 마을에 유통될 수도 없었다. 이와 같이 통제하여 농촌의 곡식을 강제로 공출해 갔으며 곡식뿐만 아니라 목화와 채소, 칡넝쿨, 송진, 솔가지까지도 빼앗아 갈 정도로 악랄했다.[84] 이

84　중일전쟁 기간 일본이 해마다 한국에서 가져간 쌀은 1천만 석이다. 그때 쌀 생산량이 2,400만 석이었으니까 42퍼센트를 수탈해 간 것이다. 1940년 가을에는 헐값이긴 해도 소위 공정가격제에 따라 매상을 하여 수탈해 갔는데, 1942년부터는 전쟁 상황이 급박해지자 강제로 '공출'을 해 가기 시작한다. 태평양전쟁 발발 해인 1941년에는 쌀 생산량의 43퍼센트, 1942년에는 45퍼센트, 1943년에는 56퍼센트, 1944년에는 64퍼센트를 수탈해 간다(조동걸, 앞의 책, 287~291쪽 참조). 이원수가 근무한 조선금융조합은 농민들이 군도농회(群島農會)를 통해 쌀과 보리 같은 농산물을 공출 판매할 때 조합원 여부를 불문하고 10퍼센트를 공제하여 저축하게 하는 공제저금과 대부금리와 민간대차금리와의 차액을 저축하게 하는 차액저금 방법을 동원하여 강제로 저축을 하게 한다. 김호범, 「식민지 전시경제체제하 조선금융조합 금융업무의 특성에 관한 연구」, 『경영·경제연구』 No.24-1,

원수의 「보리밧해서 - 젊은 농부의 노래」는 바로 이러한 상황에서 쓰여진 시라는 점에서 놀라운 시인 것은 분명하다. 3월 초이면 이제 곧 보릿고개의 시작이고, 그때는 쌀뿐만 아니라 보리를 비롯해 잡곡도 공출을 해 가던 시기이다.[85] 그런데 이런 보릿고개가 다가오는 시점에 증산을 독려하는 시를 쓴 것이다. 바로 이 때문에 이 시는 『반도의빛』 본문 가장 앞장을 장식할 수 있었다. 이 시를 발표하고 두 달 뒤 부여 신궁 봉사 공사에 다녀온 소감 「古都感懷-扶餘神宮 御造營 奉仕作業에 다녀와서」[86]를 발표한다.

2005, 61쪽 참조.

85 조선총독부 당국자까지 보릿고개를 일러, "먹을래야 먹을 것이 없고, 입을래야 옷이 없는 방랑의 신세가 되어, 산야나 노변에 쓰러져 친척과 친구(故舊)의 간호도 받지 못한 채로, 외로이 인생의 행로에 종언을 고하는 자가 해마다 거수(巨數)에 이르고 있다"고 한다(山名善來, 「조선에 있어서 行族死亡人」, 『조선』 1921년 3월호, 114~121쪽). 『동아일보』는 1940년 7월 14일자에 '읍·면장의 증명 있어야 보리방아를 찧는다 - 수확의 4할은 공출하라'는 기사를 경기도 안성(安城)발로 보도한다. "당국에서 대맥 공출에 필요하다 하여 지난 6월 28일부터 7일간 안성읍촌 정미소 30여 대 보리방아를 일제히 정지하게 하였으므로, 농가에서는 당장 먹을 양식을 공급하기에 크게 곤란을 겪게 되어 이에 대한 완화책을 강구 중이던 바, 지난 7일부터 읍·면장의 증명서를 가져오는 농가에 한하여 보리방아를 찧기로 되었다 한다. 각 농가에서는 수확한 보리의 4할을 제하고 나머지 6할은 자가 식량으로 할 수 있게 되었은 즉 당연히 면장의 증명서를 받을 수 있는 것인 즉 일반 농가에서는 당국의 대맥 공출을 협력하여 하루라도 빨리 대맥 공출을 끝내고 나머지를 찧도록 함이 좋겠다 한다." 이 기사를 보면, 총독부는 수확한 보리의 4할을 공출해 갔고, 농민들은 먼저 4할을 찧어 공출을 하고 나머지를 찧어 먹겠다고 하는 것이다.

86 조선금융조합연합회, 『반도의빛(半島の光)』, 1943. 11, 14~16쪽.

논산에서 차를 내린 것은 오전 열 시, 백제의 옛 서울 부여로 가는 자동차에 몸을 실은 우리 일행은 과일나무와 국화 밭이 연달아 있는 탐스런 풍경에 눈을 팔리며 약 한 시간 후 지금은 소읍이나 어딘지 모르게 아름다운 역사와 성지로서의 빛을 발하고 있는 산수명미(山水明眉)한 부여 땅에 닿았다. …(중략)… 응신천황(應神天皇), 제명천황(齊明天皇), 신공황후(神功皇后)의 네 신께서 어진좌(御鎭座)되옵실 관폐대사(官幣大社) 부여신궁이 어조영(御造營)되는 것은 반도의 자랑이요, 이천오백만 민중의 기쁨인지라, 우리도 이 신궁 어조영에 적성을 다하여 괭이를 들고 땀을 흘리며 밤을 새며 찾아온 것이다. …(중략)… 선착(先着) 작업단 이백여 명과 …(중략)… 그리하여 일본정신(日本精神)을 심장에 새겨 유서 깊은 이 땅, 이 거룩한 신궁 조영 공사에 성한(聖汗)을 흘리는 대원으로 하여금 내선일체의 한 본이 되고 선두자가 되도록 하는 것이 목적이라 한다. …(중략)… 이천삼백 년 전의, 한 집안같이 아름다웁던 내지(內地)와 백제 상호 문물의 교류며 백제가 적국의 침범을 당했을 때의, 그 후(厚)한 원조와 기쁜 정의(情誼)의 갖가지 끝이 난만(爛漫)하게 피었던 이 땅에, 오늘, 황국신민(皇國臣民)이 된 우리가 그때 그 흙을 밟는 마음은 감회가 깊다는 한마디로 표(表)할 수 있는 것이 아니었다.

…(중략)…

우흐로 천황의 어능위(御稜威)를 받잡고 칠생보국의 적성(赤誠)에 타는 용감무쌍한 우리 국민에겐 아무 무서울 것이 없는 것이다. 뛰는 파도를 헤치고 태평양이라도 한숨에 건너가서 못된 무리를 쳐부수고 참된 세계를 건설하는 것이 우리들의 사명이요, 지금 당장 이 대동아 공영전쟁하에 우리들의 가야할 길인 것이다. 적의 대륙이 멀리 보인다. 자-힘껏 저어라. 그리하여 용감히 가서 부딪히자-고 지휘하는 요장의 말은 진지한 태도로 계속된다. …(중략)… 익일 부소산 …(중략)… 기초공사가 거진 완성되어 가는 이 신궁공사는 …(중략)… 이 고마우신 신궁 어조영의 소식을 듣고 이천오백만 민중이 누구나 여기 땀을 흘려 공사에 힘을 합해 보겠다는 열성을 안 가질 이 없을 것이며, 그 마음으로 여기 와서 봉사 작업 하고 간 이 또한 많았을 것이다. …(중략)… 여기 한 덩이 돌이라도 한 부삽의 흙이라도 파고 쌓아 올리는 영광을 가슴 깊이 느끼었다. …(중략)… 옛날 내선교의(內鮮交誼)에 가장 고마우신 어진념(御軫念)이 계신 응신천황(應神天皇) 외 세 분 제신(祭神)께서 어진좌(御鎭坐)하시는 날, …(중략)… 점호도 그치고 자리에 누었으나 아까 그 노래 소리는 마친 지 오래건만 아직도 그 노래의 의지가 살아서 백강요(白江寮)를 싸고돌아 멜로디의 비를 뿌려 주는 듯, 잠드는 우리들로 하여금 신국(神國)의 복된 백성이요, 신국의 앞날을 지어질 아들과 딸임을 꿈속에서까지 몸으로 절실히 느끼게 하는 것이었다.

— 「古都感懷−扶餘神宮 御造營 奉仕作業에 다녀와서」(1943)

일제는 1925년 서울 남산에 조선신궁을 짓고, 일본 건국 신화의 주인공 아마데라스 오미가미(天照大神)와 한국을 병탄하고 1912년에 죽은 메이지왕(明治王)을 신사에 모신다. 일본 황실의 조상신 아마데라스 오미가미는 천황 중심의 우주 질서가 한반도에도 적용되고 있음을 보여 주려는 것이고, 메이지천황은 식민지 조선의 개척신으로 일제가 추진하는 동화정책에 부합하는 신이었다. 해마다 10월 17일에는 조선신궁에서 제사를 올렸다. 조선신궁은 조선인에 대한 동화정책과 전시 황민화 정책을 앞장서서 수행한 국가 신도의 전진 기지이자 식민지 조선의 대표 신사였다. 총독부는 조선 민중을 강제로 신사에 참배하게 한다. 1930년에는 38만 6,807명이, 1942년에는 264만 8,365명이 신사 참배에 동원된다.[87]

일제는 신무천황(神武天皇) 즉위 2,600년이 되는 1940년을 기념하기 위해 1935년 10월부터 기원(紀元) 2600년 축전준비위원회를 내각에 꾸리고, 조선총독부에서도 시정(施政) 30년을 기념하기 위한 갖가지 행사를

---

87 이이화, 『한국사 이야기22−빼앗긴 들에 부는 근대화 바람』, 115쪽 참조.

기획한다. 조선총독부는 1939년 3월 8일 기념사업의 하나로 서울 남산 조선신궁과 격이 같은 신궁을 부여에 짓겠다고 발표한다.[88] 이것은 백제의 부여 시대 일본과의 교류가 내선일체의 기원이라는 것, 지금의 내선일체가 삼국시대 백제 부여에서부터 시작되었다는 것을 알려 그 정당성을 확보하겠다는 술책이었다.

1941년 2월 8일 조선문인협회, 조선영화인협회, 조선연극협회, 조선연예협회, 담우회(談友會), 이렇게 조선의 대표적인 다섯 문화단체 대표들이 '부여신궁어조영(夫餘神宮御造營) 근로보국대(勤勞報國隊)'를 꾸려 공역(工役) 봉사를 떠난다. 참석자들의 면면을 살펴보면, 이광수, 김동환, 안석주, 이석훈, 안종화, 백철, 유치진, 이서구, 최상덕, 박진, 서광제, 이규환, 신불출, 현철 등 서른 명에 달하는 문화계 중진들이었다. 이날 이들의 행적은 1941년 3월호『신시대』에「夫餘神宮御造營 勞動奉仕記」꼭지에 사진과 함께 기사로 실린다.『삼천리』3월호에도「문화부대 봉사」라는 타이틀로 이들이 부여신궁에서 찍은 사진을 권두화보로 싣는다. 이렇게 총독부는 문화계 인사들을 동원하여, 고대부터 이어져 온 내선(內鮮) 간 '피의 결합'을 증명하는 역사적 시공간으로 '부여'를 호명하여 '내선일체'의 국책을 강화하고자 한다. 이후 신궁 조영 작업이 진행되면서 당대 문학인과 문화예술인들은 부여신궁 조영 근로 봉사에 동원되고, 이들의 행적은 여러 매체를 통해 기사화되어 부여신궁 근로 봉사에 대한 선동과 선전 효과를 꾀한다.[89]

---

88 이병호,「日帝强占期 百濟 故地에 대한 古蹟調査事業」,『한국고대사연구』No.61, 2011, 146~147쪽 참조.

89 문경연,「일제 말기 '부여' 표상과 정치의 미학화 – 이석훈과 조택원을 중심으로」,

그 뒤 1940년 8월 5일부터 부여신궁 근로 봉사는 총독부 산하 지방 관청, 국책기관, 학생, 회사, 사회단체를 중심으로 하루도 쉬지 않고 이어진다.[90] 이원수가 부여신궁 공사에 간 해는 1943년인데, 이 수필에서는 언제, 어떠한 경위로 갔는지는 나와 있지 않다. 하지만 11월에 글을 발표한 것으로 보아, 여름에서 가을 사이에 다녀간 듯싶다. 글 내용을 보면 문인 모임에서 간 것 같지는 않고, 총독부 국책은행 조선금융조합연합회 차원에서 가지 않았나 싶다. 2박 3일 일정을 아주 자세하게 써 놓았는데, 무엇보다도 이원수가 일제의 부여신궁 조성의 의의를 정확히 꿰뚫고 있다는 점과 그에 부합하여 아주 절절하게 썼다는 것을 우선 지적할 수 있다.

이원수는 "우리도 이 신궁 어조영에 적성을 다하여 괭이를 들고 땀을 흘리며 밤을 새며 찾아"왔다고 한다. 부여신궁 근로 봉사는 "내선일체의 한 본이 되고 선두자가 되도록 하는 것이 목적"이다. 더구나 이 일은 "황국신민(皇國臣民)이 된 우리가" 마땅히 해야 할 일이다. 그리고 "한 덩이

『한국극예술연구』 No.33, 2011, 190쪽 참조.

90 『동아일보』 1940년 8월 9일자 기사 「각도군에서 봉사대 참가, 부여신궁에 근로봉사는 다음과 같다. "일찍부터 계획 중이던 부여신궁 근로봉사는 부여신궁 어조영 공사의 제1착수로 지난 5일부터 개시되었는데, 이 봉사의 제1을 맡은 지방은 부여군 은산면. 정동연맹 제1대는 예정인원 백여 명을 훨씬 돌파하고 면장 이하 143명의 다수에 달하였다. 봉사대는 먼저 부여신사 앞에 모이어 봉사대 명부에 대표자가 서명하고 신사예배, 궁성요배, 묵도, 인사, 황국신민서사 제송으로 식을 마치고, 작업반을 10반으로 나누어 총독부 충남도청, 부여군청, 정신동맹조선연맹의 지도원 지도에 따라 천수백 년의 이기를 털고 내선일체의 영지 부여 재건을 땀 흘리는 작업을 시작하였다. 오후 3시에 예기 이상의 작업 성적을 마치고 의의 깊은 제1을 마쳤으며, 천황폐하 만세를 봉창하고 해산하였다. 이 근로봉사는 부여군은 물론 논산, 공주, 청양, 각 군이 계속하여 73일간 계속하고 점차 부근 도군에 연장하기로 하였다."

돌이라도 한 부삽의 흙이라도 파고 쌓아 올리는 영광을 가슴 깊이" 느낄 수 있는 봉사였다고 하면서 2박 3일 '노동 보국'의 소감을 마무리한다. 이원수의 이 수필은 부여성지 조영 근로 보국의 연장선상에서 "철필(鐵筆)을 통한 문장보국(文章報國)"[91]이라 할 수 있다. 하지만 일제의 부여신궁 공사는 1941년 12월 8일 태평양전쟁이 발발하면서 더 이상 진척되지 못하고, 1945년 전반기에 신궁의 초석(礎石) 공사만 마무리되었을 뿐 더 이상 이루어지지 않는다.

이원수의 친일 글 다섯 편은 모두 조선금융조합연합회 기관지 『반도의 빛』에 실린다.[92] 조선금융조합연합회는 금융조합의 자금 조절과 업무 감

---

91 박영희, 「문장보국의 의의」, 『매일신보』, 1940. 4. 25. 1943년 4월 이광수, 김동환, 이기영, 김문집이 중심이 되어 친일 어용 문학단체 '조선문인보국회'가 꾸려진다. 이들은 좌담회 · 강연회 · 발표회를 통해 '내선일체' '총후봉공' '근로보국'을 역설한다. 이들은 대동아 문학자 대회에 대표를 파견 '대동아 공영'을 예찬하고, 앞장 서서 창씨개명을 하고, 일문으로 글을 쓰고, 종군 작가단을 꾸려 전선을 위문 방문하며 '미영(米英) 타도'를 외친다. 이들의 행위는 한마디로 일제에 대한 '문장보국' 이었다(김병익, 『한국문단사 1908~1970』, 문학과지성사, 2003, 133쪽 참조). '조선연극협회' 소속 유치진(柳致眞)은 부여에 다녀와서 이런 글을 써 문장보국을 한다. "이렇게 아름다운 古都가 이천삼백 년 동안이나 누구 한 사람 돌아봐 주는 이 없이 荒莫할 대로 황막해져 있음을 보니 우리 宣祖가 뭣들하고 있었느냐는 생각이 든다. 부지럽시 화가 난다. 이와 같이 푸대접을 받던 부여가 인제 제때를 만났다. …(중략)… 나는 이 신도 공사가 완성된 부여를 하로라도 빨리 보고 싶다."(유치진, 「아름다운 新都」, 『新時代』 1941년 3월호, 252쪽)

92 조선금융조합연합회는 그 조직의 매체로 『金融新聞』과 『家庭の友』 두 월간지를 낸다. 연합회는 '국민총력운동' 시기에 이르자, 이 둘을 묶어 1941년 4월부터 『半島の光』이라는 새 이름을 달고, 일문판 '화문판'과 한글판 '선문판'으로 나누어 잡지를 창간한다. '국어 상용'으로 한글 쓰임이 막히고, 게다가 용지가 부족했던 시기에 『半島の光』 한글판은 4 · 6배판 크기로 10만 부나 발행한다. 조선총독부 기관지였던 『매일신보』와 함께 광복 바로 앞까지 꾸준히 나와 그 비중과 영향력이

독을 담당하는 중앙기관으로, 1933년 8월 설립한 식민지 관변기구이다. 이로써 각도의 금융·산업·어업조합연합회를 흡수하고 이를 도지부로 개편하여 도와 지방 말단까지 지도하는 조직 체계를 갖추게 된다. 연합회 설립 이후 금융조합은 비약적으로 성장한다. 조합 수는 1930년 644개에서 1940년 722개로 증가한다. 그리고 그 하부 조직으로 전국에 4만 8,000개나 되는 식산계(殖産契)를 조직해, 가장 방대한 조직망을 갖춘 금융기관이 된다. 같은 기간 농가 호수 조합원 가입률도 22.2퍼센트에서 71.6퍼센트로 급증한다. 일제는 이 조직을 앞세워 식민지 농촌 금융 정책을 수행해 나간다. 조선총독부가 창안해 낸 가장 효율적인 금융 지배 수탈 기관이었던 것이다.

이원수는, 자신이 취직한 함안금융조합의 상급 기관 조선금융조합연합회의 회장과 이사를 조선총독이 임명하고, 그 감독을 총독부 재무국에서 하는, 말 그대로 총독부 국책기관이면서 농정대행기관이었는데도 이런 사정을 어느 글에서도 밝히지 않는다. 다만 자신이 근무했던 직장을 "금융조합–지금의 농협과 같은 곳" "예금을 받고 농사에 필요한 자금을 꾸어 주고 하는 금융기관"이라고만 할 뿐이다.[93] 그리고 조선금융조합연합

엄청난 매체였다. 박태일, 「이원수의 부왜문학 연구」, 『배달말』 32호, 배달말학회, 2003. 63쪽 참조.

93 이원수, 「흘러가는 세월 속에」(1980), 『애들아 내 얘기를』(전집 20), 275쪽. 그는 한 수필에서 이런 말을 한다. "나는 함안에서 일하게 된 지 세 해쯤 지난 뒤에 「여항산에서」라는 시를 썼는데 이걸 일본 말로 번역하여, 금융조합 감독부인 도청 이재과에서 내는 기관지에 기고했더니 요행히 게재되어 원고료 십 원을 받았다. 그때는 동시 한 편을 써서 일이 원쯤 고료를 받으면 다행으로 여기던 때라 월급 삼십 원짜리 나로서는 큰돈이었다."(이원수, 「"나의 살던 고향은 꽃피는 산골"」

회의 기관지『반도의빛』또한 어느 글에서도 언급하지 않기는 마찬가지이다.

그의 친일 글과 관련하여, 그때 그가 친일 글을 쓸 수밖에 없었던 사정을 짐작할 수 있는 글로는 동화「별」(1973)과 수필「"나의 살던 고향은 꽃피는 산골"」(1980)을 들 수 있다. 동화「별」은 그의 후기시를 분석할 때 살펴보기로 하고, 그의 수필「"나의 살던 고향은 꽃피는 산골"」에 나와 있는 구절을 아래에 들어본다.

> 일본의 태평양전쟁이 시작되어 세상 살기가 날로 어려워져 갔다. 농작물 공출 때문에 식량 부족이 도시에 사는 사람 못지않게 심했다. 이러한 시기를 맞아 변절하는 문인들이 생기고 우리 글로 된 신문, 잡지들이 못 나오게 되어 갔다. 내 시를 발표할 곳도 없어졌다.
>
> 농민들은 식량을 공출하는 것뿐만이 아니라 인력 공출도 해야 했다. 이른바 보국대라 하여 전쟁에 필요한 물자를 만드는 공장이나 탄광에 끌려갔다. 지원병이란 이름 아래 젊은 청년들이 전쟁터로 끌려갔다. 한번 간 삶은 예정한 때가 되어도 돌아오지 않는 것이 예사였다. 그 무렵의 내 동시도 슬플 수밖에 없었다. …(중략)… 내가 함안읍에서 가야면으로 옮아왔을 때는 전쟁이 점차로 가열되어 한동안 보류되었던 금융조합 직원도 보국대에 끌려가게 되었다. 큰아이가 입학했다. 그러나 학교에서는 우리 말 우리 글을 쓰지도 않고 가르치지도 않았다. 나는 내 동시들을 모아 붙인 공책을 국어책으로 삼아, "뒷

(1980),『털어놓고 하는 말2』, 135쪽) 이 수필에 나오는 '금융조합 감독부인 도청 이재과'의 상급 기관은 조선총독부 재무국이다. 물론 여기서 '도청 이재과'를 조선총독부와 관련지어 바로 떠올리기는 힘들다. 이 수필은 그의 수필 가운데서 조선금융조합연합회가 조선총독부 국책기관이었다는 것을 짐작할 수 있는, 거의 유일한 글이라 할 수 있다.

산 부엉이 부엉부엉 운다/동무 동무 없다고 부엉부엉 운다" 같은 것
을 읽어 주곤 했다. …(중략)… 정말 막막한 시대였다. 눈에 보이는
것, 귀에 들리는 것이 모두 일본의 노예로 사는 것만이 가장 정당하고
옳은 것 같은 그런 시대였다.[94]

　　일제 말 1937년부터 1945년까지 쓴 시는 42편이고, 이 가운데 매체
에 발표한 시는 33편이다. 위 수필에서 "내 시를 발표할 곳도 없어졌다"
는 말은 일제가 태평양전쟁(1941. 12)을 일으키기 전 강제로 폐간했던 한
글 신문과 잡지를 말한다. 일제는 1938년 3월 학교의 조선어 과목을 완
전히 폐지하고, 관리와 학생들은 사석에서도 조선 말을 쓰지 못하게 한
다. 1940년 8월, 『조선일보』와 『동아일보』도 폐간된다. 종이를 절감해야
한다는 구실을 대지만 실제로는 한글로 된 신문이었기 때문이다. 이 시
기에는 친일 매체가 아닌 경우에는 살아남기 힘들었다. 이원수가 1941년
부터 43년까지 발표한 시는 12편인데, 조선총독부 기관지 『매일신보』에
3편, 조선금융조합연합회 기관지 『반도의빛』에 8편, 기독계 어린이잡지
『아이생활』에 1편이다.[95] 당연히 이때 잡지에 발표한 시는 현실주의 시가
아니고, 유희시 · 서정시 · 친일시였고, 「밤눈」(1938), 「양말 사러 가는 길」
(1939), 「가엾은 별」(1941), 「군밤」(1942), 「개나리꽃」(1945) 같은 현실주
의 시는 쓰고도 발표하지 못한다.

94　이원수, 「'나의 살던 고향은 꽃피는 산골」(1980), 『털어놓고 하는 말2』, 139~140쪽.
95　『매일신보』에 발표한 시 3편은 「언니 주머니」 「니 닦는 노래」 「밤」(1941)이다. 『반
　　도의빛』에 발표한 글 가운데 친일 글 다섯 편을 제외하고 나머지 세 편은 동요 「빨
　　래」 「봄바람」 「종달새」(1942)이다. 『아이생활』 9월호에 발표한 동시는 「어머니」
　　(1943)이다.

그에게 1942년과 43년은 잊어버리고 싶은 과거이고, 기억에서 지울 수만 있다면 지우고 싶은 해였을 것이다.[96] 그래서 이 시기를 말하는 수필을 보면 위처럼 "시를 발표할 곳이 없었다"든지, "동시인이란 이름도 모르고 사무원으로만 엎드려 있었다"고[97] 하면서 마치 이때 시를 하나도 발표하지 않은 것처럼 말하고 있는 것이다.

그런데 위 글을 보면, "변절한 문인들이" 생겼고, 그에 이어 "내 시를 발표할 곳도 없어졌다"고 하는 것은, 자신은 '변절한 문인'이 아니라는 말을 하고 있는 것으로 볼 수 있다. 그리고 뒤이어 '보국대'와 '지원병'을 얘기하고, "한동안 보류되었던 금융조합 직원도 보국대에 끌려가게 되었

---

96 이진경은 『노마디즘2』 '되기와 반−기억' 장에서 이런 말을 한다. "다른 것이 된다는 것, 새로운 것의 생성이란 이런 기억에 반하는 것이고, 기억을 지우는 '망각능력'의 작용이지요. 그런 의미에서 니체는 기억능력에 반하여 망각능력이 없다면 내가 어떻게 새로워질 수 있는가라고 말한 적이 있지요. …(중략)… 제가 보기에 되기의 문제는 기억과 망각 사이에 있는 것이 아니라 기억 자체의 내부에 있으며, 기억의 형태로 존재하는 것들에 대해 어떤 태도를 갖고 있는가, 그것을 어떤 방식으로 이용하는가 하는 데 있습니다. 즉 새로운 사실조차 이전의 기억 속에 다시 집어넣는가, 아니면 기억된 것을 새로운 배치로 탈영토화시키고 변형시키는가 하는 데 있는 것입니다. 고통스런 상처를 잊지 못하는 한, 그것은 신경증환자의 반복강박처럼 반복하여 되살아나 우리를 과거의 그 상처로, 그리고 그에 따라 미움과 증오, 원한으로 끌고 갑니다. …(중략)… 그런데 여기서 주목할 것은 사실 기억에 이미 호오(好惡)와 선별이 내장되어 있다는 점입니다. …(중략)… 반복강박처럼 되돌아오는 것은, 그것이 과거의 사실이어서가 아니라 상처로서의 기억이기 때문이고, 놓치고 싶지 않은 것 또한 마찬가지지요."(이진경, 『노마디즘2』, 휴머니스트, 2007, 47~49쪽) 이런 의미에서 이원수의 친일의 기억에 대한 태도는, 그가 해방 뒤 저세상으로 떠날 때까지 보여 준 현실주의 행보는 '반−기억과 되기'의 과정으로도 볼 수 있을 것이다.
97 이원수, 「군가를 부르는 아이들에게」(1973), 『솔바람도 그날 그 소리』(전집 27), 130쪽.

다"고 한다. 일제는 전쟁이 급박하게 돌아가자 지원병 제도로는 필요한 병력을 감당할 수 없어 갑자기 서둘러 징병제를 실시한다. 1942년 5월 9일 조선에 징병시행준비명령을 발령하고 1943년 8월 1일부터 실시하여, 1944년 8월 20일 제1회 징병 검사를 한다.[98] 농촌에서는 농사에 필요한 인력을 빼고는 모두 강제로 징집을 하고, 총독부 국책기업에서도 징집되는 사람이 있었다. 이원수는 위 수필에서 국책기업 금융조합에서도 징집이 되었다고 말하고 있다. 그리고 뒤이어 "큰아이가 입학했다"고 한다. 이 말은 그가 세 아이의 아버지이자 가장이었다는 말이다.

이 글을 보면, 이원수는 자신을 '변절한 문인'으로 보지 않는다. 이때 그가 가장 두려워했던 것은 '보국대'와 '징집'이었다. 일본의 금융정책을 제일선에서 수행하는 총독부 국책기관 금융조합에 다니는 것도 더 이상 방패가 되지 못했다. 더구나 그는 사상범이었고, 복직된 직원이었다. 가장 걱정되는 것은 세 갓난아이와 아내였고 늙으신 어머니였다. 그는 이런 상황에서 보국대에 끌려가지 않으려면 자신이 충실한 황국신민이라는 것을 증명해야만 했을 것이다. 그의 친일 글은 바로 이런 처지에서 쓴 것이 아닐까 싶다.

1965년 이원수는 22, 23년 전에 쓴 친일시 「志願兵을 보내며」(1942)와 「보리밧해서 – 젊은 농부의 노래」(1943)의 구절이 떠오르는 동시 「가

---

98 당시 조선인 징병 적령자 예정 총수 231,424명 중 총 수검자 수는 222,295명으로 전국 각지에서 약 96퍼센트가 신체검사를 받는다. 이때 검사를 받은 사람은 1944년 9월 1일부터 1945년 5월까지 순차적으로 입영하기로 하고 준비훈련에 들어간다. 실제 현역병으로 전쟁터에 보내진 수는 1944년과 1945년에 각각 45,000명으로 알려져 있다. 변은진, 「조선인 군사동원을 통해 본 일제 식민지정책의 성격」, 『아세아연구』 No.46, 2003, 229~231쪽.

을바람」(1965)을 발표한다. 「보리밧해서 – 젊은 농부의 노래」가 '시'라면, 「가을바람」은 '동시'이다. 「보리밧해서 – 젊은 농부의 노래」는 『반도의빛』 1943년 5월호 본문 앞장을 장식했고, 「가을바람」은 『중등 국어』의 '여는 시'였다. 「보리밧해서 – 젊은 농부의 노래」와 비슷한 맥락이나 구절은 글 자를 진하게 하고, 「志願兵을 보내며」의 한 구절이 떠오르는 부분은 밑줄 을 그었다.

바람이 온다.
서늘한 그 몸에
노란 비늘 같은 낙엽들을 붙이고
황금 들판을 훨훨 춤추며 온다.

벼는 익어 무거운 고개 숙이고
수수밭 콩밭, 부풀 대로 부푼
이삭들 위에
어루만지듯 투명한 햇볕이 내리고…….

긴 여름날을
땅속에서 일해 온 이들
밤새워 마른 논에 물을 푼 이들
폭우와 뇌성 속에
허물어지는 논둑을 지킨 이들
그 어버이들의 지친 몸에
영광스런 이날
들에 가득 넘치는 오곡의 향기여

하늘이 주신 은혜라고만 할 것인가,
내 어버이들의

저 거룩한 노고(勞苦)를 잊고,
풍년의 이 기쁨을
어찌 감히 내 것이라 할 것인가,
어버이들의
저 피나는 노동에 참여치 않고…….

이 넓은 들에 가득 찬
가을의 향연을 즐기기 위해
아! 나도 어서 자라
신성한 노동의 한 주인이 되리라.

바람이 간다.
금빛 훈장 같은 잎사귀들을 마련하고
마음이 흐뭇한 사람들의
가슴을 찾아 흘러간다.

— 「가을바람」 전문

    앞에서 살펴본 「보리밧해서 – 젊은 농부의 노래」처럼 위 시도 6연으로
되어 있다. 「보리밧해서 – 젊은 농부의 노래」 전체 맥락이 "바람이 분다"
로 시작하여 "南風은 불어온다"로 끝난다면, 「가을바람」은 "바람이 온다"
로 시작해 "바람이 간다"로 끝을 맺는다.

    두 시를 견주어 보면 이원수의 「가을바람」은 「보리밧해서 – 젊은 농부
의 노래」의 모작(模作)이라 할 수 있고, '고쳐 쓰기'라 할 수 있다. 시의 전
체 맥락이 비슷할 뿐만 아니라 "하늘이 주신 은혜"(「가을바람」 4연)와 "하
눌이 주신 試鍊"(「보리밧해서 – 젊은 농부의 노래」 3연)은 너무나 닮아 있
다. 이 시를 보면 23년 전 친일시의 기억이 그의 내면 깊숙이 자리하고

있었지 않나 싶다. 이 고쳐 쓰기의 과정은 친일시가 노동시로 바뀌는 과
정이기도 하다.

「志願兵을 보내며」의 5연 "우리도 자라서, 어서 자라서/소원의 군인이
되겠습니다./굿센 일본 병정이 되겠습니다."는 「가을바람」에 와서 "아! 나
도 어서 자라/신성한 노동의 한 주인이 되리라."가 된다. 사실 이원수는
마산 공립상업학교 2학년 2학기, 그의 첫 소년시 「화부(火夫)인 아버지」
(『조선일보』, 1930. 8. 22)[99]에서, "그러나 아버지/설워 말고 기운을 내소
서./당신이 일이키는 전기를 받으면서/이를 갈며 일하는 이 아들이 있습
니다./먼지와 증기를 뉘저쓰고/기계와 싸우는 아들이 있습니다." 하면서

---

99 「화부(火夫)인 아버지」 시 전문은 다음과 같다. "아버지여/팔월 태양은 거리와 지
붕을 쪼여/땅덩이는 이글이글 타오르는데/발전소 쇠가마에 석탄을 때고 있는/아
버지여! 오죽이나 더웁습니까.//나는 보았습니다. 나는 압니다./아버님이 벌겋게
달은 아궁이 앞에/길이 넘는 쇠젓가락을 들고/천 도의 고열과 싸우는/아버지의
타는 듯한 얼굴을/그리고 비 오듯 하는 땀을!/나는 보았나이다.//아버지! 당신은
분해하실 터입니다./화기에 숨 막히면서 일을 할 때/아버지의 그 노력 그 고생의
결정이/한가히 낮잠 자는 자의 '선풍기'가 되고/걸음 걷기 싫어하는 자의 전차가
되고/거룩한 아버지에겐 주림만 온다는/이 불공평한 대조에 얼마나 분해하시리
까./아─ 아버지!//그러나 아버지//설워 말고 기운을 내소서./당신이 일이키는 전
기를 받으면서/이를 갈며 일하는 이 아들이 있습니다./먼지와 증기를 뉘저쓰고/
기계와 싸우는 아들이 있습니다.//아버지여 기뻐하소서./약하던 이 팔다리 약하
던 이 마음─/이제 돌 같사외다 쇳덩이 같사외다//아─ 아버지여 힘이 더하소서/
그늘에서 덤비는 적(敵)으로 해서/우리의 '삶'이 이다지 험한 줄 아는/이 아들은 젊
습니다./아─ 아버지 화부의 아버지여─." 이 시는 고등학교 2학년 이원수가 자본
주의 사회의 모순을 깨우친 화부(火夫)의 아들을, '노동계급의 탄생'을 노래하고
있다. '동시'에서 첫 자유시가 「눈 오는 밤에」(1931. 12)라면, 이 시는 그의 첫 자
유시로서의 '소년시'다. 물론 이 시는 그의 동시관 '아동이 느낄 수 있는 시'로서의
동시 개념에 따르면 동시로도 볼 수 있다.

'쇳덩이' 같은 노동계급이 되겠다고 다짐한다. 그런 그가 이로부터 12년 뒤 세상을 바꿀 '노동자 계급'에서 일본 제국주의의 '굿센 황군'이 되겠다 하고, 다시 23년 뒤 맨 처음의 다짐 '신성한 노동의 한 주인'이 되겠다고 고쳐 쓰고 있는 것이다.

이러한 고쳐 쓰기는 이원수가 '친일의 기억'에 대해 어떤 태도를 취하고 있었는지 짐작하게 해 준다. 이는 이진경의 말처럼, 그에게 친일은, 그런 "고통스런 상처를 잊지 못하는 한, 그것은 신경증 환자의 반복강박처럼 반복하여 되살아나" 그를 "과거의 그 상처로" 끌고 갔을 것이다. 반복강박처럼 되돌아오는 기억은, "그것이 과거의 사실이어서가 아니라 상처로서의 기억이기 때문이고", "다른 것이 된다는 것, 새로운 것의 생성이란 이런 기억에 반하는 것이고, 기억을 지우는 '망각 능력'의 작용"이라 할 수 있다. 이런 의미에서 「보리밧해서 – 젊은 농부의 노래」의 고쳐 쓰기는 "기억된 것을 새로운 배치로 탈영토화시키고 변형시키는" 일이고, 친일의 기억에 대한 태도, 즉 '반–기억과 되기'의 일환이라 할 수 있다.[100]

2. 중기시 : 주체와 행동성

1948년 삼녀 상옥, 1949년에 삼남 용화가 태어난다. 이렇게 해서 이원수는 6남매의 가장이 된다. 1950년 6월 25일 전쟁이 터지지만 그는 어린아이들을 데리고 피난갈 수 없어 서울에 남는다. 앞서 말했듯이, 이원

---

100 이진경, 앞의 책, 47~49쪽 참조.

수는 인민군이 서울을 점령했을 때 해방 이후 근무했던 경기공업학교 사회주의자 선생님들로부터 학교에 나와 달라는 연락을 받는다. 학교에 수업이 있는 것도 아니어서 그저 잠깐 모였다 헤어지고 하는 그런 정도였다. 하지만 학교에 나갔다는 이 일로 그는 1950년 9 · 28 서울 수복 이후 인민군 부역자 신세가 된다. 그는 서둘러 최병화와 같이 월북 길을 떠난다.[101] 둘은 북으로 올라가다 되돌아오지만, 이미 집은 풍비박산이 되어 있었다. 이원수의 장남 이경화는 이때 일을 이렇게 기억한다.

우리 가족은 하루하루 먹고사는 것이 어려웠다. 열세 살의 나와 열한 살 동생 둘은 함께 매일 신문장사를 해서 집안 식구를 도왔고, 어머님은 폐허가 된 서울에서 막일이라도 하겠다고 동분서주했으니까 끼니를 이어가기에는 어려움도 없었다. 아이들을 굶겨 죽게 할 수 없다고 생각하신 어머니는 내 밑의 다른 동생 세 명을 고아원에 위탁하게 되었다.

그런데 상상도 못했던 위기를 맞았다. 전쟁이 끝난 줄 알았는데 몇 달 후에 중공군의 개입으로 또다시 서울을 버리고 피난을 가게 되는 혼란 속에서 세 동생을 잃어버리는 비극을 맞게 되었다. 고아원의 어린아이들은 너무나 갑작스런 후퇴 작전에 휘말려 일부는 비행기로 후송되고 일부는 후퇴하면서 도중 인민군 치하에 들어가든가 전쟁의 불길 속에 희생됐다는 것을 나중에 알게 됐다.

아버지와 어머니께서는 잃어버린 자식들에 대한 한이 많으셨다. 나

---

101 최병화는 이원수보다 여섯 살 위 형이다. 그는 『별나라』 인쇄인으로 일했고, 50편 가까이 동화와 소년소설을 썼지만 책으로 묶은 것이 없어 우리 아동문학사에서 이름을 찾기 힘들다. 이원수가 최병화를 처음 만난 것은 경기공업학교를 그만두고 박문출판사에서 일할 때다. 그런데, 그 또한 피난을 못 가고 학교에 나가 일을 보았다고 한다. 학교에 나가 아무 일을 하지 않더라도 나간 것 자체가 당시에는 '부역'이었다.

중에 제주도로 후송된 동생을 찾을 수 있었으나 한 살짜리 동생은 안양고아원에서 죽은 것으로 추정된다. 그리고 세 살 먹은 동생은 생사를 알 수 없었으나 살아 있을 수도 있다는 희망을 갖게 됐다. 그것은 동생이 있었던 고아원이 대구로 피난을 갔고 동생이 그 뒤 미국으로 입양되어 간 사실을 알게 됐기 때문이다. 그러나 그 입양 아동들의 이름이나 기타 기록이 없어서 확인은 불가능했다. 그 이후 나는 미국서 38년간 살아오는 동안 늘 동생을 찾을 수 있는 기적이 일어나길 고대하며 지내왔다.[102]

이 일은 이원수가 최병화와 함께 월북을 할 때 벌어졌다. 최순애는 막일을 찾아 나서고 경화와 창화(차남)는 신문팔이를 한다. 그렇게 해도 하루하루 끼니를 잇기 힘들었다. 최순애는 영옥(10세), 상옥(4세), 용화(3세)를 고아원에 맡긴다. 그런데 1951년 1월 4일, 중공군의 개입으로 또다시 피난을 떠나야 했다. 이런 급박한 와중에 세 아이를 잃는 사달이 난 것이다. 영옥은 나중에 제주도에서 찾는다. 열 살이어서 아버지 어머니 이름과 주소까지 외우고 있었던 것이다.

두 아이를 잃어버린 일로 그의 가슴에 난 상처는 한국전쟁이 끝나고도, 저세상으로 떠날 때까지도 지워지지 않는다. 이 일은 그의 인생에서 가장 힘든 일이었다. 더구나 이 일은 1942년과 43년, 지울 수만 있다면 지우고 싶은 친일에 대한 기억을 '반-기억'으로 만들어 버리고 덮어 버린다. 상처는 상처로 덮을 수 있다는 말이 있듯이, 자식 둘을 허망하게 잃어버린 부모의 심정은 다른 어떤 것과도 비교할 수 없었다. 그는 이 상처를

---

102 이경화, 「아버지의 동화책」(2009), 『꽃대궐』, 이원수문학관, 2009. 이경화는 이때 막내 용화를 한 살로 기억하지만 세 살이 맞다.

시로, 동화로 쓰면서 아픔을 치유해 간다. 중기시의 시작을 '1950년 한국전쟁'으로 잡지 않고 1951년으로 잡은 것은 바로 이 때문이다.

이원수 시의 중기라 할 수 있는 1951년에서 1963년까지 그가 쓴 시는 98편이다. 한국전쟁이 난 1950년과 그 이듬해 51년에는 한 편도 없고, 52년부터 작품을 발표하기 시작한다. 1951년 7월 개성에서 휴전 회담이 시작되고 전쟁은 소강 국면에 접어든다. 이원수는 그 이듬해 시 6편을 발표한다. 이때 그는 대구에서 마산 공립보통학교 1년 후배 김원룡과 같이 어린이잡지 『소년세계』 편집 일을 맡아본다.[103] 그가 가장 왕성하게 작품을 발표한 해는 1956년부터 1960년까지(1956년 9편, 57년 17편, 58년 14편, 59년 11편, 60년 23편)이고, 이때 발표한 동요·동시만 74편에 달한다. 이 무렵 시도 발표한다. 1957년 「황혼」과 「질풍 속에서」를 시작으로 하

---

103 『소년세계』는 한국전쟁 때 피난지 대구에서 1952년 7월 1일자로 창간하여 1956년 9·10월 합병호(제40호)로 종간한 문예 중심 어린이잡지이다. 편집위원은 오창근, 김원룡, 이원수, 최계락, 정영희이고, 편집고문은 김소운이 맡았다. 창간호 표지 뒷장에 구왕삼이 찍은 사진 두 장이 있다. 한 장은 높이 뻗은 나무에 아이들이 올라가 노는 사진이고, 그 밑에 여자아이가 염소 한 마리를 몰고 있는 사진이 있다. 두 사진 옆에 편집주간 이원수의 시 「올라가는 마음들」과 「양과 소녀」가 있다. 두 시 모두 선집 『고향의 봄』에는 빠져 있다. 『고향의 봄』 선집에는 1952년에 발표한 시가 4편이지만 이 시 두 편을 더하면 여섯 편이 된다. 아래에 시 전문을 옮긴다.

"나무 가지에 주렁주렁/열린 아이들-//-야! 내가 제일 높지!/-뭘! 내가 더 높은 걸! /-어디 나도 나도……/-올라가자, 올라가자.//나무 가지 타고/위로 위로만 오르는 마음/숙 숙 자라는/어린 마음들."(「올라가는 마음들」)

"소녀는 가자 하고/양은 아직 풀을 먹고//기우는 저녁 해는/번져 오는 산 그림자//더위 걷은 저녁 바람은/흰 양의 광선을/흔들며 간다."(「양과 소녀」)

두 시는 구왕삼의 사진을 보고 거기에 맞추어 쓴 시인 듯싶다. 「양과 소녀」에서 3연 "광선"은 오자처럼 보이지만 사실은 사진 속, 햇빛에 빛나는 염소 털을 말한다.

여 시도 한 해에 두세 편씩 꾸준히 써 나간다. 이 시기 이원수는 차츰 안 정을 찾아간다. 1956년 『어린이세계』 주간을 맡아 잡지 편집에 집중하고, 1959년에는 답십리에 새 집을 마련해 이사를 간다. 1960년 4·19혁명을 거치면서 한 줄기 빛을 보지만 그 광명은 순식간에 사라진다. 그해 3·15 부정선거에 항의하여 일어난 마산 의거를 소재로 동화 「어느 마산 소녀의 이야기」, 4·19혁명을 소재로 동시 「아우의 노래」와 동화 「땅속의 귀」를 발표한다. 그 이듬해도 이어서 4·19혁명을 소재로 동화 「벚꽃과 돌멩이」, 아동극 「그리운 오빠」, 한국전쟁 이후 양민 학살 사건과 4·19혁명을 다룬 장편소설 『민들레의 노래』(학원사)를 출간한다.

1960년은 그의 시 인생에서 가장 많은 시를 발표한 해라 할 수 있다. 혁명의 기운 속에서 그도 자유롭게 시를 쓴 것이다. 그런데 정작 4·19혁명을 노래한 시는 「아우의 노래」 한 편뿐이고,[104] 동요가 6편, 서정시가 11편, 유년시가 1편이다. 다만 현실주의 자장 속에 있는 시로는 「아우의 노래」를 비롯하여 「종아 울려라」 「순희 사는 동네」 「털장갑」 「산동네 아이들」 이렇게 5편을 볼 수 있다. 그의 중기시(1951~1963)에서 현실주의 시로 볼 수 있는 시는 모두 10편인데, 60년에 다섯 편이나 쓴 것이다. 5·16군사쿠데타로 혁명이 실패로 돌아가는 해인 1961년 그는 서정시 「완두콩」 「개나리 꽃봉오리 피는 것은」 두 편밖에 쓰지 않는다. 1962년에도 단 2편만 발표하고 동화와 평론에 집중한다. 혁명의 실패는 그만큼 아픔이었고

---

104 「개나리 꽃봉오리 피는 것은」(1961. 3) 또한 4·19혁명을 노래한 시로 읽을 수도 있지만, 이 시는 잡지 『국민학교학생』 봄호에 실린 '권두시'로 보는 것이 타당하다. 그는 이 시를 바탕으로 그해 동화 「개나리꽃이 피기까지」를 발표한다. 이 동화를 살펴보면, 「개나리 꽃봉오리 피는 것은」은 4·19의 알레고리로는 읽히지 않는다.

좌절이었던 것이다.

그의 중기시 98편 가운데 서정시가 42편으로 가장 많다. 그다음으로는
동요가 23편,[105] 국경일이나 잡지의 권두시로 쓴 행사시가 12편,[106] 유년
시 8편,[107] 현실주의 시 10편을 볼 수 있다. 그런데 서정시, 행사시, 유년
시, 현실주의 시에도 동요로 볼 수 있는 시가 23편이 더 있기 때문에 중
기시에서 동요는 46편에 이른다고 볼 수 있다. 그렇다면 중기시 98편 가
운데 거의 절반이 동요라 할 수 있다. 이 시기 그가 아니더라도 동심주의
시에서 얼마든지 찾아볼 수 있는 상투적인 시 10편이 보인다. 이는 그의
창작 장르가 산문 중심으로 옮겨 가면서 시의 긴장이 느슨해진 것으로
볼 수 있다. 동화와 소년소설을 쓰고 있을 때 동시 청탁이 들어오면 그때
그때 써 보내면서 이런 상투적인 시도 씌어지지 않았을까 싶다.

1) 서정과 주체의 행동

그의 초기시(1926~1950) 133편 가운데 서정시로 볼 수 있는 시는 67
편이다. 이때의 서정시가 「찔레꽃」(1930), 「앉은뱅이꽃」(1939), 「개나리

---

105 동요 23편은 다음과 같다. 「꾀꼬리」 「서울 급행열차」 「달빛」(1952), 「소쩍새」(1953),
    「맴 맴 매미」 「저녁달」(1956), 「맨드라미」 「개구리」 「송사리」 「바람과 나뭇잎」 「포도
    밭 길」 「겨울나무」(1957), 「깡충깡충」(1958), 「햇볕」 「강물」 「눈」(1959), 「소낙비」 「봄
    꽃」 「소리」 「고갯길」 「자박자박자박」 「씨름」(1960), 「나는야 일등」 「풀밭」(1963).

106 행사시 12편은 다음과 같다. 「프리믈러」(1955), 「삼월은」 「새파란 아기들」(1957),
    「5월엔」(1958), 「봄이 오나 봐요」(1959), 「아우의 노래」(1960), 「오월」 「설」(1962),
    「새날의 아이들」 「4월이 오면」 「햇살」 「꽃잎은 날아가고」(1963).

107 유년시 8편은 다음과 같다. 「맴 맴 매미」(1956), 「맨드라미」 「썰매」(1957), 「피래미」
    「겨울 밤」(1958), 「햇볕」 「달밤」(1959), 「봄꽃」(1960).

꽃」(1945), 「봄 시내」(1946)처럼 서정이 '배경'이 되고, 그 서정 속에서 그리움(「찔레꽃」「개나리꽃」), 이별(「앉은뱅이꽃」), 해방된 조국의 봄 들판(「봄 시내」)과 식민지에서 살아가는 아이들의 고단한 삶을 노래했다면, 중기의 서정시는 풍경이 배경이 아니라 전면이 되고 풍경 자체의 아름다움과 정서를 노래하고 있다고 볼 수 있다.

맨드라미 빨간 볏이 고개 갸웃
햇볕 맑은 마당을 보고 있어요.
울타리엔 과꽃, 코스모스.
꽃 위엔 잔 잔, 고추잠자리.

맨드라미 빨간 볏이 고개 갸웃
조용한 장독대에 들고 있어요.
또르르르 또르르 귀뚜라미의
처음 배우는 노랫소리 듣고 있어요.

— 「맨드라미」(1956) 전문

위 시는 동요다. 시인이 처음부터 노랫말을 쓴다는 기분으로 썼다고 볼수 있다. 맨드라미 꽃을 닭 볏에 비유해 고개를 '갸웃갸웃'한다고 노래하고 있다. 이는 기발한 발상과는 거리가 멀고, 당시 동심주의 시에서도 쉽게 찾아볼 수 있다는 점에서 상투적인 발상이다. 1연은 맨드라미 빨간 볏 닭이 고개를 갸웃갸웃하면서 마당을 보고, 저 멀리 울타리의 과꽃과 코스모스를 바라본다. 그 꽃에는 고추잠자리 한 마리가 잔잔하게 앉아 있다. 2연은 맨드라미 빨간 볏 닭이 귀뚜라미의 또르르르 노랫소리를 처음으로 듣고 배운다.

시의 화자는 시인이면서 어린이이고, 화자가 맨드라미 빨간 볏을 지켜보면서 상상을 하는 것으로 되어 있다. 그런데 시 속에 어린이가 등장하지 않는다. 초기의 서정시 「찔레꽃」(1930)은 찔레꽃이 피어 있는 산길에서 쓸쓸하게 누나를 기다리는 아이의 내면을 그리고 있다. 이때 하얀 찔레꽃이 핀 산길은 시의 '배경'으로 자리한다. 초기 서정시에서는 풍경 속에 사람이 있고, '어린이의 삶'이 있어 '사람 냄새'가 났다. 하지만 위 시 「맨드라미」에서 맨드라미꽃은 시의 배경이 아니라 전면으로 등장한다. 이렇듯 중기 서정시 가운데 많은 시는 '사람'과 '어린이의 삶'이 없이 서정이 전면에 나선다는 점을 들 수 있다. 사람과 어린이의 삶이 나오지 않기 때문에 시 주체의 '몸짓'이 있을 수 없고, 그렇기 때문에 시는 동적이지 않고 조용해지고 '관조'의 시가 될 수밖에 없다.

그의 중기시에서 서정시로 볼 수 있는 시는 1952년에 발표한 「여울」에서부터 시작하여 「꽃나무 이사」(1963)까지 총 42편이다.[108] 그런데 동요, 유년시, 행사시, 현실주의 시, 상투적인 시에도 서정시가 들어 있기 때문에 그의 중기시에는 서정시가 압도적으로 많다고 볼 수 있다. 그의 중기 서정시에서 눈여겨봐야 할 명편으로는 「여울」(1952), 「버들붕어」 「산새」(1957), 「씨감자」 「자두」(1960)를 꼽을 수 있다. 이 시기 그의 시 인생에서 가장 아름다운 동요와 서정시가 씌어진다.

---

108 나머지 40편은 다음과 같다. 「포플러 잎새」 「그리움」(1953), 「산정」 「꿈의 플라타너스」(1954), 「나무의 탄생」 「개나리」 「프리뮬러」(1955), 「복사꽃」 「맨드라미」 「소녀의 기도」 「유월」(1956), 「석죽」 「꽃들의 꿈」 「버들붕어」 「맑은 날」 「어둔 밤에 피는 건」 「산새」(1957), 「새 눈」 「파란 세상」 「산」 「애기 책을 읽으며」 「솔방울」 「흰 구름」 「파란 동산」 「책 속의 두견화」(1958), 「파란 초롱」 「어미닭·병아리」 「과꽃」(1959), 「씨감자」 「종다리」 「자두」 「먼 소리」 「매미 잡이 오빠」 「과꽃」 「비 오는 밤에」 「달」 「산에서」 「고갯길」 「연」 「완두콩」(1960).

아래 시「여울」은 그가 최병화와 함께 월북 길에 올랐을 때 쓴 시다. 1952년에 발표한 시는「여울」외에「꾀꼬리」「서울 급행차」「달빛」「올라가는 마음들」「양과 소녀」이렇게 다섯 편이 더 있는데, 앞의 세 편은 동요이다.

단풍 든 산을 끼고 차디찬 강물
언덕 위 외딴집엔 어린 나그네

등잔불도 없이
밤이 깊어서
누워서 듣습니다.
여울물 소리.

"잘 가거라, 잘 가거라.
언제나 만나 보니?
혼자 가니, 너 혼자
어디 가니? 어디 가니?"

목멘 어머니의 목소리같이
원망하는 누이의 목소리같이

싸늘히 차운 밤,
어린 길손을
여울물이 울며 가네.
부르며 가네.

— 「여울」전문

이 시는 외롭고 서러운 어린 길손의 마음을 잔잔한 서정 속에서 노래하고 있다. 화자는 시인이고, 전지적 작가 시점이다. 지금까지 살펴본 이원수 시는 시인이 화자라 할지라도 시인과 어린이가 하나로 되어 있는, 시인의 말이 그대로 어린이의 말로 되어 있는 시인데, 이 시는 온전히 시인의 말로만 되어 있다. 다만 1연의 '어린 나그네'와 5연의 '어린 길손'이 있어 시의 주체가 어린이인 것은 분명하지만, 이 시는 처음부터 화자가 시인이고 시점 또한 전지적 작가 시점이라 할 수 있다. 이런 의미에서 이 시는 통념으로서의 동시, 다시 말해 '어린이를 위한 시'인 동시에서 벗어나 있다. 하지만 이원수 동시론에서 살펴보았듯이 그는 동시를 '어린이를 위한 시'에서 '아동이 느낄 수 있는 시'로 동시의 경계를 넓힌다. 비록 동시와 시의 경계에서 시의 경계 안쪽에 있는 시라 할지라도 어린이가 읽고 무언가 느낄 수 있는 시라면 동시로 볼 수 있다는 말이다. 중기시에서 「여울」처럼 시의 경계 안쪽에 있는 시로는 「그리움」(1953), 「산정」(1954), 「개나리 꽃봉오리 피는 것은」(1961)을 들 수 있다. 이렇게 시에 가까운 시는 후기시에 이르면 더 많아진다.

산에 "단풍이 든" 것으로 보아 때는 가을이다. '여울'은 강바닥이 얕거나 폭이 좁아 물살이 세게 흘러 물소리가 나는 시냇물을 말한다. 이 여울물 소리는 시 전체를 감싸고 있고, 잘잘잘 흐르는 여울물 '소리'가 시의 '배경'으로 깔려 있다.

3연의 "잘 가거라, 잘 가거라./언제나 만나 보니?/혼자 가니, 너 혼자/어디 가니? 어디 가니?"는 여울의 목멘, 원망하는 소리다. 시인에게 여울물 소리는 '목멘 어머니'와 '원망하는 누이'의 '목소리'로 들린다. 어머니는 부모이기 때문에 어쩔 수 없는 자식의 월북길을 이해해 줘야 하고, 또 말릴 수도 없는 처지이다. 그래서 어머니는 자식이 걱정되어 '목이 멘' 소리이다. 하지만 누이는 자식과 아내까지 모두 남겨 두고 떠나는 동생의 월 북길을 '원망'하는 목소리다. 이 시의 5연은 중간에 생략한 것이 있다. "싸 늘히 차운 밤,/어린 길손을" 다음에 3연과 4연을 놓고, 이어서 "여울물이 울며 가네./부르며 가네."로 읽는 것이 더 자연스럽다.

이 시에 얽힌 이야기가 있다. 앞에서 잠깐 이야기했듯이 최병화와 이원 수는 1950년 9 · 28서울수복 이후 북으로 월북길을 떠난다. 서울 수복이 된 뒤 둘레 사람들이 하루빨리 피신을 해야 한다고 일러 줬는데도 이원수 는 미적거리고 있었다. 어느 날 최병화가 배낭을 메고 집에 찾아와 지금 당장 피신하지 않으면 큰일 난다고 다그친다. 이원수는 내키지 않은 발걸 음을 내딛는다. 그런데 내딛는 발자국마다 미련과 후회가 뒤따른다. 그는 마침내 어느 '외딴집에서' 최병화에게 자기 생각을 말하고 다시 집으로 돌 아가자고 한다. 바로 이때 최병화에게 들려준 시가 위 시 「여울」이다. 이 시가 그의 마음을 돌렸는지는 모르지만 둘은 다시 서울로 발길을 돌린다. 서울 근처에서 잠깐 둘이 떨어져 있을 일이 있었는데, 최병화가 머물고 있던 마을이 폭격을 받아 그곳에서 그는 저세상으로 떠난다.[109] 이 이야 기를 듣고 위 시를 다시 읽으면 북으로 힘들게 올라가다 어느 외딴집에서 등잔불도 없이 누워 있는 이원수와 최병화 모습이 그대로 그려진다.

아래 시는 시의 주체가 행동으로 나아가는 「버들붕어」(1957)이다.

지난 가을 어느 날
논귀 물에서 잡아 온 버들붕어,

---

109 이원수, 「동일승천(冬日昇天)한 나비 최병화 형」(1974), 『동시 동화 작법』(전집 29),
     176~179쪽 참조.

그 쬐꼬만 버들붕어들은-

어항 속에서 심심하게 놀며
때때로 조용히 무슨 생각하며
이날까지 죽지 않고 살아왔다.

긴 겨울,
논에는 꽁꽁 얼음이 얼고
그 위에 또 겹겹 눈이 쌓여도
내게 온 어린 붕어는
따슨 방에서 사는 우리의 가족

버들붕어야,
가만히 꼬리 흔들며, 너는 그래도
먼 그날의 고향-논귀를 생각하느냐.

햇볕이 따스하면
봄인 양
졸졸졸 물소리가 나나 귀 기울이고-

아! 어서 얼음만 풀리면
논귀에 달려가서
겨울 난 미나리, 물풀들을 뜯어다 주마.
풀잎에 네 머리 박고
고향 냄새를 맡게 해 주마.

내 귀여운 버들붕어야,
버들붕어야.

―「버들붕어」 전문

위 시는 그가 이 시기 집중했던 동화처럼 도입(1연), 전개(2연, 3연), 위기 · 절정(4연~6연), 결말(7연)의 구조를 띠고 있다. '동화적' 구성이고, 동화적 상상력이라 할 수 있다. 1연은 시의 인트로(전주)인데, 화자가 어떻게 해서 버들붕어를 집에서 키우게 되었는지, 그 내력을 밝히고 있다. 2연과 3연은 논 귀퉁이에서 잡아온 버들붕어를 따신 방 어항에 키우고 있는 상황을, 4연부터 6연까지는 화자가 버들붕어와 하나가 되어 버들붕어의 마음을 헤아리고, 7연은 봄이 되어도 논귀에 풀어주지 않고 키우겠다는 것으로 시를 마무리하고 있다.

이 시의 화자는 시인으로도, 또는 어린이로도 볼 수 있다. 초기시에서도 그래 왔듯이 이 시에서도 시인과 어린이는 하나가 되어 있다. 시인이 말하는 것이 그대로 어린이의 말이 되어 있는 것이다. 어린이 화자의 시가 자칫하면 어린이를 너무 의식한 나머지 시인의 세계가 좁아지고 움츠러들 수 있는 반면에 이원수의 시는 시인의 세계가 그대로 어린이의 세계로 받아들여지도록 되어 있다. 그래서 이원수의 시는 자신이 창조한 세계에 아이들을 당당하게 불러들인다. 위 시「버들붕어」 또한 '자신이 창조한 상상의 세계'(4연~6연)에 독자를 자신 있게 불러들이고 있다.

위 시에서는 시인이 시의 대상 버들붕어를 오랫동안 지켜보면서, 대상의 진실 또는 상황의 본질에 파고들려는 의지, 대상과 적극으로 대결하려는 태도가 느껴진다. 어항 속 버들붕어를 관조의 눈으로, 또는 방관적으로 보다가 일순간 '참신한 발상과 독창적인 비유'가 떠올라 쓴 것이 아니라, 버들붕어와 오랫동안 눈을 마주치면서 자신이 버들붕어가 되고, 버들붕어와 수없이 대화를 나누면서 어느 순간 대상의 진실 또는 상황의 본질이 보였을 때 쓴 시로 볼 수 있다. 그런데 만약 이원수가 어린이가 되어, 처음부터 어린이 화자를 상정하고 시의 대상 버들붕어를 지켜보다가 썼다면 지금과 같은 시는 되지 못하고, 좁은 어린이의 세계(1연~3연)에 그쳐 버렸을 가능성도 있다.

1연의 논 귀퉁이 "물에서 잡아 온 버들붕어"는 3연에 가면 "내게 온 어린 붕어"가 되고, "따슨 방에서 사는 우리의 가족"이 된다. 그는 "어린" 버들붕어를 보고 한국전쟁 때 잃어버린 두 자식을 떠올렸을지 모를 일이다. 그래서 '잡아 온' 붕어는 운명적으로 '내게 온 어린 붕어'가 된다.

4연에서 눈여겨봐야 할 구절은 2행이다. "가만히 꼬리 흔들며, 너는 그래도"에서 그는 도치를 하고 있다. "그래도"에서 '도'의 의미는, 다른 친구들은 긴 겨울 논에 꽁꽁 얼음이 얼고, 그 위에 또 겹겹이 눈이 쌓이는 그 추위에 오소소 떨고 있는데, 너는 "따슨 방에서" 우리와 같이 사는 한 식구인데도' 그렇게 "때때로 조용히" "먼 그날의 고향—논귀"가 생각나느냐, 하는 말이다.

5연과 6연은 '시의 주체(시인 또는 어린이)가 행동'으로 나아가는 부분이다. 앞에서 살펴본 「맨드라미」의 화자는, 맨드라미를 관조의 대상으로 바라보고 있다. 시의 대상에 대한 시인의 태도가 평면적이고, 동적이지 않다. 요시다 미즈호는 이런 화자의 태도를 "주체가 잠자고 있다"고 한다. 그래서 "눈망울에" 맨드라미 꽃이 "하나의 풍경으로 비쳤을 뿐, 지은이의 개성이" 더는 앞으로 나아갈 수 없다고 말한다. 이는, 시의 "대상에 대결해 가려는 지은이의 주체적인 생활 행동"이 없다는 것을 뜻한다.[110]

---

110 요시다 미즈호가 "눈망울에…… 풍경으로만 비쳤을 뿐, 지은이의 개성이" 더는 앞으로 못 나아간, 시의 "주체가 잠자고 있다"고 평한 시는 일본 4학년 여자아이가 쓴 시 「클로버」다. "가을 햇빛에 비쳐/노랗고 보드레한 듯한 클로버/바람에 흔들리어/희미하게 빛나는 잎도 있다./잎이 겹쳐져서/그림자를 짓고 있다./노란 나

그는 "자연을 붙잡을 때 지은이의 주체적인 활동"이 있어야 한다고 말한다. 여기서 '주체적인 활동'이란 시의 대상에 대결하려는 시정신이다. 대상의 진실 또는 본질에 적극으로 파고들어 가려는 태도가 되었을 때, 시의 주체는 자연스럽게 "다이나믹한 행동"으로 나아갈 수밖에 없고, 그랬을 때 그 시는 "인간 냄새"가 나는 시가 될 수밖에 없다. 여기서 미즈호가 말하는 행동성은, "단순한 육체적, 물리적인 활동만을 말하는 것이" 아니고, "어린이가 보고, 생각하고, 느끼고, 행하는 것들의 전체" 또는 어린이가 "살아가는 의식"을 뜻한다.[111]

「버들붕어」에서 이 '의식'은 시의 주체가 어항 속 버들붕어의 몸짓을 보고 '생각하는' 것, 시의 주체가 버들붕어가 되어 "때때로 조용히 무슨 생각"을 하고, "가만히 꼬리 흔들며" 논귀 고향 생각을 하고, "햇볕이 따스하면 졸졸졸 물소리가" 나는지 귀 기울이고, 시의 대상에 연민을 느끼는 것을 뜻한다.

6연에서 시의 주체는 행동으로 나서겠다는 다짐을 보여 준다. 날만 풀리면 당장 논귀에 달려가 미나리와 물풀을 뜯어다 주겠다 하고, 풀잎에 네 머리 박고 실컷 고향 냄새를 맡게 해주겠다고 한다. 6연의 이런 행동

비가 나지막이 지나갔다."(요시다 미즈호, 『어린이 시』, 이오덕 역, 온누리, 1983, 148~150쪽 참조) 이 시를 보면 시의 화자는 두 눈을 뜨고 클로버와 노란 나비를 '보고' 있다. 그런데도 요시다 미즈호는 이 시의 주체가 잠자고 있다고 본다. 마찬가지로 이원수의 「맨드라미」에서 시의 주체는 마당과 울타리 밑을 '보고' 있고, 귀뚜라미 노랫소리를 '듣고' 있다. 그런데도 「맨드라미」의 시의 주체가 잠자고 있다고 하는 까닭은, 시인이 시의 대상과 대결하려 하는 시정신을 찾아볼 수 없다는 말이고, 맨드라미 꽃을 보고 '상투적인 발상과 비유(닭 벼슬에 견주는 것)'에 사로잡혀 시의 주체가 더는 앞으로 나아가지 못하고 평면적인 시가 되었다는 것을 뜻한다.

111 요시다 미즈호, 앞의 책, 140~150쪽 참조.

성은 그가 시의 대상을 관조의 대상으로 보지 않았기 때문이고, 시의 주체가 잠자지 않고 두 눈과 마음을 초롱초롱 맑게 뜨고 있었기 때문에 얻어진 자연스런 귀결이라 할 수 있다. 그런데 시인은 버들붕어에 연민을 느꼈음에도 다시 논귀에 가 놓아주겠다는 말은 하지 않는다. 이것은 그가 이 시를 쓸 때 어린이 화자로만 쓰지 않고, 시인과 어린이가 하나가 되어 있었기 때문에, 다시 말해 시인의 시점을 끝까지 놓지 않았기 때문에 가능하지 않았나 싶다. 그래서 '어린이 마음'에 떨어지지 않고 자신이 상상한 세계를 끝까지 가져갈 수 있었다고 할 수 있다.

아래 시 「씨감자」(1960)는 독자의 마음을 훈훈하게 하는 동요이다.

감자 씨는 묵은 감자,
칼로 썰어 심는다.
토막토막 자른 자리
재를 묻혀 심는다.

밭 가득 심고 나면
날 저물어 달밤.
감자는 아픈 몸
흙을 덮고 자네.

오다가 돌아보면
훤한 밭골에
달빛이 내려와서
입을 맞춰 주고 있네.

― 「씨감자」 전문

이원수는 시 제목을 '씨감자'라 붙이지만 1연에서는 '감자 씨'로 시작한다. 이렇게 한 까닭은 '교육'을 염두에 두었기 때문일 것이다. 논밭 곡식은 거의 다 씨를 뿌리는데, 고구마는 순을 놓고 감자는 씨감자를 썰어 심는다. 씨감자 눈을 한두 개 붙여 칼로 썰어 심는데, 아이들에게 이것은 '감자의 씨'로 보일 것이다. 그래서 아이들은 어른들과 달리 '씨감자'라 하지 않고 '감자 씨'라 한다.[112]

1연은 씨감자로 쓰는 것은 묵은 감자이고, "토막토막 자른 자리 재를 묻혀 심는다"는, 그런 '소박한 사실'을 리듬을 살려 말하고 있다. 그래서 동화 「감자밭」(1960)과 달리 묵은 감자가 칼에 썩뚝썩뚝 잘릴 때의 아픔

---

[112] 그는 위 시와 똑같은 설정으로 같은 해 『방학공부』에 단편 동화 「감자밭」을 발표한다. 이 동화는 잡지의 성격 방학 '공부'에 맞게 감자 심는 과정을 그리고 있다. 동화는 감자 심는 날 풍경을 그리고 있는데, "올해 두 번째 심는 감자다" 하는 구절이 보인다. 감자는 보통 한 해에 두 번 심는다. 음력 2월 겨울이 아직 채 지나지 않은 초봄에 심어 한여름이 되기 전 음력 5월(하지)에 수확한다. 그래서 전라도에서는 '하지감자'라 하고, 이때 나온 감자는 보릿고개를 넘길 때 아주 중요한 구황음식이 된다. 그리고 가을감자는 밀보리를 수확하고 그 밭에 심어 겨울이 오기 전 서리가 내릴 때쯤 수확한다. 동화에서 말하는 '올해 두 번째 심는 감자'는 가을감자다. 아버지는 "감자의 눈이 있는 데를 가리켜 주시면서, 눈을 붙여서 자르라" 한다. 주인공 '나'는 "감자가 두 조각이 될 때, 어쩐지 그것들이 아파할 것 같은 생각이" 든다. 어머니는 소쿠리에 재를 담아 와 딩굴려 썬 자리에 재를 묻힌다. 나는 묻는다. "어머니, 재가 약이에요?" 그러자 어머니는 "그렇지, 감자한테는 재가 약일 게다. 이렇게 재를 묻혀 주면 상하지를 않으니까 말이야." 한다. 재에는 칼리 성분이 있어 감자가 굵어지고 맛이 좋아진다. 또 소독과 땅속 바이러스에 감염되는 것을 막아 주어 씨감자가 썩지 않는다. 이 뒤 내용은 위 시 2연, 3연과 같다. 이렇게 그는 시에서 하지 못한 말을 단편동화로 그려 낸다. 이원수, 「감자밭」(1960), 『토끼 대통령』(전집 5), 웅진, 1989, 58~61쪽 참조. 시 「씨감자」와 동화 「감자밭」의 서지 사항을 확인할 길이 없어 어느 것을 먼저 발표했는지는 알 수 없다.

을 그리지 않고, 재가 감자의 진물에 바르는 '약'이라는 것도 말하지 않는다. 감자의 아픈 몸에 대한 '연민'은 2연부터 시작된다. 시의 주체는 감자의 자른 자리에서 나는 진물, 그 진물에 재를 묻히고, 하나하나 손에 쥐어 밭골에 놓아 심을 때 감자의 아픈 몸을 생각한다. 흙을 이불인 양 토닥토닥 덮어 주며 아픈 감자를 달랜다. 날은 저물고 달빛에 기대 집으로 돌아오는 길에 화자는 '문득' 발길을 멈추고 밭골을 돌아본다. 이때 이 시를 읽는 독자 또한 화자와 똑같이 발길을 멈추고 보름달이 훤하게 떠 있는 감자 밭골을 떠올린다. 즉 시인이 창조한 상상의 세계에 독자가 그 안으로 빨려들어 가는 대목이다. 이 구절에서 독자의 반응이 이렇게 될 수밖에 없는 까닭은 시의 주체가 감자 밭골을 관조의 대상으로 보지 않았기 때문이다. 이는 앞에서 살펴본 「버들붕어」처럼 시의 주체가 감자의 아픈 몸에 대해 연민을 '느끼고', 집으로 돌아오다 발길을 '멈추고' 한참 동안 환한 달빛 속 감자 밭골을 '바라보는' '행동'으로 나아갔기 때문이다. 이 달빛은 어머니 품처럼 따스하고 보드라운 온기다. 달빛은 아픈 아기를 달래듯 입을 맞춰 주는데, 이 달빛의 입맞춤은 시의 주체가 하는 몸짓이기도 하다.[113] 마찬가지로 독자 또한 감자 밭골에 다가가 입을 맞추는 추체험을 하게 된다.

---

113 「씨감자」 3연과 같은 설정은 「과꽃」에서도 보인다. 그런데 「씨감자」처럼 감동을 불러일으키지는 않는다. 이는 시의 대상 과꽃을 '관조의 대상'으로 보았기 때문이다. 시 전문을 들어본다. "뙤약볕 더운 바람/한여름 날을/뜰아래 나란히/과꽃 세 포기/더위 속에 잘 자랐네./키도 나란히/가지마다 피어나네./어린 꽃송이//바람이 시원해진/어제 오늘에/연보라 소롯이/물드는 꽃잎/나비는 없어도/눈 큰 잠자리/꽃송이를 끌어안고/입 맞춰 주네."

동화의 주인공이 작가가 창조한 상상의 세계에서 작가의 의도를 뛰어넘을 때가 있다. 주인공이 작가가 조종하는 '마리오네트'가 아니라 상상의 세계에서 스스로 살아 움직이는 캐릭터가 되어 앞으로 나아가는 것이다. 이랬을 때 그 캐릭터는 살아 꿈틀거리는 주인공이 되어 있고, 동화를 읽는 독자는 그 동화 속에 더 깊이 빠져들 수밖에 없다. 동시 또한 시의 주체가 시인이 창조한 상상의 세계에 갇혀 있지 않고, 시인의 의도와 손을 떠나 스스로 생각하고, 느끼고, 행동(몸짓)으로 나아갈 때 독자 또한 그와 똑같은 경험을 하게 된다.

「씨감자」의 3연에 담겨 있는 시 주체의 따뜻한 마음과 몸짓, 고된 일을 마치고 가는데도 감자의 아픈 몸이 마음에 걸려 쉬이 발길을 옮기지 못하고 돌아보는 그 마음과 몸짓이 이 시 전체를 따뜻한 '온기'로 감싸고 있다고 할 수 있다. 마찬가지로 독자의 마음을 훈훈하게 데우고 있는 것이다.

화자와 시 주체의 행동성은 이원수 시를 살필 때 아주 중요한 요소라할 수 있다. 그의 초기시 가운데 명편이라 일컫는「헌 모자」(1929),「찔레꽃」「잘 가거라」(1930),「눈 오는 밤에」「가시는 누나」(1931),「이삿길」(1932),「보오야 넨네요」(1938),「앉은뱅이꽃」(1939),「밤」(1941),[114]「개나

---

114 「밤」(1941)은 이원수가 써 온 동요·동시에서 가장 색다른 지점에 가 있는 시라 할 수 있다. 전문은 다음과 같다. "밤이 어데서 오나/밤이 어데서 오나//나무 밋헤 서도 밤이 나오고/담벼락 밋헤서도 밤이 나오고/내 모자 안에서도 밤이 나오고// 조고만 밤들이 물숙물숙 자라선/왼 동네를 까—마케 덥허 버리네.//순아/가서 자라/보—얀 네 얼골도/밤이 와서 덥는다." 이원수의 1930년대 시가, 시인이 말하고자 하는 메시지를 확연하게, 또 과잉되게 드러냈다면,「밤」은 그와 달리 독자에게 여백으로 다가가고, 끊임없이 상상을 하게 하고, 의문형으로 다가간다. 이 시는 '감각시'라 할 수 있는데, 1960년대 박경용, 유경환, 이상현이 중심이 되어 이끌었

리꽃」(1945), 「너를 부른다」(1946)에서 시의 화자와 주체는 시 속에서 보고, 생각하고, 말하고, 느끼고, 몸짓으로 행동한다.[115] 이러한 행동성은 중기시로 이어지는데, 「버들붕어」, 「겨울나무」(1957), 「씨감자」(1960) 같은 시를 들 수 있다. 세 편 다 중기시의 명편에 드는 시라 할 수 있다.

2) 정적인 동요와 동적인 동요

이 시기 그가 가장 공을 들인 것은 '시로서의' 동요였다. 이원수 중기시

던 감각시의 세계하고는 또 다르다. 그들의 감각시가 난해하고 말(언어)을 능수능란하게 다루어 결국에는 원관념도 보조관념도 온데간데없이 상실한 시라면, 이원수의 「밤」은 지극히 단순하고, 기교가 아니라 온몸으로 밀고 간 경지의 시이고, 직관의 시라 할 수 있다. 이 시는 송찬호의 「저녁별」(2010) · 정유경의 「까만 밤」(2013)과 맞닿아 있다고 할 수 있다.

115 김환영의 '동시론'은 요시다 미즈호의 '행동성', 즉 '살아가는 의식'에 맞닿아 있다. "내가 생각하는 동시란, '童詩'라기보다 '動詩'라고 해야 하겠다. 책상머리에 앉아 관념 따위를 뭉치기보다는, 몸을 움직여서 무언가에 다가서려 할 때 얻게 되는 감흥과 가까우며, 이것이 아이들이 잠시도 가만히 있지를 않고 꿈틀꿈틀 몸을 놀려대는 일과도 같아, 보고, 듣고, 만지고, 물고, 빨고, 냄새 맡고…… 깨어 있는 시간 내내 성장하려 애를 쓰는 생명 가득한 일이다. 따라서 이 일은 유치함과는 구분되는 매우 진지하고 지적인 활동이며, 어른인 우리가 동시를 쓰고 싶고 또 쓸 수 있는 까닭이 된다. …(중략)… 흔히들 '어린이를 위한 ○○'란 말을 쓰는데, 이 말처럼 모호하고 혐의 가득한 말은 없으며, 다만 대상의 알몸이 잡힐 듯 다가오는 순간이 기쁘고 놀랍고, 사심 없이 맑고 낮은 눈으로 세상을 보는 것이 좋고, 그렇게 세상을 살고 싶고 또 살고 있어, 그러한 생각들이 편편 동시의 꼴로 드러날 때 자못 만족스러운 것일 뿐이다. 개인적으로 자신의 작품을 누구에게 바칠 수야 있겠으되, 아이고 세상에나, '~를 위해' 존재하는 예술 장르가 있던가!" 김환영은 여기서 '자명하게' 받아들여지는 동시(어린이를 위한 시) 개념의 모순을 지적하고, 동적(動的)인 동시를 말하고 있다. 김환영, 「내가 생각하는 동시」, 『글과그림』 2008년 6월호, 80쪽.

에서 동요로 볼 수 있는 시는 46편인데, 이 가운데 「겨울나무」「개구리」(1957), 「햇볕」(1959), 「소낙비」(1960)는 이원수 동요의 명편이라 할 수 있다. 1979년 자신의 선집 『너를 부른다』 후기 「나의 동시와 나의 생활」에서 그는 이 무렵 시를 이렇게 떠올린다.

> 6·25 사변의 아픈 상처에서 내 동시는 한 번 더 생각을 다듬고 속으로 다스리는 자세를 가지고 씌어졌다. 그리고 동요의 시성(詩性)을 살리려는 의도에서 쓴 작품들이 있다. 「겨울나무」「햇볕」「포도밭길」「새눈」「나뭇잎」 등은 그러한 동요로서, 동요의 비시(非時)적 가사화에 하나의 둑이 되어 보려 했던 것이다. 이와 함께 동요의 정형률에서 자유율 동요의 가능성을 보여 주고 싶어 했던 것도 사실이다. 7·5조를 표준해서 씌어져 온 동요에서 …(중략)… 자유율의 시로 동요의 새로운 형태를 만들어 본 것이다.[116]

한국전쟁이 끝난 뒤 그는 '한 번 더 생각을 다듬고 속으로 다스리는 자세'로 시를 쓴다. 이런 시로는 앞에서 살펴본 「여울」(1952)을 비롯하여 26편을 들 수 있는데[117], 이 중 시의 경계 안쪽에 있는 시로는 「여울」「그리움」(1952), 「산정(山精)」(1954)을 들 수 있다. 이런 '사색의 시'는 후기시에 이르면 더 깊어진다.

---

116 이원수, 「나의 동시와 나의 생활」, 『너를 부른다』, 232쪽.
117 나머지 25편은 다음과 같다. 「그리움」(1952), 「포플러 잎새」「소쩍새」(1953), 「산정(山精)」「꿈의 플라타너스」(1954), 「나무의 탄생」「프리뮬러」(1955), 「눈 오는 밤」(1956), 「석죽(石竹)」「꽃들의 꿈」「어둔 밤에 피는 건」「산새」(1957), 「새눈」「산」「책 속의 두견화」(1958), 「어미닭·병아리」「과꽃」「강물」「눈」(1959), 「좋아 울려라」「고갯길」(1960), 「개나리 꽃봉오리 피는 것은」「완두콩」(1961), 「설」(1962), 「꽃잎은 날아가고」(1963).

이원수는 사색의 시와 더불어 '동요의 시성(詩性)을' 살리는 데 매진한다. 그는 그때 만연했던 '7·5조 표준 동요'와 '동요의 비시(非時)적 가사화'를 막는 데 하나의 '둑'이 되어 보려 했다고 기억한다. 그는 '정형률의 동요'가 아닌 '자유율 동요의 가능성'을 보여 주고 싶었다. 이 시기 이원수는 '자유율의 동요'를, 그의 말처럼 "어디까지나 시가" 되는 동요를 써 내 보였다고 할 수 있다.

아래 「겨울나무」(1957)는 노래로 널리 알려진 시다. 노랫말은 이원수가 쓴 원래 동요하고 다르다. 바뀐 곳은 밑줄을 치고, 괄호 안은 노래 가사다.

> 나무야, 옷 벗은(나무야) 겨울나무야.
> 눈 쌓인 응달에 외로이 서서
> 아무도 오지(찾지) 않는 추운 겨울을
> 바람 따라 휘파람만 불고 있느냐.
>
> 평생을 지내(살아) 봐도 늘 한 자리
> 넓은 세상 얘기는(얘기도) 바람께 듣고
> 꽃 피는 봄여름 생각하면서
> 나무는 휘파람만 불고 있구나.
>
> ― 「겨울나무」 전문

무엇보다도 첫 구절이 가장 많이 바뀌었다는 것을 알 수 있다. 이렇게 바뀐 까닭은 정확히 밝혀지지 않았다. 이 시에 곡을 붙인 이는 정세문이다.[118]

---

118 정세문(鄭世文, 1923~1999)은 황해도 봉산에서 났고, 춘천사범학교를 나와 1940년대 초 춘천에서 교직 생활을 한다. 그 뒤 서울교육청 음악장학사를 거쳐 1961

그가 이 시에 곡을 붙인 때는 음악장학사를 할 무렵이다. 초등학교 '음악장학사'의 눈으로 보면 시의 첫 구절 "나무야, 옷 벗은 겨울나무야"는 바꾸지 않을 수 없었을 것이다. 아마 초등학생에게 '야한 상상'을 줄 수 있다고 판단한 듯싶다.

정세문은 1연 3행의 '오지'를 '찾지'로, 2연 1행 '지내'를 '살아'로, '얘기는'은 '얘기도'로 고침으로써, 시의 대상은 '관조의 대상'으로 떨어지고 만다. 시의 화자가 나무에서 멀리 떨어져 관조하는 시점, 그래서 아이들이 '오는(오지)' 것이 아니라 '찾아가는(찾지)' 것이 되고, "눈 쌓인 응달에 외로이 서서 아무도 오지 않는 추운 겨울을" 꿋꿋이 '지내'는 것이 아니라 체념하고 '살아'가는 것이 되고, 겨울나무가 꼭 듣고 싶어 하는 '얘기는'이 아니라 '그냥' 세상 돌아가는 여러 '얘기도'가 된다.

시 전체로 보면 이원수 또한 관조의 눈으로 시의 대상을 바라보고 있기는 하지만 1연 2, 3, 4행에서 시의 화자는 어느새 나무가 되어 있다. 그래서 시의 화자는 시의 주체 겨울나무 처지가 되고, 그 나무의 처지에서 보면 누군가 곁으로 다가'오는' 것이 된다. 또, 그렇게 응달에 외로이 서서 추운 겨울을 의연하게 '휘파람만' 불면서 버티는 것이니까, 운명을 체념하면서 '살아'가는 것이 아니라 결연한 의지로 '지내'는 것이 된다. 다시 말해 2연 1행의 '지내'에는 1연 2, 3, 4행 겨울나무의 의지가 함축되어 있다고 할 수 있다.

정세문이 이렇게 겨울나무를 관조의 대상으로 바꿔 버렸는데도 어린이들이 이 노래에 감동하고 한 번만 불러 봐도 흥얼거리는 까닭은 어디에

년에는 문교부 음악담당 편수관을 맡는다.

서 비롯된 것일까. 우선 이 노래 전체에 깔려 있는 겨울나무에 대한 연민("추위에 떨고 있을 나무를 가엾게 생각"[120]하는 마음), 외로움과 의연함의 정서가 아닐까 싶다. 특히 1연 2행 "눈 쌓인 응달에 외로이 서서" 하는 구절을 읽고 노래 부를 때 어린이들은 자기 자신을 겨울나무와 동일시하게 되고, 아무도 자신의 심정을 헤아려 주지 않아도, 추운 겨울나무처럼 의연하게 휘파람을 불면서 살아가겠다는 위로를 받는 것이다.

이 시는 그의 호 동원(冬原)과도 관계가 있다. 아무도 없는 한겨울 들판, 살을 에는 찬바람이 뼛속까지 파고드는, 그런 혹독한 겨울 들판에 옷 벗은 겨울나무 한 그루가 외로이 서 있다. 이 겨울나무는 이원수 자신이기도 하다. 그는 독재와 폭정을 피하지 않고 언제나 꿋꿋이 한길로 '지내' 왔다. 홀로 맨 앞에 서서 동심주의와 반공주의에 맞서 싸우면서 늘 외로웠지만, 겨울나무처럼 초연하게 '휘파람'을 불며 버텼다. 그런 의미에서 동요 「겨울나무」는 마치 그의 문학 인생을 말해 주는 듯싶다.

'옷 벗은 나무'에 대한 이미지는 그가 이 시를 쓰게 된 모티프이고 동력이다. 그는 동요 「불어라 봄바람」(?) 1연 2행("옷 벗은 가지마다 솔솔 불어라")과 병상에서 쓴 「때 묻은 눈이 눈물지을 때」(1980. 11. 27)의 2연 1행("언 땅 옷 벗은 나무")에서도 '옷 벗은 나무' 이미지를 쓴다. 그가 겨울나무를 옷 벗은 나무 이미지로 그리는 까닭은 「겨울나무」를 쓰고 난 뒤 발표한 동화 「나무들의 밤」(1966)에서 찾을 수 있다.[120] 그는 이 동화에서

---

119 이원수, 「나무들의 밤」(1966), 『토끼 대통령』(전집 5), 215쪽.
120 그 부분은 다음과 같다. "처음에는 언제나 보던 벚나무, 복숭아나무, 전나무, 자작나무……, 그대로였습니다. 그것들은 어둠 속에서 희미하게, 아니, 오히려 거무스레하게만 보였습니다. 그러던 것이 내게서 제일 가까운 곳에 있는 전나무가 밑동

"사람 몸으로 된 나무 모습이 이상할 것이 아니라 생각"하고, 그래서 '옷을 벗고 떨고 있는 나무'를 보고 '옷 벗은 겨울나무'라 한다. 그는 나무뿐만 아니라 "돌이나 저 하늘에 반짝이는 별이나 모두 그것들은 사람의 모습으로 보일 수 있다고 생각"하는 것이다.

　다음 시 「소쩍새」(1953)는 잃어버린 막내딸 상옥을 애타게 그리워하는 시다.

　　　　자다 깨어 들으면
　　　　어느 산에서
　　　　소쩍다 소쩍
　　　　우는 새 소리

　　　　듣다 못해 가만히
　　　　나가 봤더니

줄기에서부터 몸통 속에 무슨 전짓불이라도 켜 놓은 듯이 환해지기 시작하는 것이었습니다. 그러더니 순식간에 위로 흰한 빛깔을 가지면서 나무의 반쯤 위가 사람의 가슴…… 어깨…… 목…… 얼굴…… 머리를 선연히 나타냈습니다. 옷을 벗은 여자의 몸. 가느스름한 허리, 둥그렇게 솟은 젖통, 예쁜 얼굴, 멋있게 물결친 머리카락, 그러나 그 여자는 눈을 감고 있었습니다. …(중략)… 밑동은 나무 그대로인데 상반신은 모두 사람으로 되어 있는 나무들, 이 처음 보는 광경에 놀란 나는 이내 깨달음 같은 것을 얻었습니다. 그것은 사람의 몸으로 된 나무의 모습이 이상할 것이 아니라는 생각이 들었습니다. 나무나 돌이나 저 하늘에 반짝이는 별이나 모두 그것들은 사람의 모습으로 보일 수 있다고 생각했습니다. …(중략)… 이 노래 속에 있는 나무는 마음 없는 딱딱한 나무가 아니라, 나와 같은 마음을 가진 나무가 아닙니까. 옷을 벗고 떨고 있는 나무, 그것은 지금 저기 서 있는, 저 사람의 모습을 한 나무라고 해서 내가 놀랄 것이 없다고 나는 생각했습니다. 그렇습니다. 나무의 세계에 내가 가까이 들어설 수 있는 것은, 추위에 떨고 있을 나무를 가엾게 생각한 때문일 것입니다." 이원수, 『토끼 대통령』(전집 5), 213~215쪽.

으스름 달밤
보리 풀 냄새

소리 소리 피나게
부르건마는
대답이나 해 줄 이
어디나 있나.

가엾다 생각하니
우는 소리도
'오빠야 오빠야'로
들려집니다.

잃어버린 내 동생이
죽었다며는
죽었다며는

어쩌나 오빠 오빠
우는 저 소리

—「소쩍새」 전문

　이원수는 1950년 1·4 후퇴 때 아이들을 맡겼던 보육원이 폭격당했다
는 말을 듣지만 어딘가에 상옥과 용화가 꼭 살아 있을 것이라고 믿는다.
그리고 머지않아 곧 만날 수 있다는 희망의 끈을 놓지 않는다.
　4연 3행의 "오빠야 오빠야"와 5연 1행의 "잃어버린 내 동생이"를 봤을
때 시의 화자는 오빠다. 첫째 경화나 둘째 창화를 화자로 삼은 듯하다. 하
지만 시 전체에 깔려 있는 화자는 시인이고 이원수 자신이다. 더 엄밀히

나누자면 1연부터 3연까지는 시인의 시점에 가깝고, 4연부터 6연까지는 오빠의 시점으로 볼 수 있다. 그래서 3연에서 4연으로 넘어가는 대목이 자연스럽지 않게 느껴지기도 한다.

시인은 자다 깨어 소쩍새가 처량히 우는 소리를 듣는다. 소쩍새는 4월쯤에 날아와서 10월까지 머물고 떠나는 여름철새다. 이때쯤 되면 초저녁부터 새벽까지 쉬지 않고 울어 댄다. 그는 구슬픈 소쩍새 우는 소리에 도저히 방 안에 앉아 있지 못하고 밖으로 나온다. 으스름달밤 '보리 냄새'가 난다.[121] 이삭이 패고 쑥쑥 자라는 보릿대 냄새가 습한 밤기운에 축 가라앉아 있는 것이다.

3연의 "소리 소리 피나게/부르건마는"에서 '피나게'는 소쩍새 입속 이미지를 떠올리게 한다. 소쩍새는 입속이 핏빛처럼 붉어서 마치 피를 토하면서 우는 것처럼 보이기 때문이다. 그래서 옛사람들은 이 새가 피를 토하고 죽을 때까지 운다고 믿었다. 그렇게 소리 소리 피나게 부르는데

---

121 시에서는 '보리 냄새'를 '보리 풀 냄새'로 썼다. 소쩍새는 우는 시기가 4월 무렵이고, 보리를 수확하는 시기는 6월 초순이다. 아래 동화 「나의 그림책」(1976) '다섯째 그림 · 밤에 우는 소쩍새는 "초여름, 밤 깊어 보리밭 길에 나와 서 있었다." 하면서 시작한다. 그렇다면 시에서 말하는 "보리 풀 냄새"는 보리 이삭이 팰 때 나는 보리 냄새일 것이다. 이원수는 이것을 '보리 풀 냄새'라 한다.

"초여름, 밤 깊어 보리밭 길에 나와 서 있었다. 서쪽 하늘에 조각달이 기울고 있었다.

보리 냄새가 밤공기에 배어 선들바람에 풋내가 났다. 그런데 그 밤의 안개 서린 산에서 소쩍새가 울고 있었다.

이 밤중에 잠자지 않고 우는 새는 무슨 슬픔이라도 있단 말인가.

나는 그 새 소리에 딸 생각이 났다. 전쟁의 불길 속에 없어진 딸 상옥이가 자꾸만 생각나서 눈물을 짓고 말았다."(이원수, 「나의 그림책」, 『날아다니는 사람』, 웅진, 1989, 139~140쪽)

도 "대답이나 해 줄 이/어디나 있나"에서 '어디나 있나'는 애타게 "아빠 아빠" 부르는데도 곁에 아버지가 없는, 그래서 더 타들어가는 아버지의 마음이다.

상옥을 잃어버릴 때 그는 서울에 없었다. 상옥은 아수라장 속에서 아버지를 절박하게 불렀을 것이다. 이렇게 봤을 때 3연은 딸에 대한 죄스러움, 후회, 피맺힌 한이 서린 구절이다. 화자가 바뀌는 4연의 첫 구절 "가없다 생각하니 우는 소리도"는 3연과 어울리지 않는 대목이다. 3연에서 소쩍새 우는 소리는 '피를 토하면서 처절하게 아버지를 부르는 소리'로까지 고조됐는데, 화자가 오빠로 바뀌면서 4연은 다시 시의 '도입부'가 된 것 같은 느낌을 준다. 6연의 첫 구절은 명료하지 않기까지 한다. 5연에서 오빠는 "잃어버린 내 동생이 죽었다며는" 한다. 이 구절은 "어쩌나 오빠 오빠/우는 저 소리"로 이어진다. '어쩌나'는 '어떡하나'이다. 그렇다면 상옥이 하는 말 '어떡하나 오빠 오빠'가 되어 5연과 상황이 맞지 않다. "어쩌나 오빠 오빠"는 소쩍새가 우는 소리 "꼬오끼옥 꼬오끼옥, 꼬오끼옥 꼬오끼옥"을 화자 오빠의 귀에 들리는 말로 표현한 것이다. '꼬오끼옥 꼬오끼옥' 새소리가 오빠의 귀에 "어떡하나 어떡하나"(오빠 자신이 하는 말)로, 또 "오빠 오빠"(상옥이 하는 말)로 들렸다는 말일 것이다. 6연을 5연과 자연스럽게 이어지게 쓰면 "어쩌나 어쩌나/오빠 오빠/우는 저 소리"로 하는 게 맞지 않을까 싶다.

소쩍새는 그의 다른 시와 동화에서도 막내딸 '상옥'으로 나온다. 1976년 작 동화 「나의 그림책」 속 다섯째 그림 '밤에 우는 소쩍새'가 그렇고, 1979년 작 동화 「밤에 우는 새」도 상옥을 그리워하는 이야기다. 이 무렵에 쓴 「그리움」(1953), 「산정(山精)」(1954), 「책 속의 두견화」(1958)도 상옥이 그리워 쓴 시로 볼 수 있다. 「산정(山精)」 2연은 이렇다. "어둠의 아름다움/숨 쉬는 수목의 향기로움/손을 잡은 아이가/못 견디게도 귀여워서/덥석 안고 돌아서면/아, 물결처럼 흐르는 나뭇잎 냄새" 이 또한 상옥이 그리워 쓴 시인 것을 알 수 있다.

아래 시 「개구리」(1957)는 이원수 시에서 가장 '동적'이고 경쾌한 시라할 수 있다.

무논의 개구리,
낮에는 점잖게 눈만 껌벅이면서
제각기 모른 척하고 있어도
밤만 되면 이 논 저 논
서로 이름 부르네, 합창을 하네.

개골 개골 꾁 꾁
개골 개골 꾁 꾁

별은 총 총……
먼 집엔 등불
어둠 속에 달맞이꽃도 듣고 있지.

개골 개골 꾁 꾁
개골 개골 꾁 꾁

날이 새일 때까지
잠도 안 자네.
목이 꽉 쉴 때까지
동무 이름 부르네.
　　　　　　　　　　　　　　　　　—「개구리」 전문

이 시의 '배경'인 개구리 소리 "개골 개골 꾁 꾁"은 처음부터 끝까지 시의 밑바닥에 깔려 있다고 할 수 있다. 모내기하기 전 무논에 개구리들이 밤만 되면 울어 댄다. 개구리는 허파와 살갗으로 숨을 쉰다. 특히 촉촉한 공기가 몸에 닿아 축축해지면 피부로 숨을 쉬기가 편해지고, 덩달아 기분이 좋아 더 극성으로 운다. 그래서 비가 오려 할 때나 비가 내릴 때 쉬지 않고 울어 대는 것이다. 물론 낮에도 울기는 하지만 건조한 낮보다는 공기가 촉촉한 밤에 더 많이 운다.

1연에서 개구리가 "낮에는 점잖게 눈만 껌벅이면서 제각기 모른 척하고" 있다는 말은 개구리를 가까이에서 들여다보고 한 말이라, 독자로 하여금 '맞아, 맞아!' 하는 공감을 불러일으킨다. 3연에서 시의 화자는 고개를 들어 하늘의 별을 보고, 저 멀리 먼 데 집 등불을 보고, 다시 무논 가 어둠 속에서 빛나는 달맞이꽃을 본다. 시인은 3연 앞과 뒤를 개구리 소리 "개골 개골 꾁 꾁"을 놓아 '세상'이 온통 개구리 소리 속에 잠겨 있는 듯한 이미지를 그려 낸다. 특히 어둠 속에 피어 있는 샛노란 달맞이꽃 이미지는 강렬하기까지 하다. 달맞이꽃은 밤에 피었다 낮에 지는 꽃이다. 막 꽃봉오리를 피워 올린 샛노란 달맞이꽃이 깜깜한 밤에 홀로 도도하게 개구리 소리를 듣고 있다. 이 시를 하나의 집이라 했을 때, 3연은 집의 중심 기둥이고, 그 기둥 가운데서도 달맞이꽃은 집 한가운데를 위로 떠받치고 있다고 할 수 있다. 5연에서 개구리는 목이 쉬더라도 '꾁' 쉴 때까지 '동무' 이름을 부른다. 여기서 '동무'란 말도 눈여겨봐야 한다. 그는 시와 산문에서 '친구'란 말을 쓰지 않는다. 한국전쟁 이후 '동무'란 말은 금기어에 가까웠는데도 그는 이 낱말을 시와 동화에서 자연스럽게 쓰고 있는

것이다.[122]

아래 시는 독자의 마음을 시원하게 적셔 주는「소낙비」(1960)이다.

　　　　비 온다, 소나기 좍좍 온다.
　　　　아무 데나 두들기며 막 쏟아진다.

　　　　추녀 밑에 들어서서 보고 있으면
　　　　꽃나무들 제자리서 비를 맞네.
　　　　장독도 제자리서 비를 맞네.

　　　　비 속에 또 비 온다, 좔좔 온다.
　　　　산도 들도 비 속에 매 맞고 있네.

　　　　추녀 밑에 들어서서 보고 있으면
　　　　아버지가 논귀에서 비를 맞네.
　　　　누렁이도 논길에서 비를 맞네.

　　　　　　　　　　　　　　—「소낙비」 전문

　갑자기 소나기가 내린다. 그 비는 좍좍, 아무 데나 막 두들기며 쏟아지고, 좔좔 온다. 시의 화자 아이는 소나기가 쏟아지자 추녀 밑으로 급히 몸을 피한다. 추녀 밑에서 바로 보이는 꽃나무와 장독이 비를 맞고 있는

122　영화 〈7번 방의 선물〉의 모티프가 된 실존 인물 정원섭(80) 목사의 증언에 따르면 당시 '동무'란 말은 불온한 말이었다. "1964년 서울 송파구에 있는 한 교회 전도사로 갔어요. 그러다 어느 해 여름 '모여라 동무야 여름성경학교로'라는 펼침막을 교회 앞에 걸었는데 '동무'라는 말을 썼다고 경찰에 끌려가 온종일 맞았죠. 그때부터 경찰들이 내 설교까지 감시하니까 설교를 더 못하겠는 거예요."(『한겨레』, 2014. 3. 29)

것을 보고, 이어서 화자는 고개를 들어 저 멀리 산과 들이 빗속에 '매를 맞고' 있는 모습을 본다. 그리고 다시 장독과 저 멀리 산, 그 중간쯤 논 귀퉁이와 논길로 시선을 옮긴다. 거기 논 귀퉁이에서 아버지가 비를 맞고, 아버지를 따라간 누렁이도 논길에서 비를 맞고 있다. 이렇게 이 시는 화자의 시선을 따라 소낙비 내리는 산골 마을 풍경을 눈앞에 생생하게 보여 주고, 독자가 그것을 마음속에 그대로 그리게 하는 효과를 내고 있다.

이원수는 이 시에서 아버지와 누렁이가 비를 맞아서 춥겠다, 하지 않는다. 또, 비가 내리는 모습을 '좍좍', '두들기며 막', '쫠쫠' 내린다고만 할 뿐 비 떨어지는 소리를 구체로 나타내지 않는다. 하지만 소낙비 떨어지는 소리가 나와 있지 않더라도 독자에게는 시를 읽는 내내 귓전을 울리는 빗소리가 들린다. 그런 의미에서 '빗소리'는 이 시의 '배경'으로 깔려 있다고 볼 수 있다. 그가 여기서 그리고자 한 것은 갑자기 소낙비가 내리는 산골 풍경이고, 독자의 귓전에 들리는 요란한 빗소리의 경쾌함이고, 맞아도 춥지 않은 시원함이다. 이 시는 바로 앞에서 살펴본「개구리」와 함께 아주 경쾌한 동요라 할 수 있다.

이 시는 그가 이 무렵 어떤 자세로 '자유율의 동요'를 썼는지 한눈에 보여 준다. 그는 작곡을 염두에 두고 연을 나누었다. 이 시에 곡을 붙이면 2절 동요가 된다. 그래서 1연과 3연, 2연과 4연을 대구로 맞춰 썼다. 이원수는 7·5조가 아니어도 시가 되는 동요를 얼마든지 쓸 수 있다는 것을 보여 주려 했고, 이런 자유율의 동요로 7·5조의 범람을 막는 '둑'이 되고자 했던 것이다.

이원수 시 가운데「찔레꽃」(1930),「앉은뱅이꽃」(1939),「밤중에」(1943),「개나리꽃」(1945),「소쩍새」(1953),「산새」「겨울나무」(1957)가 '정적(靜的)'

인 시라면, 「개구리」(1957)를 비롯하여 「부엉이」(1935), 「고향 바다」(1939), 「종달새」(1940), 「봄 시내」 「빨래」(1946), 「썰매」(1957), 「햇볕」(1959), 「소낙비」 「자두」(1960), 「우리 어머니」(1965), 「겨울 물오리」(1981)는 '동적(動的)'이면서 아주 경쾌한 시라 할 수 있다. 이러한 동적인 시는 이원수의 초기와 중기시에서 아주 중요하게 한 부분을 차지하고 있다고 할 수 있는데, 후기에 이르면 「우리 어머니」와 「겨울 물오리」를 빼고는 이런 흐름을 찾아보기 힘들다. 이는 후기의 정적인 '애정과 사색'의 시, 감각시로 넘어가면서 초·중기의 경쾌한 역동성이 단절되었다고 볼 수 있다.

3) 긴장의 이완과 상투성

중기시 98편 가운데 현실주의 시로 볼 수 있는 시는 10편[123]인데, 초기의 현실주의 시에 견주면 리얼리티가 부족하고 절절한 내용을 담고 있지 않다. 가난한 나라의 아이들을 겨울새로 표현한 「눈 오는 밤」(1956), 크리스마스인데도 형편이 어려워 동생에게 과자와 장난감을 못 사 주고 손수 빨간 장갑을 짜 선물하는 「너의 장갑」(1956), "바람아 불어라/눈아 오너라/우리 누나 짜 준 털장갑 끼면/조금도 춥지 않다" 하고 누나와 털장갑을 노래하는 「털장갑」(1960), "언니가 피투성이가 되던 4월 19일/총을 마구 쏘는 어른들을 향해/"자유를 달라"…… 외치며 달려들다가/길바닥에

---

123 이원수 중기시에서 현실주의 시 10편은 다음과 같다. 「바람」 「눈 오는 밤」 「너의 장갑」(1956), 「바람아 불어오렴」(1957), 「종아 울려라」 「순희 사는 동네」 「털장갑」 「산동네 아이들」 「아우의 노래」(1960), 「개나리 꽃봉오리 피는 것은」(1961)

픽 쓰러져 죽은 4월 19일/그 무서운 날 언니의 피를 보고/나는 맹세했어요" 하면서 4 · 19혁명 정신을 잊지 않겠다는 행사시 「아우의 노래」(1960)가 있다. 이런 현실주의 시가 있는 반면 중기시에는 이원수가 아니어도 동심주의 시에서 흔히 볼 수 있는 시도 보인다. 아래 「포도밭 길」(1957) 같은 시를 들 수 있겠다.

> 포도밭 돌아가는 좁다란 길
> 포도가 익었는지 달콤한 냄새.
> 포도는 송이송이
> 봉지에 싸여 있네.
>
> 포도밭 좁은 길은 정드는 길,
> 모르는 아이라도 웃으며 가고
> 정다운 아이끼린
> 손잡고 지나가네.

—「포도밭 길」 전문

이 시에서는 가슴을 울리는 구절을 찾기 힘들다. 밋밋하고 아무 맛이 없는 시라 할 수 있다. 물론 이 시는 동시가 아니라 '동요'다. 1연과 2연은 글자 수까지 똑같이 했다. 하지만 앞에서 살펴본 「겨울나무」 「개구리」(1957), 「씨감자」 「소낙비」(1960) 같은 동요에 견주면 그 수준이 한참 떨어진 것은 사실이다. 이 무렵 그는 이런 시를 상당히 많이 쓴다. 「포도밭 길」을 비롯하여 38편이 이런 시에 해당한다. 이 안에는 동요 12편[124], 유

---

124 동요 12편은 다음과 같다. 「꾀꼬리」 「서울 급행열차」 「달빛」(1952), 「저녁달」(1956),

년시 5편[125], 행사시 3편[126]이 있고, 나머지 시는 「소녀의 기도」(1956), 「귀뚜라미」「꽃들의 꿈」(1957), 「새눈」「파란 세상」「얘기책을 읽으면」「솔방울」「파란 동산」(1958), 「파란 초롱」「어미닭ㆍ병아리」「과꽃」(1959), 「먼 소리」「소리」「비 오는 밤에」「달」「연」(1960), 「오월」(1962) 같은 시를 들 수 있다.

그는 한국전쟁 때 두 아이를 잃어버린 뒤 한동안 아무것도 못할 지경에 이른다. 이 일은 그의 인생에서 '친일'보다도 더 큰 좌절(Setback)이고 외상(Trauma)이었다. 사람들은 살아오면서 상처를 입었을 때, 자신의 모든 열정을 쏟아부을 수 있는 새로운 대상을 찾는다. 그는 예술가답게 새로운 대상을 찾아간다. 그건 바로 '동화와 소년소설'이었다. 동화와 소년소설은 자식을 잃어버린 죄스러운 부모의 마음을 다스리고 또 진정시키고, 자신의 모든 열정을 모을 수 있는 새로운 대상이었을지도 모른다. 그런 까닭으로, 한국전쟁 이후 그의 동요와 동시는 몇 작품을 빼고는 소설과 동화에 견주면 무게 있는 작품이 나오지 않는다. 1950, 51년 두 해 동안은 시를 한 편도 쓰지 못하고, 그 뒤로도 1957년까지는 해마다 서너 편 남짓 발표할 따름이다. 그는 이 시기 동화와 소설 창작에 더더욱 매진한다. 특히 1953년에 쓴 「꼬마 옥이」와 「달나라의 어머니」「정이와 오빠」는 상욱과 용화 이야기다. 「꼬마 옥이」는 '판타지 소설'로 보기도 하는데, 어쩌면 이 소설은 그가 두 자식을 잃고 겪었던 '좌절'과 '외상'을 이겨 내는

「송사리」(1957), 「깡총깡총」(1958), 「강물」「눈」(1959), 「고갯길」「자박자박자박」「씨름」(1960), 「나는야 일등」(1963).

125 유년시 5편은 「맴 맴 매미」(1956), 「피래미」「겨울 밤」(1958), 「달밤」(1959), 「봄꽃」(1960)이다.

126 행사시 3편은 「새파란 아기들」(1957), 「5월엔」(1958), 「봄이 오나 봐요」(1959)이다.

과정에서 씌어진 소설로도 볼 수 있을 것이다.

이원수는 1950년부터 1963년까지 동요와 동시를 98편 쓰지만, 그에 견주어 동화 73편, 소년소설 42편, 수필 67편, 평론 54편을 발표한다. 특히 1957년부터는 동화와 소년소설, 평론을 주로 쓰고 발표한다. 앞에서 든 밋밋한 시는 소설과 동화 창작에 집중하고 있던 시기에 청탁이 들어오면 그때그때 쓴 시가 아닌가 싶다. 그래서 동요와 동시에 긴장감이 떨어지고, 앞에서 살펴본 「소쩍새」처럼 시점이 흐트러지고, 문맥에 맞지 않는 구절도 보이는 것이다. 이렇게 동시에서 한 발짝 멀리 떨어져 있다 보니 상투적인 시도 보인다. 앞에서 살핀 「포도밭 길」(1957)을 비롯하여 「맑은 날」「바람과 나뭇잎」「가을의 그림」(1957), 「흰 구름」「겨울 꽃」(1958), 「연필」「나뭇잎」「소라 고동」(1959), 「등나무 그늘」(1960) 같은 시를 들 수 있다. 이 가운데 「연필」을 들어 본다.

연필아,
너는 내 공부를 다 해 주는구나.
국어도, 과학도, 어려운 나눗셈도……

너는 말없이 내 마음을 그려 주는구나.
내가 생각하고 있는 일도
먼 데 있는 동무에게
전하고 싶은 얘기도……

어느 산에 높다랗히 자란 나무
어느 골짜기 깊숙이 묻힌 흑연(黑鉛),
의좋게 서로 만나 만들어진 연필은

날마다 칼로 깎이고 또 깎이면서도
내 마음을 적어 준다.
아! 가여운 그 글씨.

　　　　　　　　　　　　　　　　　　　—「연필」 전문

　연필 같은 문방구 소재는 동시인이 아니더라도 아이들의 시에서 자주
보이는 소재다. 잘못 쓴 내 마음을 깨끗이 지워 줘서 고맙다거나(지우개
시), 내 마음속 고운 마음을 또렷하게 써 줘서 고맙다고 하는 연필 시, 속
상하거나 기쁘거나 가리지 않고 모두모두 받아줘서 고맙다고 하는 일
기장 시를 떠올릴 수 있다. 「가을의 그림」(1957)의 "아무리 골라 봐도 새
파란 하늘빛은/저 고운 하늘처럼 그려지질 아니해요", 「흰 구름」(1958)
의 "하늘에 흰 구름 고마운 흰 구름/널따란 그림자가 들판을 가네", 「겨울
꽃」(1958)의 "하늘에서 내려온 하얀 눈꽃은/우리들이 반기는 겨울의 동
무", 「소라 고동」(1959)의 "소라고동 껍데기를 귀에다 대면/그리워라! 내
놀던 고향 바다의/쏴아 하는 물소리, 먼 바다 소리/은은히 들립니다" 같
은 표현은 이원수가 아니더라도 당시 동심주의 시에서 흔히 보이는 구절
이고, 어디서 많이 본 듯한 표현이라는 점에서 상투적인 발상이라 할 수
있다.[127] 그의 1930~40년대 시정신으로 보면 아주 예외적인 시이고, 그

127　'상투(常套)'란 말을 사전에서 찾아보면 "늘 써서 버릇이 되다시피 한, 또는 그런
　　것"이라 나와 있다. '동시의 상투성'을 말할 때도 이 뜻으로 보면 될 듯싶다. 상투
　　성을 극복하려면 보통 '참신한 발상과 독창적인 비유'를 해야 한다고 말한다. 그
　　런데 그것에 앞서, 시인이 시의 대상과 상황의 본질을 보려는 시정신과 긴장감의
　　이완을 먼저 지적해야 할 것이다. 동시의 상투성에 대해서는 김이구(「아이디어를
　　버려야 동시가 산다」, 『동시마중』 2011년 1 · 2월호), 김찬곤(「동시, 그 상투성의
　　뿌리」, 『창비어린이』 2011년 여름호), 이안 · 김환영(「화가 겸 시인, 김환영에게 듣

만큼 시적 긴장이 풀어진 상태에서 쓴 시로 볼 수 있다.

3. 후기시 : 행복한 시절에 대한 갈망

이원수의 작품 활동 후기는 1964년부터 1981년으로 잡는다. 1964년 이원수는 초기·중기시와는 아주 다른 지점에 있는, "간절한 애정의 세계"를 노래한 「다릿목」을 발표한다. 그리고 그해 "깊은 생각에 잠기는 사색"의 시 「꽃잎」과 「외로운 섬」도 새롭게 발표한다. '애정'과 '사색'의 시는 그의 후기시를 특징짓는 주제라 할 수 있다.

1964년부터 1980년까지 쓴 시는 85편이고, 여기에 병상에서 쓴 시 6편을 더하면 91편이 된다. 이 시기 그는 중기와 마찬가지로 동화와 소설, 평론에 집중한다. 동화 107편, 소설 29편, 평론 64편, 수필 131편, 시 5편, 동극 2편을 발표한다. 그에 견주어 동요와 동시는 91편으로 동화보다 그 편 수가 적다. 그는 1979년 후기시 85편에서 33편을 뽑아 선집 『너를 부른다』에 묶는다. 이 시기 동시를 가장 많이 발표한 해는 1967년(13편)이고, 1964년부터 1971년까지는 65편을 발표하는데 한 해에 8편쯤 발표한 셈이다. 그런데 1972년에는 1편도 없고, 74년과 78년에는 단 1편뿐이다. 1980년 병상에서 쓴 시(6편)를 빼고, 1972년부터 1980년까지 21편이니까 한 해에 2~3편이다. 이것은 어린이문학의 재편과 관계가 깊다. 이원수는 아동문학이 건강하게 커 나가기 위해서는 새로운 조직이 필요하

는다」,『동시마중』2010년 9·10월호)의 글을 들 수 있다.

다고 생각하고, 1971년 2월 자신이 중심이 되어 한국아동문학가협회를 꾸린다. 한국문인협회 아동문학분과에 딸려 있던 아동문학이 제 몸통과 손발을 갖추고 이 세상에 태어난 것이다. 원종찬은 이 사건을, "이원수를 꼭지로 하는 70년대 아동문단의 재편은 시대적 요청과 더불어 민족문학으로서의 아동문학이라는 새로운 물줄기를 만들어 낸 것"으로 본다.[128] 문단 활동과 현실주의 이론 정립, 동화와 소년소설 집중이 동시 창작에서 한 발짝 뒤로 물러나게 한 것이다.

이 시기 그는 중기와 비슷하게 서정시와 동요를 많이 쓴다. 서정시는 21편[129]인데, 이 가운데 「봄비」(1967)와 「솔개미」(1977), 1980년 병상에서 쓴 시 「나뭇잎과 풍선」「대낮의 소리」(1980), 「설날의 해」「때 묻은 눈이 눈물지을 때」(1981)를 빼놓고는 중기 서정시의 연장이고 반복이라는 점에서 그의 시정신은 더 밑으로 내려갔다고 볼 수 있다.

「금빛 들판」(1965) 4연처럼 시의 언어라 할 수 없는 밋밋한 언어("저 곱게 물든 금빛/잘 익은 곡식,/향기로운 들국화⋯⋯/모두 어디서 온 것일까요./누가 보내 준 것일까요."), 「여름날」(1967) 1연의 상투성("하늘에 둥둥 토끼 구름/나뭇잎에 반짝반짝 파란 바람/서로 밀며 달려가는 유리 같은 물"), 「봄날」(1966) 2연의 관조("꽃바람은 하늘에 가득 차고/포플러 가지마

---

128 원종찬, 「이원수와 1970년대 아동문학의 전환」, 『문학교육학』 No.28, 2009, 501~502쪽.

129 서정시 21편은 다음과 같다. 「가을바람」「금빛 들판」(1965), 「봄날」(1966), 「봄비」「여름날」(1967), 「한가위 달」「9월」「꽃과 어린이」(1969), 「봄눈」(1970), 「산길 들길 10리를」(1971), 「5월」「여름밤에」(1973), 「쑥」「나의 여름」(1976), 「솔개미」「겨울보리」(1977), 「어머니 무학산」(1978), 「나뭇잎과 풍선」「대낮의 소리」(1980), 「설날의 해」「때 묻은 눈이 눈물지을 때」(1981).

다/바쁜 듯 잎들이 막 펴 나온다."), 「봄눈」(1970) 4연의 설명조("사랑스런 것을 위해/한 방울 생명의 물로 번지려/마지막 자리에 눕는/아, 슬프고도 아름다운 눈,/봄눈이 내리네.")에서 볼 수 있듯이 시인이 시의 대상과 대결하려는 적극적인 태도가 보이지 않고, 시에 어린이의 '삶과 몸짓'이 없다. 그래서 시는 당연히 동적이지 않고, 평면적이고 관조의 시선이 될 수밖에 없다. 요시다 미즈호의 말처럼 '시의 주체가 잠자고 있는' 것이다. 하지만 병상에서 쓴 마지막 서정시 4편, 「나뭇잎과 풍선」「대낮의 소리」(1980), 「설날의 해」「때 묻은 눈이 눈물지을 때」(1981)는 그의 초기시의 시정신에 닿아 있다는 점에서 아주 중요한 작품이라 할 수 있을 것이다.

후기시에서 동요로 볼 수 있는 시는 14편[130]인데, 여기서 「해와 달」(1966), 「나들이」(1968), 「다 함께 그리자」「물 따라 바람 따라」「불어라 봄바람」(1969), 「새눈의 얘기」(1971)는 중기시 동요에서 볼 수 있는 상투성의 연장이고 반복이다. "찬란한 무지개로 즐거운 나라/하이얀 은빛으로 조용한 나라"(「해와 달」), "내 동생 손을 잡고/나들이 가면/까치가 깍 깍/참새들이 짹 짹"(「나들이」), "비는 달콤한 젖/눈은 솜이불/바람은 엄마 입김./아! 우리는/자란다, 눈 속에서/바람 속에서."(「새눈의 얘기」), "모래알은 반짝반짝/시냇물은 졸졸졸"(「우리 세상」) 같은 구절은 낮은 학년 아이들에게 주는 동요라 하더라도 상투성의 혐의에서 자유로울 수 없을 것이다.

---

130 동요 14편은 다음과 같다. 「기다리는 봄」「심부름 가는 길」「꽃잎」「소꿉놀이」(1964), 「해와 달」(1966), 「산새 물새」(1967), 「꽃잎 7·5조」「달」「나들이」(1968), 「다 함께 그리자」「물 따라 바람 따라」「불어라 봄바람」(1969), 「여울물 소리」(1970), 「새눈의 얘기」(1971).

후기시에서 명백히 상투시로 볼 수 있는 시는 10편이다.[131] 여기에 앞에서 든 동요 6편까지 더하면 16편이다. 후기시에서 행사시로 볼 수 있는 시는 12편이다.[132] 이 시는 국경일이나 특정한 날, 계절이 바뀌는 시점에 청탁을 받고 그때그때 상황이나 행사의 성격에 맞게 쓴 시라 할 수 있다. 그리고 유년시 4편을 확인할 수 있다.[133] 여기서 「겨울 물오리」(1981)는 그가 마지막으로 남긴 시이다.

현실주의 자장 속에 있는 시로는 6편을 볼 수 있다. 「우리 어머니」「편지」(1965), 「열다섯」「나루터」「밤안개」「산동네 아이들」(1967)인데, 「우리 어머니」를 빼놓고는 이 또한 중기 현실주의 시의 반복과 연장이라는 점에서 '현실주의 시의 상투화'로 볼 수 있다. 「열다섯」5연의 투박한 언어("아!/모진 바람 속에 나서 자란/너는 굳세어라./네게 영광 있으라."), 「나루터」3연의 설명조("어려운 살림에/중학 입학/농사일에 집안일에 혼자 시달리며/남모르게 애써 주신 우리 어머니")는 중기의 현실주의 시에서도 보이는 경향이다. 이런 시는 초기의 현실주의 시와 달리 어린이의 삶을

---

131 상투시 10편으로는 「해와 달」(1960), 「4월의 나무」「까치 소리」(1966), 「겨울 대장」「해님」「내 동무」「여름날」(1967), 「나들이」(1968), 「눈」(1971), 「우리 세상」(1975)을 들 수 있다.

132 행사시 12편은 다음과 같다. 「나의 해」「4월의 나무」(1966), 「우리들의 잔치」(1968), 「그리운 선생님 – 소파 동상 제막식에서」「오늘, 5월의 어린이날은」「푸른 나무 – 『소년조선』창간 10주년에」(1975), 「새 세상을 연다」(1977), 「해님이 보는 아이들 – 1979년 세계 아동의 해를 맞으며」「아이들이 간다」(1979), 「나이」「스무 해의 높다란 키 – 『소년한국』창간 20주년에」「의젓한 나무 – 『소년』20돌 기념축시」(1980).

133 유년시 4편은 「나팔꽃」(1966), 「우리 세상」(1975), 「빨간 장갑」(1980), 「겨울 물오리」(1981)이다.

겉 스치듯이 그리고 있다는 점에서 현실주의 시의 자기 상투화라 할 수 있다.

후기시의 가장 큰 특징은 애(愛)와 정(情), 성장기의 감성, 사색의 시라 할 수 있다. 애(愛)를 노래한 시는 4편으로, 「다릿목」 「수국」(1964), 「해 · 달 · 별」(1967), 「산딸기」(1968)를 들 수 있고, 정(情)을 노래한 시는 「달」(1968), 「사아」(1969?), 「시월 강물」(1969), 「두견새」(1970)[134], 「우리 원이 보고지고」(1971), 「파랑」 「싸리꽃」(1973), 이렇게 7편을 들 수 있다. 성장기의 감성을 노래한 시는 7편이고[135], 사색의 시는 17편[136]이다.

1) 사적인 애(愛)와 간절한 정(情)

이원수는 1979년 선집 『너를 부른다』 후기 「나의 동시와 나의 생활」에서, "애정의 노래-'산딸기' 이후"로 소제목을 잡고 그의 후기시 특징을 간략히 정리한다.

---

134 이원수는 시 제목을 '두견새'로 잡았지만, 이 시 3연에서 "소쩍 소쩍" 우는 것으로 보아 소쩍새가 맞다. 이원수가 잠깐 혼동한 듯하다. 중국 촉(蜀) 나라 망제의 죽은 넋이 두견새로 다시 태어났다는 전설이 내려온다. 그래서 죽은 넋을 비유할 때 두견새가 많이 나온다.

135 7편은 아래와 같다. 「5월」(1964), 「봄날 저녁」 「높은 산에 오르면」 「왠지 몰라」(1965), 「나의 해」(1966), 「나루터」(1967), 「문」(1974).

136 17편은 다음과 같다. 「외로운 섬」 「꽃잎」(1964), 「아침 안개」 「푸른 열매」 「햇볕」(1965), 「싸움 놀이」(1966), 「이별」(1967), 「찬란한 해」(1968), 「유월」(1969), 「가슴에 안은 것이」(1970), 「쑥」 「이상도 해라-음악에게」 「불에 대하여」 「물을 노래함」 「한밤중에」(1971), 「4월 어느 날에」(1973), 「당신은 크십니다」(1979).

나이 50세 이후의 작품은 여기 '산딸기' 편에 모았다. 사랑의 마음은 존귀한 것임을 나이를 먹을수록 깊이 알게 되는 것 같다. 「다릿목」 「산딸기」 「햇볕」 「시월 강물」 「싸리꽃」 「두견새」 「파랑」 「우리 원이 보고지고」 「달」 등은 간절한 애정의 세계에서 읊은 노래였다. 그러한 사랑은 앞에서 또는 뒤에서 나를 잡아 흔들어 주었다. 그런 애정으로 말미암아 내 가슴속에 뜨거운 정이 솟아오르게도 된 것 같다.

「다릿목」의 그리움.

「햇볕」의 안타까운 정.

「산딸기」의 행복스런 사랑.

「시월 강물」의 슬프고도 행복한 느낌.

「두견새」의 가엾은 생각.

이러한 것들은 모두 나의 생활 속에 괴어 있는 사랑에서 얻어진 나의 기념물이다. 사랑의 노래와 함께 또 한편 깊은 생각에 잠기는 사색적인 경향의 시도 쓰게 되었다. 「푸른 열매」 「불에 대하여」 「싸움놀이」 「가슴에 안은 것이」 등이 그런 경향의 시였다고 생각된다.[137]

이원수는 아동문학 '평론가'답게 자신의 후기시를 일목요연하게 정리한다. 그는 자신의 후기시를 "간절한 애정의 세계에서 읊은 노래"라 하고, "그러한 사랑은 앞에서 또 뒤에서" 자신을 "잡아 흔들어 주었다"고 말한다. 그리고 이러한 '애정'의 시와 더불어 "깊은 생각에 잠기는 사색적인 경향의 시도 쓰게 되었다"고 한다. 애정의 시편은 애(愛)와 정(情)으로 나누어 살펴볼 필요가 있다.

애(愛)를 노래한 시는 「다릿목」 「수국」(1964), 「해 · 달 · 별」(1967), 「산딸기」(1968) 이렇게 4편인데, 여기서 뚜렷하게 이성과의 사랑이나 연애 감

---

137 이원수, 「나의 동시와 나의 생활」, 『너를 부른다』, 233~244쪽.

정으로 읽히는 시는 「다릿목」과 「산딸기」이다.

아래 시는 "그리움"의 시 「다릿목」이다.

영이와 헤어지던
다릿목을 지나면
우우 부는 솔바람도
그날 그 소리,
조잘대는 개울물도
그날 그 소리.

영이와 헤어지던
다릿목을 지나면
소곤대던 영이 말이
귀에 들릴 듯,
나긋한 영이 손이
불쑥 잡힐 듯.

영이와 헤어지던
다릿목은 멀어도
영이가 생각나면
찾아가는 곳,
보고프면 나 혼자
지나보는 곳.

— 「다릿목」 전문

이 시의 화자는 초등학교 높은 학년 남자아이 시점으로 볼 수도 있겠지
만, 시에 쓰이는 말("나긋한 영이 손이 불쑥 잡힐 듯")이 초등학생을 훌쩍
넘어선 청소년이나 시인의 말에 가깝고 정서 또한 그렇다. 1연은 영이와

헤어졌던 장소 '다릿목'의 소리(솔바람과 개울물)를 노래한다. "우 우 부는 솔바람"과 "조잘대는 개울물" 소리("그날 그 소리")는 이 시 1연부터 3연까지 바닥에 깔린 '배경'이 된다. 2연에서는 이 소리 속에서 둘이 손을 잡고 이야기를 나눴던 순간을 떠올리고, 3연에서는 영이와의 사랑이 그리워 비록 헤어졌어도, 다릿목이 멀리 떨어져 있어도 보고프면 혼자 지나 본다고 한다.

그는 그의 '애정시'를 이렇게 말한다. "나이 오십이 넘어서면서부터 나는 사랑을 노래하는 시를 많이 썼다. 동심의 세계와 사랑의 세계는 가장 가까운 것, 만족 완료가 없는 동심과 애정에서 나는 소년 시절보다 더 섬세한 것을 느끼고 알고 한다." 동심의 세계와 사랑의 세계는 가장 가깝기 때문에 나이가 들었다 하더라도 소년 때보다 더 섬세한 감정을 느낀다는 말이다. 그리고 뒤이어 동시 「다릿목」 「시월 강물」 「두견새」 「산딸기」 「우리 원이 보고지고」를 들면서 "내가 살아가는 오늘을 이끌어 주는 작품"이라고까지 한다.[138] 그만큼 그는 이 시 「다릿목」을 아꼈던 것이다.

다릿목은 경남 창원 무학산 골짜기 개울 장군천 다리 장군교다. 창원 고향의봄기념사업회에서 낸 사업 보고 책자를 보면, 장군천 사진 옆에 "동시 「다릿목」의 배경으로, 이원수의 첫사랑 추억이 있는 곳"[139]이라고

---

138 이원수, 「노래 고개 넘는 데 예순 해가」(1971), 『아동과 문학』(전집 30), 248쪽 참조. 동시 「우리 원이 보고지고」(1971)는 장남 경화의 장손 재원을 그리워하는 시다. 재원은 세 살 때, 미국으로 유학을 떠나는 아버지를 따라 미국으로 간다. 그런데 이 시는 1967년에 발표한 동화 「라일락과 그네와 춤」을 다시 시로 쓴 것이다. 손자 재원이 그리워 쓴 동화로는 「원이와 감나무」 「귀여운 손」(1973)이 더 있다.

139 고향의봄기념사업회, 앞의 책, 62쪽.

소개되어 있다.[140] 하지만 이 소개글은 이제 바뀌어야 할 것 같다. 아래 인용 글은 황금찬의 「고향의 전설처럼」에 있는 구절이다.

　　이원수가 영이(가명)를 알게 된 것은 마산 문학 강연에서이다. 마산에서 문학 강연을 마치고 나오니 한 소녀가 공손히 인사를 한다. 문학 소녀였다. 그렇게 하여 알게 된 소녀와 자주 만나게 되었다. 이원수가 그를 만나러 마산으로 내려갔고 아니면 그 소녀가 이원수를 만나러 서울로 올라왔다. …(중략)… 그리고 약 3년 뒤에 소녀는 결혼을 하게 되었다는 기별을 했다.

　　이원수는 그 기별을 듣고 곧 마산에 내려가 그를 만났다. 그리고 행복하게 살라고 축복해 주었다. 그리고 쓴 시가 「다릿목」이라는 것이다. 그는 그 노래를 아직 결혼하지 않은 소녀에게 보냈다. 소녀와 마지막 작별을 한 곳이 다릿목이다.

　　그 소녀가 결혼하고 한 3년쯤 후의 일이다. 어느 가을 이원수는 부산으로 문학 강연을 갔다. 그는 '체험과 문학'이라는 연제로 강연을 한 것이다. 청중이 많이 모였다. 그는 강연 도중 체험 이야기를 하다가 자기의 시 「다릿목」을 소개하였다. 문득 추억의 등불을 켜고 오는 바람에 시를 외우다가 그만 자기도 모르는 사이에 울고 말았다. "보고프면 나 혼자/지나보는 곳" 이 구절에서 울었다. 너무 울어서 말을 끊었다가 다시 시작할 정도였다. …(중략)… 이원수가 서울로 돌아온

140　이원수는 「청순한 동심의 여인들」(1977)에서 시 「다릿목」을 보기로 든 뒤, 바로 이어서 "헤어져 가고 나서, 세월이 쌓이고 쌓여도, 잊어버리지 않고, 한 가닥의 원망이나 미움도 없이 가슴속에 살아남아 있는 사랑은 귀중한 내 재산이다. 그것이 더구나 어린 마음의 사랑이기에 나는 동화도 동시도 쓸 수 있는 건지 모르겠다." 한다(이원수, 『솔바람도 그날 그 소리』, 189쪽). 여기서 이원수는 '어린 마음의 사랑'이라 한다. 이를 '어렸을 적의 사랑'으로 읽었기 때문에 시 「다릿목」을 이원수의 첫사랑과 관련된 시로 보지 않았나 싶다. 그런데 이원수가 말하는 '어린 마음의 사랑'은 '동심의 사랑'으로 읽어야 할 것이다.

뒤 곧 부산에서 편지가 왔다. 영이였다.

　"선생님, 저는 결혼하고 곧 부산에 와 살고 있습니다. 선생님의 문학 강연도 들었습니다. 선생님이 우실 때 저는 더 울었습니다. 그날 밤 선생님을 뵐까도 했습니다만 용기가 없어 울면서 그냥 돌아오고 말았습니다. 선생님, 언제 만나 뵈올지 모르겠습니다. 건강과 시필(詩筆)로 행복하세요."[141]

　황금찬의 증언이 맞다면, 동시 「다릿목」은 이원수의 '첫사랑'이 읽힌 시가 아니다. 이 시의 모티프는 영이가 보낸 편지였다. 그는 이 편지를 이렇게 기억한다. "나는 가고프네. 그날 밤 같은 어둠이 짙을 때면, 텅 빈 가슴으로 그 다릿목에 가서 더듬어 보고프네. 아직도 그이의 더운 숨결이 남아 있을 듯, 더듬어 찾는 나를 그이의 팔이 꽈악 안아 주실 듯, 내 마음을 가진 그 이……. 아! 나는 가고프네. 그이와 헤어지던 그 다릿목에 미친 듯 나는 가고프네." 그리고 뒤이어 "시라고 해야 할 이런 사연이 내 동시의 밑자리에 어려 있어서 나는 늘 즐겁다"고 한다.[142] 그는 이 사랑이 너무 애틋해 "언젠가는 학생들에게 어떤 작품을 읽어 들려주다가 역시 목이 메어 한참 동안 입을 다물고 있어야 했다"고 떠올린다.[143]

141　황금찬, 「고향의 전설처럼」, 『돌아오지 않는 시간의 저편』, 신지성사, 2000, 211~213쪽.

142　이원수, 「솔바람도 그날 그 소리」(1968), 『솔바람도 그날 그 소리』(전집 27), 47~48쪽 참조.

143　이원수, 「슬픔과 분노」, 『솔바람도 그날 그 소리』(전집 27), 305쪽. 이원수는 자신이 살아오면서 사랑한 여자 다섯 명을 수필 「나의 향수」(1955), 「아카시아 꽃」(1958), 「이른 봄의 꽃과 나」 「아카시아 향기 속에 피고 진 사랑」(?), 「여성과 나」(1966), 「청순한 동심의 여인들」(1977)에서 언급하는데, 20대 초반에 저세상으로 떠난 김정순을 빼놓고는 이름을 밝히지 않고 꽃에 견주어 말한다. 첫 번째 여자

여기서 '어떤 작품'은 「다릿목」이었을 것이다. 이원수는 같은 해 이 편지 구절을 살려 시 「나는 가고프네 ─J와 S의 노래」(1964)를 쓴다. "하늘이 눈 꼭 감고/사색에 잠길 때면/나는 가고프네/그이와 헤어지던 그 다릿 목으로······"[144] 이렇게 1연을 시작하는 시는 영이의 시점으로 쓴다. 이원 수와 영이의 사랑에 얽힌 이야기를 알고 나면 이 시의 시점은 청소년화 자에서 시인의 시점으로 넘어온다.

이 「다릿목」의 여인 '영이'는 다시 「산딸기」(1968)의 '너'가 된다.

산은 너무
조용해서 무섭다.
따순 바람 고여만 있어
나뭇잎 풀잎 하나 꼼짝도 않고

는 마산 공립보통학교 시절 짝사랑한 여학생 '히아신스 향기' 여인이고, 두 번째 여자는 마산 공립상업학교 1학년 무렵 사랑한 '아카시아 꽃' 여인 김정순이다. 김 정순은 자전소설 「오월의 노래」(1950)에서 노마가 좋아하는 '영순이 누나'로 부활 하고, 『숲 속 나라』(1949)의 '영이'가 되고, 「그림 속의 나」(1954)에서는 "내가 가장 사랑하던 귀여운 소녀 정순이"가 된다. 세 번째 여자는 그의 아내 '앉은뱅이꽃' 여 인 최순애이고, 네 번째 여자는 '버들강아지' 여인이다. 버들강아지 여인은 「다릿 목」(1964)과 「산딸기」(1968)에서 '영이'와 '너'가 된다. 마지막은 '진달래꽃' 여인인 데, 이 여인에 대해서는 따로 설명이 없다.

144 시 「나는 가고프네 ─J와 S의 노래」를 1연에 이어 2연부터 전문을 들어 본다. "조 용한 바람결/조잘대는 개울물 소리/그 속에서 남모르게 한 입맞춤/애절한 이별 의 인사······/그러고는 그이와 함께 가 버린/붉은 내 심장//나는 가고프네/그날 밤 같은 어둠이 짙을 때면/텅 빈 가슴으로/그 다릿목에 가 더듬어 보고프네//아직 도 그이의 더운 숨결이 남아 있을 듯/더듬어 찾는 나를/그이의 팔이 꽉 안아 주실 듯/내 맘을 가진 그이······//아!/나는 가고프네./그이와 헤어지던/그 다릿목에/미 친 듯 가고프네." 이원수, 『이 아름다운 산하에』(전집 26), 21~22쪽.

우거진 푸른 덤불 속에
아, 아!
저 작은 불송이들.
가시줄기 사이로
죄 짓는 듯 딴다.
보드랍고 연해
조심스런 산딸기

불을 먹자.
따스하고 서늘한
달고 새큼한
연하고도 야무진
불의 꼬투리
내 입에도 넣어 주고
네 입에도 넣어 주고.

작아도 빨간 딸기 송이는
덤불 속에 열린
호화로운 눈동자.
우리도 저런 것이 될 수 없을까.

꾸르륵 꾸르륵……
어디서 괴상스런 소리의
새가 운다.
사람이 너무 없어
아늑한 산이
무서우면서도 좋다.

—「산딸기」전문

"산은 너무 조용해서 무섭다"로 시작해 "아늑한 산이 무서우면서도 좋다"로 끝나는 시다. 화자는 '온전히' 시인 자신이다.[145] 그의 거의 모든 시가, 시인과 어린이가 하나가 되어 시인의 세계와 어린이의 세계가 하나가 되어 있는 시라면, 이 시 「산딸기」는 어린이의 세계라기보다는 시인만의 세계이고, 그가 창조한 세계에 아이들을 불러들이고 있다.

이오덕은 이 시를 동시로 보기 힘들다고 하지만,[146] 그의 동시관 즉 "아

---

145 권나무는 「산딸기」(1968)를 '청소년의 목소리'로 읽는다. "성숙해진 감성은 「왠지 몰라」(1966)와 「해·달·별」(1967), 그리고 「산딸기」(1968)에서 어린아이의 티를 완연하게 벗은 청소년의 목소리로 등장한다. 이원수의 이전 동시에서는 어머니와 누이가 늘 그리움의 대상이었지만, 이성에 눈을 뜬 화자의 감성은 이제 대상을 달리한다."(「동시와 함께 땅이 되다 ─ 이원수 후기 동시에 대한 생각」, 『이원수와 한국 아동문학』, 창비, 2011, 187쪽) 그런데 이원수의 후기시에서 '청소년 화자'를 의식적으로 고민한 흔적은 찾아보기 힘들다. 「다릿목」은 청소년 화자의 시점으로 읽히기는 하지만 그가 처음부터 이 시를 청소년 화자의 시점으로 썼다고 보기는 힘들다. 「왠지 몰라」(1966)의 1연 "난 왠지 몰라,/제기차기도 하기 싫고/공 던지기도 하기 싫고/고누 같은 건 더구나 싫고"를 보면 알 수 있듯이 '사춘기'를 그리고 있다는 점에서 청소년 화자라기보다는 초등학교 높은 학년 시점으로 보는 게 맞을 성싶다. 「해·달·별」(1967)은 앞에서 그의 이름에 얽힌 이야기를 하면서 잠깐 살폈듯이, 경희여자초급대학에서 아동문학을 강의하면서 학생들에게 자신의 이름을 소개할 때 칠판에 써 내보인 시다. 이 시 또한 청소년 화자라기보다는 어린이와 시인이 하나가 된 시점이고, 굳이 어린이 시점이라 한다면 초등학교 높은 학년으로 볼 수 있을 것 같다. 「산딸기」(1968) 또한 청소년 화자라기보다는 시인 자신의 시점으로 보는 것이 맞지 않나 싶다.

146 이오덕은 이원수 후기시의 특징을 말하면서, 「산딸기」를 "아동문학을 벗어난 시작(詩作)" "동시라기보다는 아동들에게도 이해되는 시"라 하면서 '동시'로 보지 않는 듯싶다. "최근의 작품들은 아동의 세계보다 시인 자신에 더욱 충실하려는 듯하여 보다 인생적인 것으로 기울어지고 있다. 그리하여 아동문학을 벗어난 시작(詩作)과 함께, 동시라기보다 아동들에게도 이해되는 시라고 할 작품들을 이따금 보여 주고 있음은, 우리 동시가 가지는 고질(痼疾)인 유아적 유희의 질병을 치료하는 데 많은 시사를 주는 것이라 생각된다. 「햇볕」(1965, 새벗), 「밤안개」(1967, 국민학교 어린이), 「산동네 아이들」(1960, 평화신문), 「달」(1960, 경향신문), 「시월

동이 느낄 수 있는 시"로서의 동시 개념에 따르면 동시의 경계 안에 드는 작품으로 볼 수도 있다.

때는 산딸기가 한창 무르익는 늦봄 혹은 초여름 5~6월 무렵이다. 시인은 대낮 산속의 느낌을 붙잡는 것에서 시작한다. 1연의 "산은 너무 조용해서 무섭다"는 1958년에 쓴 「산」의 1연 1행 "산이 산이 조용해요 대낮 점심때"의 이미지 반복이기도 하다. 산속은 "나뭇잎 풀잎 하나 꼼짝도" 않는, 바람 한 점 없는 공간이다. 그는 대낮 산속에 들어와 그의 온 감각을 연다. 2연의 촉각("보드랍고 연해"), 3연의 미각("달고 새큼한"), 4연의 시각("호화로운 눈동자"), 5연의 청각("꾸르륵 꾸르륵")을 볼 수 있다. 이렇게 이 시는 시인이 산속에 들어와 온몸의 감각을 열고 그 느낌을 붙잡아 쓴 '감각시'이고, 이 감각은 연마다 산딸기의 이미지(2연 "불송이", 3연 "불", 4연 "호화로운 눈동자")를 달리 그린다는 점에서 '이미지' 시이기도 하다. 이는 1960년대 초 '동시인동인회'(1966) 시인들이 중심이 되어 하나의 흐름이 된 감각시 영향이기도 하다. 그는 "메타포와 이미저리의 범람은 일종의 허세 같은 것이 되고, 도리어 묘사를 해치는 것으로 되기도 쉽다"[147] 하면서, 표현의 묘를 중시하는 감각시와 이미지 중심의 난해시를 비판하지만 그 또한 당시 박경용의 「귤 한 개」(1966)에서부터 시작된 감

강물」(1969, 소년중앙), 「산딸기」(1968, 어깨동무) 등 많은데, …(중략)… 사회를 위한 목적의식이나 아동을 위한 동정이란 것이 너무나 무력한 감상밖에 될 수 없는 이 참담한 시대 상황에서 시인은 우선 타락한 동시를 구출하기 위해 보다 문학적인 것에 집착하고 있는 것이라고도 보아진다." 이오덕, 「시정신과 유희정신」 (1974), 『시정신과 유희정신』, 33~34쪽.
147 이원수, 「아동문학의 산책길」(1976), 『아동문학입문』(전집 28), 373쪽.

각시와 이미지 시의 흐름을 무시할 수는 없었다.

이 시의 모티프는 '영이와의 사랑'이다. 시 텍스트에서는 찾아보기 힘들지만 그는 이 시를 말할 때 "행복스런 사랑"[148]을 노래했다고 밝힌다. 그에 따르면 "동시 「산딸기」는 어른이 된 여인이지만 다정다감함이 어린 소녀 같은 내 사랑하는 사람과의 이야기"이다. 이 여인은 「다릿목」의 영이, 버들강아지 여인이다. 그는 영이를 이렇게 기억한다. "그녀와의 얘기는 대개가 동화적이요, 시적인 것이 많았다. 그녀가 하는 얘기를 듣고 있으면 나 자신이 어린아이로 되돌아가는 것 같았다. 동심을 항상 가슴속에 지니고 있는 그녀의 생활은 내가 보기에는 언제나 맑고 깨끗했다. 나의 동시 「다릿목」은 이별의 애절함을 노래한 애정시다. 이미 10년도 더 전에 쓴 것이지만 그 시의 모티프가 된 나의 사랑은 지금 생각해도 아름답고 그립다."[149] 사정이 이렇다면 「산딸기」는 텍스트 자체의 해석과 다르게 읽히는 지점이 있다. 산딸기는 바로 영이를 비유하는 것일 수 있다. 2연의 "죄 짓는 듯 딴다"라든지 3연의 "내 입에도 넣어 주고 네 입에도 넣어 주고"는 입맞춤을 뜻하는 것처럼 연상되기도 한다.[150] 이렇게 보면 이 시는 동시의 경계 밖에 있는 시로 볼 수 있다. 하지만 시 텍스트 자체로 봤을 때는 이원수가 확장한 동시 개념 "아동이 느낄 수 있는 시"라는 점

---

148 이원수, 「나의 동시와 나의 생활」, 『너를 부른다』, 233쪽.

149 이원수, 「청순한 동심의 여인들」(1977), 『솔바람도 그날 그 소리』, 187~189쪽 참조.

150 이런 관능적인 표현은 「4월의 어느 날에」(1973)의 1연("어느 땐 매정타 여겼더니/ 바람은 새 가슴팍의 보드라운 깃/가만가만 쓸어 주는 애무 속에는/달콤한 졸음마저 스며 있네.")에서도 볼 수 있다.

에서 동시의 경계 안에 드는 작품으로 볼 수 있을 것이다. 이런 사랑의 시로는 「다릿목」(1964)과 「산딸기」(1967) 말고도 「수국」(1964)과 「해·달·별」(1967)을 들 수 있다. 그리고 중기시 「유월」(1956)도 애(愛)의 시로 볼 수 있다.

「다릿목」, 「산딸기」가 사랑했던 여인에 대한 '사적인 애(愛)'를 노래했다면, 「햇볕」(1965), 「시월 강물」(1969), 「두견새」(1970), 「싸리꽃」「파랑」(1973)은 전쟁 통에 잃어버린 막내딸 상옥에 대한 '사적인 정(情)'을 그린 시다. 1979년 『너를 부른다』 선집에 엮은 후기시 33편 가운데, 상옥을 그리워하는 작품을 다섯 편이나 넣은 것은 그만큼 그의 가슴이 아팠기 때문일 것이다.[151]

아래 시 「싸리꽃」은 1951년 한국전쟁 때 잃어버린 셋째 딸 상옥이 그리워 쓴 시이다.

> 싸리나무 늘어진 가지,
> 마디마디 파란 잎,
> 그 잎마다에 안기어 핀
> 보라색 자디잔 꽃은
> 정답기도 해라.
>
> 그 작은 싸리꽃 속에

---

151 『너를 부른다』 선집에는 안 넣었지만 「사아(思兒)」(1969?), 「눈」(1971)도 상옥을 그리워하는 시다. 「사아(思兒)」 전문은 다음과 같다. "아빠 아빠, 산 속에서/부른 것 같아/허위허위 산길을/올라가 보면/먼 먼 어디메서/뻐꾸기 소리//아빠 아빠, 들판에서/부른 것 같아/개울 건너 논길 밭길/달려가 보면/텅 빈 들길에는/바람 소리뿐//아가 아가, 목 메인/내 목소리가/강물 되어 하늘 멀리/울면서 가네."

더 작은 빨간 혓바닥
예쁘게 내밀고 해해해 웃고 있어.

우리 집 울타리에
싸리나무에
내 아기를 보러 간다.
혀 내밀고 웃기 잘하던 귀엽던 아기

싸리꽃 속에
천도 더 되어 해해해 웃고 있어
싸리나무 가지에
내 아기를 보러 간다.

　　　　　　　　　　　　　— 「싸리꽃」 전문[152]

　시의 화자는 시인(아버지)이고, 시인이 싸리꽃 모양을 보고 잃어버린
막내딸 상옥을 떠올리며 쓴 시다. 더구나 싸리꽃의 꽃말은 사색, 생각, 상
념이다. 1연은 싸리꽃의 생김새를 말하고 있다. 싸리꽃은 원래 '마디'가
없는데, 그는 잎이 나는 자리를 기준으로 "마디마디 파란 잎"이라 한다.
당시 많은 동시인들이 그런 것처럼 그 또한 푸른(green)과 파란(blue)을 구
별하지 못하고 있다. "그 잎마다에 안기어 핀"은 싸리꽃 자루가 나오는
자리, 즉 잎이 나는 바로 그 자리에서 나는 꽃자루 모양을 보고 하는 말
이다. 그 모양을 잎자루와 꽃자루가 안고 있는 것으로 본 것이다. "보라

152　이 시는 선집 『너를 부른다』(1979) 판을 따르지 않고, 동화 「나의 그림책」(1976) 속
　　'셋째 그림 · 싸리꽃 아기'에 있는 시를 따른다. 『너를 부른다』 판은 1973년 『시문
　　학』에 실린 시를 따른 듯싶다. 동화 「나의 그림책」 판은 그보다 3년 뒤 개고이고,
　　문장부호, 행과 연 갈이가 자연스럽다.

색 자디잔 꽃"은 알맞은 표현이 아니다. 꽃이 피지 않을 때 싸리꽃 봉오리
는 보랏빛이 돌지만 활짝 핀 싸리꽃은 전체로 보면 붉다. 꽃이 피면서 보
랏빛이 가시고 점점 붉어지는 것이다. 그리고 2연부터 4연은, 1연의 4행
"정답기도 해라"의 연유, 시인에게 싸리꽃이 정다운 꽃이 된 까닭을 밝히
는 구절이다.

　2연에서 "빨간 혓바닥"은 싸리꽃의 암술과 수술을 감싸고 있는 꽃잎 두
장을 말한다. 꽃잎이 새 부리처럼 기다란데, 사실 이곳이야말로 '보랏빛'
에 가깝다. 이원수는 싸리꽃 꽃수술("작은 빨간 혓바닥")을 보고 "혀 내밀
고 웃기 잘하던 귀엽던 아기" 상옥을 떠올린다. 바로 이것이 이 시를 쓰게
된 모티프이다.[153]

---

153 「싸리꽃」을 쓰게 된 내력을 알 수 있는 동화가 있다. 그의 동화 「나의 그림책」
(1976)인데, 위 시보다 3년 뒤의 작품이지만 동화 속 셋째 그림 '싸리꽃 이야기'에
이 시를 쓰게 된 경위가 나와 있다. "그때 나는 40의 아버지였다. 무서운 전쟁의
불길이 사정없이 덮쳐 와서 많은 사람들이 죽어 갔다. 그중에서도 나는 귀여운 세
살짜리 딸 상옥이를 그 원수의 불 속에 잃고 가슴을 쥐어뜯으며 슬픔 속에 지냈
다. 가엾은 아기, 나를 몹시도 좋아하던 귀여운 아기의 죽음은 몇 해가 지나도 내
마음을 아프게만 했고 조용한 때면 어린애처럼 눈물을 짓게도 했다. 여러 해가 지
났다. …(중략)… 아내는 산에서 싸리나무를 뽑아다 집 둘레에 심었다. 뻐꾸기 우
는 관악산 골짜기에서 아내는 필시 딸 상옥이를 생각하며 그 싸리나무를 팠을 것
이다. 싸리나무를 갖고 오는 아내의 눈에 눈물 자국이 있는 걸 보았다. 몇 해가 또
흘러가서, 조그맣던 싸리나무들이 자라 무성하게 울을 이루었다. 어느 날, 나는
싸리나무 울타리에 가서 보랏빛 싸리꽃을 보다가, 그 자디잔 싸리꽃 모습에서 내
아기를 본 듯하여 스스로 놀랐다. 싸리꽃들은 제각기, 어린 아기가 혀를 쏙 내미
는 형용과 같아 보였던 것이다. 아! 그렇다. 내 딸 상옥이가 곧잘 그랬지. 마음이
기쁠 때였으리라. 아기는 혀를 쏙 내밀고 웃길 잘했다. 오랫동안 꿈에도 나타나
지 않던 내 딸 상옥이는 이젠 내 집 둘레에 수천수만의 꽃이 되어 피어 있구나. 모
두 해해해 웃는 얼굴로……."(이원수, 「나의 그림책」(1976), 『날아다니는 사람』(전

상옥을 그리워하는 시 가운데 「햇볕」(1965), 「시월 강물」(1969), 「사아
(思兒)」(1969?), 「두견새」(1970), 「눈」(1971), 「싸리꽃」(1973)이 시인 이원
수의 시점이라면, 「파랑」(1973)은 상옥의 시점이다.

　　　산 아래 강, 강은 깊어서
　　　맑은 물 새파라니, 새파래서 무섭네.

　　　보고 싶은 아빠께 편지를 쓸 때
　　　네모진 작은 병에 그 파란 잉크,
　　　편지지에 눈물로 얼룩지던 그 파랑

　　　아빠, 아빠, 지금은 이 강물에다
　　　손을 담가 커다랗게 글을 씁니다.
　　　아빠 돌아오세요. 오세요-라고.

　　　물은 온통 파랑 잉크, 파랑 편지,
　　　흘러가 줘, 우리 아빠 눈에 가득히.

　　　　　　　　　　　　　　　　　　　― 「파랑」(1977) 전문[154]

　　집 8), 134~137쪽) 1951년 1·4 후퇴 전에 영옥, 상옥, 용화를 보육원에 맡겼을
　　때 그의 나이 만으로 40세였다. 장남 경화는 상옥이 미국으로 입양을 갔을지도
　　모른다고 짐작하지만 이원수는 상옥이 "그 원수의 불 속에"서 죽었다고 자책하고
　　있다.
154　이원수는 1973년 동시 「파랑」을 『시문학』에 발표한 뒤, 그로부터 3년 뒤 이 시를
　　바탕으로 동화 「파랑 편지」를 쓴다. 여기에 드는 시는 1977년에 발표한 동화 「파
　　랑 편지」 속 동시다. 1973년에 발표한 동시는 행갈이가 많이 되어 리듬이 끊긴다
　　면, 동화 속 동시는 행갈이를 줄여 리듬을 살리고 안정감이 있다. 1973년 발표작
　　「파랑」 전문은 다음과 같다. "산 아래 강,/강은 깊어서/맑은 물 새파라니/새파래서
　　무섭네.//보고 싶은 **아빠에게**/편지를 쓸 때/네모진 작은 병에/그 파란 잉크,/편지

시의 화자는 어린이다. 시 텍스트에서는 이 어린이가 남자인지 여자인지는 알 수 없다. 그는 「파랑」(1973)을 쓰고 3년 뒤 1977년, 이 시를 동화로 구성해 「파랑 편지」로 발표한다.[155] 이 동화는 200자 원고지로 10여 장쯤 되는 아주 짧은 동화다. 동화의 주인공은 '숙이'다. 그렇다면 이 시 또한 화자를 어린 여자아이로 볼 수 있을 것이다.

1연의 "맑은 물 새파라니, 새파래서 무섭네"는 앞에서 살펴본 「산딸기」(1968)의 "산은 너무 조용해서 무섭다" "아늑한 산이 무서우면서도 좋다"

─────

지에 눈물로/얼룩지던 그 파랑.//아빠, 아빠, 지금은/이 강물에다/손을 담가 커다랗게/글을 씁니다./**"아빠 돌아오세요./오세요."**라고.//물은 온통 파랑 잉크/파랑 편지,/흘러가 줘, 우리 아빠/눈에 가득히." 글자를 진하게 한 구절은 1977년에 고친 부분이다.

155 동화 「파랑 편지」에서 아버지는 돈 벌러 집을 떠난 지 1년이 지나도 돌아오지 않는다. 숙이는 아빠가 쓰다 둔 잉크병, 그 네모진 파란 잉크병을 열고 철필에 잉크를 찍어 편지를 쓴다. "아빠 안녕하세요? 혼자서 얼마나 고생이 많으세요? 내일모레가 8월 추석입니다. 추석에도 아빠는 못 오시지요? 보고 싶은 아빠, 빨리 오세요." 이렇게 편지를 써서 부쳐도 답장은 오지 않는다. 전에는 편지를 부치면 곧 답장이 왔는데 이번에는 감감무소식이다. 숙이는 기다리다 지쳐 편지 쓰기를 그만둔다. 가을바람이 불어오는 날 숙이는 개울로 빨래를 간다. 물은 맑디맑았다. 너무나 맑고 새파래서 순간 무섬증이 인다. 하지만 이내 이 새파란 개울물이 흘러흘러 큰 강을 만날 것이라는 생각에 이른다. 숙이가 보는 이 개울물이 큰 강물과 이어지듯 1년이 지나도 돌아오지 않는 아버지도 어디서 이 강물을 보고 있을 것이라 생각한다. 숙이는 맑고 푸른 물에 손을 담가 커다랗게 글씨를 쓴다. '아빠 돌아오세요. 어서 오셔요.' 푸른 물 '파랑 편지'는 강물이 되어 흘러간다. 숙이는 흘러가는 강물을 보며 속삭인다. "파란 물아, 흘러가라, 멀리멀리, 우리 아빠 눈에 가득히!" 파란 강물 파랑 편지가 흘러가서 아버지 눈에 가득 찰 때까지, 파랑 편지를 받고 아버지 눈에 눈물이 가득 차게 해 달라는 부탁을 하는 것이다. 동화는 그날 밤 숙이가 아버지를 생각하며 위 시를 쓰는 것으로 끝을 맺는다. 이원수, 「나의 그림책」(1976), 『날아다니는 사람』(전집 8), 200~203쪽 참조.

처럼 시인이 대상에 집중해서 얻은 '감각'을 붙잡아 쓴 것으로 볼 수 있다. 이원수는 1960년대 중반 동시 문단에서 유행했던 감각시의 흐름을 비켜가지 않고 자신의 방식으로 감각을 이미지화해 나간다. 「찬란한 해」(1968)의 "나도 묵은해를 벗고 비늘같이 번쩍이는 새해를 입는다"처럼 찰나적인 느낌과 「산딸기」(1968)의 "산은 너무 조용해서 무섭다"처럼 온몸의 공감각으로 얻은 이미지를 시에 그려 나간다. 위 시 「파랑」의 "맑은 물 새파라니, 새파래서 무섭네" 또한 온몸의 공감각을 이미지화한 것으로 볼 수 있다. 그런데 이 구절은 동화의 '복선'과 같은 구실을 하고 있다. "아빠 돌아오세요, 오세요" 하고 편지를 써도 끝내 아버지는 돌아오지 않을 것이라는, 그래서 새파란 물은 '무서운' 이미지가 되는 것이다.

동화에서 어머니는 "너희 아버진 돈 많이 벌어 가지고 오실 거다. 잠자코 기다리고 있거라." 한다. 하지만 숙이는 "어머니 말이 믿어지지" 않는다. 1년이 지나도 아무 소식이 없었기 때문이다. 이것은 아마 이원수가 최병화와 함께 월북할 무렵을 말하는 듯싶다. 아버지를 자꾸 찾는 막내딸 상옥에게 최순애는 아버지가 저 멀리 돈 벌러 갔다고 했을 것이다. 바로 이 상황을 떠올리며 이원수는 상옥이 시점으로 동화와 시를 쓴 것이다.

2) 사색과 성장기의 감성

1961년 이원수는 "동시가 가지는 사색의 세계"에 대해서 말한다. 그는, "아동은 직감적인 것에서 미를 찾아내고, 또 그것과 관련하여 자기의 생활을 미의 세계로 만들기도 하지만 사색에서 만들어지는 미의 세계도" 있다고 한다. 그리고 그때 자신이 쓴 '사색의 시' 「들불」(1949), 「눈 오는 밤」(1951), 「종아 울려라」(1960)를 들고, 왜 이 시가 사색의 시인지 밝힌다. 「들불」은 "3·1운동의 정신과 그것을 이어받는 소년의 마음의 깨달음–굳건한 결의"를 노래한 것이고, 「눈 오는 밤」은 "어느 나라에서는 겨울에 눈이 많이 내리면 새들을 위해 모이를 뿌려 준다는 이야기를 들은 작자가 …(중략)… 배고파 울고 있을 산새들을 가엾어 하는 마음이 사색에서 생겨났을 때, 그것은 또한 인간의 애정이 동물에게까지 신장되어 미의 세계를 이루는 것"이라 한다. 그리고 「종아 울려라」는 12월 크리스마스를 맞아 "어느 오막집 누추한 뜨락에라도 예수님은 나타나실 것이라는 생각, 이것이 예수교의 근본 정신에 맞는 생각이 아닐까?" 하는 것을 노래했다고 한다.[156]

그는 동시에 이런 사색의 시가 있을 수밖에 없고, 그것의 의의를 아래와 같이 정리한다.

동요들이 아동의 즐거운 유희에서 많은 소재를 얻고 있는 데 비하여 동시가 조용한 것, 속 깊은 것, 슬픔이나 기쁨의 내면을 소재로 하는 경향이 있는 것은 시가 본래 마음의 세계에서 우러나오는 것이기 때문일 것이다. 그것은 곧 아동 생활에서 찾아볼 수 있는 어떤 진지한 것을 다루게 되는 경우가 많은 것도 사실이다. …(중략)… 시는 좀 더 내면적인 것이요, 진실을 노래한다. …(중략)… 동시의 영역이 조그만 아름다운 감상적인 미에서 생활의 따스한 정경과 애정에 미치고 또 자기네들의 생활을 아름다운 것으로 하려는 인간의 의욕을 노래 부르는 데까지 확장되어 감에 따라, 그것은 또 어떠한 사상성의 미를 추구하게도 된다. 문학이 민족애와 더 널리 인류애를 커다란 목적

---

156 이원수, 「시와 교육」(1961), 『아동문학입문』(전집 28), 297~302쪽 참조.

처럼 아는 것인 만치 이러한 경향은 제한 없이 넓은 무대를 획득하게 되는 것이다.[157]

　여기서 이원수는, 동시는 '내면을 소재'로 하고, '마음의 세계에서 우러나오는 것이기 때문에' 그것은 '진지한 것을 다루게' 되고, 그래서 시는 좀 더 '내면적이고 진실'을 노래한다고 말한다. 이렇게 해서 동시는 '감상적인 미'에서 '생활의 따스한 정경과 애정'에 미치고, 더 나아가 '사상성의 미'에까지 그 경계를 넓힐 수 있다는 것이다.

　1961년 그가 '사색의 시'로 든 시 3편은 시인이 어떤 것을 보거나 듣거나 경험을 하고, 마음속에 어떤 '사상'이 들어왔을 때 그것을 깊이 생각해서 아이들에게 들려주는 시라 할 수 있다. 이러한 사색의 시는 "사상성의 미"를 노래한 시라 할 수 있다. 이와 더불어 중기시 가운데 '사상성'과는 결이 다른, '속 깊은 내면'을 노래한 '사색'의 시가 있다. 「그리움」(1953, 3연, "아!/다시 보고픈 그리움 때문에/언제나 세월을 기다리며 사는 게 지⋯⋯")과 「산정」(1954, 2연, "해는 어느 산 뒤에 숨고/검푸른 밤이/우줄우줄 소리 없이 다가드는 길./그 서늘한 산 기운 속에/나는 그만 훨씬 더 어린아이가 된다."), 「나무의 탄생」(1955, 1연, "단단한 가지에/보드라운 어린 잎사귀들/어떻게 껍질을 뚫고 나올까?")을 들 수 있다. 특히 「그리움」 3연과 「산정」 2연은 동시의 언어라기보다는 시의 언어에 가깝다. 이 세 시는 후기시의 한 특징인 "깊은 생각에 잠기는 사색적인 경향의 시"에 드는 시라 할 수 있다. 이원수가 1979년 『너를 부른다』 후기 「나의 동

157　위의 책, 300~303쪽.

시와 나의 생활」에서 사색의 시로 든 시는 「푸른 열매」(1965), 「싸움놀이」
(1966), 「불에 대하여」「가슴에 안은 것이」(1971) 이렇게 4편인데, 이 가
운데 불의 고마움과 물질적 이미지를 노래한 「불에 대하여」가 1961년 그
가 사색의 시로 든 세 편(「들불」「눈 오는 밤」「종아 울려라」)과 결이 같은
시라 할 수 있다. 그가 중기 사색의 시로 든 3편은 사상성, 즉 시인이 아
이들에게 들려주고 싶은 '메시지'가 중심인 '메시지 시'라면[158], 후기 사색
의 시는 그의 말처럼 독자가 "깊은 생각에 잠기는" 시라 할 수 있다. 그런
데 이 사색의 시편은 시가 어려울 뿐만 아니라 「싸움놀이」(3연, "내 편을
돌아보니/어둠 속에 나 혼자였다./검은 가운을 입고 고독(孤獨)만이/지그
시 눈 감고 서 있었다.")처럼 아주 동시의 경계 밖에 있는 시도 보인다.

아래 시 「푸른 열매」(1965)는 후기 사색의 시 가운데 대표작이다.

　　　바람 없는 더운 날

---

158 이원수가 「나의 동시와 나의 생활」(1979)에서는 언급하지 않지만 아래 시 세 편
도 「불에 대하여」와 같은 계열의 '메시지 시'라 할 수 있다. 쑥의 고마움을 노래한
「쑥」(1971, 2연, "자라선/줄기째 잘려 바싹 마른 후/손바닥으로 싹싹 비벼 솜이 된
몸을/병든 내 살갗 위에서 지그시 불태워/향기로운 연기로 몸속에 스며드는/쑥
아."), 음악에게 쓰는 편지 시 「이상도 해라─음악에게」(1971, 1연, "그건 참 이상
도 해라./내 마음을 흔들어 춤추게 하는"), 공기에 대한 고마운 마음을 쓴 「당신은
크십니다」(1977, 5연, "우리를 감싸 주시는 당신,/잠시도 떠날 수 없는/생명의 당
신에게/이제야 감사드리는/어리석은 나를 용서하십시오./크고 넓으신 공기(空氣)
여.") 같은 메시지 시를 들 수 있다. 이런 시는 시인의 목적의식이 전면에 드러날
수밖에 없다는 점에서 애당초 상투성을 안고 있다고 할 수 있다. 그런데 이원수는
이 상투성을 전혀 상투적이지 않게, 또 문학적으로 감춘다거나 해결하지 않고 상
투적 메시지를 그저 상투적으로 쓸 뿐이다. 이런 '메시지 시'를 쓰게 된 내력에 대
해서는 수필 「공기에게」(1978)에 자세히 나와 있다.

조용한 과수원,
은은한 하루살이들
서로 뒤섞여 나는 속에

짙은 나뭇잎 사이
조롱조롱 매달린
저,
어린 열매들.
모두 무슨 생각에 잠겨
알은체도 안 합니다.

정말
어느새 이렇게 변했을까
자랐을까?
꽃피던 자리에
동그란 저 푸른 것들은……

변하지도 자라지도 않은 내가
나무처럼 서서
귀엽고도 무서운
초여름의 열매를 지켜보고 있습니다.

— 「푸른 열매」 전문

시의 화자는 '시인'이다.[159] 1연은 시의 배경이다. 시인은 하루살이가 은

---

159 김상욱은 「푸른 열매」의 화자를 "어린 시적 화자"라 한다. 그는, "어린 열매를 가
만히 응시하는 어린 시적 화자가 마침내 "귀엽고도 무서운" 정도로 변하고 또 자
라나는 "초여름의 열매"를 지켜보는 장면이 생생하게 묘사되고 있다. 이는 곧 성
장의 두려움과 기쁨, 설렘을 함께 대상에 투영시켜 표현함으로써 시적 망설임이
잘 표현된 작품이 아닐 수 없다"고 한다. 그리고 뒤이어, "성장에 대한 자각과 그

은하게 뒤섞여 나는 과수원 나뭇잎 사이에서 초여름의 열매를 보고 깜짝 놀란다. 그 놀라움은 2연 3행 한 글자 "저,"에 모아졌다. 전에는 바라보고 있으면 시인에게 말을 걸어올 대상(어린 열매들)이었다. 「꽃잎 7·5조」(1968)에서 땅에 지는 꽃잎들은, "아름다운 꽃잎은 땅에 지면서/지면서도 부르네, 말없는 만세.//만세! 푸른 열매 잘 자라라고/너를 믿고 바람에 나는 간다고/나는 간다고" 하면서 소리 없이 외친다. 하지만 「푸른 열매」의 어린 열매들은 "모두 무슨 생각에 잠겨/알은체도" 안 한다. 한평생 '동시와 동화를 쓰는' 이원수를 보고도 아는 체도 하지 않는 '어린 열매'는 아이들로 봐야 할 것이다. 그는 5월 어린이날에 맞춰 쓴 행사시 「새 세상을 열다」(1977) 6연에서, "굽어지지 말아라./억눌리지 말아라./서로서로 사랑하며/자라는 이파리들/푸른 열매들" 하면서 아이들에게 당당하게 자라나라고 당부한다. 여기서도 '푸른 열매'는 아이들이다. 시인은 알은체도 하지 않는 어린 열매를 보고, '정말/어느새 이렇게 자랐을까/변했을까?' 하지 않고, "정말/어느새 이렇게 변했을까/자랐을까?" 하고 자신에게 되묻는다. 이 구절은 다시 4연 1행 "변하지도 자라지도 않은 내가"와 대비를 이룬다. 그는 여기서 '자라면서 그에 따라 저절로 변하는 것'을 말하는 것이 아니라 남들이 보기에 '변하지도 자라지도 않은 나'를 말하고 있다.

성장을 밝고 희망찬 것으로 만들고자 하는 의지의 피력이 1960년대 이후 1980년에 이르는 시편들에서 가장 두드러진 성취에 해당한다. 그러나 이들 성취는 기실 1980년 이후 창작된 몇 편의 시편과 비교해 볼 때, 그 높이가 비교할 바가 못 된다'고 평가한다.(김상욱, 「끝나지 않은 희망의 노래」(2000), 『어린이문학의 재발견』, 289~290쪽) 여기서 80년 이후 '창작된 몇 편의 시편'은 병상에서 쓴 시 6편을 말한다.

1926년 「고향의 봄」으로 등단한 이래 지금까지 '동심'을 붙잡고 아동문학을 하는 '내가', 그렇게 처음부터 '변하지도 자라지도 않은 내가', 귀엽고도 무서운 초여름의 아이들을 '겨울'나무처럼 서서 바라보고 있는 것이다.

'변하지도 자라지도 않은 나'는 아동문학가의 '정체성'과도 관련지어 생각해 볼 수 있다. 아래에 드는 수필은 1955년, 한국전쟁이 막 끝나고 세상이 한창 어지러울 때 쓴 글이다. 제목은 「나의 향수」인데, 수필인데도 소설처럼 썼고, 아주 몽환적인 글이다.

어디를 가나 야박한 인정이요, 꾀 있고 남을 넘겨 치려는 속된 재사뿐이니 세상에서 그런 것에 통분해 하며 제 깐엔 새로운 윤리와 도덕을 구상하며 모든 보수적인 것과 경박한 것에 싸늘한 조소와 멸시를 보내기에 주저하지 않는 이 소년은 그 늙어 가는 마른 체구를 끌고 차라리 어느 고요한 자리에 앉아 마음속의 고향을 그리워해야겠습니다.

이럴 때 나의 향수는 고향 없는 나에게 얼마간 슬프기도 하지만, 그러나 깨끗한 소녀의 입김을 느끼게 하는 따뜻하고 사랑스런 것이기도 합니다.

현실 사회의 윤리가 무엇인가를 눈치채지 못하고 시대에 낙후된 인간이 외는 독백이라고밖에 들리지 않는 말을 왜 하는가, 하고 비웃을 선배나 후배가 있어도 좋습니다. 늙은 소년의 마음에는 그네들의 생각이 하나도 신통하지가 않아서 차라리 멀찌감치 떨어져 고독히 보리줄기를 뽑아 풀피리를 부는 것입니다. 버들강아지를 꺾어 손바닥에 놓고 보며 노는 것입니다.

"철나지 못한 채 죽으려나 보오. 동심인가 동화인가 하는 걸 고집하는 사람은 언제나 그 꼴밖에 안 돼."

나는 그 소리를 듣고도 한편 귀로 흘려버리고 태연할 수 있습니다. 그러나 귀담아 들어서 설령 속을망정 영구히 믿고 싶은 것은 소년들의 얘기와 소녀들의 속삭임입니다.

아! 어디서 꽃향기가 날아오는 것 같습니다. 봄이 무르익었는지 꽃

냄새가 날아오는 것 같습니다.
어린아이들의 웃음소리가 바람결에 날려 옵니다.[160]

이원수는 이 글 첫머리를 "내게는 그리워할 고향이 없습니다" 하고 시작한다. 그러고는 '현실의 고향'을 일체 말하지 않고, 젊은 시절 함안과 마산에서의 삶을 "거센 세월의 흐름 속에서 욕되고 괴로운 청춘을 보냈"다고 술회한다. 이는 조선총독부 국책은행 함안금융조합에서 일한 것과 친일 글을 쓴 1942년과 43년을 되돌아보면서 하는 말일 것이다. 그는 고향의 기억을 지우고 싶어하고, 그 지운 자리에 소년이 사랑한 세 여인을 놓는다. 기억에 대한 반-기억이고 '재영토화'라 할 수 있다. 이 소년은 "늙어 가는 마른 체구를 끌고" "고요한 자리에 앉아 마음속의 고향을 그리워"한다. 그 고향은 '복숭아꽃 살구꽃'이 피는 '실제'(물리적 실재)의 고향이 아니기 때문에 "나의 향수는 고향 없는"(심리적 실재) 향수일 뿐이다. 몸은 늙어 마른 체구이지만 그는 아동문학가이기 때문에 언제나 마음은 '소년'의 자리에 있고, 그래서 그는 "시대에 낙후된 인간" 취급을 받는다. 사람들은 그를 보고, 죽을 때까지 '철들지 못하고' "동심인가 동화인가 하는 걸" 붙잡고 있다고 놀린다. 그는 "그 소리를 듣고도" "귀로 흘려버리고 태연"하게 처신하지만, 또 한편으로는 "영구히 믿고 싶은 것은 소년들의 얘기와 소녀들의 속삭임"이라고 강변하지만, 사람들이 보기에 그는 언제까지나 "변하지도 자라지도 않은" 아동문학가였다. "그러나 그런 비웃음은" 그에게 "마이동풍"일 뿐이다. 「푸른 열매」의 화자는 4연에서

---

160 이원수, 「나의 향수」(1955), 『이 아름다운 산하에』(전집 26), 109~112쪽.

"나무처럼 서서 귀엽고도 무서운 초여름의 열매를 지켜보고" 있다. 이 구절은 언제까지나 그러한 상태에 머물러 있겠다는 말은 아닐 것이다. 이는 "그저 겨울나무처럼 서 있을 수는 없다"는 말이고, "나를 움츠러들게만 해 온 그 무엇을 제거함으로써" "내게서 피어나지 못하는 싹"을 기필코 피워내겠다는 '의지'로 읽을 수 있다.[161] 이렇듯 「푸른 열매」의 4연은 아동문학가로서의 삶, 정체성과도 관련이 있다고 볼 수 있다.[162]

---

161 이원수, 「수목들 눈트듯이」(1970), 『솔바람도 그날 그 소리』(전집 27), 96쪽.

162 이원수는 「푸른 열매」(1965)를 쓴 뒤 그로부터 2년 뒤 시 「눈芽」(1967)을 발표한다. 이 시의 전문은 다음과 같다. "수목들의 아침을 보았는가,/겨울의 뒷문에서/삼월의 숲에 열리는 아침.//거기/잔해 같은 나무들이/가지마다 밝히는 눈망울들을./비밀스런 생명의 응어리들을//눈망울들은 귀여워!/아기의 고추 같은,/은밀히 벗겨 보고픈 돌기./아니,/삐쭈럼히 열리는/만삭된 요정의 태,/환성이 쏟아질 생명의 문.//그러나/그것은 또 불꽃놀이의 화약 봉지다./사월이 오면/터져, 온 세상을 뒤덮을/홍록의 불방울,/휘날리며 물결칠 싱싱한 깃발,/누리를 바꿔 놓을 새날의 비둘기들.//아!/삼월, 수목의 아침,/저 연한/귀엽고 무서운 눈들을 보겠는가." 이 시는 곧 '푸른 열매'가 될 눈망울(芽)을 노래하고 있다. 그가 눈망울을 "귀엽고도 무서운 눈"이라 한 까닭은, 그 조그만 '귀여운' 눈이 순식간에 이파리와 푸른 열매로 변하는 것, 그러한 생명의 변화 과정이 놀랍고 무섭다는 말일 것이다. 그는 이 시를 수필 「수목들 눈트듯이」(1970)에서 보기 시로 들고 간단한 설명글을 붙인다. 그런데 그 내용이 15년 전에 쓴 「나의 향수」와 비슷하다. "정말 3월이 오면, 나를 둘러싸고 있는 만물이 다 봄의 활동을 시작할 것이다. 그러나 나는 어떻게 될 것인가. 나는 무슨 변화를 가지며 어떤 일을 할 것인가? 기를 펴지 못하고 자라나서 자유로이 살 수 있는 모든 조건을 갖추지 못하고 그저 참으며 살아오는 소극적이요 좁은 내 생활이, 이제 갑자기 줄기차고 넉넉해질 리도 없다. 그러나 이러한 나의 생활 가운데서도 나뭇가지에 부풀어 오르는 새움과 같은 것을 갖지 못하고 그저 겨울나무처럼 서 있을 수는 없다. 말랐던 나무에 새싹이 트는 것은, 겨울의 추위로 나오지 못했던 것이 추위가 물러감으로 해서 나오는 것일진대, 내게서 피어나지 못하는 싹도 나를 움츠러들게만 해 온 그 무엇을 제거함으로써 피어날 수 있을 것이 아닌가. '젊은이도 아니면서, 인제 물러앉아 쉬어야 할 분이 새삼스레

이 시 1, 2, 3연은 4연의 한 구절 "귀엽고도 무서운/초여름의 열매"로 모아진다. 시의 씨앗은 처음부터 초여름의 '푸른 열매'였을 것이다. 그는 1964년에 출간한 제2시집 제목을 '빨간 열매'로 한다. 이는 1940년작 동시 「빨간 열매」를 표제로 삼은 것이다. 그는 이 시에서 빨간 열매의 이름을 밝히지 않는다. 그 까닭은, 이 시에서는 빨간 열매를 맺는 식물의 구체 이름이 중요한 것이 아니라 한겨울 '하얀' 눈밭 속에서 '빨갛게' 달려 있는 열매의 강렬함과 빛깔의 대비가 우선이기 때문이다. 그에 견주어 초여름의 '푸른 열매'는 「빨간 열매」와 같은 빛깔의 대비가 아닌데도 그는 열매의 구체 이름을 밝히지 않고 그저 막연하게 '푸른' 열매라 할 뿐이다. 시 제목의 '모호함'이라 할 수 있는데, 작품의 메시지 또한 모호하기는 마찬가지다. 독자는 모호한 제목을 읽은 다음, 뭔가 뚜렷한 것을 얻을 수 있을 것이라 기대하고 본문을 읽어 나가지만 끝내 명확한 메시지를 얻지 못한다. 이때 독자는 다시 제목으로 눈이 갈 수밖에 없고, 시 제목은 한동안 독자의 시선을 붙잡는다. 이렇게 이 시는 독자를 낯설게 하고, 여지가 있는 시라 할 수 있다.

시의 화자는 "초여름의 푸른 열매"를 서로 극단의 이미지인 "귀엽고도 무서운" 사물로 인식한다. 그는 「눈芽」(1967)에서, "저 연한" "아기의 고추 같은", 그런 귀여운 싹이 순식간에 "터져, 온 세상을 뒤덮을 홍록의 불방울"로 변하는 과정을 보고 "귀엽고 무서운 눈"으로 표현한다. 그 조그

무슨 큰소릴까? 하고 수군대는 이가 있을지도 모른다. 그러나 그런 비웃음은 내게는 마이동풍이다."(이원수, 『솔바람도 그날 그 소리』(전집 27), 96쪽) 이 구절은 「푸른 열매」의 3·4연에 맞닿아 있다. 또 한국아동문학가협회 창립 한 해 전에 쓴 수필이라는 것도 고려해야 할 것이다.

만 싹이 이파리와 푸른 열매로 변해 세상을 뒤덮는, 그러한 변화무쌍에서 '무서움'을 느끼는 것이다. 마찬가지로 「푸른 열매」에서도 초여름의 귀여운 푸른 열매가 어느 순간 크고 단단한 열매로 변하는 것이 무섭다고 한다. 이는 「파랑」(1973)의 1연과 같은 인식이기도 하다. "산 아래 강,/강은 깊어서/맑은 물 새파라니/새파래서 무섭네." 스쳐 지나가면 그저 맑은 강이겠지만 마음을 모아 보면 그 깊음 속에서 두려움이 전해온다. 푸른 열매와 새파란 강에서 느끼는 무서움은 그 자체에서 비롯된 것이라기보다는 시인의 내면에서 오는 무서움일 것이다. 이는 맑음과 귀여움의 '이면'이기도 하다. 그 귀엽고도 무서운 초여름의 푸른 열매를, 비록 몸은 늙었어도 한평생 아이들과 함께 '동심'으로 살아온 그가, 변하지도 자라지도 않은 자신이, 이파리 하나 없는 겨울나무처럼 서서 대면하고 있는 것이다. 이 시는 아이들에게 상당히 어려운 시라 할 수 있다. 하지만 그는 아이들을 의식해서 풀어 쓰지 않고 자신이 창조한 시의 공간에 아이들을 불러들이고 있다. 이 시는 '통념으로서의 동시'에는 들지 못하고, 그의 동시관 '아동이 느낄 수 있는 시'로서의 동시라 할 수 있다. 하지만 동시로서 성공한 작품으로 보기는 힘들 듯싶다. 그의 동시관에 따라 '아동이 느낄 수 있는 시'로서의 동시라 할 수는 있겠지만 동시와 시의 경계에 걸쳐 있거나 시의 경계 안에 드는 작품이라 할 수 있다.

다음은 꿈속 한 장면을 그린 「가슴에 안은 것이」(1970)다.[163]

---

163 이원수는 자신이 꾸었던 꿈을 동화에 자주 가져다 쓴다. 그의 동화 「꼬마 옥이」(1953), 「별」(1973), 「아이와 별」(1974), 「나의 그림책」(1976)에 나오는 중요 장면은 그의 꿈에서 온 것이다. 「가슴에 안은 것이」(1970) 또한 그의 꿈을 쓴 듯싶다.

나는 보았네.
새벽어둠 속에
아이들 줄줄이 걸어오는 걸
그 속엔 아, 나도 끼여 있었네.

어둠 속에서 잘도 보였네.
사과같이 붉은 볼,
보석같이 까만 눈,
앵두같이 예쁜 입술,
척, 척, 걷는 걸음.

아이들은 가슴마다 안고 있었네.
둥그런 눈뭉치를
커다란 고드름을
흰 복슬강아지를……

가슴에 안은 것이 눈부시었네.
아! 나도 가슴에
해를 안고 있었네.

활활 태우며
척척 걸었네.
(귀신들이 비슬비슬
도망치고 있었네)

— 「가슴에 안은 것이」 전문

시의 화자는 시인이다. 새벽어둠 속에서 아이들이 걸어나온다. 그 속에 '어른'인 시인도 있다. 칠흑같이 어두운데도 아이들의 붉은 볼, 까만 눈, 입술은 선명하다. 여기서 "사과같이 붉은 볼, 보석같이 까만 눈, 앵두같이 예쁜 입술" 같은 직유는 생생하지도 않고 아주 상투적인 비유라 할 수 있다. 아이들이 내딛는 걸음걸이는 힘이 들어가 있고 절도가 있다. 이렇게 1연부터 2연까지는 '어둠 속'이라 할 수 있다. 1, 2연의 '어둠'은 3, 4연의 '빛·해'와 대비를 이룬다. 아이들 등에 책가방은 없다. 아이들은 가슴에 '새하얀' 눈뭉치를, '빛'나는 고드름을, '흰' 복슬강아지를 안고 있다. 모두 다 아이들이 좋아하는 것이고 밝고 빛나는 것이다. 시인도 가슴에 안은 것이 있었으니, 그것은 '해'다. 아이들을 힘들게 하는, 시인을 고통스럽게 하는 '귀신들이' '가슴에 안은 것'을 보고 뒷걸음질쳐 비슬비슬 도망을 간다.[165]

「가슴에 안은 것이」 4연과 5연의 '해'는 하늘에 떠 있는 것이 아니라 아득히 "빛만 오는/헤아릴 수 없이 먼 나라"(「햇볕」(1965))에 있다.[164] 이 해는

---

164 시 「가슴에 안은 것이」에서 '귀신들'은 그의 동화 「달나라의 어머니」(1953)에 나오는 '주검의 신'으로 볼 수 있다. 그는 이 동화 끝에 "전쟁 때 잃은 상옥과 용화를 생각하며" 이 동화를 썼다고 밝힌다. 영이와 훈이는 달을 보면서 저세상으로 떠난 어머니를 그리워한다. 영이는 달나라에 어머니가 계신다고, 꿈속이라면 그곳에 갈 수 있다고 하며 훈이를 달랜다. 둘은 이마를 맞대고 두 눈을 꼭 감고, 잠이 오기를, 꿈나라에 들어가기를 기다린다. 둘은 스르르 잠이 든다. 몸이 날아오르고, 지구는 구슬만큼 작게 보이고 달은 운동장만 하다. 그때 '주검의 신'이 나타나 둘에게 죽음의 화살을 날린다. 하지만 화살은 가슴에 박히지 않고 툭 떨어져 버린다. "영이와 훈이는 그 화살을 주워서 주검의 신에게 내던졌습니다. 그러니까 그 화살은 귀신의 가슴에 가서 콱 박히어 주검의 신은 이상한 비명을 지르며 쓰러져 버렸습니다. 영이와 훈이의 가슴에 가득 찬, 어머니를 생각하는 사랑이 불덩이같이 타고 있어서, 주검의 신이 쏘는 화살도 아무 힘없이 꺾여져 떨어진 것이었습니다."(20쪽) 여기서 주검의 신 '귀신'을 물리친 힘은 "영이와 훈이의 가슴에 가득 찬, 어머니를 생각하는 사랑", '가슴에 안은 것'이었다. 그 사랑은 '해와 같이' '가슴에서 불덩이같이 타고' 있었다. 마찬가지로 이 시에서 시인이 가슴에 안은 해는 "사랑"이라 할 수 있다. 이원수, 「달나라의 어머니」(1953), 『구름과 소녀』(전집 3),

동화 「불의 시」(1971)에서 "내 가슴속에 뜨거운 불을 안겨 준" 사람들이 있는 곳이다. 그곳에는 시인을 뜨겁게 사랑해 주셨던 어머니와 아버지, 전쟁통에 잃어버린 상옥과 용화, "나를 지극히 좋아해 주던 아기" 손자 재원이(「우리 원이 보고지고」), "나를 따르던 예쁜 소녀들"(「다릿목」과 「산딸기」의 영이, 히아신스 여인, 진달래 여인, 아카시아 꽃 여인 정순), 「파랑 편지」의 숙이, 이들이 머물고 있다. 그를 이 세상에 태어나게 하고 그와 함께한 사람들이 그의 가슴속에 들어와 활활 타오르고, 행복의 눈물이 그 불을 달래 준다.[165] 「불에 대하여」(1971)의 3연 "너를 마셔 내 가슴속에도 불을,/때로는 너무 뜨거워/눈물로 달래기도 한단다"는 바로 이것을 뜻한다. 마찬가지로 「가슴에 안은 것이」의 '해'도 그의 "가슴속에 뜨거운 불을 안겨 준" 사람들이고, "그 불을 마셔서 내 가슴속에도 불을 안고" 있는 것이다.

'성장'을 노래한 시로는 「꽃잎은 날아가고」(1963), 「5월」(1964), 「봄날 저녁」 「높은 산에 오르면」(1965), 「나의 해」 「왠지 몰라」(1966), 「나루터」(1967), 「문」(1974)을 들 수 있다. 이 가운데 「봄날 저녁」 「왠지 몰라」 「나루터」는 '사춘기'의 시작을 노래한 시다.

아기들이 반기는 건
엄마 젖가슴,
이마를 눌러 주는
따스한 입술

웅진, 1989, 14~20쪽 참조.

165 이원수, 「불의 시」(1971), 『별 아기의 여행』(전집 6), 웅진, 1989, 182~183쪽 참조.

자라면
학교 갔다 와서 받는
사탕, 혹은 사과, 캐러멜

또
딱지, 물총, 고무공,
때로는 씨름할 상대,
뜀박질 동무

그런데
꽃잎 날리는 이 저녁,
나는 그것들 다 버리고
여기 조용한 물가에 섰다.

저 하늘의 고은 노을
노을빛에 젖는 강물,
강물에 흐르는 나

한없이 흘러가면
복사꽃처럼 환한 아이가
강 언덕에 서서 웃고 있을 듯

아, 웬일일까.
붉은 놀빛에 마음 보내고,
멍하니, 저녁 종달새 소리
나 부르는 노래인 양
귀 기울이는 나는, 나는─.

─「봄날 저녁」(1965) 전문

「봄날 저녁」은 사춘기를 막 시작하는 아이의 마음 상태를 노래하고 있다. 시의 화자는 어린이 '나'다. 이 시는 4연의 "그런데"를 기점으로 1∼3연과 4∼7연으로 나눌 수 있다. 1연의 "아기들"이 "자라면"(2연과 3연) 사탕이나 딱지나 물총을 좋아하고, 같이 놀 '동무'들을 찾는다. "그런데/나는 그것들 다 버리고/여기 조용한 물가에" 선다. "그런데"를 기점으로 4연부터는 예전과 다른 '나'가 시의 화자이다. 부모의 아들인 '나'가 아니라, 이름이 '철수'인 나가 아니라, 아들 이전에, 철수이기 이전에 '나 자신'에 대해 고민하기 시작한다. 강물을 따라 한없이 흘러가면 "복사꽃처럼 환한 아기가/강 언덕에 서서 웃고" 있다. 이 아이는 또 다른 '나'다. 내면의 나가 현실의 나를 객관의 자리에서 바라보며 환하게 웃고 있는 것이다. 그리고 어린아이 때처럼 자연과 하나가 되는, 물활론적 세계관에서도 벗어나 있다. 이제 '나'는 '붉은 놀빛'과 '저녁 종달새 소리'도 객관의 자리에서 보고, 들을 수 있다. '나'는 자연으로부터 분리되어 있고, 자연을 객관으로 보는 '주체'가 되어 있다. 또한 부모와 동무로부터 '나'를 분리할 수 있고, 나의 정체성을 찾아가는 하나의 '주체'가 되는 것이다.

이러한 사춘기의 감성은 「나루터」(1967, 1연, "어머니가 내 손 잡고 길을 걸을 때/어머니가 내 옷 매무새를 고쳐 주실 때/난 어쩐지 부끄러웠다./내가 이만치나 컸기 때문일까?")와 「왠지 몰라」(1966)로 이어진다. "난 왠지 몰라,/제기차기도 하기 싫고/공 던지기도 하기 싫고/고누 같은 건 더구나 싫고//동무 애들 노는 데서/슬그머니 빠져나와/둔덕길을/혼자 걸었지. …(중략)… 난 왠지 몰라,/어머니도 보고 싶지 않고/누이동생도 싫고……."(「왠지 몰라」 1∼2연, 5연) 사춘기를 겪는 아이는 그와 동시에 '성장의 두려움'을 마주한다. 「꽃잎은 날아가고」(1963)에서 사춘기 소년은, "내 가슴속에도/부풀어 오르는 이상한 기쁨이,/아! 마음 설레고 즐거운/무서운 나의 비밀이 자란다"(4연)고 한다. 아이들에게 성장은 마음을 설레게 하는 것이면서도 한편으로는 두렵고 무서운 과정이기도 하다.

아래 시 「5월」(1964)은 성장에 대한 복잡한 심정을 노래한 시다.

뜀뛰기 모래밭을
달려간다
멋있게
휘얼쩍 뛰었다.
아하하…… 웃음소리

땀 솟은 내 이마를
스쳐 주는 맑은 바람,
아카시아 앞에 섞여
재잘대는 참새들

모두모두 내 것 같아.
즐거운 5월의 낮

풀 언덕에
벗어 논 웃옷들은
훈훈한 햇볕이 말려 주지.
던져 논 책가방은
민들레가 지켜 주지.
집에는 가기 싫어
해 지도록 놀고 싶어

아!
저기 풀밭에서

클로버 잎을 따는
저 아이는 누굴까.
귀여워 뵈는 소녀—

바람이 나더러
가 보라고 귓속말한다.
왠지 가슴이 울렁거린다.

물결처럼 흘러오는
향긋한 풀 냄새 속에서
나는,
내가 무섭게 자란다는
꿈같은 생각을 한다.

—「5월」 전문

이 시는 5월 5일 어린이날에 맞춰 쓴 행사시인 듯싶다. 화자는 '몸과 마음'이 변해가는 사춘기 소년이다. 모두 7연으로 된 긴 시인데, 앞의 4연은 이 시의 인트로(전주)로, 없어도 되지 않을까 싶다. 이원수 시는 초기 시부터 장시가 많은데, 이렇게 전주에 해당하는 부분을 앞에 배치한 것은 그의 시가 동화적 상상력과 구성에 기반하고 있기 때문일 것이다. 그는 동화의 구성처럼 발단과 전개 부분을 생략하지 않고 늘 이렇게 앞에 쓴 다음 본론으로 들어간다. 그래서 시의 긴장감과 완결성이 떨어질 때가 있다.

학교가 파해도 이제 집은 곧장 가야만 하는 곳이 아니다. 남자아이는 해가 지도록 놀고 싶다고 한다. 5연에서 화자는 "귀여워 뵈는 소녀", 이성(異性)을 발견한다. 남자아이는 그 아이가 궁금해진다. 이 또한 사춘기 이전에는 들지 않았던 감성이다. 바람이 자꾸 가 보라고 속삭인다. 그때 남자아이는, "왠지 가슴이 울렁거린다"고 한다. 시인은 7연에서 "나는,"을 한 행으로 잡아, 집과 부모에서 분리되어 자유를 찾아가려 하는 '주체'를 긴장감 있게 붙잡고 있다. 자유로운 주체인 '나'는 향긋한 풀냄새 속에서 "내가 무섭게 자란다는/꿈같은 생각을 한다"고 마무리를 짓고 있다. 이는 독자에게 남기는 여지이고 여백이다. "무섭게 자란다"는 것을 구체로 말하지 않고 독자에게 되물어, 사춘기에 접어든 독자에게 자신의 처지를 되돌아보게 하는 것이다. 또 막연하게 "저 해는 내 해/저 불덩이 같은 내가/되고 싶구나"(「나의 해」(1966, 4연) 하면서 뜨거운 사람이 되고 싶다고도 한다.

이원수 후기시 91편 가운데 사춘기 아이가 '성장기'에 겪는 복잡한 감성을 노래한 시는 8편으로 그렇게 많지는 않다. 또 시의 긴장감이나 완결성 측면에서 봤을 때 성공한 작품으로 보기도 힘들다. 하지만 당시 동시 가운데 '사춘기 성장의 두려운 감성'을 노래한 시를 찾아보기 힘들다는 점에서 동시 문학사적 의의가 있다고 할 수 있다.

3) 삶의 의지와 소박한 소망

이원수는 1979년(69세) 11월, 볼 안쪽이 자꾸 헐고 낫지 않아 병원을 찾아가는데, 의사는 큰 병원으로 가 정밀 검사를 받으라 한다. 서울대학병원에 가 조직 검사를 해 보니 구강암이었다. 바로 입원하여 12월 12일 수술을 받는다. 큰 수술을 받았는데도 차도는 없었다. 1980년 11월 암세포가 뇌까지 번져 날마다 진통제로 견디고, 12월부터는 말도 할 수 없어 공책에 글을 써 식구들과 소통한다. 그리고 그 이듬해 1981년 1월 24일

저세상으로 떠난다. 그때 그의 나이 71세였다.

이원수는 병상에서 밀린 원고를 정리하고 동시·동요 6편을 쓴다. 이때 출간한 단행본으로는 창작집『갓난 송아지』(삼성당, 1980), 옛이야기 묶음『한국전래동화집』(창비, 1980)이 있고, 수필로는「"나의 살던 고향은 꽃피는 산골"」「일하는 사람에게 겸손하라」「태업생(怠業生)의 후일담」「내 나이의 반과 반」「내 이름에 얽힌 에피소드」(1980),「흘러가는 세월 속에」(1980. 10~1981. 2)가 있다. 이 수필 6편에는 이원수의 삶이 간결하게 정리되어 있다.

「일하는 사람에게 겸손하라」는 죽음을 목전에 두고 먼저 가신 아버지와 어머니를 만나 그들로부터 배운 인생 지침과 사랑으로 한평생을 잘 살았는지 되돌아보는 글이고,「태업생(怠業生)의 후일담」은 마산 공립상업학교 시절에 있었던 일을 쓰고 있다.「내 나이의 반과 반」에 이런 구절이 있다. "생각하면, 나는 일제의 억압 아래서 내 나이의 2분의 1을 살았고, 8·15 해방 아래 외세에 의한 국토 분단의 슬픔을 안은 채 그 나머지 2분의 1을 살고 있다."[166] 그는 1911년에 태어나 1981년(71세)에 세상을 떠난다. 생 가운데 절반을 일본 제국주의 식민지 시인으로 살았고, 나머지 절반은 이승만 독재와 박정희·전두환의 군사독재 정권 아래서 살았던 것이다.

수필「흘러가는 세월 속에」는『소년』지에 1980년 10월부터 1981년 2월까지 실은 글이다. 이 수필은 어린 시절부터 함안금융조합 본점 서기로 일할 때까지, 그러니까 독서회 사건으로 감옥살이를 할 때까지 다루고 있다. 아마 병이 나았다면 그 뒤 이야기를 이어서 썼을 것이다. 이 수필은

---

166 이원수,「내 나이 반과 반」(1980),『솔바람도 그날 그 소리』(전집 27), 234쪽.

마치 동화처럼 되어 있는데, 그가 살아온 이야기를 하면서, 그때그때 쓴 동요와 동시를 들어가며 풀어 간다. 연구자들은 이 수필로 이원수의 어린 시절을 그려 낼 수 있었다.

수필 「"나의 살던 고향은 꽃피는 산골"」은 마산 공립상업학교를 졸업하고 함안금융조합 본점 서기로 취직한 뒤부터 그의 문학 인생을 정리한 글이다. 이 수필은 그의 친일 글을 말할 때 자주 인용된다.

이원수가 병상에서 쓴 동시와 동요는 모두 6편이다. 6편을 차례로 들어 본다. 괄호 안 날짜는 시를 쓴 날짜다. 「나뭇잎과 풍선」(1980. 5. 2), 「대낮의 소리」(1980. 5. 5), 「설날의 해」 「때 묻은 눈이 눈물지을 때」(1980. 11. 27), 「아버지」(1980. 12. 5), 「겨울 물오리」(1980. 12. 13). 이 가운데 「나뭇잎과 풍선」이 삶의 의지를 노래한 시라면, 「대낮의 소리」와 「아버지」는 '행복했던 시절에 대한 갈망의 표현'이라 할 수 있다. 그리고 「설날의 해」 「때 묻은 눈이 눈물지을 때」 「겨울 물오리」는 죽음을 직감하고 자신의 소박한 '소망'을 노래한 시라 할 수 있을 것이다.

1979년 12월 12일 수술을 받고 몸이 어느 정도 회복됐을 무렵 1980년 5월 초 그는 시 두 편을 쓴다. 「나뭇잎과 풍선」과 「대낮의 소리」다. 이 두 시는 삶과 죽음이 교차하는 시다. 「나뭇잎과 풍선」이 '살 수 있겠구나!' 하는 '희망'의 시라면, 「대낮의 소리」는 먼저 가 계신 아버지를 만나러 가는 시로, '죽음'을 직감하는 시라 할 수 있다.

윤나는 나뭇잎들은
높은 가지 둘러싸고
연둣빛 붕어새끼 되어
꼬리치며 파닥인다.

나는
그 맑은 물속의 고기들을 쳐다보며
비눗물로 풍선을 날린다.
내 더운 숨과
날고 싶은 마음을 불어 넣어
오색영롱하게 부푼 풍선은
달덩이처럼 둥둥 떠간다.

위태롭게 조심조심 날아올라
붕어새끼들에게서 확 꺼진
아, 내 풍선.

붕어들이 내 숨을 마시고 있다.
아니 아니
내 숨이 나뭇잎을 핥고 있다.

정다워진 나뭇잎 붕어들 새로
5월의 해는 조각조각 눈이 부시다.

— 「나뭇잎과 풍선」(1980. 5. 2) 전문

시의 화자는 시인 '나'이고, 병원 뜰에 나와 비눗물 풍선을 날리면서 얻은 감흥을 붙잡아 쓴 시다. 1연은 1967년에 발표한 감각시 「훈풍」의 1연 "하늘 가득히 꼬리치며 춤추는/연둣빛 피라미 떼/녹색 붕어 새끼들,/그 속을 헤엄치며/바람은 온몸에 풋내를 묻힌다."의 자기 모방이다.[167] 1연에서 시인은 "윤나는 나뭇잎들"이 "연둣빛 붕어새끼 되어/꼬리치며 파닥인

167 이원수, 『이 아름다운 산하에』(전집 26), 57쪽.

다"고 한다. 여기서 '꼬리치며 파닥인다'는 초여름 생기 있는 나뭇잎의 '생명력'이라 할 수 있다.

2연에서 '나는' 생기 왕성한 나뭇잎을 쳐다보며 비눗물 풍선을 날린다. "내 더운 숨과/날고 싶은 마음을 불어넣어", 어쩌면 살아날 수도 있겠다는 소망을 불어넣어 비눗물 풍선을 날리는 것이다. 그 풍선은 "위태롭게 조심조심 날아올라/붕어새끼들에게 확 꺼진"다. 3연의 '위태롭게'는 그의 처지를 한마디로 압축하는 말이다. 4연의 "내 숨이 나뭇잎을 핥고 있다"는 구절은 삶의 의지이고, 살 수도 있겠다는 희망이다. 이제 나뭇잎은 "내 숨을" 마셨기 때문에 '정다운' 나뭇잎이 된다.[168] 그 사이로 초여름의 이글거리는 해가 조각조각 눈이 부시다.

이렇게 이 시는 삶의 의지와 희망을 불태우는 시이지만, 그와 동시에 그는 죽음을 직감한다. 1980년 5월 5일, 그는 병상에서 마산 무학산에 누워 있는 아버지를 찾아간다. 암이 재발하기 한 달 전이고, 저세상으로 떠나기 아홉 달 전이다. 이날도 뒤에 다룰 수필 「비몽사몽」(1977)의 '별 꿈'처럼 '대낮'이다.

> 대낮에 온 세상이 잠이 들었네.
> 바람 한 점 없네.
> 논의 물도 죽은 듯 누워만 있네.

---

168 이원수는 시의 대상에 '정(情)'든 감정을 시 속에 자연스럽게 드러낸다. 「개나리」(1955)의 3연 "봄이야, 봄이야./나는 어쩐지/개나리 핀 길에/정이 들어서/날마다 날마다/지나가 본다.", 「맨드라미」(1956)의 3연 "잠자리 잡으려고 더운 대낮에/맨드라미꽃 뒤에 숨어 섰다가/맨드라미 꽃송이에 정이 들었다." 같은 구절을 들 수 있다.

먼 먼 산에서
뻐꾸기 혼자
뻐꾹뻐꾹, 그 소리뿐이네.

더운 김 푹푹 찌는 벼논 한가운데
땀에 젖은 작업복 등만 보이며
혼자서 허리 굽혀 논매는 아버지.

발자국 옮길 때마다 나는
찰부락 찰부락
물소리뿐이네.

도시락 쳐들고
아버지를 불러도
흘긋 한번 돌아보고 논만 매시네.

뻐꾹뻐꾹
먼 먼 산에서 뻐꾸기만 우네.
일하는 아버지의
물소리만 들리네.

— 「대낮의 소리」(1980. 5. 5) 전문

제목이 '대낮의 소리'이듯 이 시는 '소리'를 초점화하고 있다. 들판 논두렁 길을 따라 아버지 도시락을 들고 가는 화자 '나'의 발걸음(공간 또는 자리)이 있고, 화자와 대상과의 사이(공간)에 소리("뻐꾹뻐꾹", "찰부락 찰부락")가 있다. 시인은 화자의 논두렁길 자리를 따라가면서 논물과 나, 먼 산과 나, 허리 굽혀 논매는 아버지와 나 '사이'의 공간을 '소리'로 채우고 있다.

'대낮'인데도 온 세상이 잠이 든 것처럼 어떤 '소리'도 들리지 않는다. 바람 한 점 없고, 논물은 마치 '죽은 듯' 가만히 누워 있다. 그때 "먼 먼 산에서" 여름 철새 뻐꾸기 우는 소리가 들린다. 이 소리는 아주 '먼 먼 산에서' 들려오는 소리이기 때문에 잔잔하고 깊은 소리이다. 아버지는 더운 김 푹푹 찌는 벼논 한가운데에서 허리 굽혀 논을 매고 있다. 이제 아버지와 나 사이(공간)에는 "뻐꾹뻐꾹" 뻐꾸기 소리는 들리지 않고, "찰부락 찰부락/ 물소리뿐"이다.

화자는 도시락을 쳐들고 '아버지, 아버지!' 하고 부른다. 하지만 아버지는 "흘긋 한번 돌아"만 볼 뿐 아는 체하지 않는다. 반가운 외아들이 왔는데도, 활짝 웃으며 '우리 원수 새참 가져왔구나!' 하면서 논 밖으로 나오지 않는 것이다. 이날 이원수는 아버지를 만나 뵙지 못하고 "땀에 젖은 작업복 등만" 보고 발길을 돌려야 했다. 아버지 가까이 다가갔지만 아버지와 그 사이는 점점 더 멀어지고(5연과 6연), 그 거리(공간)를 다시 먼 먼 산에서 우는 뻐꾸기 소리와 물소리가 채울 뿐이다. 이 시는 끝말을 모두 '—네'로 끝맺는데, "흘긋 한 번 돌아보고 논만 매시네" "먼 먼 산에서 뻐꾸기만 우네" "일하는 아버지의 물소리만 들리네"처럼 '서운함(거리)'과 그와 아버지 사이의 어떤 '복잡한 마음'이 담겨 있다. 마찬가지로 이 시 또한 수필 「비몽사몽」(1977)처럼 '꿈속'에 아버지를 찾아갔던 일을 쓴 것인지도 모른다.

1925년 1월 초 겨울 어느 눈 오는 날, 이원수는 아버지를 무학산 허리에 장사지내고 '외로운 소년'이 된다. 보통학교 4학년 때 일이다. 그는, "어머니는 무뚝뚝하시어 어릴 때부터" "아버지를 더 좋아하였다"고 기억한다. 또 "아버지는 나를 자유롭게 길러 주신 분이어서 크게 호통을 치시거나 매질을 하시거나 한 일이 없으셨다"고 떠올린다.[169] 이런 아버지인데도 그의 가슴속에 깊이 각인된 '아버지의 두 얼굴'이 있다. 하나는 '아버지의 불만에 찬 얼굴'이다. 이원수는 이때 아버지의 일그러진 얼굴을 평생 잊지 못한다. 아래 글 「흘러가는 세월 속에」는 「대낮의 소리」를 쓴 해에 발표한 수필이다. 그는 그해 쓴 「일하는 사람에게 겸손하라」에서도 똑같은 이야기를 하고 있다. 그는 죽음을 직감하고 이제 곧 만나 뵐 어렸을 적 아버지 얘기를 동시와 수필에서 한 것이다. 특히 이 수필 두 편과 동시 「대낮의 소리」에서의 아버지 낯빛은 같은 얼굴로 볼 수 있다.

내가 진영에 살 때(아홉 살 때) 나는 어머니의 약에 쓸 할미꽃 뿌리를 캐러 가시는 아버지를 따라 동네 뒷산에 오른 일이 있었다. 산길을 가는데 마침 지게에 나무를 지고 오는 나무꾼을 만났다. 앞서 가던 나는 나무꾼과 마주쳤을 때, 좁은 산길에서 미처 피하지 못했는데 무거운 짐을 진 나무꾼이 길 아래로 비켜서서 내가 지나가기를 기다려 주었다. 뒤에서 이 광경을 보신 아버지가 화난 소리로 내게 말씀하셨다.

"너는 짐을 지지도 않았는데 어찌 먼저 피해서 짐 진 사람에게 길을 내주지 않았느냐? 일하는 사람에게 겸손하고 폐를 끼치지 말아야 해!"

일하는 사람을 낮춰 보지 말라는 아버지의 말씀은 내 마음에 커다란 깨달음을 갖게 해 주었다. 그런 아버지를 나는 마산에서 살던 15세 때, 겨울 눈 오는 날, 무학산 허리에 장사지내고 외로운 소년이 되었던 것이다.[170]

---

169 이원수, 「일하는 사람에게 겸손하라」(1980), 『얘들아 내 얘기를』(전집 20), 304쪽.

170 이원수, 「흘러가는 세월 속에」(1980), 『얘들아 내 얘기를』(전집 20), 269~270쪽. 이원수는 진영 살 때를 '아홉 살'로 기억하지만 11살이 맞다. 1921년 창원 중동리

이원수는 마산 공립보통학교에 3학년으로 편입학해 새 교복에 새 모자를 쓴다. 그것이 얼마나 멋지고 좋은지 학교에서나 집에서나 늘 기쁘고 즐겁다. 하지만 여전히 집은 가난하고, 아버지 벌이는 신통찮고, 어머니는 앓아누우셨다. 약을 지을 형편이 못 되었기 때문에 어머니 병에 좋다는 할미꽃 뿌리를 캐어 달여 드렸던 것이다. 그날도 할미꽃 뿌리를 캐러 아버지를 따라 산에 올랐다. 골짜기 비탈길 좁다란 산길에서 나무꾼을 만난다. 솔잎을 한 짐 잔뜩 지고 내려오고 있었다. 덕지덕지 기워 입은 누더기 꼴이다. 자신의 새 교복에 견주면 아주 딴 사람 같다. 그런데 그 나무꾼이 먼저 길을 비켜 준다. 그러다 하마터면 아래로 미끄러질 뻔한다. 깔끔하게 차려입은 학생이 다가오자 자신도 모르게 먼저 몸이 낮게 움직인 것이다. 아버지는 이 모든 상황을 알아챘다. 아버지는 "일하는 사람을 아껴야 한다. 헌 누더기를 입고 있어도 짐을 진 사람이면 미리 길을 비켜 드려야 하는 법"이라며 혼낸다. 그때 '불만에 찬 아버지 얼굴'이 지금까지도 잊히지 않는다. 아주 어렸을 때 일이지만 엊그제처럼 뚜렷하다. "약한 사람을 도와주어야지." 하며 타이르시던 아버지의 목소리도 귀에 쟁쟁하다. 이원수는 그 까닭을 딱히 잘라 말할 수 없다고 한다. "아마 내가 너무 어렸기 때문에 그 말씀이 내 핏속으로 깊이 흘러들어가 내 일생의 어김없는 인생 지침이 되어 왔으리라고"만 짐작할 따름이다. 그리고 그 사상

에서 김해 하계면 진영리로 이사를 하는데, 이때 이원수의 나이는 11살 무렵이다. 이원수는 이 이야기를 다른 수필에서도 똑같이 한다. 그만큼 이 일화는 그에게 잊히지 않는 이야기인 것이다. 「일하는 사람에게 겸손하라」(1980), 『얘들아 내 얘기를』(전집 20), 302쪽 ; 「열 살 때의 결심」(1971), 『솔바람도 그날 그 소리』(전집 27), 109~111쪽. 또 그의 동화 「5월의 노래」(1949) '입학' 장에도 그대로 나온다.

은 "비록 이제껏 내 인생이 손해가 된다 하여도 약자를 사랑하고 일하는 사람을 아끼는 나의 태도는 육순을 바라보는 이 나이에 변함이 없다"고 한다. 그는 이때 일을, "이것은 비록 내 어렸을 때의 일이지만 내가 또다시 그때와 같은 경우에 처했을 때 은연중 불만에 찬 아버님의 얼굴이 떠오르는 것을 이제껏 지울 수 없었다"고 한다.[171]

또 하나는 유년 시절 꿈에서 본 아버지 얼굴이다. 이원수에게 이 꿈은 아주 강렬하고 인상 깊어서 결코 잊을 수 없는 꿈이 된다.

> 꿈속에서는 나의 행동이 이유 있고 질서 잡혀 있는 것 같은데, 깨고 보면 지리멸렬, 아무런 얘기도 되지 않으며, 그것마저 잠시 후에는 다 잊어버린다. 내 유년 시절의 꿈에서 가장 인상 깊고 잊히지 않는 건 별의 꿈이었다. 대낮인데도 하늘 멀리 한 개의 별이 나를 향해 오고 있었다. 그 별은 노래를 부르며 오는 것이었다.
> 청산 속의 푸른 옥도
> 갈아야만 광채 나네.
> 낙락장송 저 나무도
> 깎아야만 동량(棟梁) 되네……
> 그 시절 사람들이 부르던 노래다. 나는 그 별이 무서워 떨고 있는데도 옆에 계신 아버지는 태연히 앉아 나를 안아 감춰 주려고도 하지 않았다. 별은 점점 가까워 오고, 나는 다리가 떨어지지 않아 어디로 숨지도 못하고 애를 쓰다 깬 꿈. 3·1운동을 겪던 해의 꿈이었던 것 같다.[172]

---

171 이원수, 「열 살 때의 결심」(1971), 『솔바람도 그날 그 소리』(전집 27), 110~111쪽 참조.

172 이원수, 「비몽사몽」(1977), 『솔바람도 그날 그 소리』(전집 27), 176~177쪽. 이 '꿈'은 앞으로 더 깊이 연구하고 분석해야 할 것 가운데 하나다. 또 하나, 이것을

훤한 백주'대낮'인데도 불덩이만 한 별이 '군인'처럼 「학도가」를 부르며 아이를 잡으러 쫓아온다. "아이는 그 별이 저를 잡으러 온다는 걸 알고 있었다. 옆에는 아버지가 앉아 있는데도 아이를 본체만체하였다. 그 별을 쫓아 주려 하지도 않고, 겁에 질린 아이를 안고 숨겨 주려고도 하지 않았다."[173] 아들이 온몸을 부들부들 떨며 "무서워! 무서워!" 소리쳐도 아버지는 '태연한 얼굴'로 모른 체한 것이다. 그는 이 꿈을 3·1운동을 겪던 해에 꾸었다고 한다. 그렇다면 1919년이고 그의 나이 아홉 살 때 꿈이다. 그런데도 평생 잊히지 않는 것은 그의 인생에서 가장 생생하고 두려운 꿈이었기 때문이다.[174]

'기억'하고 있는 '기억'에 관한 것이다. 기억은 언제나 자신의 '편의'에 맞게 '가공'된 형태로 기억되기 마련이다. 하나의 실제 사실(물리적 실재)을 두고도 이것을 기억하는 사람은 저마다 다르게(심리적 실재) 기억한다. 이원수는 이 꿈을 "3·1운동을 겪던 해"에 꾸었던 꿈으로 기억하지만, 이 '기억' 또한 가공된 것인지도 모른다.

173 이원수, 「별」(1973), 『별 아기의 여행』(전집 6), 201~202쪽. 이 대목을 동화 「아이와 별」(1974)에서는 이렇게 쓴다. "그러나 아버지는 아무렇지도 않은지 아이의 파랗게 질린 얼굴을 보아 주지도 않고 태연히 앉아서 글 읽는 사람처럼 몸을 천천히 흔들고만 있었다." 이원수, 「아이와 별」(1973), 『날아다니는 사람』(전집 8), 33쪽.

174 1973년 그는 이 꿈을 모티프로 동화 「별」을 발표한다. 무서운 별 꿈을 꾼 아이가 세월이 흘러 아버지가 되어 아들을 낳는다. 이제는 별을 무서워하는 일은 없지만 그보다 더 큰 무서움이 있다. 바로 아내와 자식을 두고 먼 곳으로 끌려가게 될 것 같은 두려움이다. 이윽고 징용 딱지를 받고 일본 탄광으로 끌려가고, 굴이 무너져 다리병신이 되어 고향으로 돌아온다. 그 뒤 20년이 흘러 절뚝발이 아버지의 아들이 늠름한 청년이 된다. 그런데 이번에는 아들이 월남으로 가게 된다. 아들도 월남 전쟁에서 다리 하나를 잃고 돌아온다. 이 이야기는 일제강점기 징용(보국대)과 월남 파병을 다룬 동화다. 이 동화에 이어 그는 1974년 동화 「아이와 별」을 발표한다. 여기서 그는 한 아이의 별 이미지가 변화하는 과정을 그리고 있다. '무서운 별'이 '가엾은 별'(동시 「가엾은 별」(1941))이 되고, 어른이 되어서는 이 세상에

이원수는 수필 「별을 우러러」(1955)에서 별을 이렇게 말한다. "별을 바라볼 때, 뼈저리게 자기를 뉘우치게 하는 것이 있음과 동시에, 사람에 대한 사랑이 불일 듯 타오름을 느끼는 것이다."[175] 또 그는 「차창 감상」 (1978)에서 "그 무서우리만치 크고 또렷또렷한 별"이라 한다.[176] 그에게 '별'은 자신이 한 일을 하늘에서 지켜보는 눈, 무서운 눈이었다. 아홉 살 때 꾼 꿈이지만, 그 꿈이 잊히지 않는 까닭을 그는 이렇게 징후적으로 독해하는지도 모른다. 그는 그 별이 '아버지의 눈'일지도 모른다고 생각하는 것이다. 어느 누구도 그의 친일 글을 몰랐지만 아버지만은 저 '먼 먼 하늘에서' 모두 지켜보고 있었을 것이라고, 그래서 아버지는 무서운 별이 쫓아와도 아들을 가슴에 안아 주지 않는다고 하는 것이다.

이원수는 생전에 아버지와 자식 간의 '거리'를 이렇게 수필(「열 살 때의 결심」(1971), 「비몽사몽」(1977), 「흘러가는 세월 속에」 「일하는 사람에게 겸손하라」(1980))과 동화(「5월의 노래」(1949), 「별」(1973), 「아이와 별」 (1974)), 시로 풀어 간다. 그 거리는 직선이 아니라 뒤엉킨 실타래처럼 복잡하게 얽혀 있고, 그 한가운데에 1942, 43년 친일 글 발표가 놓여 있다.

1980년 12월 5일, 이원수는 다시 무학산 아버지를 찾아간다. 세상을

어렸을 때 본 무서운 별보다 훨씬 더 무서운 것 천지라는 것을 알게 된다. 그리고 마침내 '어른이 된 아이'는 다시 '아이가 된 어른'이 되어 맑게 빛나는 동심의 별과 함께 하나가 된다. 두 동화는 어렸을 때 꾼 '별 꿈'에서 시작하지만 다른 내용과 결말로 끝이 난다. 두 동화 가운데 먼저 발표한 「별」이 그가 친일 글을 쓸 수밖에 없었던 어떤 사정과 그의 내면에 자리 잡은 친일의 '기억'을 어떻게 바꾸어 가고 해결해 가는지 보여 주는 글이라 할 수 있다.

175 이원수, 「별을 우러러」(1955), 『이 아름다운 산하에』(전집 26), 116쪽.
176 이원수, 「차창 감상」(1978), 『솔바람도 그날 그 소리』(전집 27), 197쪽.

떠나기 두 달 전이다.

어릴 때
내 키는 제일 작았지만
구경터 어른들 어깨너머로
환히 들여다보았었지,
아버지가 나를 높이 안아 주었으니까.

밝고 넓은 길에선
항상 앞장세우고
어둡고 험한 데선
뒤따르게 하셨지.
무서운 것이 덤빌 땐
아버지는 나를 꼭
가슴속, 품속에 넣고 계셨지.

이젠 나도 자라서
기운 센 아이.
아버지를 위해선
앞에도 뒤에도 설 수 있건만
아버지는 멀리 산에만 계시네.

어쩌다 찾아오면
잔디풀, 도라지꽃
주름진 얼굴인 양, 웃는 눈인 양
"너 왔구나?" 하시는 듯
아! 아버지는 정다운 무덤으로
산에만 계시네.

— 「아버지」(1980. 12. 5) 전문

이 시는 '대낮의 소리'에서 그리는 아버지가 아니다. 「대낮의 소리」에서는 나와 아버지 사이에 '뻐꾸기 울음소리와 물소리'뿐이지만, 이 시에는 '정다운 아버지 목소리'가 둘 사이(공간)를 가득 채우고 있다. 그래서 제목도 아주 '아버지'로 잡았다.

1연은 "어릴 때"의 아버지다. 그 아버지는 "나를 높이 안아" 주신다. 2연의 아버지는 그가 아홉 살 때 꾸었던 별 꿈 속 아버지, "별이 무서워 떨고 있는데도" "태연히 앉아 나를 안아 감춰 주려고도 하지" 않는 아버지가 아니다. "무서운 것이 덤빌 땐" "나를 꼭 가슴속, 품속에 넣고" 계시는 아버지다. 3연에서 화자는 "이젠 나도 자라서/기운 센 아이"가 되었지만 아버지는 이미 돌아가셔서 "멀리 산에만" 계신다. 4연의 아버지는 「대낮의 소리」처럼 "아버지를 불러도/흘긋 한번 돌아보고 논만" 매시는, '불만에 찬 얼굴'이 아니다. 어쩌다 찾아가도 "주름진 얼굴인 양, 웃는 눈인 양 너 왔구나?" 하신다. 시인은 "땀에 젖은 작업복 등만" 겨우 보고 돌아서는 것이 아니라 아버지의 웃는 얼굴, "정다운" 목소리를 듣고 돌아온다. 지금은 저 "멀리 산에만" "정다운 무덤으로" 계시지만 이제 곧 자신도 '어린 시절' 기억 속에 있는 아버지를 만나러 간다는, 죽음을 기다리는 시라 할 수 있다.

이원수가 그의 기억 속에 있는 아버지의 두 낯빛을 바꾸어 가는 과정은, 그의 유년 시절 아버지를 찾아가는 과정이기도 하다. 어쩌면 이는 프로이트가 「가족 로망스」의 결말에서 말하는, '행복한 시절에 대한 갈망의 표현'이고, '지금 알고 있는 아버지에게서 더 어린 시절 믿었던 아버지에게로 돌아가는 것'이라 할 수 있다.

가장 흔한 상상 중 부모나 아버지만을 위대한 인물로 상상하는 로

망스도 살펴보면 이 새로운 부모가 실제 부모를 떠올릴 때 연상되는 장점을 갖고 있다는 것을 알 수 있다. 아이는 아버지를 지우려는 것이 아니라 높이려는 것이다. 지금보다 나은 아버지로 바꾸려는 노력은 가장 고상하고 힘센 사람이 바로 아버지이며, 가장 아름답고 여성다운 사람이 어머니라고 느꼈던, 사라져 간 행복한 시절에 대한 갈망의 표현이다. 지금 알고 있는 아버지에게서 더 어린 시절 믿었던 아버지에게로 돌아가는 일이다. 이런 상상은 가버린 시절에 대한 아쉬움의 또 다른 표현일 뿐이다.[177]

이원수가 수필 「비몽사몽」(1977)과 동화 「별」(1973)과 「아이와 별」(1974)에서 떠올린 아버지는 겁에 질린 아이를 본체만체하고 가슴에 안아 지켜 주려 하지 않는다. 그런데 프로이트에 따르면, 이것은 표면상 "아버지를 지우려는" 무의식 같지만 실제로는 "지금 알고 있는 아버지에게서 더 어린 시절"의 "아버지에게로 돌아가는 일"이고 "행복한 시절에 대한 갈망의 표현"이다. 이는 향수(鄕愁)의 근원이고, 동심(童心)의 서양적 표현이라 할 수 있다.

「설날의 해」에서 이원수는 '해'가 되어 아이들과 뛰뛰면서 번쩍거린다.[178] "먼 하늘가에서 번쩍이던 해가 살며시 내려와" "남들이 못 보는 감

---

177 지그문트 프로이트, 「가족 로망스」(1908), 『성욕에 관한 세 편의 에세이』, 열린책들, 2014, 202쪽.

178 「설날의 해」(1980. 11. 27) 전문은 다음과 같다. "설맞이 한 아이들이 나와 섰네./나이 한 살 더 먹어 커진 아이들./질펀한 들판에, 눈 덮인 먼 산,/마을엔 외양간에 쉬는 황소,/광 앞에 닦아 놓은 쟁기, 경운기.//얼음 같은 하늘에/싸아한 바람에/은빛 비닐하우스에/엷은 눈 이불로 덮은 어린 보리 이랑에,//먼 하늘가에서 번쩍이던 해가/살며시 내려와 들여다본다./남들이 못 보는 감춰진 세상을/혼자서 열어 보며 속삭이는 말,/"눈 속의 나물들아 잘 크느냐,/비닐 속의 나물들아 잘 자라

춰진 세상을" 들여다본다. '남들이 못 보는 감춰진 세상'은 아동문학의 세계이고, 아이들의 세계라 할 수 있다. 그는 속삭인다. "눈 속의 나물들아 잘 크느냐,/비닐 속의 나물들아 잘 자라느냐?" 그는 한평생 '아이들의 삶'을 보듬고 이 세상 '뭇 생명'을 보살피는 아동문학가로 살았고, 이 세상을 떠나더라도 그 넋이 해가 되어 그렇게 살고 싶은 것이다. "그러고는/제기 차며 노는 아이들 이마빡에/알밤이라도 한 대씩 주려는 듯이/공터에서 애들 따라/함께 뜀뛰면서 번쩍거린다." 해가 되어 아이들과 신나게 뛰놀고 그렇게 언제까지나 남고 싶은 것이다. 「설날의 해」에서 '해'는 동화 「불의 시」(1971), 후기시 「햇볕」(1965), 「불에 대하여」 「가슴에 안은 것이」(1971)에서 노래한 '해'로 볼 수 있다. 동화와 세 시에서 '햇볕'은, 그의 "가슴속에 뜨거운 불을 안겨 준"[179] 사람들이 그에게 보내는 "따순 입김"이고 마음의 "손길"이다. 그 햇볕은 "아득한 먼 곳에서 애타게 더듬어 나를 만져" 준다. 이제 그도 곧 "먼 먼 저 세상"으로 떠날 것이다.[180] 그래서 그 또한 "먼 하늘가에서 번쩍"이는 해가 되고, 이 땅에 "살며시 내려와" 아이들의 삶을 들여다보고 돌볼 것이다. 또한 이 '해'는 그의 중기 동요 「햇볕」(1959)과도 맞닿아 있다. '햇볕'은 "하얀 햇볕은/나뭇잎에 들어가서 초록이 되고/봉오리에 들어가서 꽃빛이 되고/열매 속에 들어가선 빨강이" 된다. 그 "맑은 햇볕은" 또 "온 세상을 골고루 안아" 준다. 그 또한 이러한 햇

느냐?"//그러고는/제기 차며 노는 아이들 이마빡에/알밤이라도 한 대씩 주려는 듯이/공터에서 애들 따라/함께 뜀뛰면서 번쩍거린다."

179 이원수, 「불의 시」(1971), 『별 아기의 여행』(전집 6), 183쪽.
180 이원수, 「햇볕」(1965), 『너를 부른다』, 14쪽 참조.

볕이 되고 싶은 것이다.[181]

그는 자신의 한평생을 「때 묻은 눈이 눈물지을 때」로 정리한다.

　　　동동동 추운 날에
　　　기세 좋게 몰아치며 내려 쌓인 눈,
　　　아기들 뛰노는 속에
　　　장난치며 펄펄 쏟아져 온 눈,
　　　깊은 밤, 등불 조용한 들창에
　　　바스락 바스락
　　　속삭이며 내려앉는 눈.

　　　언 땅 옷 벗은 나무에
　　　이랑마다 밀, 보리 파란 잎 위에
　　　조용히 쌓여 한 자락 이불인 양
　　　그렇게 여린 것들 붙들고
　　　한겨울을 지냈었지.

　　　차가운 몸으로나마

181　「햇볕」 전문은 다음과 같다. "햇볕은 고와요, 하얀 햇볕은/나뭇잎에 들어가서 초
　　록이 되고/봉오리에 들어가서 꽃빛이 되고/열매 속에 들어가선 빨강이 돼요.//햇
　　볕은 따스해요, 맑은 햇볕은/온 세상을 골고루 안아 줍니다./우리도 가슴에 해를
　　안고서/따뜻한 사랑의 맘이 되어요." 햇볕은 빛깔이 없다. 그런데도 시인은 햇볕
　　을 '곱다'고 한다. 아무 색도 없는 햇볕이 나뭇잎에 들어가서 초록이 되고, 봉오리
　　에 들어가서 꽃빛이 되기 때문에 고운 것이다. 「햇볕」의 해는 「설날의 해」가 '먼 하
　　늘가에서 살며시 내려와' 아이들 곁을 지켜주고, 애들과 "함께 뜀뛰면서 번쩍"거
　　리듯이 "열매 속에 들어가선 빨강이" 된다. 「햇볕」과 「설날의 해」가 다른 점은, 「햇
　　볕」은 시인이 아이들에게 "우리도 가슴에 해를 안고서 따뜻한 사랑의 맘이 되어
　　요." 한다면, 「설날의 해」에서 '해'는 시인 자신이라는 점이다. 그가 해가 되어 '아
　　이들 가슴에 안기는' 것이다.

어린 싹 정성껏 안고 지낸 눈은
먼지와 낮 발자국에
때 묻은 몸으로 누워 있다가
이제 3월 여윈 볕에 눈물을 지으네.

그 눈물로 얼었던 싹, 마른 나무들은
입술을 축이고
딱딱하던 땅은 몸을 풀어 부풀어 오르네.

때 묻은 눈이 눈물로 변하고 사라져 갈 때,
아, 그 어디서 솟아난 기운인가,
죽은 것만 같던 땅에
들리지 않는 환성, 보이지 않는 횃불로
봄이 온 세상을 뒤흔들고 있네.

— 「때 묻은 눈이 눈물지을 때」(1980. 11. 27) 전문

"동동동동 추운 날에" 한겨울 눈이 기세 좋게 몰아치며 내린다. 그 눈은
아이들 뛰노는 속에, 장난치며 펄펄펄 쏟아져 내린다. 그런데 시인은 '쌓
이는 눈'이 아니라 "쌓인 눈"으로, 펄펄 '쏟아지는 눈'이 아니라 "쏟아져 온
눈"으로, '과거' 시제를 쓰고 있다. 2연에 와서 이 눈은 "언 땅 옷 벗은 나
무에/이랑마다 밀, 보리 파란 잎 위에" 조용히 쌓여 한 자락 이불인 양 그
렇게 어린 것들을 꼭 붙들고 한겨울을 지낸다. 여기서도 시인은 '지낸다'
가 아니라 대과거 '지냈었다'로 쓴다. 그는 여러 수필과 동화에서 대과거
시제를 쓰지만 시에서 쓴 것은 「아버지」(1980, 1연 "구경터 어른들 어깨
너머로/환히 들여다보았었지")와 이 시가 유일하다. 그가 여기서 대과거
시제로 쓴 까닭은, 1928년 마산 공립상업학교 시절부터 쓴 현실주의 시

가 그랬듯이 그는 언제나 외롭고 가난한 아이들 곁에서 같이 눈물 흘리고 괴로워했다는 것을 뜻한다. 그는 늘 아이들을 보듬는 시를 써 왔고 그렇게 한결같이 '지내 왔다'는 말일 것이다.[182]

그는 "차가운 몸으로나마" 어린 싹을 정성껏 안고, "먼지와 낮 발자국에/때 묻은 몸으로 누워 있다가/이제 3월 여윈 볕에 눈물을" 흘린다. 그 눈물로 얼었던 싹, 마른 나무는 입술을 축이고 딱딱하던 땅도 몸을 풀어 부풀어 오른다. 2연과 3연에서 옷 벗은 나무, 어린 것들, 어린 싹은 외롭게 또 힘들게 살아가는 우리 '아이들'이다. 그는 식민지 조국과 독재 정권 아래서 오소소 떨고 있는 아이들을 "한 자락 이불인 양" 정성껏 보듬어 안고 살아온 현실주의 아동문학가였고, 비록 "때 묻은 몸"일지라도 기꺼이 녹아 "입술을 축이고" 그들과 한 몸이 되어 살아왔다고 할 수 있다. 5연은, '때 묻은 눈이' 눈물로 변하고 사라져 가더라도 언제까지나 아이들

---

182 수필 모음집 『솔바람도 그날 그 소리』(전집 27)에서 대과거 시제로 쓴 구절을 두 수필에서 찾아보았다. "일본이 지배하여서 일본말로 공부를 하고 교내에서의 대화도 일본말로만 하게 되어 있는 학교에서 그분은 우리말을 썼고 수업에도 우리말을 예사로 <u>사용했었다</u>."(「잊혀지지 않는 선생님」, 90쪽) "그는 나의 소년의 애정을 지도해 주었고, 나의 정서 생활의 인도자가 되기도 <u>했었다</u>."(위의 글, 92쪽). "아직 겨울인지, 봄이 이미 오고 있는 계절인지도 모를 그럴 때에 곧잘 이런 들불을 <u>보았었다</u>. 타 버리는 잔해들이 가엾기는 해도, 그 따가운 불길 아래서 새로이 솟아오를 생명을 생각하며, 그 새 생명들이 솟아나올 자리를 마련해 주는 불의 세계를 어릴 때는 아픈 마음으로 <u>바라보았었다</u>."(「수목들 눈트듯이」, 94쪽). 그의 동화 「5월의 노래」(1950)의 첫대목은 이렇게 시작한다. "내가 자란 고향은 한적한 시골이었다. 나는 아홉 살 될 때까지 그 마을에서 <u>자랐었다</u>. 아버지는 <u>목수였었다</u>."(『숲 속 나라』(전집 2), 146쪽) 그가 이렇게 대과거 시제를 쓴 까닭은, 과거의 어느 시점보다 더 앞선 시점에서 과거의 그 시점까지 어떤 일이나 상황이 '계속' 되었다는 것을 뜻한다.

곁에 남고 싶은 아동문학가의 소망으로 읽힌다. "죽은 것만 같던 땅에/들리지 않는 환성, 보이지 않는 횃불로" 남고 싶은, 그렇게 '온 세상을 뒤흔들고' 싶은 한 아동문학가의 소박한 바람인 것이다. 따라서 이 시의 화자는 시인으로 볼 수 있고, 자신을 눈에 비유하여 쓴 시로 볼 수 있다.

이원수는 세상을 떠나기 세 해 전 자신이 지켜왔던 인생 좌우명과 소망을 얘기한다. "풀잎 끝에 맑은 아침 이슬방울/영롱하게 빛남은 곧 그의 행복이리./사라진 뒤에 추한 흔적 남기지 않는/아, 한 개 맑은 아침 이슬이고저." 이렇게 "나는 내 짧은 시의 한 구절을 무슨 명구나 되는 듯 나를 지키는 말로 생각하고 있다"고 한다.[183] 그는 시를 쓰는 한평생 탁한 이슬방울이 아니기를 바랐다. 1942년과 43년, 비록 한때 "때 묻은 몸"이 되었을지라도 그 사실이 끝내 알려지지 않기를 바랐을 것이다. "그 이슬이 오탁(汚濁)한 물이어서 햇볕에 마르고 난 뒤에 어리어 있던 풀잎에 더러운 오점을 남기지 않기를" "이 잎에 남은 더러운 흔적은, 그 어느 아무

---

183 이원수, 「내가 좋아하는 말—끝까지 맑은 이슬방울로」(1976), 『솔바람도 그날 그 소리』(전집 27), 158쪽. 이원수는 이 수필에서 이슬방울 소망을 담담히 밝힌다. "나의 일생은 길다면 길지만, 이 넓디넓은 우주의 한 점 먼지 같은 지구, 그 한곳에 있는 나의 존재는 옛사람들이 말한 대로 한때 반짝이다 스러지는 풀잎 끝의 이슬방울과 뭣이 다를 것인가. 이슬방울이라도 좋다. 그 이슬방울이 깨끗하고 맑은 이슬이어서 영롱한 빛을 발하는 것이 곧 행복 아니겠는가? 아침 햇살에 찬란히 빛나다가 사라질지라도 이슬방울로 있는 동안 오색영롱하게 빛나기 위해 탁한 물방울이 아니기를 바란다. 더러운 오수(汚水)가 아니기를 바란다. 그 이슬이 오탁(汚濁)한 물이어서 햇볕에 마르고 난 뒤에 어리어 있던 풀잎에 더러운 오점을 남기지 않기를 바란다. 이 잎에 남은 더러운 흔적은, 그 어느 아무개 이슬의 자국이라고 뒷사람들이 말하지 않게 되기를 바란다."(위의 책, 157~158쪽) 이원수는 '이슬방울 소망'을 또 다른 수필 「가장 아름다운 것」(1977)에서 다시 또 강조한다.

개 이슬의 자국이라고 뒷사람들이 말하지" 않기를, "더러운 뒷소리를 갖지"[184] 않기를 소망했다. 하지만 이 세상 모든 이슬방울은 그 흔적을 남길 수밖에 없는 것이기도 하다. 그는 죽음을 앞두고 병상에서 때 묻은 이슬방울이 되기를 주저하지 않는다. 때 묻은 눈이기를 마다하지 않는다. 그는 때 묻은 눈이 되고, 눈물이 되어 싹이 되고 촉촉한 봄 땅이 된다. 그리고 그 넋은 '설날의 해'가 되고, 마침내 얼음 어는 강물을 찾아간다.

> 얼음 어는 강물이
> 춥지도 않니?
> 동동동 떠다니는
> 물오리들아.
>
> 얼음장 위에서도
> 맨발로 노는
> 아장아장 물오리
> 귀여운 새야.
>
> 나도 이젠 찬바람
> 무섭지 않다.
> 오리들아, 이 강에서
> 같이 살자.
>
> ― 「겨울 물오리」(1980. 12. 13) 전문

---

184 이원수, 「나의 좌우명―아침이슬같이 맑게, 추한 흔적 없기를」(1978), 『솔바람도 그날 그 소리』(전집 27), 194쪽.

1981년 1월 이원수는 온몸에서 힘이 빠지고 모든 감각이 멈춰 버린다. 필담도 할 수 없었다. 딸들만 알아들을 수 있는 말을, 그것도 딸 손바닥에 손글씨를 써 의사 표시를 한다. 그의 마지막 시 「겨울 물오리」는 바로 그 직전에 썼고, 3연 12행으로 된 7 · 5조 형식의 동요다. 그는 1926년 7 · 5조 동요 「고향의 봄」으로 등단한 이래, 자유시로서의 동시를 쓰고, 중기와 후기에는 자유율의 동요를 썼다. 그런데 그의 마지막 작품은 초기의 동요 형식인 7 · 5조로 끝을 맺는다.[185]

시의 화자는 어린이와 시인이 하나 된 시점이지만 3연을 보면 시인의 시점에 더 가깝다는 것을 알 수 있다. 3연의 마지막 구절 "오리들아, 이

---

185 이오덕은 "맨 마지막에 쓴 이 절필이 정형으로 되어 있는 사실에 어떤 뜻이 있는가?" 하고 물은 다음, "이 작품이 『엄마랑아기랑』에 발표된 것을 생각할 때, 이런 유아용 잡지에 게재할 사정을 미리 고려하다 보니 다른 작품보다 더 쉬운 것이 되고 형식도 동요가 되지 않았을까? 이런 추측은 충분히 근거가 있다"고 하면서도, "이 마지막 작품이 정형으로 된 것은 선생의 동시문학에서 어떤 중대하고 필연적인 뜻이 있지" 않을까, 하고 짐작한다. "나는 이 시를 선생이 평생을 그 속에서 살아간 동심이란 것과 관련지어 본다. 동심이란 단순하고 소박한 상태의 마음이다. 그것은 인위적인 것일 수 없고, 자연의 상태로 있는 마음이다. 그것은 누구에게나 직감적으로 이해되는 것이다. 그렇다면 동심으로 쓴 시가 단순 소박하여 어린애들에게도 재미있게 읽히면서 깊은 뜻이 담겨야 하는 것이 이상이라 하지 않을 수 없다. 「겨울 물오리」가 동요의 형태로 씌어진 것은 선생이 죽음을 앞두고 아기같이 순수한 마음의 상태가 되고, 따라서 아기들에게도 쉽게 읽힐 수 있는 형식으로 그 시심의 표현이 귀착된 것이라 생각된다. …(중략)… 이런 때에 「고향의 봄」에서 출발한, 이 나라 아동문학의 지주가 되었던 선생의 문학이 그 마지막 절필에서 다시 동요의 형태로 돌아갔다는 것은 단순한 우연만으로는 결코 보아넘길 일이 아니라고 생각한다. 동심으로 살아간 생애의 마지막에서 선생은 가장 소박하고 단순한 문학의 형태로 자신의 세계를 결정(結晶)시켜 표현했으니, 이것은 어쩌면 너무나 당연하다고 할 수 있다." 이오덕, 「죽음을 이겨낸 동심의 문학」, 『어린이를 지키는 문학』, 174~175쪽.

강에서/같이 살자"에서 '살자'는 어린이보다는 어른의 정서에 가까운 말이 아닐까 싶다. 정찬규(경남 밀양 상동초등학교 5학년) 어린이가 쓴 「물오리」(2003. 12. 18)[186], "도망갈까 봐/가만히 다가가 본 물오리/재미있게 놀고 있다./잠수도 하고/물 위에서 달리기도 하고/나도 같이 놀고 싶다"(전문)를 보면, 정적인 '살고 싶다'보다는 동적인 '놀고 싶다'가 어린이의 정서에 더 가깝다는 것을 알 수 있다.

그의 등단작 「고향의 봄」이 정적(靜的)인 동요라면 그의 마지막 시 「겨울 물오리」는 동적(動的)인 동요다. 그 까닭은 시의 주체 물오리의 몸짓(행동성)이 1연과 2연에 생동감 있게 그려지고("동동동 떠다니는" "맨발로 노는 아장아장 물오리") 있기 때문이다. 이는 그의 초기와 중기시 가운데 명편이라 할 수 있는 「이삿길」(1932), 「고향바다」 「앉은뱅이꽃」(1939), 「밤」(1941), 「개나리꽃」(1945), 「빨래」(1946), 「버들붕어」 「개구리」 「썰매」(1957), 「햇볕」(1959), 「소낙비」 「씨감자」(1960)의 계보를 잇는 것으로 볼 수 있다.

이오덕은 이 시를 "자연 속에서 그 자연의 일부로 살고 싶어 한 선생의 삶의 태도가 잘 나타나" 있고, "죽음을 바로 눈앞에 둔 선생이 자연에 돌아감으로써 죽음을 이겨내려는 염원과 의지가 느껴진다"고 평가한다.[187] 하지만 이러한 비평은 평면적이고 다분히 '인상'적인 평가가 아닐 수 없다.

1969년 그는 막내딸 상옥의 시점으로 「시월 강물」을 쓴다.[188] 이 시는

186 이승희 편, 경남 밀양 상동초등학교 5학년 문집 『연필로 그리는 마음』 제20호, 2004. 2. 18, 30쪽.
187 이오덕, 「죽음을 이겨낸 동심의 문학」, 『어린이를 지키는 문학』, 173~174쪽 참조.
188 「시월 강물」(1969) 1~2연은 다음과 같다. "산은/노랑과 진홍으로 활활 타는/불꽃

「겨울 물오리」의 3연, "나도 이젠 찬바람/무섭지 않다"에서 '나도'의 의미를 알게 해 준다.

> 아빠요, 아빠!
> 떨어져 있어도 저는 물처럼
> 아빠는 하늘처럼.
>
> 산에 타는 단풍을 가슴에 안고
> 자랑스런 열매를 입술에 물고
> 저는 강이 됩니다.
> 하늘이 됩니다.
>
> 어두운 겨울이 와도 무섭잖아요.
> 얼음으로 꽁꽁 싸 덮고 잘 테예요.
>
> ─「시월 강물」, 3~5연

상옥이 "아빠, 아빠!" 부르며, "떨어져 있어도 저는 물처럼/아빠는 하늘처럼" 지내자고 한다. 강물에 "노랑과 진홍으로 활활 타는" 가을 단풍이 비치고, "보석 같은 열매"가 가라앉는다. 상옥은 "저는 강이 됩니다." 한다. 그런데 그 강물에 "옥빛 하늘" "저 먼 먼 하늘"이 뜬다. 그래서 상옥은 다시, 저는 "하늘이 됩니다." 한다. 상옥은 찬바람 부는 겨울이 와도, "얼음으로 꽁꽁 싸덮고" 잘 테니까 "어두운 겨울이 와도 무섭잖아요." 하면

의 나라./나무마다 보석 같은 열매를 달고/지내 온 봄여름의/긴 세월을 자랑하고 있어요.//누워 있는 강물 속엔 옥빛 하늘,/서로 어울려 깊은 건지 높은 건지,/먼 먼 저 하늘도/정다운 눈망울 속에 들면/품에 안은 듯 가까운 사이."

서 아버지에게 걱정 말라고 한다. 그리고 이로부터 11년 뒤 이원수는 상옥에게 "나도 이젠 찬바람/무섭지 않다"고 하는 것이다.

이원수는 죽음을 얼마 안 남겨 놓고 "얼음으로 꽁꽁 싸덮고" "누워 있는" 막내딸 상옥을 찾아간다. 거기에서, 이원수는 "얼음 어는 강물"에서 "동동동 떠다니는" 상옥과 용화를 만난다. 상옥과 용화는 "얼음장 위에서도 맨발로" "아장아장" 놀고 있다. 독자는 이 구절을 읽을 때 마치 자신이 맨발로 얼음 위를 걷는 것 같은 추체험을 하게 된다. 이원수는 아장아장 물오리에게 "오리들아, 이 강에서 같이 살자"고 한다.

이 시에서 물오리는 상옥과 용화이고, 마산 무학산에 누워 있는 어머니와 아버지이고, 「다릿목」과 「산딸기」의 '영이'이고, 「가슴에 안은 것이」에서 그가 가슴에 안은 '해'다. 이 애정(愛情)은 그가 살아오는 동안 그를 "앞에서 또는 뒤에서" "잡아 흔들어 주었"고, 그의 "가슴속에 뜨거운 정이 솟아오르게도" 한다.[190] 이들은 그의 "가슴속에 뜨거운 불을 안겨" 주었고, "그 불을 마셔서" 언제나 "가슴속에 불을 안고" 살아왔다.[191] 이원수는 그의 가슴속에 뜨거운 불을 안겨 준 사람들과 이 강에서 언제까지나 같이 살자고 하는 것이다.

작가는 수많은 세상 사람들 중에서 예외적인 몇몇이고, 여러 주체들 사이에서도 아주 예외적인 주체이다. 그들은 허구를 창조하고 스스로 만족한다. 물론 그들이 허구를 창조하는 것은 어떤 진실을 말하기 위함이다. 그런데 그 진실은 또 어디에 있는 것일까. 그는 왜 그 진실을 말하려고 하

---

189 이원수, 「나의 동시와 나의 생활」, 『너를 부른다』, 233쪽 참조.
190 이원수, 「불의 시」(1971), 『별 아기의 여행』(전집 6), 182~183쪽 참조.

고, 아니 말하지 않으면 안 되는 것일까. 보통 작가를 말할 때, 긴장을 놓지 않고 세상과 맞서는 사람이라 한다. 과거를 노래하는 것이 아니라 시대를 앞서가야 한다고 말한다. 그런데 시대를 앞서가서 하는 얘기란 것도 면밀히 들여다보면 그의 내면에 깊숙이 자리 잡고 있는 충만, 행복했던 나날, 살아 있는 동안 마음속에 그렸던 간절한 세상이 아닐까. 작가는 그런 것에 '고착'되어 있는 몇몇 '주체'일 수도 있겠다. 그리고 자신은 '앞서간다고' 하지만 돌이켜보면 결국 충만했던 시절로 끊임없이 '되돌아가고' 있는 여정이 아닐까 싶다.

이원수의 삶에서 가장 충만했던 시절은, 그가 「고향의 봄」에서 "그 속에서 놀던 때가 그립습니다." 하고 노래했던 '그곳'일 것이다. '그 속에서 놀던 때'는 열여섯 살 마산 소년에게 가장 충만했던 시절이었다. 그리고 이제 죽음을 임박한 그의 내면에 깊숙이 자리 잡고 있는, 그런 '충만했던 시절'은 상옥이 태어나 함께한 3년이었고, 그의 가슴속에 뜨거운 불을 안겨준 사람들과의 관계이고 삶이었을 것이다. 그의 마지막 시 「겨울 물오리」에서 노래한 것은 그가 「고향의 봄」에서 애타게 그리워한 곳[향수(鄕愁)], 그가 살아오는 동안 "그 속에서 놀던" "그 속에서 살던" 바로 "그 속"으로 돌아가겠다는 소망이고 갈망이라 할 수 있다.[191] 그는 마침내 그곳에 간 것

---

191 프로이트에 따르면, "예술가는 근본적으로 내향적인 사람이며, 이런 사람들은 신경증과 그다지 멀리 떨어져 있지" 않다. 식구의 죽음이나 생이별 같은 좌절(set-back)을 겪었을 때 리비도 집중 대상이 소멸한다. 하지만 그 대상에 원래 집중되어 있던 리비도 에너지는 여전히 살아 있고, 시간이 지남에 따라 리비도 과잉 상태가 된다. 보통 사람들은 새로운 대상을 찾아 과잉된 리비도 에너지를 쓰게 되고, 그러면서 점차 안정을 되찾는다. 하지만 신경증 환자는, 과잉 리비도가 새로운 대상을 찾지 못하고 자아 안으로 되돌아와 퇴행 현상을 보이게 된다. 퇴행한

이다.

　시는 서사 장르와 달리 복잡한 세상일을 더 복잡하게 표현하는 것이 아니라 최대한 압축해서, 복잡한 것을 지극히 단순한 경지로 끌어내려 시를 읽는 독자를 새로운 세상 또는 인식으로 이끄는 것이고, 그 앞에 놀라운 이미지를 펼쳐 보여 마음의 '울림'(감동)을 주는 것이라 할 수 있다. 여기서 지극히 단순해진다는 것은 말을 되도록 아끼는 일이고, 시인의 발상을 독자가 눈치채지 못하게 하는 것이고, 시인의 말이 저 멀리 허공에 있는 것이 아니라 땅에 굳건히 발을 붙이고 서 있어야 한다는 말이기도 하다. 다시 말해 지극히 단순해진다는 것은 단순함 속에서 복잡한 세상

리비도 에너지는 심리 발달 초기 단계로 되돌아가 고착을 시도한다. 이때 신경증 환자는 "리비도가 만족을 누렸던, 행복했던 시기" "그 같은 시기를 찾을 수 있을 때까지 언제까지나 자신의 인생사를 뒤적"인다. 프로이트는 이 시기를 구강기와 항문기 · 유아기 때의 행복했던 기억이라 하고, 이것을 '심리적 실재물' 즉 '환상'이라 한다. 하지만 굳이 이렇게 멀리 가지 않더라도 사람들에게는 행복했던 시절에 대한 갈망이 있고, 어떤 좌절을 겪었을 때, 트라우마를 달랠 때, 잠시 그 시절로 도피하고 되돌아가고[향수] 싶을 때가 있다. 프로이트는, "예술가의 기질에는 억압에 취약한 신경증적 측면과 함께 승화를 향한 강렬한 힘이 있는 것" 같다고 하고, "환상에서 현실로 돌아갈 수 있는 길이" 있으며 "그것은 바로 예술"이라고 한다. 그리고 이어서, "예술가들이 현실로 되돌아가는 방식"을 얘기한다. 예술가들은 "다른 사람들이 이해할 수 없는 개인적인 것을 걸러 내고, 다른 사람도 함께 즐길 수 있는 형태로 가공하는 법을 알고" 있고, "특정한 소재를 자신이 상상한 표상에 들어맞게 가공할 수 있는 신비스러운 능력을 지니고" 있어 "자신의 무의식적 표현을 통해 큰 기쁨을" 느낀다고 한다. 이원수의 인생에서 가장 큰 외상과 좌절은 막내 딸 상옥을 한국전쟁 통에 잃어버린 사건이다. 그는 이 좌절을 「꼬마옥이」를 비롯하여 여러 소설과 동화로, 상옥을 노래한 동시와 간절한 애정(愛情)의 시편으로 '예술적 승화'를 이루어냈다고 할 수 있다. 지그문트 프로이트, 『정신분석강의』(하), 임홍빈 외 역, 열린책들, 1997, 519~534쪽 참조.

일을 보는 것이고, 그 단순한 짧은 말 한마디에 수많은 것을 담아낸다는 말이다. 동요와 동시의 명편이 늘 그렇듯 이 시는 단순하지만 그 단순함 속에 깊고 복잡한 시인의 내면이 담겨 있다고 할 수 있다.

제5장

이원수 동요 동시의
아동문학사적 의의

1. 서민성을 바탕으로 한 현실주의 시정신

2002년 이원수의 친일 글을 발굴하여 발표한 박태일은 '이원수 시'를 말하면서, "사실 문체론 쪽에서 본다면 이원수 문학은 꼼꼼하게 낱말을 고르고 말길을 다듬는 일급작가의 솜씨에는 못 미친다"고 한다.[1] 이런 평가는 박태일이 구체로 보기를 들어가며 한 말은 아니고 다른 얘기를 하면서 각주 말미에 잠깐 붙인 이야기이다. 그래서 어떤 뜻으로 하는 말인지는 알 수 없다. 다만 이원수 동시에 긴 시와 동화적 구성이 많다는 점, 비유를 많이 쓰지 않는다는 점을 들어 한 말일 수 있을 것이다.

흔히 시를 '말로 지은 집' '언어의 집'이라 하지만 이원수의 시는 '언어' 이전에, '삶으로 지은 집' '연민의 눈으로 본 세상'이라 할 수 있을 것이다. 그는 시를 쓸 때 말을 어느 자리에 놓고 어떻게 쓸지, 비유와 이미지

---

1   박태일, 「나라잃은시대 후기 이원수 어린이문학」, 『유치환과 이원수의 부왜문학』, 소명출판, 2015, 318쪽.

를 어떻게 하고 연결할지 고민하는 것 이전에 아이들의 삶을 어떻게 내 보일지, 그들이 지금 힘들어하는 것이 무엇인지, 그들과 어떻게 같이 아파하고 슬퍼할지, 외롭고 쓸쓸한 아이들을 어떻게 위로하고 보듬어 안을지 고민한다. 기교보다는 내용을, 언어를 조탁하기 이전에 아이들의 삶을 먼저 헤아리고 시의 한 중심에 놓는다. 그래서 그는 상황을 낯설게 하는 것에 기뻐하지 않고, 엉뚱한 반전을 시도하지 않는다. 윤석중의 「릿자로 끝나는 말은」(1950) 같은 '말놀이' 시도 단 한 편 쓰지 않는다. 그의 시 가운데 명편으로 꼽는 시는 그가 언어를 능수능란하게 다루어서라기보다는 그가 시를 대하는 태도, 어린이의 삶을 대하는 마음이 독자의 마음을 움직였다고 할 수 있다. 그는 자신이 하고자 하는 말을 짧은 운문 속에 세련되게 감추고, 암시와 비유로 독자를 낯설게 하고, 그것을 찾아내고 읽어내는 데서 오는 즐거움을 주지 않는다. 그는 평범한 말로, 이야기(서사)가 있는 '동화적 상상력'으로 시를 썼다. 이렇게 그의 시작(詩作) 태도와 시정신은 당시 동시인과는 아주 다른 지점에 있었다고 볼 수 있다.

이원수는 "농촌 아동, 소도시 아동들의 생활을 내 생활로 삼고 시를 써 온" "어디까지나 시골 동시인"이었다. 그는 "잘 다듬어지고 미끈한 작품을 쓰지" 못했지만, 식민지 어디를 가도 비참한 삶을 살아가는 "농촌 아동들을 위해 즐겁고 유쾌한 시를 써서 그들을 기쁘게 해 줄 마음을 먹지" 못한다.[2] "낙천적인 유쾌한 노래를 쓸 생각은 아예 없었다"고 볼 수 있다. 그는 그 까닭을, "세상 어디를 보아도 남의 피를 빨아먹지 않고 사는 사람

---

2   이원수, 「나의 문학 나의 청춘」(1977), 『아동과 문학』(전집 30), 257쪽 참조.

들 중에는 깡충거리고 즐기는 내용의 시를 보여 줄 만한 상태는 없었기 때문"이라 밝히고 있다.[3] 그는 현실을 있는 그대로 '정직'하게 봤고, 애써 "아름답고 고운 생각"으로 "사물을 달리"[4] 보려 하지 않았다. 다시 말해 '참신한 발상'과 '독창적인 비유'에 연연하지 않은 것이다. 그에게 중요한 것은 사물을 '달리' 보는 것이 아니라, 그에 앞서서 대상의 본질과 어린이의 현실을 '있는 그대로 정직하게' 보는 것이었다. 이원수는 아이들이 직면한 현실을 있는 그대로 보여 주고, 같이 아파하고 어깨를 나란히 하고 걷는 것이 식민지와 독재 정권 아래에서 시를 쓰는 시인의 태도라 여겼다. 이러한 이원수의 현실주의 동요·동시 창작 태도는 일제강점기를 거쳐 세상을 떠날 때까지 일관되게 지켜 왔다고 볼 수 있다.

이원수의 동갑내기 윤석중은 그보다 한 해 앞서『어린이』에「옷둑이」 (1925. 4)로 등단한다. 김제곤은 "윤석중 작품에 나타난 아동상"을 '명랑한 아이, 공상하는 아이, 유년의 아이, 도시의 아이'로 갈무리한다.[5] 이원수 시에서 '유년의 아이'(유년시)[6]를 빼고는 세 아이(명랑성·공상성·도시적 감각)는 '공백'이라 할 수 있다.

윤석중, 박영종, 강소천을 중심으로 한 '동심주의' 시인들이 그려낸 아이와 이원수가 동요·동시에서 노래한 아이를 아래에 표로 그려 본다.

---

3 이원수,「군가를 부르는 아이들에게」(1973),『솔바람도 그날 그 소리』(전집 27), 133쪽 참조.
4 유경환,『한국현대동시론』, 258~259쪽 참조.
5 김제곤,「윤석중 연구」, 인하대학교 박사학위 논문, 2013, 150쪽.
6 앞에서 살펴보았듯이 이원수의 유년시는 초기 8편, 중기 9편, 후기 4편, 이렇게 모두 21편이다.

동심주의 시인들이 그려낸 '어린이 이미지'는 동심 관념(전도된 동심)에서 그려지기도 했지만 이런 가운데서도 생기발랄한 어린이 이미지를 창조한 동요와 동시를 볼 수 있다. 윤석중이 노래한 아이가 「퐁당퐁당」(1932)처럼 동적(動的)이고 명랑하고 아무 걱정 없는 도시 '남자' 아이라면, 이원수가 그려낸 아이는 「찔레꽃」(1930)처럼 정적(靜的)이고 외롭고 쓸쓸하고 걱정이 태산인 '여성적인' 시골 아이다. 이 아이는 가난해서 먹을 것이 없어 좁쌀로 밥을 지어 먹고(「눈 오는 밤에」(1931)) 학교에도 못 나오고(「헌 모자」(1929)) 거리에 나가 양사탕과 신문을 팔아야(「너를 부른다」(1946)) 한다.

동심주의 시인이 그려낸 아이	이원수가 노래한 아이
유희적 · 놀이적	어른스럽고 내면적(사색적)
풍족함(넉넉함), 동적(動的)	결핍(가난), 정적(靜的)[7]
부모와 함께 있는 아이	부모의 부재(독립적인 아이, 속 깊은 아이)
명랑한 아이	수줍은 아이(감수성이 풍부한 어린이)
동무들과 뛰노는 아이	외롭고 쓸쓸한 아이
자기중심적	누군가 그리워하는 아이
대화, 시끌벅적	독백, 조용함
걱정 없는 도시 아이	걱정 많은 시골 아이
군것질하는 아이	일하는(양사탕 파는) 아이,
외향적, 적극적, 대범, 어린이 같다	내성적, 소극적, 소심, 어른스럽다
아프면 아프다고 하는 도시 남자아이	고통을 속으로 삭이는 시골 여자아이

---

7   본론에서 동적(動的)인 시를 몇 편 다루었지만 이원수 시의 전체적인 느낌은 정적(靜的)인 시로 볼 수 있다.

이원수의 시에는 '동무'와 골목에서 '같이' 놀거나 티격태격 말싸움을 하거나, 놀면서 마음이 상해 토라지거나, 상처를 주거나 반대로 받는 아이가 없다. 부모와 아이가 같이 나오는 시도 1930년대 말 1940년대 초 유년시를 빼놓고는 찾아보기 힘들다. 시 속의 아이는 부모가 부재하거나 헤어져 있는 처지에 놓여 있다. 부모에게서 받은 서운한 감정이나 부모의 말에 상처 입는 어린이도 없다. 시 속에 나오는 어린이는 언제나 외롭고, 혼자 멀리서 지켜보면서 울고, 쓸쓸하게 누군가를 끊임없이 '그리워하는' 아이다. 이 아이는 자신의 속마음을 있는 힘껏 내지르지도 않고 쓸쓸함과 삶의 고통을 속으로 삭인다. 아이는 대화가 아니라 혼자서 중얼거린다. 또, 생동하는 봄여름이나 낮을 노래하는 것보다는 추운 겨울과 배고픈 밤을 노래한 시가 많다. 봄을 노래하더라도 「앉은뱅이꽃」(1939), 「염소」(1940), 「개나리꽃」(1945), 「너를 부른다」(1946)처럼 시의 주체가 처해 있는 서러움·그리움·한탄·답답한 심정과 대비하여 그려 낼 뿐이다. 이렇게 봤을 때 이원수가 그려낸 어린이는 '현실'의 생기발랄하고 동적인 어린이라기보다는 자신의 또 다른 '내면', 내성적이고 수줍음 많은 시인의 이면이라 할 수 있다. 시 속 어린이가 슬프고 외롭게 서 있지만 정작 슬프고 외로운 이는 시인 자신이었던 것이다.

이원수가 그린 어린이는 동심주의 시의 반대편에 서 있는 이미지다. 마찬가지로 동심주의 시에서는 이원수가 그린 어린이 이미지가 '공백'으로 남아 있다. 이원수의 동시가 있음으로 해서 일제강점기와 해방 이후 한국의 어린이 운문문학이 더욱 풍성해졌다고 볼 수 있다.

2. 동심주의의 동심 관념과 카프의 도식주의를 넘어

이원수는 1926년 「고향의 봄」으로 등단한 뒤 두 해(1926~1927) 남짓 동심주의 시를 쓰다 마산 공립상업학교에 들어간 해인 1928년부터 「기차」(1928), 「헌 모자」(1929), 「찔레꽃」(1930)을 잇따라 발표하면서 현실주의 시를 쓰기 시작한다. 그리고 그의 시문학에서 최초의 자유시이자 소년시 「화부(火夫)인 아버지」(1930. 8. 22)를 『조선일보』에 발표하고, 그 이듬해 자유시로서의 동시 「눈 오는 밤에」(1931. 12)를 쓴다. 이는 한국 동시문학사에서 첫 자유율의 동시로 삼는 손진태의 「별똥」(『금성』 창간호, 1923)보다는 8년이 뒤지고, 자유시로서의 본격 동시로 보는 정지용의 「서쪽 하늘」 「감나무」 「하늘 혼자 보고」(『학조』 창간호, 1926)보다는 5년이 늦은 셈이지만, 손진태는 그 뒤 특별히 주목할 만한 동시를 쓰지 못하고 정지용이 발표한 동요와 동시가 그렇게 많지 않다는 것을 감안하면, 이원수의 자유시로서의 동시 창작과 발표는 한국 아동문학사에서 본격적인 자유시 동시의 시작이라 할 수 있을 것이다.[8]

---

8 김영일은 한국 동시문학사에서 가장 먼저 자유시로서 동시를 쓰고, 자유시론을 주창한 시인으로 알려져 있다. 이런 오해는 이재철의 평가에서 비롯되었다. 이재철은 "가사적 동요를 쇄신하려는 의지를 공식적으로 표면화시킨 것이 김영일의 「자유시론」이"라 하고, 김영일을 "실로 이 나라 아동문학계에서 최초로 자유시 이론을 부식(扶植)했다는 점에서 간과할 수 없는 큰 의의"가 있는 시인으로 평가한다(이재철, 『한국현대아동문학사』, 256~257쪽 참조). 더구나 '자유시론'을 홑낫표로 묶어 마치 김영일이 그런 시론을 쓴 것인 양 말하고 있다. 하지만 그는 특별히 자유시론을 펼친 적이 없고, 그런 시론을 글로 쓴 적이 없다. 김영일은 1934년 『매일신보』 신춘문예에 동요 「반딧불」이 당선되어 등단한다. 그의 작품 가운데 자유시로서의 동시로 볼 수 있는 작품은 1940년 『매일신보』에 발표한 「달밤」 「애기

자유시로서의 "동시는 그때까지의 동심 존중이나, 아동을 천사와 같은 것으로 보고 현실 사회와는 격리시켜 놓고 노래한 동요나, 혹은 개인적인 감상에서 미를 찾으려 한 동요와는 달리" 시인이 아이들에게 의식적으로 자신의 생각과 마음을 전하기 시작했다는 것을 뜻한다. 그러나 "1930년을 전후하여 시작된 자유시는 대체로 목적의식이 앞서서 문학으로서의 가치를 가지기보다 계급투쟁의 한 수단으로서의 가치가 더 큰 것으로 보이는 작품도" 많았다.[9] 이원수 또한 크게 '프롤레타리아 문학운동' 자장 속에 있었다고 볼 수 있다. 하지만 그는 카프의 도식적인 계급 시에서 한참 멀리 떨어져 있었다.

1930년 『어린이』 9월호에 실린 이원수의 「잘 가거라」와 그 호에 실린 김려수의 동요 「가을」(1연, 가을바람 우수수 부러 오면은/나무나무 입사귀 떠러집니다/우리 압뜰 마당의 오동나무도/입사귀를 왼뜰에 떠러 놉니다)과 카프 계열 잡지 『별나라』 1930년 10월호에 실린 손풍산의 동요 「낫」(논두렁에 혼자 안저/꼴을 베다가/개고리를 한 마리/찔러 보고는/미운 놈의 모가지를/생각하얏다(전문))을 견주어 보면, 그가 그때 얼마나 뛰어난 시를 썼는지 알 수 있다. 당시 『어린이』에 발표하는 동요는 김려수의 동요와 별반 다를 바 없었고, 이런 동심주의 시를 비판하는 카프의 동요도 손풍산의 동요처럼 계급 환원주의에 갇혀 있었다. 그가 「잘 가거라」

공작」 「수양버들」 「산골길」 등이다. 그렇다면 그가 '자유시로서의 동시'를 본격으로 쓰기 시작한 시기는 1940년쯤으로 잡을 수 있을 것이다. 김찬곤, 「김영일의 '자유시론'과 '아동자유시집' 『다람쥐』」, 『한국아동문학사의 재발견』, 청동거울, 2015, 94~95쪽, 116쪽 참조.

9   이원수, 「아동문학 입문」(1965), 『아동문학입문』(전집 28), 70~71쪽 참조.

같은 현실주의 시를 쓸 때 동심주의 시인들은 여전히 동심 관념으로 동요를 썼고, 카프는 도식주의에 빠져 있었던 것이다. 그에 견주어 이원수는 언제나 구체적인 실감으로 시를 썼다. 그래서 시가 자꾸 길어지고 동화적인 감도 있지만 독자에게는 구체로 다가가고, 시인과 화자의 마음이 절절하게 전해지는 시가 될 수밖에 없었다.

이원수는 해방이 된 뒤, 1946년부터 1949년까지 32편을 쓰고 발표한다. 이 시기 그의 명편이라 할 수 있는 「너를 부른다」「부르는 소리」「봄시내」「오끼나와의 어린이들」「빗속에서 먹는 점심」(1946), 「송화 날리는 날」(1947)이 씌어진다.

원종찬은 "이원수 문학을 해방 이전에는 시 중심, 해방 이후에는 산문 중심으로 바라보는 통념이 생겨나선 곤란하다" 하면서, "동시인으로 활동한 해방 이전은 물론이고 해방 후에도 가장 탁월한 동시인의 한 사람으로서 그를 빠뜨릴 수는 없다"고 평가한다. 더욱이 "이원수 동시의 흐름으로 볼 때 이른바 해방기에 자못 중요한 성과들이 한꺼번에 쏟아져 나온 점을 눈여겨봐야" 하고, 해방기에 쓴 "작품들을 살피면 이것들이 앞선 시기의 시적 정취를 넘어서는 리얼리즘의 대표 작품임을 금세 알 수 있다"고까지 한다.[10] 이때 그가 쓴 시는 해방의 기쁨을 노래한 시라기보다는, 그 지독

---

10   원종찬, 「이원수 판타지동화와 민족현실」, 『아동문학과 비평정신』, 118~119쪽 참조. 김명인 또한 해방기 이원수 동시가 "절정"에 다다랐다고 본다. "해방기의 이원수의 문학은 '산문으로의 전환기'라기보다는 '시적인 것'과 '산문적인 것'이 뒤섞여 점차 후자로 이행하는 과정이며 '시적인 것'이 오히려 한 절정에 다다라 있었다고 보는 것이 더 타당할 것이다." 김명인, 「이원수의 해방기 동시에 관하여」, 『한국학연구』 제12집, 인하대학교 한국학연구소, 2003, 148~149쪽.

한 식민지에서 해방이 되었는데도 어느 것 하나 자리 잡히지 않는 현실의 문제를 절박하게 토로해 간 시라 할 수 있다. 「너를 부른다」(1946)에서는 해방이 되었는데도, 온 세상이 새로 싹트는 봄이 왔는데도 거리에서 양담배 양사탕을 팔고 있는 순희를 자못 격정적으로 부른다. 「오끼나와의 어린이들」(1946)에서는 "다 같이 잘살 줄 모르는 욕심쟁이들을 없애지 않고는 즐거운 나라는 될 수 없다" 하면서 "부지런히 배우고 어서 자라서 우리는 꼭 좋은 나라 세워 가는 일꾼이 되자"고 한다. 이러한 리얼리즘 시는 3, 4년 전 친일 글을 썼던 이원수하고는 정반대의 모습이다. '반–기억과 되기' 혹은 '되기와 반–기억'의 의지라고도 할 수 있을 것이다.

3. 동시의 경계 확장

이원수는 해방 이후 노래 가사로 전락해 버린 동요의 문제를 집중적으로 비판한다. 그는 동요 또한 동시의 하나로 보면서 어디까지나 '시가 되는 동요'를 써 내보인다. 그리고 정형률이 아닌 자유율로도 얼마든지 시가 되는 동요를 쓸 수 있다고 하면서 주옥 같은 동요를 창작한다. 이러한 동요는 그의 중기시에서 볼 수 있는데, 「겨울나무」 「버들붕어」 「개구리」(1957), 「햇볕」(1959), 「소낙비」 「씨감자」 「자두」(1960) 같은 동요로 모두 이때 씌어진다.

그는 동심주의 동시인들이 "아동의 생활 모습을 가장 본격적인 동시의 소재로 생각하고 거기에만" 머물러 있다고 비판한다. 그리고 "우리나라 동시–특히 동요라 할 정형시가 걸어온 길을 돌이켜보면 이상하리만치 좁은 곳으로만 돌고 있었다는 것을 느끼게 된다"고까지 한다. 그런 다음 이원수는, "아동의 생활(동작·언어)에서 아동의 생각으로─다시 아동이 느낄 수 있는, 이 세상 모든 것─그리고 아동이 생각할 수 있는 끝없는 저 먼 나라에까지, 동시의 세계는 넓다"고 하면서 "이 넓은 동시의 세계를 굳이 좁혀 놓으려 애쓸 필요는 없다"고 한다.[11]

이원수는 1968년 그의 동시론이라 할 수 있는 「시작 노트」에서, "동시라는 이름은 결국 아동들이" 어떤 시를 "감상하기 이전"에 이 시가 '어린이를 위한 시'란 것을 미리 일러 주는 "하나의 안내적 역할을 하기 위한 것"에 불과하기 때문에, 동시라는 장르명은 "넓게 생각해서 아동에게 감상되기에 좋은 시를 가리켜 붙인 이름" "아동에게 느낌을 줄 수 있는" 시에 붙인 이름에 지나지 않는다고 한다. "따라서 동시와 비동시의 구별은 쉬운 것도 있으나 어려운 경우도 얼마든지" 있고, 자신은 높은 학년이나 청소년이 즐겨 읽을 수 있는 시, "적어도 그런 생각으로 동시를 쓰고 있다"고 한다. 이는 동시의 경계를 확장하는 말인데, 그가 이렇게까지 한 까닭은 당시 동심주의 동시, "동시를 오직 아동의 생활 모습을 읊은 시"라 하면서 어린이의 "재롱, 그들의 걸음마, 그들의 장난, 그들의 활동에 이르는 모든 아동 형태를 그리기에 주력"하면서 "아동의 유치한 생각을 대단한 것으로 귀히" 여기는 시작 풍토, "동시를 유아의 노래로 생각하는 그릇된 생각"을 비판하기 위함이었다. 결과적으로 그의 동시론은 기존의 동시 개념 '아동을 위한 시'에서 나아가, "아동이 느낄 수 있는 시" "아동에게 감상되기에 좋은 시"로 동시의 개념을 달리 잡고, 동시의 경계를 확

---

11   이원수, 「시작 노트」(1968), 『동시 동화 작법』(전집 29), 119~120쪽 참조.

장하는 것이기도 했다.[12]

그런데, 이렇게 동심주의자들을 비판하면서 정작 아이들의 일상 삶이라 할 수 있는 "아동의 생활(동작·언어)"과 "아동의 생각"을 동시에 그리는 것을 애써 피해 가려 하지 않았나 싶다. 그리고 "아동이 느낄 수 있는 시"와 "아동이 생각할 수 있는 끝없는 저 먼 나라에까지" 동시의 경계를 넓히면서 중기·후기의 '사색과 애정의 시'로 나아간 듯싶다. 그런데 이러한 중기·후기시는 어린이의 내면이라기보다는 시인 자신의 내면에 더 가깝고 때로는 동시의 경계 밖에 있는 시도 있다. 이오덕은 이러한 이원수 중기·후기시가, "우리 동시가 가지는 고질(痼疾)인 유아적 유희의 질병을 치료하는 데 많은 시사를" 주었다고 평가한다.[13]

이원수 동시의 화자는 여느 동시인과 다른 지점에 서 있다. 그는 초기시부터 한결같이 어린이와 시인이 함께하는 시점으로 시를 써 왔다. 식민지 어린이들의 처지를 측은지심의 눈으로 보지만, 어린이 시점으로만 보지 않고 시인의 시점을 끝까지 놓지 않는다. 또 어린이 화자의 시를 쓰더라도 시인의 내면을 무시하거나 억누르지 않고 차분히 가져간다. 그래서 시가 '유아적 유희'로 떨어지지 않고, 주제와 내용이 조금 어렵다 하더라도 '아동이 느낄 수 있는 시'로서의 동시가 되고, 아이들을 자신이 창조한 세계로 '당당히' 끌어갈 수 있었던 것이다.

---

12 위의 책, 109~132쪽 참조.
13 이오덕, 「시정신과 유희정신」(1974) 『시정신과 유희정신』, 33쪽.

4. 현실주의 어린이문학의 이론 토대 마련

방정환 이후 일제강점기에서 해방 이후 한국 아동문학을 생각해 볼 때 이원수의 어린이문학은 독보적이라 할 수 있다. 그는 동요와 동시뿐만 아니라 동화, 소년소설, 동극, 평론에 이르기까지 어린이문학의 모든 방면에서 활발히 활동한다. 더구나 방정환에서 이오덕, 권정생으로 이어지는 아동문학의 현실주의 계보는 그가 없이는 이루어질 수 없는 것이기도 했다. 특히 한국 아동문학 장르 가운데 동요와 동시의 현실주의 계보는 이원수가 없었다면 그 맥이 끊어졌을지도 모를 일이다. 물론 일제강점기 카프의 자장 속에서 시를 쓴 동시인도 있지만 그들은 사회주의 관념으로 현실의 어린이(전도된 어린이)를 보았고, 그들이 써낸 시는 도식주의와 계급 환원주의에 떨어져 있었다. 이원수는 스스로 방정환의 제자를 자처했지만 마산 공립상업학교 시절 이미 방정환의 감상주의에서 벗어나 있었고, 카프의 '서민성'을 자신의 시정신으로 삼지만 그들의 계급주의하고는 차원이 다른 현실주의 시를 써 내보인다. 원종찬은 이런 이원수의 아동문학이 바탕이 되어, "이원수가 있음으로 해서 민족문학"으로서의 아동문학 논의가 가능했다고 본다.[14]

---

14 원종찬, 「아동문학과 비평정신—이원수와 이오덕의 평론」, 『아동문학과 비평정신』, 155쪽. "이원수에 앞서 일제강점기의 아동문학에서도 이론 비평과 실제 비평은 자못 활발한 바 있다. 그러나 아동문학의 주요 논점들은 미처 해결되지 않은 채 일제 말의 암흑기로 들어섰고, 해방과 동시에 다시 그 논점들이 뜨겁게 토론되었으나, 6·25 동족상잔을 겪은 뒤로는 냉전 이데올로기가 모든 비평 정신을 압도하게 된다. 게다가 일제강점기의 주류 이론가들이 월북함에 따라 문단 전체에 걸쳐 민족문학 논의는 심각한 단절 현상을 보인다. 그런데 아동문학 분야에선 바

이원수는, 운문에서는 동심주의, 산문에서는 교육주의를 넘어서지 않고서는 이 땅에 참된 어린이문학이 불가능하다고 여기고 어린이문학 비평을 해 나간다. 이때 이루어진 어린이문학에 대한 개론 글 「아동문학 입문」(1956), 「동시의 길을 바로잡자」(1960), 「아동문학 프롬나드」(?), 「아동문학」 「아동문학과 교육」 「시와 교육」 「동시론」(1961), 「시작 노트」(1968)는 현실주의 어린이문학 이론의 주춧돌이 된다. 그는 1971년 2월 비평 활동에 그치지 않고 자신을 중심으로 한국아동문학가협회를 꾸린다. 한국문인협회 아동문학분과에 딸려 있던 아동문학이 튼튼한 조직과 이론적 체계를 갖추어 가기 시작한 것이다. 이렇게 해서 방정환에서 시작된 한국 아동문학의 현실주의 전통은 비로소 민족문학의 한 갈래 속에서 발전하여 오늘에 이를 수 있었다.

그의 현실주의 시정신은 이오덕과 권정생으로 이어지고, 다시 서정홍, 남호섭, 김은영이 받아 안고, 오늘의『동시마중』으로 내려오고 있다. 한국아동문학가협회는 한국어린이문학협의회가 그 뒤를 계승하고, 잡지 『어린이문학』과『어린이와 문학』이 받아 안는다. 그의 비평 정신은 이오덕, 김제곤, 김상욱, 원종찬, 이지호로 이어져 오늘날 한국 아동문학을 풍성하게 살찌우고 있다.

1942년과 43년 한때 친일 글을 발표한 적이 있는, 그런 때 묻은 눈이 눈물지을 때, "그 눈물로 얼었던 싹, 마른 나무들"이 "입술을 축이고" 딱

로 이원수가 있음으로 해서 민족문학 논의의 단절 현상을 일찍부터 극복할 수 있었다."(위의 책, 155쪽) 원종찬은 2001년 그의 첫 아동문학 평론집을 내면서 책 제목을 '아동문학과 비평정신'이라 붙인다. 이는 이원수와 이오덕의 '아동문학과 비평정신'을 이어가겠다는 의지로 보인다.

딱한 땅이 몸을 풀고 부풀어 오르듯, 한국 아동문학도 "때 묻은 눈이 눈물로 변하고 사라져 갈 때" "죽은 것만 같던 땅에" 환성으로, 횃불로 온 세상을 뒤흔들면서 살아난 것이다.

제6장

이원수와 오늘의 아동문학

1926년 『어린이』 4월호에 「고향의 봄」으로 등단한 이래 1981년 세상을 떠날 때까지, 이원수가 쓴 동요와 동시 가운데 지금까지 확인된 작품은 334편이다. 웅진 이원수 전집 제1권 『고향의 봄』(1983)에 296편이 실려 있고, 그 뒤 연구자들이 여러 신문과 잡지에서 찾아낸 작품이 36편, 본 논문에서 더한 2편(「올라가는 마음들」 「양과 소녀」(1952))까지 해서 38편이 새로 발굴되었다. 이 논문은 이원수 전집 제1권 『고향의 봄』을 주 텍스트로 삼아, 시기 구분을 초기·중기·후기로 나누어 그 시기별 특징을 잡고 그의 시를 면밀히 분석하였다.

시기별 작품을 구체로 살펴보기에 앞서 이원수의 가계와 소년 시절 마산에서의 소년회 활동을 정리하였다. 아동문학가로서의 이원수의 삶은 당시 여느 아동문학가의 행보하고는 많은 면에서 달랐다. 그는 서울이 아닌 시골 바닷가 마산의 시인이었다. 그는 가난한 소목장의 아들이었고, 소년회 활동과 소년소녀 잡지 『어린이』를 통해 동요와 동시를 배우고 발표했다. 1926년 등단을 하고 두 해 남짓 잠깐 동심주의 시를 쓰지만 1928년 마산 공립상업학교 시절부터는 그전과 다른 현실주의 시를 쓰기 시작한다. 더구나 그의 현실주의 시는 카프의 도식주의에 떨어지지 않았고 서정성이 짙은 리얼리즘 시였다. 그의 초기시의 주제라 할 수 있는 '이별과 그리움', '일하는 아이들'은 그의 가계와 소년 시절 소년회 활동을 살펴봄으로써 그 연원을 찾을 수 있었다.

이원수의 아동문학론은 동요·동시·동심론으로 나누어 살펴보았다. 한국전쟁 이후 그는 '동요' 창작에 매진하고 동요에 대한 이론적 고찰을 함께한다. 어린이들은 '가창의 욕구'가 있는데, 당시 동요는 시에서 멀어져 있었고 '노래 가사'로 전락한 상태였다. 그는 동요를 '동시' 장르 속에 놓고, '어디까지나 시가 되는' 동요를 써 내보인다. 그리고 동요 하면, '정형률'로만 알고 있던 '자명한 창작 풍토'를 비판하며 동요도 자유율로 충분히 쓸 수 있다는 것을 보여 준다. 이원수의 동요론은 그의 중기시를 살필 때 전제가 되어야 할 바탕이라 할 수 있다.

그의 동시론과 동심론은 동심주의를 비판하면서 정립된 문학론이라 할 수 있다. 동심주의 시인들이 생각하는 동심은 현실의 '어린이 마음'이다. 그들은 "아동의 생활(동작·언어)"에서만 시의 소재를 찾고, 동심을 "아동의 생각"이라 생각하고 좁은 틀 안에서만 동시를 써 왔다.[1] 그들은 "유아 상대 기분으로 일부러 어린 체하는 가면을" 쓰고[2], 그러한 것이 마치 참다운 동심인 양 "동심을 위장"하고 "아동의 지적인 면을 무시하고 순박과 우둔을 혼동"했다.[3] 그는 동심을 유년의 유치한 생각, 귀여운 말, 재롱스런 몸짓이 아니라 천진난만한 마음, 순진무구한 마음, 혹은 인간이 가

---

1   이원수, 「시작 노트」(1968), 『동시 동화 작법』(전집 29), 119쪽 참조.

2   이원수, 「발휘 못한 소기 목적」(1956), 『아동과 문학』, 274쪽.

지는 가장 순박한 마음이라 하면서, 그것은 어린이한테만 있는 것이 아니요, 어른에게도 있다고 보았다. 동심주의의 편협한 동심에 대한 비판은 동시의 경계 확대로 이어진다. 유년의 유치한 생각과 몸짓에서 나아가 "아동이 느낄 수 있는, 이 세상 모든 것—그리고 아동이 생각할 수 있는 끝없는 저 먼 나라에까지"[4] 동시의 경계를 확장한 것이다. 특히 '아동이 느낄 수 있는 시'로서의 동시는 그의 중기와 후기시 가운데 '사색의 시'와 '애정의 시'를 살피는 데 중요한 근거가 된다.

이원수 시 연구는 초기시에 관한 연구가 가장 많다고 할 수 있다. 이렇게 된 까닭은, 일제강점기 동요·동시 가운데 그만큼 감동적인 현실주의 시를 쓴 시인을 찾아보기 힘들다는 점을 먼저 들 수 있겠고, 시가 담고 있는 현실주의 메시지가 강한 만큼 시의 분석 또한 명확하기 때문이기도 할 것이다. 1926년부터 1950년까지 쓴 133편에서 '그리움'을 노래한 시가 28편, '이별'을 노래한 시가 5편으로, '그리움과 이별'의 시가 33편이나 된다. 초기시에서 이별과 그리움은 가장 중요한 주제이다. 이는 일제의 토지·임야 조사사업(1910~1918)으로 비롯된 농촌 마을의 해체와 무관하지 않다. 그는 농촌 경제의 파탄 속에서 고통받는 백성들과 어린이들의 삶을 비켜가지 않고 정면으로 응시하고, 그들을 위로하고 고통을 함께한다. 이 시기 그의 문학 인생을 되돌아봤을 때 도저히 상상할 수 없는 친일 글 발표(1942, 43년)가 자리한다. 1926년 「고향의 봄」으로 등단을 하고 1981년 생을 마감할 때까지 그는 한겨울 들판의 '겨울나무'처럼, 혼자

---

3   이원수, 「안이한 창작 태도」(1957), 『아동과 문학』(전집 30), 279쪽.
4   이원수, 「시작 노트」(1968), 『동시 동화 작법』(전집 29), 119쪽.

외로이 '아동문학의 서민성'을 시정신으로 삼고 시를 쓰고 동화와 소설을 써 왔다. 그의 친일 글은 그가 떠난 지 21년이 지난 뒤 2002년 처음 세상에 알려졌다. 문제는 그가 친일 글을 쓸 수밖에 없었던 사정을 어느 글에서도 밝히지 않았고, 식구들뿐만 아니라 그의 둘레 어느 누구도 알지 못했다는 사실이다. 이 연구에서는 이원수가 친일을 하게 된 절박한 사정을 추측해 보았다. 그리고 그 뒤 그가 친일의 기억을 어떻게 해결해 갔는가를 '반-기억'의 과정으로 살펴봤다.

이원수 시를 연구할 때 연구자들이 알게 모르게 놓치는 지점이 한 가지 있다. 그것은, 당시 이원수는 시인이었을 뿐만 아니라 가장 뛰어난 어린이문학 '이론가'였고 '평론가'였다는 사실이다. 그런 그가 자신의 중·후기시에 대해 일목요연하게 정리한 글이 아주 많은데도 그것을 제대로 읽어 내지 못하지 않았나 싶다. 특히 그의 중·후기시를 읽어낼 때는 그의 글을 제대로 살피는 것이 먼저 이루어져야 한다. 그런데 그것을 놓치고 1930, 40년대 그의 현실주의 시 관점으로 중·후기시를 보는 오류를 밟아온 경향이 있다. 이 논문에서는 이런 오류를 밟지 않으려 했다.

이원수 시의 중기라 할 수 있는 1951년에서 1963년까지 그가 쓴 시는 98편이다. 그의 중기시 98편 가운데 동요가 46편으로 가장 많고, 그 다음으로는 서정시 42편이 차지한다. 중기 서정시의 특징은 초기 서정시와 달리 '사람'과 '어린이의 삶'이 없이 서정이 전면에 나온다는 점을 들 수 있다. 사람과 어린이의 삶이 시에 나오지 않기 때문에 시 주체의 '몸짓'이 있을 수 없고, 그렇기 때문에 시가 동적이지 않고 조용해지고 '관조적'인 시가 될 수밖에 없다. 요시다 미즈호는 이런 시를 일러 '주체가 잠을 자고 있다'고 한다. 그는 "자연을 붙잡을 때 지은이의 주체적인 활동"이 있어야 하고, 여기서 '주체적인 활동'이란 시의 대상에 대결하려는 시정신이다. 대상의 진실 또는 본질에 적극으로 파고들어 가는 태도가 되었을 때, 시의 주체는 자연스럽게 "다이나믹한 행동"으로 나아갈 수밖에 없고, 그랬을 때 그 시는 "인간 냄새"가 나는 시가 될 수밖에 없다. 미즈호가 말하는 행동성은, "단순한 육체적, 물리적인 활동만을 말하는 것이" 아니고, "어린이가 보고, 생각하고, 느끼고, 행하는 것들의 전체" 또는 어린이가 세상을 "살아가는 의식"을 뜻한다.[5] 중기시 가운데 명편으로 꼽히는 「버들붕어」 「개구리」 「썰매」 「겨울나무」(1957), 「햇볕」(1959), 「소낙비」 「씨감자」(1960) 같은 시가 바로 시 주체의 행동성이 잘 드러난 '동요'라 할 수 있다. 이 시기 그가 가장 공을 들인 것은 '시로서의' 동요였고, 그의 시 인생에서 가장 아름다운 동요와 서정시가 씌어진다.

1964년부터 1980년까지 쓴 시는 85편이고, 여기에 병상에서 쓴 시 6편까지 더하면 91편이 된다. '애정'과 '사색'의 시는 그의 후기시를 특징짓는 주제라 할 수 있다. 여기서 애정은 애(愛)와 정(情)으로 나누어 살펴볼 필요가 있다. 그는 이 무렵 "사회에 대한 관심에서 좀 자리를 멀리하고 사적인 애정 세계에 가까이하게" 되고,[6] 아이들의 삶과 현실에서 한 발짝 물러나 "한 번 더 생각을 다듬고 속으로 다스리는 자세"[7]로 대상을 바라본다. 그리고 이와 더불어 성장기의 감성을 찾아볼 수 있다. 사춘기 때 맞는 성장기의 감성을 노래한 시라 할 수 있다. 부모의 아들인 '나'가 아니라, 이름이 '철수'인 나가 아니라, 아들이기 이전에, 철수이기 이전에 '나 자

---

5   요시다 미즈호, 『어린이 시』, 이오덕 역, 온누리, 1983, 140~150쪽 참조.
6   이원수, 「나의 문학 나의 청춘」(1977), 『아동과 문학』(전집 30), 258쪽.
7   이원수, 「나의 동시와 나의 생활」, 『너를 부른다』, 232쪽.

신'을 고민하기 시작하는 것이다. 이때 '나'는 자연으로부터 분리되어 있고, 자연을 객관으로 보는 '주체'가 된다. 또한 부모와 동무로부터도 '나'를 분리할 수 있고, 나의 정체성을 찾아가는 하나의 '주체'가 되어 가는 것이다.

이원수가 1980년 병상에서 쓴 동시와 동요는 6편이다. 이 가운데 「나뭇잎과 풍선」이 삶의 의지를 노래한 시라면, 「대낮의 소리」와 「아버지」는 '행복했던 시절에 대한 갈망의 표현'이라 할 수 있다. 그리고 「설날의 해」 「때 묻은 눈이 눈물지을 때」 「겨울 물오리」는 죽음을 직감하고 자신의 소박한 '소망'을 노래한 시라 할 수 있다. 이 시편은 그가 평생 가고자 했던 동시의 길, '어린이가 생각할 수 있는 저 먼 나라에까지 동시의 세계'를 넓힌 시라 할 수 있다.

이 책은 그동안 연구가 부족했던 그의 중 · 후기시 연구를 충실히 하여 이원수 시 연구의 기초를 다졌다. 우선 그가 자신의 시에 대해 한 말을 꼼꼼히 들여다봤다. 그곳에 많은 실마리가 들어 있었다. 또 그가 썼던 어린이문학 이론과 평론, 수필, 동화와의 '상호텍스트성'에 주목했다. 이렇게 하여 현실주의 시를 분석할 때 자칫 빠지기 쉬운 알레고리적 해석을 피할 수 있었고, 그의 시 해석을 객관의 자리에서 들여다볼 수 있었다. 이원수가 세상을 떠난 지 35년이 지났다. 하지만 그가 생전에 비판했던 동심주의는 지금도 여전히 문제가 되고 있다. 그가 초기시부터 견지해 왔던 어린이와 시인의 하나 된 시점, 동화적 상상력에 기초한 시작(詩作), 그가 평생 견지해 왔던 시정신 서민성, 시의 주체와 행동성, 어린이의 성장과 주체, 동시 경계의 확대는 오늘날의 동시 문단을 살펴봤을 때 중요한 문제의식이 아닐 수 없다 하겠다.

이원수 연보[1]

1911년(1세)   11월 17일(음력) 경남 양산읍 북정리에서 아버지 이문술(李文 術)과 창원 웅천 출신 어머니 진순남(陣順南)의 외아들로 태어 남. 이때 아버지의 연세 50이었고, 첫 아들이었다.

1912년(2세)   생후 10개월 만에 가족이 창원군 창원면 중동리 100번지로 이사.

1915년(5세)   창원군 창원면 북동리 207번지로 이사.

---

1   보통 연보를 정리할 때는 '만 나이'로 하나 여기서는 '세는나이'로 한다. 그 까닭은 '혼란'을 피하기 위해서다. 이원수 관련 논문을 읽다 보면, 한 논문 안에서도 어떤 곳에서는 만 나이로 하고, 또 어떤 곳에서는 세는나이로 말한다. '이원수의 나이 열네 살 때 아버지가 돌아가셨다'거나 '열여섯 살 때 「고향의 봄」이 『어린이』 1926 년 4월호 '입선 동요란'에 당선되어 등단했다'는 구절 같은 것을 들 수 있겠다. 이 두 사실을 만 나이로 하면, 아버지가 돌아가신 해는 열네 살이 맞고, 「고향의 봄」 으로 등단한 해는 열다섯이다. 이렇게 한 논문 안에서도 만 나이와 세는나이가 뒤 섞여 있는 경우가 많다. 또 하나, 이원수가 쓴 수필과 자전 소설이나 동화를 보면 그 자신도 어떤 때는 만 나이로, 또 어떤 때는 세는나이로 써 놓았다. 우리는 보통 실제 생활에서는 세는나이를 쓴다. 연구자들도 세는나이를 더 많이 쓴다. 그래서 한 작가의 일생을 조사하고 정리할 때는 '세는나이'로 하는 게 혼란을 줄이는 한 방법이라고 생각한다. 이 연보는 『아동과 문학』(전집 30)과 『이원수와 한국 아동 문학』(창비, 2011) 뒤편에 있는 연보를 참고하여, 부족한 것은 보태고, 잘못된 곳 은 바로잡았다.

1916년(6세)	창원군 소답리 서당에서『동문선습』『통감』『연주시』를 배움.
1918년(8세)	창원군 창원면 중동리 559번지로 이사.
1919년(9세)	3·1독립만세운동
1921년(11세)	경남 김해군 하계면 진영리 240번지로 이사.
1922년(12세)	경남 마산부 오동동 80-1번지로 이사.
1924년(14세)	경남 마산부 오동동 71번지로 이사. 4월 1일 마산 공립보통학교(지금의 성호초등학교) 3학년 편입학.[2]『신소년』4월호 '독자

---

2   박종순은『아동과 문학』(전집 30)에 붙인 이원수 연보에 몇 가지 오류가 있다 하면서 바로잡는다. "먼저 연도의 오류인데, 그가 마산 공립보통학교 2학년에 편입학하는 연도를 한 해 앞인 1922년으로 잘못 잡아 보통학교 졸업 연도(1928), 마산상업학교 졸업 연도와 함안금융조합에 취직하는 연도(1931)가 모두 잘못되었다"고 지적한다. 이렇게 해서 이원수의 보통학교 편입학 연도를 1922년에서 1923년으로 한 해 뒤로 밀쳐 잡는다(박종순,「해방 이전 지역에서의 삶과 문학」,『이원수와 한국 아동문학』, 창비, 2011, 107쪽).

그런데 문제는 '2학년'으로 편입학을 했다는 근거를 찾을 수 없다는 점이다. 우선 마산 성호초등학교 제20회 졸업생 학적부(생활기록부)가 없다. 지금 남아 있는 자료는 졸업대장뿐이다. 여기서는 졸업 연월일, 이름, 생년월일, 주소, 보호자 성명만 확인할 수 있다. 생활기록부가 없어 언제 입학했는지, 편입을 했다면 몇 학년에 했는지 알 수 없다는 것이다. 그런데 이 졸업대장마저도 15년 전 개교 100주년(1901년 개교)을 맞아 새롭게 정리한 것이기 때문에 딱 맞다고 할 수도 없는 노릇이다.

김소원은 1995년「이원수 전기를 준비하며」(『동화읽는어른』1995년 11월호)에서 이원수가 1923년 마산 공립보통학교에 '2학년'으로 편입했다고 밝힌다. 김소원이 근거로 삼은 것은, 이원수가 1929년『어린이』(제7권 제3호(3월호)) '독자 담화실'에 쓴 편지글 가운데 한 구절, "『어린이』가 처음으로 창간하였을 때 저는 보통학교 2학년이었습니다." 하는 부분이다. 문제는 김소원이 이 편지글을 잘못 읽었다는 데에 있다. 원래 편지글에는 "『어린이』가 처음 창간되었을 때 저이는 보통학교 2학년이었습니다."(70쪽) 이렇게 되어 있다. 김소원이 '저이는'을 '저는'으로 잘못 읽은 것이다. '저이는'은 '저희들은'이란 뜻이다. 그러니까 1923년『어린이』를 창간했을 때, 저희들은 보통학교 2학년이었다, 하는 말이다. 일제는 1922년 4월 칙령 제19호 제2차 조선교육령을 발표한다. 이때 가장 많이 바뀌는 부분은 초

문단 동요'란에 「봄이 오면」이 당선되어 실림.

1925년(15세) 음력 1925년 1월 6일 부친 이문술 돌아가심. 3월 13일 마산 신화소년회 창립 '위원'으로 참가. 3월 23, 24일 이틀간 마산노동 야학교에서 신화소년회 창립 축하회를 엶. 이때 처음으로 방정환을 만남. 4월 4일 신화소년회 토론회 때 발표자로 나감. 조선 사회를 발전시킬 때 노력이 중요한가 아니면 금전이 중요한가, 하는 주제로 열었는데, 이원수는 이날 '금전' 편 연사로 발표를 함. 4월 6일 신화소년회 제1회 현상동요 모집에서 1등을 함.

1926년(16세) 『어린이』 4월호 '입선동요'에 「고향의 봄」으로 등단.[3] 5월 17일 자 『동아일보』 '어린이 작품'란에 동요 「아기 새」가 실림. 마산부 산호동과 양덕동에 있는 야간 강습소에 나가 한글을 가르침. 학급신문을 편집하여 등사하고, 이 신문에 일본 사람을 비판하는 글을 씀. 이 일로 학교에서 호된 꾸중을 듣고, 조행(操行) 점수가 깎임. 1926년 『어린이』 4월호에 「고향의 봄」이 나오자 그해 바로 경남 창녕 이방보통학교 이일래(李一來, 1903~

등교육을 4년제에서 6년제로 늘린 것이다. 이 편지를 쓸 1929년 3월이면 이 학제가 어느 정도 뿌리를 내렸을 때다. 그래서 이원수는 『어린이』가 나온 1923년은 '우리들이 보통학교 2학년 무렵이다.' 하고 말하는 것이고, 이는 그가 편입학한 해를 증명해 주는 말이라 할 수 없다. 그는 수필 「열 살 때의 결심」(1971)에서 보통학교 편입학을 3학년(『솔바람도 그날 그 소리』(전집 27), 109쪽)으로 말하고 있다. 물론 이 수필에서 그는 그의 동화 「5월의 노래」(1950)를 들지만(『숲 속 나라』(전집 2), 183쪽), 그의 수필 226편 가운데서 유일하게 그의 보통학교 편입학 연도를 짐작할 수 있다는 점에서 이 수필이 중요한 근거가 될 수 있다고 본다.

3 『아동과 문학』(전집 30) 끝에 붙인 「이원수 연보」에 따르면, 1925년 15세는 "음력 1월 6일 부친이 돌아가시다. 신화소년회 회원이 되다. 소파 방정환 선생을 처음으로 만나 뵈다. 『어린이』지에 동요 「고향의 봄」을 투고하다." 이렇게 정리되어 있고, 1926년 16세에는, "「고향의 봄」이 당선되어 『어린이』 4월호에 발표되다."(343쪽) 이렇게 나와 있다. 최근에 창비에서 나온 『이원수와 한국 아동문학』(2011)에도 이와 똑같이 나와 있다. 하지만 이원수가 1925년 『어린이』에 「고향의 봄」을 투고했다는 근거는 없다.

	1979)가 제목을 「고향」으로 하여 곡을 붙임. 이 노래는 마산창
	신학교를 비롯하여 마산 여러 학교에서 인기 있는 노래가 됨.
1927년(17세)	윤석중, 이응규, 천정철, 윤복진, 신고송, 이정구, 서덕출, 최순
	애와 아동문학 동인회 '기쁨사' 회원으로 활동.『어린이』에「비
	누 풍선」「섣달 그믐밤」 발표. 마산 공립보통학교 문집『문우(文
	友)』에「눈 내리는 저녁」[4]이 일본어로 실림. 윤석중이 서울에서

---

4 「눈 내리는 밤(雪降ル晩)」을 우리말로 옮겨 본다. 원래 글은 문단 갈이가 안 되어
있는데, 읽기 쉽게 갈이를 한다. 그리고 '이 아이에게 키스를 받은 아이는 기쁜 나
머지' 구절은 아무래도 문맥이 안 맞다. '우리들은 6학년으로 올라가는 건가?' 하
는 구절이 있는 것으로 보아, 이때 이원수는 5학년이다.

「바람도 없는 겨울밤. 사살살 조용히, 소리도 없이 내려쌓이는 눈은 비가리개문
밖에 새하얗게 쌓인다. '조용한 밤이구나!' 혼잣말을 하면서 이불 아래에서 머리
만 내고 옛날 이야기를 읽고 있던 나의 눈에도 잠이 찾아왔다.

"인정이 많은 할아버지는 불쌍한 부모 없는 거지에게 선물을 줬다. 그리하여 이
아이에게 키스를 받은 아이는 기쁜 나머지 할아버지에게 안긴 채 울었다."

이처럼 재미있는 동화도 잠에는 져서 나는 책을 잡은 채 꿈나라에 들어갔다. 학
교에서는 졸업식이 열렸다. '우리들은 6학년으로 올라가는 건가?' 하고 생각하고
기뻐하고 있었지만 성적표를 받고 보니 간신히 낙제를 면한 꼴등. 나는 놀람과 동
시에 화가 나서 어쩔 줄을 몰랐다. 이것으로 어떻게 집에 돌아갈 면목이 있을 수
있을까.

'좋아, 지금부터는 학교에 다니지 않을 거야!'

결심하고 새빨개진 얼굴을 하고 교문을 나왔다, 이때 뒤에서 누가 내 어깨를 움
켜잡았다. 뒤돌아보니 선생님이었다.

"어디에 가는 거야?"

선생님의 큰 소리에 퍼뜩 눈을 떠 보니 꿈이다. 밖에는 아직 눈이 내리고 있었다.
'꿈이었구나!'

사실은 졸업식까지는 20일이다, 그러나 잘 생각해 보면 나는 강하게 결심하지
않으면 안 되는 일을 깨달았다.

'자, 쉬지 않고 힘쓰자!'

마음속에 '열심'이란 과녁을 높이 내걸었다. 밖에는 쉼 없이 눈이 내리고 있었다.
아무도, 누구도 모르게. 하얀 겨울 긴 밤은 그렇게 조용히 깊어 가는 것이었다.」

내려와 하룻밤 묵고 감.

1928년(18세) 『어린이』 필자 동인이 됨. 3월 23일 마산 공립보통학교 졸업(20회), 마산 공립상업학교(지금의 마산 용마고등학교) 입학(6월 6일).

1929년(19세) 3월 1일 방정환이 『학생』 창간. 『학생』에 「해변에서」 발표.

1930년(20세) 광주학생항일운동을 거치며 『학생』 4월호에 시 「꽃씨 뿌립시다」, 5월호에 「나도 용사」를 발표. 서울 중앙보육학교 홍난파가 「고향의 봄」에 곡을 붙여 『조선동요백곡집 상권』(삼문사)에 발표. 『조선일보』에 동요 「헌 모자」 발표. 『어린이』 3월호에 「창간호부터 독자의 감상문」 발표. 『어린이』 8월호에 동요 「잘 가거라」 발표. 『조선일보』에 소년시 「화부(火夫)인 아버지」 발표. 『어린이』 9월호에 동요 「교문 밖에서」 발표. 『신소년』 11월에 동요 「찔레꽃」 발표.

1931년(21세) 3월 6일 마산 공립상업학교를 졸업(제7회)하고 함안금융조합 본점 서기로 취직. 7월 방정환 작고. 『어린이』에 방정환을 생각하며 쓴 조시(弔詩) 「슬픈 이별」 발표. 조선의 어린이예술운동을 위한 단체 신흥아동예술연구소 창립 발기인으로 참가. 음반 〈고향의 봄〉(홍난파 곡, 서금영 노래, 콜롬비아 레코드사) 나옴. 이렇게 하여 〈고향의 봄〉은 온 국민이 부르는 애창곡이 됨.

1933년(23세) 『조선일보』 특간에 악보 「비누 풍선」(홍난파 곡)

1935년(25세) 2월 '독서회 사건'으로 경남 함안에서 잡혀감. 라영철, 김문주, 제상목, 황갑수와 함께 치안유지법 위반으로 징역 8월 집행유예 5년을 선고받고 마산과 부산에서 감옥 생활. 옥중에서 「두부 장수」를 씀.

1936년(26세) 1월 30일 출감. 수원 최순애 집으로 인사를 드리러 감. 최순애 집에서는 전과를 내세워 혼인을 반대하고 나섬. 그때 도와준 사람이 최순애의 오빠 최영주다. 최영주는 방정환의 제자였으며 『개벽』 『신여성』 같은 잡지 편집을 맡아보았다. 그는 이원수를 조금 알고 있었다. 그가 두 사람 편을 서 간신히 허락을 받아, 6월 6일 서울 견지동 작은 교회에서 혼례를 치른다. 마산에서는 아무도 올라오지 않았고 최순애 집 식구들만 참석한 초라 한 혼례였다. 식을 올리자마자 이원수와 최순애는 신혼여행을 가는 셈치고 곧장 마산으로 내려온다. 산호동에서 셋방살이를 한다. 그때 산호동은 지금과 달리 외딴 동네였고 집 뒤로 용마산이 있었다. 이때 이원수는 실직자였다. 한성당 건재약방 서기로 잠시 근무.『소년』에 동시「어디만큼 오시나」발표.

1937년(27세) 장남 경화(京樺) 출생. 금융조합 이사 김정완의 도움으로 함안 금융협동조합 가야 지소로 복직되어 함안으로 이사.「고향 바다」발표. 중일전쟁 발발.

1938년(28세) 『소년』에 동시「보오야 넨네요」발표. 이일래의『조선동요작곡집』에 악보「고향」실림.

1939년(29살) 차남 창화(昌樺) 출생.『소년』4월호에 동시「고향 바다」발표.『소년조선일보』에 동요「부엉이」발표.

1940년(30세) 『소년조선일보』에 동시「앉은뱅이꽃」발표.『조선일보』에 동시「전봇대」「나무 간 언니」발표.

1941년(31살) 태평양전쟁 터짐. 장녀 영옥(瑛玉) 출생

1942년(32살) 『반도의빛(半島の光)』6월호에 동시「종달새」「빨래」발표. 8월호에 친일 동시「지원병을 보내며」「낙하산」발표.

1943년(33세) 『반도의빛』1월호에 친일 수필「전시하 농촌 아동과 아동문화」, 5월호에 친일시「보리밧해서 – 젊은 농부의 노래」, 11월호에 친일 수필「고도감회(古都感懷) – 부여신궁어조영 봉사작업에 다녀와서」발표.

1945년(35세) 차녀 정옥(貞玉) 출생. 해방 정국 무정부 상태에서 함안군 가야면에서 치안위원. 한글강습소 강사 활동. 10월 서울 경기공업학교(지금의 서울과학기술대학교) 교장 첫째 동서 고백한의 권유로 서울로 올라와 국어 교사로 취직. 아현동 학교 관사에서 생활. 동시「개나리꽃」발표. 12월 조선프롤레타리아문학동맹 가입.

1946년(36세) 『어린이신문』에 동시「너를 부른다」「부르는 소리」발표.『새동무』에 동시「봄 시내」발표.『주간 소학생』에 동시「빗속에서 먹는 점심」「오끼나와의 어린이들」발표. 새동무사 편집 자문 맡음. 조선문학건설본부와 조선프롤레타리아문학동맹이 통합을 결의

하고 1946년 2월 9일 새롭게 출발한 조선문학가동맹에 가입.

1947년(37세)　　동요집『종달새』(새동무사) 출간. 10월 경기공업학교 사직. 이후 박문출판사 편집국장으로 4년간 일함. 아현동 학교 관사를 나와 넷째 동서 김만수의 도움으로 안암동 114번지에 집을 마련.

1948년(38세)　　삼녀 상옥(祥玉) 출생. 『아동문화』에 평론 「동시의 경향」 발표. 이 글은 확인 가능한 그의 첫 어린이문학 평론 글이다. 『조선중앙일보』 1948년 3월 13일자에 필명 이동수(李冬樹) 이름으로 「아동문화의 건설과 파괴」 발표. 동화 「새로운 길」「눈 뜨는 시절」 발표.

1949년(39세)　　삼남 용화(龍樺) 출생. 어머니 진순남 돌아가심. 그림 동화집 『어린이나라』『봄 잔치』를 박문출판사에서 출간. 『어린이나라』에 2월부터 12월까지 장편동화 「숲 속 나라」 총 9회 연재. 『어린이나라』 8월호에 필명 '이동원'으로 소년소설 「바닷가 아이들」 발표.

1950년(40세)　　『아동구락부』 2월호부터 5·6월 합본호까지 장편 소년소설 「어린 별들」 발표. 이 동화는 1953년 『5월의 노래』(신구문화사)로 출간함. 『소년세계』에 동화 「구름과 소녀」 연재 시작. 한국전쟁 때 피난을 가지 못하고 경기공업학교에 나가 사무 일을 봄. 이 일로 인민군 부역자 신세가 됨. 첫째 동서 고백한(경기공업학교 교장)을 집에 숨겨 보호. 9·28수복 이후 최병화와 월북길에 오름. 이때 필명 '정민'을 씀.

1951년(41세)　　영옥(10세), 상옥(4세), 용화(3세)를 보육원에 잠깐 맡겼는데 1·4후퇴 때 잃어버림. 경기도 시흥군 수암면 논곡리(방죽머리)로 피난. 영국군 부대에 노무자로 뽑혀 동두천에서 1년간 천막 생활.

1952년(42세)　　경기 시흥 수암면 방죽머리에서 구장의 도움으로 시민증 얻어 대구로 피난. 여러 문우들의 도움과 신원 보증으로 한국전쟁 중 부역 문제 해결. 7월 오창근, 김원룡과 함께 아동 월간지 『소년세계』를 창간하여 편집주간으로 3년간 일함. 장녀 영옥을 제주도 고아원에서 찾음.

1953년(43세)　　7월 27일 휴전 협정. 11월 서울로 돌아옴. 안암동 집에 다른 사람이 살고 있어 셋방살이를 함. 신구문화사 편집위원으로 일함. 동화「꼬마 옥이」발표.『소년세계』에 동시「소쩍새」발표.

1954년(44세) 한국아동문학회 창립, 부회장을 맡아봄(회장 한정동, 부회장 김영일·이원수). 장편동화『숲 속 나라』(신구문화사) 출간. 『새벗』에 동화「그림 속의 나」발표.

1955년(45세) 자전 동화『5월의 노래』(신구문화사) 출간. 잡지『어린이세계』편집.『심우』에 수필「나의 향수」발표.

1956년(46세) 어린이 월간지『어린이세계』주간을 맡음. 7월 광화동 셋집에서 답십리동으로 이사.『서울신문』에 동시「눈 오는 밤」발표.

1957년(47세) 『만화학생』에 동시「버들붕어」발표.『방학공부』에 동요「겨울나무」발표.

1958년(48세) 한국자유문학자협회 아동문학 분과위원장으로 추대됨. 성내운과 같이『국민학교 글짓기본』(신구문화사) 6권 출간.『동아일보』에 동시「책 속의 두견화」발표.

1959년(49세) 서울시 문화위원회 문학분과위원을 맡음. 답십리 재건 주택에서 신축 집을 마련하여 이사.

1960년(50세) 4·19혁명. 부정선거에 항의하여 일어난 마산 3·15의거를 소재로 한 동화「어느 마산 소녀의 이야기」, 4·19혁명을 소재로 한 동시「아우의 노래」와 동화「땅속의 귀」발표. 2월~4월 HLKY기독교방송국에서 동시 작법 방송. 삼화출판사 편집장.『방학공부』에 동요「소낙비」발표.『경향신문』에 동요「자두」발표.

1961년(51세) 4·19혁명을 소재로 한 동화「벚꽃과 돌멩이」, 아동극(방송극)「그리운 오빠」발표. 한국전쟁 이후 양민학살사건과 4·19혁명을 다룬 장편소설『민들레의 노래』(학원) 출간. 한국문인협회 결성대회 준비위원으로 참가. 동화집『구름과 소녀』(현대사) 출간. 평론「동시론─약론」발표.

1962년(52세) 한국문인협회 이사로 추대됨.

1963년(53세) 4·19혁명을 소재로 한 동시「4월이 오면」발표. 독재 정권을 비판한 동화「토끼 대통령」발표.

1964년(54세) 동시집『빨간 열매』(아인각) 출간.

1965년(55세) 4·19혁명을 소재로 한 시「돌멩이 이야기」발표. 장남 경화와 장녀 영옥 결혼. 장남 경화의 맏아들 장손 재원(在遠) 태어남. 이때부터 1973년까지 경희여자초급대학에서 아동문학 강의. 『경향신문』에 동시 「푸른 열매」 발표.

1966년(56세)   창작집 『보리가 패면』(숭문사) 출간. 『새길』에 수필 「여성과 나」 발표.

1967년(57세)   평론 「동시의 길을 바로잡자—동요와 동시의 개념」 발표.

1968년(58세)   경남 창원 산호공원에 「고향의 봄」 노래비 세움. 한국전쟁의 아픔을 담은 장편 소년소설 『메아리 소년』(대한기독교서회) 출간. 『여성동아』에 수필 「솔바람도 그날 그 소리」 발표. 『현대문학』에 동시 「산딸기」 발표.

1969년(59세)   장남 경화 미국으로 유학. 『농협신문』에 동화 「호수 속의 오두막집」 발표. 『소년중앙』에 동시 「시월 강물」 발표.

1970년(60세)   전태일의 분신을 그린 동화 「불새의 춤」 발표. 답십리동에서 사당동 예술인촌으로 신축 이사. 노래동산회, 서울교육대학교에서 수여하는 '고마우신 선생님상' 수상. 『월간문학』에 동시 「여울물 소리」 발표.

1971년(61세)   2월 한국아동문학가협회 창립에 참가하고 초대 회장이 됨. 3월 디스크 발병으로 1개월간 치료 요양. 11월 회갑 기념 문집 『고향의 봄』(아중문화사) 출간. 『새가정』에 동화 「불의 시」 발표. 『가톨릭소년』에 동시 「불에 대하여」 발표. 『가톨릭소년』에 동시 「우리 원이 보고지고」 발표. 『가톨릭소년』에 동화 「잔디숲 속의 이쁜이」 연재 시작. 『샘터』에 수필 「열 살 때의 결심」 발표.

1973년(63세)   3월 낙상 골절로 입원하여 4개월간 치료. 11월에 한국문학상 수상. 『현대문학』에 동화 「별」 발표. 『시문학』에 동시 「싸리꽃」 발표. 『잔디 숲 속의 이쁜이』(계몽사) 출간. 『문학사상』에 수필 「군가를 부르는 아이들에게」 발표.

1974년(64세)   12월 대한민국문화예술상 수상. 『어린이새농민』에 동화 「아이와 별」 발표.

1975년(65세)   KBS TV 〈명작의 고향〉 프로그램 제작차 마산, 창원 여행. 동화, 시, 옛이야기, 수필, 편지, 일상에서 실제로 겪으며 느낀 실화를 바탕으로 한 이야기 129편을 모아 묶은 『얘들아, 내 얘기를』(대한기독교서회) 출간. 『5월의 노래』(을유문화사) 출간.

1976년(66세) 창작집『꼬마 옥이』(창비) 출간. 수필집『영광스런 고독』(범우사) 출간. 『서울신문』에 동화「불칼 선생의 불칼」발표.

1977년(67세) 둘째 아들 창화 결혼. 『유치원』에 동화「엄마 없는 날」발표. 『여원』에 동화「파랑 편지」발표.

1978년(68세) 9월 대한민국예술원상 문학부문 수상. TBC TV〈인간만세〉프로그램 중 '고향의 봄' 편 제작차 마산, 창원 여행. 문우들이 예술원상 수상 축하 동시·동화집『이원수 할아버지와 더불어』(유아개발사) 출간. 『한국철도』에 수필「차창 감상」발표.

1979년(69세) 장남 경화의 둘째 아들 수원 태어남. 11월 조직검사 결과 구강암 진단을 받고 12월 12일 수술. 장남 경화 간병차 귀국. 동시집『너를 부른다』(창비) 출간. 창작집『해와 같이 달과 같이』(창비) 출간. 『어린이 새농민』에 동화「도깨비와 권총왕」발표. 『국제그룹 사보』에 동화「밤에 우는 새」발표. 『주간 새시대』에 동화「여울목」발표.

1980년(70세) 1월 1차 피부이식수술. 2월 2차 피부이식수술. 6월 구강암 재발하여 5주간 방사선 치료. 10월 병세 악화로 전기 치료. 10월 대한민국문학상 아동문학 부문 본상 수상. 11월 남성교회에서 세례 받음. 동화집『갓난 송아지』(삼성당) 출간. 수필「"나의 살던 고향은 꽃피는 산골"」발표. 『엄마랑 아기랑』에 수필「일하는 사람에게 겸손하라」발표. 『중학생』에 수필「태업생(怠業生)의 후일담」발표. 『일간스포츠』에 동시「나뭇잎과 풍선」발표. 『새벗』에 동시「대낮의 소리」발표. 『불광』에 수필「내 나이의 반과 반」발표. 『주부생활』에 수필「내 이름에 얽힌 에피소드」발표. 『소년』에 수필「흘러가는 세월 속에」발표.

1981년(71세) 마지막 동시「겨울 물오리」「때 묻은 눈이 눈물지을 때」「설날의 해」「아버지」발표. 1월 24일 20시 20분 작고. 1월 26일 가족장으로 용인공원묘지에 안장.

1982년 동시 선집『너른 부른다』(창비) 증보판 출간. 병상에서 쓴 동요·동시 여섯 편과 1935년 함안 독서회 사건으로 감옥살이를 할 때 쓴「두부 장수」(1935)를 '증보편'으로 묶어 더함.

1984년	『이원수아동문학전집』(전30권, 웅진) 출간. 금관문화훈장 추서. 창원 용지공원에 「고향의 봄」 노래비 세움.
1986년	양산 춘추공원에 「고향의 봄」 노래비 세움.
1990년	「꼬마 옥이」를 비롯해 동화·소년소설 9편이 일본어로 일본 소진샤에서 출간.
1995년	마산MBC에서 〈아동문학의 거목 이원수〉 제작 방송. 5월 '이달의 문화인물'로 선정.
1996년	이원수의 삶과 문학을 다룬 『물오리 이원수 선생님 이야기』(이재복, 지식산업사)와 『내가 살던 고향은』(권정생, 웅진) 출간.
2001년	7월 창원에서 '고향의봄기념사업추진위원회' 꾸림.
2002년	박태일이 『반도의빛』에 실린 이원수 친일 작품에 대한 글을 『경남도민일보』 3월 5일자에 발표. 10월 나카무라 오사무의 이원수 연구가 『조선학보(朝鮮學報)』에 실림. 창원시 서상동 산 60번지에 고향의봄도서관 개관.
2003년	창원 고향의봄도서관에 이원수문학관 개관.
2008년	창원 고향의봄기념사업회 사단법인화. 고향의 봄 학술세미나 '분단 이후 이원수의 작품세계' 개최.
2009년	『반도의빛』에 발표한 작품으로 『친일인명사전』(친일인명사전 편찬위원회 편, 민족문제연구소) 3권에 이름 오름.
2011년	「고향의 봄」 창작터 '오동동 71번지' 발견. 이원수 탄생 백주년을 기념한 여러 행사와 세미나, 연구 발표가 이루어짐.

참고문헌

1. 기본 자료

이원수, 『종달새』, 새동무사, 1947.

──, 『빨간 열매』, 아인각, 1964.

──, 『너를 부른다』, 창비, 1979.

──, 『고향의 봄』(전집 1), 웅진, 1989.

──, 『숲 속 나라』(전집 2), 웅진, 1989.

──, 『토끼 대통령』(전집 5), 웅진, 1989.

──, 『별 아기의 여행』(전집 6), 웅진, 1989.

──, 『날아다니는 사람』(전집 8), 웅진, 1989.

──, 『얘들아 내 얘기를』(전집 20), 웅진, 1989.

──, 『이 아름다운 산하에』(전집 26), 웅진, 1989.

──, 『솔바람도 그날 그 소리』(전집 27), 웅진, 1989.

──, 『아동문학입문』(전집 28), 웅진, 1989.

──, 『동시 동화 작법』(전집 29), 웅진, 1989.

──, 『아동과 문학』(전집 30), 웅진, 1989.

창원시청, 「이원수 선생 호적 확인 보고」, 2001. 7. 9.

『어린이』 영인본 전10권, 어린이고전문헌연구원, 2011.

『동아일보』, 『조선일보』, 『경향신문』, 『중외일보』

『아이생활』

2. 국내 논저

1) 단행본

겨레아동문학연구회, 『엄마야 누나야』, 보리, 1999.

고준석, 『한국경제사』, 동녘, 1989.

김병익, 『한국문단사 1908-1970』, 문학과지성사, 2003.

김상욱, 『숲에서 어린이에게 길을 묻다』, 창비, 2002.

─────, 『어린이문학의 재발견』, 창비, 2006.

김수현 · 정창현, 『제국의 억압과 저항의 사회사』, 민속원, 2011.

김영순, 『한일아동문학 수용사 연구』, 채륜, 2013.

김원룡, 『내 고향』, 새동무사, 1947.

김재용, 『협력과 저항』, 소명출판, 2004.

김정의, 『한국소년운동사』, 민족문화사, 1992.

김제곤, 『아동문학의 현실과 꿈』, 창비, 2003.

김준오, 『시론』, 삼지원, 2004.

박목월, 『동시 교실』, 배영사, 1963.

박찬승, 『한국 근대 정치 사상사 연구』, 역사비평사, 1992.

박태일, 『경남 · 부산 지역문학 연구1』, 청동거울, 2004.

─────, 『유치환과 이원수의 부왜문학』, 소명출판, 2015.

백창우, 『노래야, 너도 잠을 깨렴』, 보리, 2003.

석용원, 『아동문학원론』, 학연사, 1992.

宋芳松, 『한겨레음악인대사전』, 보고사, 2012.

원종찬, 『아동문학과 비평정신』, 창비, 2001.

─── , 『동화와 어린이』, 창비, 2004.

─── , 『한국 아동문학의 쟁점』, 창비, 2010.

유경환, 『한국현대동시론』, 배영사, 1979.

윤석중, 『노래가 없고 보면』, 웅진, 1988.

─── , 『어린이와 한평생1』(전집 28), 웅진, 1988.

이 안, 『다 같이 돌자 동시 한 바퀴』, 문학동네, 2014.

이덕일, 『잊혀진 근대, 다시 읽는 해방 전(前)사』, 위즈덤하우스, 2015.

이상현, 『아동문학강의』, 일지사, 1987.

이승일 외, 『일본의 식민지 지배와 식민지적 근대』, 동북아역사재단, 2009.

이오덕, 『어린이를 지키는 문학』, 백산서당, 1984.

─── , 『농사꾼 아이들의 노래』, 소년한길, 2001.

─── , 『문학의 길 교육의 길』, 소년한길, 2005.

─── , 『시정신과 유희정신』, 굴렁쇠, 2005.

─── , 『어린이를 살리는 문학』, 청년사, 2008.

─── , 『동화를 어떻게 쓸 것인가』, 삼인, 2011.

─── , 『삶 · 문학 · 교육』, 고인돌, 2013.

이이화, 『한국사 이야기20-우리 힘으로 나라를 찾겠다』, 한길사, 2007.

─── , 『한국사 이야기21-해방 그날이 오면』, 한길사, 2007.

─── , 『한국사 이야기22-빼앗긴 들에 부는 근대화 바람』, 한길사, 2006.

이재복, 『우리 동화 바로 읽기』, 한길사, 1995.

─── , 『우리 동요 동시 이야기』, 우리교육, 2004.

李在撤, 『兒童文學의 理論』, 형설출판사, 1983.

이재철, 『한국현대아동문학사』, 일지사, 1978.

이준관, 『동시 쓰기-동심에서 건져 올린 해맑은 감동』, 랜덤하우스코리아, 2007.

이지호, 『글쓰기와 글쓰기교육』, 서울대학교출판부, 2001.

이진경, 『노마디즘2』, 휴머니스트, 2007.

이효덕, 『표상 공간의 근대』, 박성관 옮김, 소명출판, 2002.

정창석, 『만들어진 신의 나라』, 이학사, 2014.

조동걸, 『한국농민운동사』, 한길사, 1980.

조은숙, 『한국 아동문학의 형성』, 소명출판, 2009.

최덕교, 『한국잡지백년3』, 현암사, 2011.

편해문, 『옛 아이들의 노래와 놀이 읽기』, 박이정, 2002.

함동주, 『천황제 근대국가의 탄생』, 창비, 2009.

홍명희, 『상상력과 가스통 바슐라르』, 한림, 2005.

2) 논문

강승숙, 「이원수 동시와 나, 그리고 아이들」, 『이원수와 한국 아동문학』, 창비,
        2011.

공임순, 「일제 말 흥망사 이야기와 타락의 표지들에 관한 연구」, 『국어국문학』 제
        141호, 국어국문학회, 2005.

공재동, 「이원수 동시 연구」, 동아대학교 석사학위 논문, 1990.

권나무, 「동시와 함께 땅이 되다―이원수 후기 동시에 대한 생각」, 『이원수와 한
        국 아동문학』, 창비, 2011.

―――, 「어린이와 사회를 보는 두 가지 시선―이원수와 강소천의 소년소설」, 『우
        리말교육현장연구』 제6집 2호, 우리말교육현장학회, 2013.

권복연, 「근대 아동문학 형성 과정 연구」, 연세대학교 석사학위 논문, 1999.

권오삼 · 원종찬, 「이원수 이오덕 권정생이 남긴 숙제」, 『창비어린이』 2008년 가
        을호.

권오삼, 「1943년 이원수와 안태석 청년」, 『아동문학평론』 2004년 봄호.

권오순, 「『어린이』 영인본 앞에서」, 『新人間』, 신인간사, 1997.

김권호, 「그리움과 희망을 노래하는 겨레의 동시인—1920~30년대 이원수 동시를 살피며」, 『이원수와 한국 아동문학』, 창비, 2011.

김명구, 「중일전쟁기 조선에서 '내선일체론'의 수용과 논리」, 『한국사학보』 제33호, 고려사학회, 2008.

김명인, 「이원수의 해방기 동시에 관하여」, 『한국학연구』 제12집, 인하대학교 한국학연구소, 2003.

김미정, 「이원수 동시 연구」, 아주대학교 석사학위 논문, 2006.

김미혜, 「이원수 동시에 나타난 자연 이미지의 교육적 탐색」, 『국어교육연구』 제31권, 서울대학교 국어교육연구소, 2013.

김보람, 「尹石重과 李元壽 童詩의 對備的 硏究」, 문학석사학위논문, 제주대학교, 2002.

김상욱, 「시의 얼굴, 시의 이름—이원수 「대낮의 소리」」, 『빛깔이 있는 현대시 교실』, 창비, 2007.

김성규, 「이원수 동시에 나타난 공간구조 연구」, 한국교원대학교 석사학위 논문, 1994.

———, 「이원수 동시에 나타난 공간구조 연구」, 『청어람문학』 제33집, 청람어문학회, 2008.

김성윤, 「日帝下 公立初等教育의 實態—馬山 城湖初等學校를 中心으로」, 영남대학교 석사학위 논문, 2013.

김소원, 「이원수 전기를 준비하며」, 『동화읽는어른』 1995년 11월호.

김수경, 「1920~30년대 동요에 나타난 '누나'의 이미지 : '누이 콤플렉스'와 관련하여」, 『한국고전여성문학연구』 제14집, 한국고전여성문학회, 2007.

———, 「근대창작동요의 수용과 동심의 재구성」, 『청람어문교육』 제40집, 인하대학교 한국학연구소, 2009.

김영순, 「근대 한일아동문학 유입사 연구」, 『아동청소년문학연구』 제10호, 한국
 아동청소년문학학회, 2012.

김영일, 「李元壽 童詩의 發話構造 硏究」, 명지대학교 석사학위 논문, 1994.

김용문, 「이원수 문학 연구-동시와 동화의 제재 관련성을 중심으로」, 교육학석
 사학위논문, 전주교육대학교, 2001.

김용순, 「李元壽 詩 硏究 : 童謠·童詩를 中心으로」, 성신여자대학교 석사학위
 논문, 1987.

김유진, 「'본격동시' 담론 연구」, 인하대학교 박사학위 논문, 2015.

김은영, 「이원수 동시 연구」, 한국교원대학교 석사학위 논문, 2007.

김제곤, 「시와 교육-동시를 어떻게 가르칠까?」, 『아동문학의 현실과 꿈』, 창비,
 2003.

──── , 「동갑내기 두 문인의 행보-이원수와 윤석중의 삶과 문학」, 『이원수와 한
 국아동문학』, 창비, 2011.

──── , 「윤석중 연구」, 인하대학교 박사학위 논문, 2013.

김종헌, 「해방기 이원수 동시 연구」, 『우리말글』 제25집, 우리말글학회, 2002.

──── , 「한국 근대 아동문학 형성기 동심의 구성방식」, 『현대문학이론연구』 제
 33집, 현대문학이론학회, 2008.

──── , 「1930년대 계급주의 동시문학의 생태학」, 『한국아동문학연구』 제24호,
 한국아동문학학회, 2013.

김지영, 「이원수 동화의 현실주의적 연구」, 단국대학교 석사학위 논문, 2012.

김찬곤, 「동요를 동시의 눈으로 봤을 때」, 『동시마중』 제2호, 2010년 7·8월호.

──── , 「동시, 그 상투성의 뿌리」, 『창비어린이』 2011년 여름호.

──── , 「김영일의 '자유시론'과 '아동자유시집' 『다람쥐』」, 『아동청소년문학연구』,
 no. 10, 2012.

──── , 「조운의 시조 연구-동심으로 쓴 작품을 중심으로」, 『동화와번역』 제23

　　　　호, 2012.

———, 「동심의 기원―이지의 「동심설」과 이원수의 동심론을 중심으로」, 『아동청
　　　　소년문학연구』 제16호, 2015.

김태오, 「이탁오의 「동심설」의 교육적 논의」, 『교육사상연구』 제21권, 한국교육사
　　　　상연구회, 2007.

김해숙, 「이원수 어린이문학 비평에 관한 연구」, 전주교육대학교 석사학위 논문,
　　　　2009.

김호범, 「식민지 전시경제체제하 조선금융조합 금융업무의 특성에 관한 연구」,
　　　　『경영 · 경제연구』 제24권 제1호, 익산대학교 경영 · 경제연구소, 2005.

김화선, 「대동아공영권의 전쟁동원론과 병사의 탄생―일제 말기 친일 아동문학
　　　　작품을 중심으로」, 『인문학연구』 제31호, 충남대학교 인문과학연구소,
　　　　2004.

———, 「식민지 어린이의 꿈, '병사 되기'의 비극」, 『창비어린이』 2006년 여름호.

———, 「아동의 '국민' 편입과 식민주의의 내면화」, 『어린이와문학』 2008년 8월호.

———, 「이원수 문학의 양가성―『半島の光』에 수록된 친일 작품을 중심으로」,
　　　　『친일문학의 내적 논리』, 역락, 2010.

———, 「일제 말 전시기의 아동문학 및 아동담론 연구」, 『친일문학의 내적 원리』,
　　　　역락, 2010.

김환영, 「내가 생각하는 동시」, 『글과 그림』 2008년 6월호.

두전하, 「한중일 프롤레타리아 아동문학 연구」, 인하대학교 박사학위 논문, 2015.

문경연, 「일제 말기 '부여' 표상과 정치의 미학화―이석훈과 조택원을 중심으로」,
　　　　『한국극예술연구』 제33호, 2011.

문영주, 「일제시기 조선금융조합연합회의 운영주체와 '금융조합주의'」, 『한국사
　　　　연구』 제145호, 한국사연구회, 2009.

박경수, 「일제강점기 일간지를 통해 본 경남 · 부산지역 아동문학(2)」, 『한국문학

논총』 제40집, 한국문학회, 2005.

———, 「부산·경남지역 아동문학의 현황과 전개과정 연구」, 『우리문학연구』 제
31호, 우리문학회, 2010.

박동규, 「이원수 동시 연구」, 계명대학교 석사학위 논문, 2001.

박숙자, 「1920년대 아동의 재현 양상 연구」, 『어문학』 제93집, 한국어문학회,
2006.

박숙희, 「이원수 동시에 나타난 사상적 특징」, 고려대학교 석사학위 논문, 2010.

박순선, 「이원수 동시연구」, 창원대학교 석사학위 논문, 2005.

박영희, 「문장보국의 의의」, 『매일신보』, 1940. 4. 25.

박종순, 「이원수문학의 리얼리즘 연구」, 창원대학교 박사학위 논문, 2009.

———, 「해방 이전 지역에서의 삶과 문학」, 『이원수와 한국 아동문학』, 창비, 2011.

박종순·백창우·김제곤, 「탄생 100주년 다시 보는 시인 윤석중과 이원수」, 『창비
어린이』 2011년 봄호.

박지영, 「방정환의 '천사동심주의'의 본질」, 『대동문화연구』 제51호, 성균관대학
교 대동문화연구원, 2005.

———, 「1920년대 근대 창작동요의 발흥과 장르 정착 과정─『어린이』 수록 동요
를 중심으로」, 『상허학보』 제18호, 상허학회, 2006.

박태일, 「경남 지역문학과 부왜활동」, 『한국문학논총』 30집, 한국문학회, 2002.

———, 「이원수의 부왜문학 연구」, 『배달말』 32호, 배달말학회, 2003.

———, 「경남지역 부왜문학 연구의 과제」, 『인문논총』 19호, 경남대학교 인문과
학연구소, 2005.

———, 「나라 잃은 시대 후기 경남·부산지역 아동문학─이원수와 남대우를 중
심으로」, 『한국문학논총』 제40집, 한국문학회, 2005.

———, 「나라 잃은 시대 후기 이원수의 아동문학」, 『어문론총』 제47호, 한국문학
언어학회, 2007.

──────, 「나라 잃은 시대 어린이잡지로 본 경남·부산 지역 어린이문학」, 『유치
　　　환과 이원수의 부왜문학』, 소명출판, 2015.

백　철, 「內鮮由緣이 깊은 夫餘山城 – 一石一瓦에 옛날이 髣髴하다–夫餘神宮御
　　　造營文化人部隊勤勞奉仕記」, 『문장』, 1939년 3월.

변은진, 「일제의 식민통치 논리 및 정책에 대한 조선민중의 인식(1937~45)」, 『한
　　　국독립운동사연구』 제14호, 독립기념관 한국독립운동사연구소, 2000.

──────, 「일제 침략전쟁기 조선인 '강제동원' 노동자의 저항과 성격 : 일본 내 '도
　　　주'·'비밀결사운동'을 중심으로」, 『아세아연구』 제45호, 고려대학교 아세
　　　아문제연구소, 2002.

──────, 「조선인 군사동원을 통해 본 일제 식민지정책의 성격」, 『아세아연구』 제
　　　46호, 고려대학교 아세아문제연구소, 2003.

──────, 「일제 전시파시즘기(1937~45) 조선민중의 '불온낙서' 연구」, 『한국문화』
　　　제55호, 서울대학교 규장각 한국학연구원, 2011.

사나다 히로코, 「'노래'가 시가 될 때까지–동시의 기원에 얽힌 여러 문제들」, 『문
　　　학과사회』, 1998년 가을호.

山名善來, 「조선에 있어서 行族死亡人」, 『조선』 1921년 3월호.

선종수, 「이원수 동시의 리얼리즘 구현 양상 연구」, 한국교원대학교 석사학위 논
　　　문, 2015.

송연옥, 「이원수 동시 연구」 제주대학교 석사학위 논문, 2006.

신헌재, 「한국 아동문학의 동심론 연구」, 『아동청소년문학연구』 제12호, 한국아
　　　동청소년문학학회, 2013.

심명숙, 「한국 근대 아동문학론 연구」, 인하대학교 석사학위 논문, 2002.

여을환, 「이원수의 친일 행위가 던진 물음들」, 『동화읽는어른』 2008년 12월호.

염창권, 「동심론에서 '발견/자아 확장'의 구조」, 『새국어교육』 제96호, 한국국어
　　　교육학회, 2013.

염희경, 「1920년대 아동문학 연구의 현황과 과제」, 『아동청소년문학연구』 제3호, 한국아동청소년문학학회, 2008.

요꼬스까 카오루, 「동심주의와 아동문학」, 박숙자 옮김, 『창비어린이』 2004년 여름호, 가을호

원종찬, 「이원수와 현실주의 아동문학」, 『인하어문연구』 제1호, 1994.

———, 「이원수와 참된 겨레의 노래」, 『동화읽는어른』 1995년 5월호.

———, 「이원수와 마산의 소년운동」, 『인하어문연구』 제3호, 1996.

———, 「한국 아동문학이 창조한 주인공」, 『아동문학과 비평정신』, 창비, 2001.

———, 「'방정환'과 방정환」, 『문학과교육』 제16호, 문학과교육연구회, 2001년 여름호.

———, 「배반의 동심, 동심의 배반」, 『동화와 어린이』, 창비, 2004.

———, 「이원수와 1970년대 아동문학의 전환」, 『문학교육학』, no. 28. 2009.

———, 「일제강점기 동요 · 동시론 연구−한국적 특성에 관한 고찰」, 『한국아동문학 연구』, no. 20, 2011.

———, 「윤석중과 이원수」, 『아동청소년문학연구』 제9호, 한국아동청소년문학학회, 2011.

———, 「동심의 역사성과 민족의 발견−1920년대 아동잡지『어린이』」, 『창비어린이』 2014년 봄호.

———, 「조선어 동요와 일본어 창가의 대결 : 1920년대 동요 운동에 얽힌 문제들」, 『창비어린이』 2015년 봄호.

———, 「계급주의 아동문학의 허와 실」, 『창비어린이』 2015년 가을호.

유치진, 「아름다운 新都」, 『新時代』 1941년 3월호.

윤석중, 「독자담화실」, 『어린이』, 개벽사, 1924.

———, 「어린이 운동의 개척자들」, 『어린이와 한평생1』, 웅진, 1988.

이경란, 「일제하 금융조합의 농촌 침투와 산업조합」, 『역사와철학』 제19 · 20호,

역사실학회, 2001.

이경화, 「아버지의 동화책」, 『꽃대궐』, 이원수문학관, 2009. 5.

────, 「불행했던 나의 아버지 이원수」, 『대산문화』, 대산문화재단, 2011. 여름호.

이기훈, 「1920년대 '어린이'의 형성과 동화」, 『역사문제연구』 제8호, 역사문제연
  구소, 2006.

이동연, 「일제하 「조선금융」의 설립과 성격」, 『한국독립운동사연구』 제6호, 독립
  기념관 한국독립운동사연구소, 1995.

이병호, 「日帝强占期 百濟 故地에 대한 古蹟調査事業」, 『한국고대사연구』 제61
  호, 한국고대사학회, 2011.

이승희, 『연필로 그리는 마음』 제20호, 경남 밀양 상동초등학교 5학년 문집, 2004
  년 2월 18일.

이안·김환영, 「화가 겸 시인, 김환영에게 듣는다」, 『동시마중』, 2010, 9·10월.

이오덕, 「이원수 선생의 일제 말기 친일시, 어떻게 볼 것인가」, 『우리 말과 삶을
  가꾸는 글쓰기』, 한국글쓰기교육연구회, 2002. 11.

이옥근, 「李元壽 李五德 童詩의 現實受容樣相 硏究」, 전남대학교 문학석사학위
  논문, 2008.

이용순, 「李元壽·朴木月 詩와 童詩 比較 硏究」, 영남대학교 석사학위 논문,
  2003.

────, 「시어 분석을 통해 본 동시의 세계─이원수 동시론」, 『아동문학평론』 제
  28호, 아동문학평론사, 2003.

이원수, 「창간호부터의 독자의 감상문」, 『어린이』, 1930. 3.

────, 「동시의 경향」, 『아동문화』, 1948년 창간호.

────, 「"나의 살던 고향은 꽃피는 산골"」, 『털어놓고 하는 말2』, 뿌리깊은나무,
  1980.

이재복, 「이 달의 강연─이원수 문학의 뿌리」, 『동화읽는어른』 1995년 6월호.

───, 「발굴조명 : 이원수의 시−잃어버린 오빠 외 4편」, 『아침햇살』 1996년 가을호.

───, 「이원수 문학이 우리에게 남긴 과제」, 『이원수와 한국 아동문학』, 창비, 2011.

이재철, 「한국 현대동시 약사」, 『한국동시문학』, 21문학과문학, 창간호, 2003년 여름.

이정호, 「『어린이』를 발행하는 오늘까지」, 『어린이』, 1923. 3.

이종기, 「동시의 반성」, 『동요와 시의 전망』, 보진재, 1972.

이주영, 「이원수의 문학과 사상」, 『동화읽는어른』 2000년 12월호.

이지호, 「어린이문학의 이데올로기」, 『한국초등국어교육』 제21집, 2002.

이충일, 「1950~1960년대 아동문학확장의 형성과정 연구」, 단국대학교 박사학위 논문, 2014.

임성규, 「현실주의 동시의 교수·학습 과정에 대한 실천적 고찰」, 『문학교육학』 제23호, 한국문학교육학회, 2007.

정진헌, 「일제강점기 한국 창작동요 연구」, 건국대학교 박사학위 논문, 2013.

조하연, 「정채봉 동화에 나타난 동심의 구현 과정에 대한 고찰」, 『한국초등국어교육』 제42집, 한국초등국어교육학회, 2010.

제해만, 「동요와 동시에 대하여」, 『아침햇살』, 아침햇살, 1996.

조은숙, 「이원수의 친일 아동문학과 작가론 구성 논리에 대한 재검토」, 『우리어문연구』 제40집, 우리어문학회, 2011.

편집부, 「권태응 특집」, 『중원문학』 제3집, 1981.

한정호, 「광복기 경남·부산 지역의 아동문학연구−남대우 이원수 김원룡의 동시집을 중심으로」, 『한국문학논총』 제40집, 한국문학회, 2005.

허병식, 「폐허의 고도와 창조된 신도」, 『한국문학연구』 제36호, 동국대학교 한국문학연구소, 2009.

황금찬, 「고향의 전설처럼」, 『돌아오지 않는 시간의 저편』, 신지성사, 2000.

황선미, 「동화 창작 방법 연구」, 중앙대학교 석사학위 논문, 2005.

3. 국외 논저

가라타니 고진, 『일본근대문학의 기원』, 박유하 역, 민음사, 1997.

가와하라 카즈에, 『어린이관의 근대』, 양미화 역, 소명출판, 2007.

기타하라 하쿠슈, 『綠의 觸角』, 개조사, 1987.

노구치 우죠, 『童謠十講』, 金の星出版社, 1923.

요시다 미즈호, 『어린이 시』, 이오덕 역, 온누리, 1983.

윤건차, 『한일 근대사상의 교착』, 이지원 역, 문화과학사, 2003.

이   지, 『분서 I』, 김혜경 역, 한길사, 2004.

지그문트 프로이트, 『정신분석강의(하)』, 임홍빈 외 역, 열린책들, 1997.

─────────────, 『성욕에 관한 세 편의 에세이』, 김정일 역, 열린책들, 2014.

용어 및 인명